The Lightbringer:The Black Prism
Copyright © 2012 by Brent Weeks
Published in agreement with Donald Maass Literary Agency,
through The Grayhawk Agency
Simplified Chinese Translation Copyright ©2015 by Chongqing Publishing House Co.,Ltd.
All rights reserved.

版贸核渝字（2013）第348号

图书在版编目(CIP)数据

携光者.1，光明王/（美）维克斯著；时雨，时青洲译.
—重庆：重庆出版社，2015.4
ISBN 978-7-229-08899-6

Ⅰ.①携… Ⅱ.①维… ②时… ③时… Ⅲ.①长篇小说－美国－现代 Ⅳ.
①I712.45 中国版本图书馆 CIP 数据核字(2014)第 269341 号

携光者（卷一）：光明王（上下册）
XIEGUANG ZHE(JUAN YI):GUANGMING WANG(SHANGXIA CE)

［美］布伦特·维克斯 著　时雨，时青洲 译
出版策划：重庆天健卡通动画文化有限责任公司
出版人：罗小卫
责任编辑：邹禾　肖飒　方媛
装帧设计：谢颖设计工作室
封面图案设计：郭建
责任校对：郑小石

重庆出版集团
　　重庆出版社　出版

重庆市南岸区南滨路 162 号 1 幢　邮政编码：400061　http://www.cqph.com
重庆出版集团艺术设计有限公司 制版
重庆市国丰印务有限责任公司 印刷
重庆出版集团图书发行有限责任公司 发行
E-mail:fxchu@cqph.com　邮购电话：023－68809452
重庆出版社天猫旗舰店
cqcbs.tmall.com
全国新华书店经销

开本：880mm×1230mm　1/32　印张：22　字数：560 千
2015 年 4 月第 1 版　2015 年 4 月第 1 次印刷
ISBN 978-7-229-08899-6
定价：74.80 元

如有印装问题，请向本集团图书发行公司调换：023-68706683

版权所有　侵权必究

致爱妻克里斯蒂

感谢你陪我走过十年美好的岁月,让我知道自己是对的。

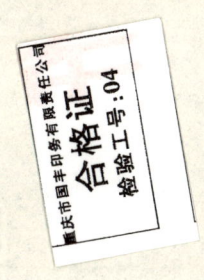

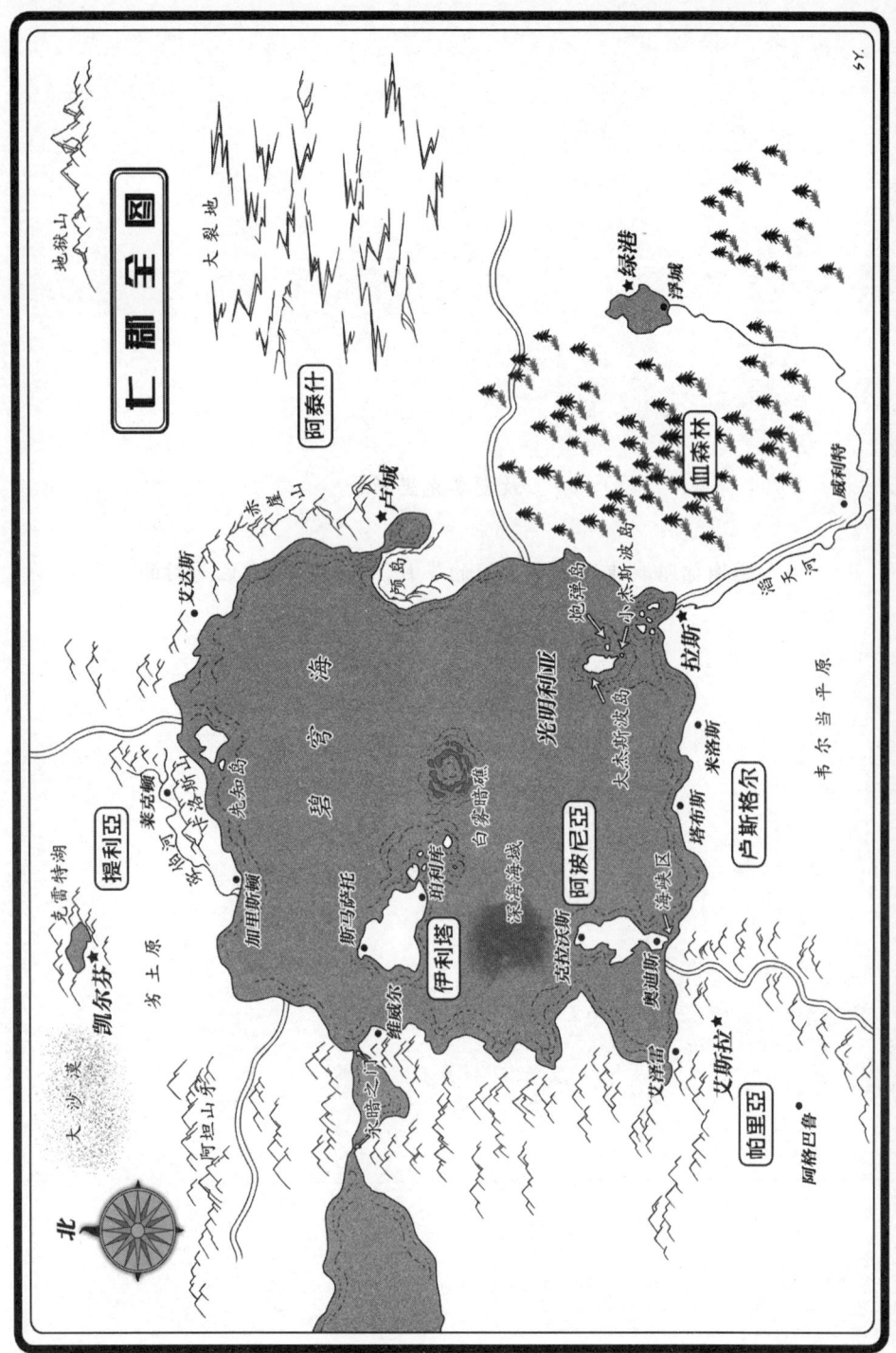

CHAPTER
— 01 —

    乘着夜色,奇普爬上曾经的古战场。浓雾压向地面,遮蔽了四周的声响,也遮住了少年头顶的星光。虽说镇上的大人们大多避免靠近这一带,也禁止孩子们到这边来,但奇普已经在这片空地上玩耍过上百次——当然,是在白天的时候。今晚,他的目标是埋藏在这里的拉克辛结晶。

    爬到山顶,奇普停下脚步提提裤子。在他身后,湍急的河水低吼咆哮,但或许,那其实是十六年前战死于此的士兵们的哀号。少年挺起胸膛,不去理会心中的杂念,周遭的浓雾让他觉得自己犹如深处静止之中,时空之外。毫无征兆地,他感觉太阳就快升起来了。他必须赶在日出前抵达古战场另一侧。今晚,他要比过去任何一次探险走得更远。

    老实说,就算是芮米尔也不会在晚上到这地方来。毕竟所有人都知道,裂岩山闹鬼。不过那家伙可不用出来养家,他老妈也不会把他的薪水拿去抽大烟。

    奇普攥紧自己的小腰刀,继续往前走。要知道,会将他拖入无尽深夜的,可不止那些不安宁的鬼魂。据说,以前曾有人在夜里见到一群在这附近徘徊的野猪,它们獠牙锋利,蹄子硬挺,如果你手上带着火绳枪，意志也如钢铁般坚强，对方又恰好是个不错的猎物，那它们将无疑是一顿美味大餐；然而打从光明王之战开始，镇上的青年壮丁被尽数带走，之后便再没几个人会为了一片培根而冒生命危险去猎杀野猪。如今的莱克顿显然只剩下曾经的躯壳，现任女镇长也不愿再让任何一个镇民平白丢掉性命。再者说，奇普身上也没有火绳枪。

当然，野猪并不是唯一在夜间出没的动物，山地狮与金棕熊也极有可能也在等待享用一顿名为"奇普"的肥美大餐。

数百步①外，一声低号划破浓雾与黑暗，坠入漆黑的战场。奇普随之僵在原地。噢，这地方还有狼。他怎么把狼给忘了？

又一声狼嚎在更远处响起。这种回荡的号叫声，正是荒野特有的声响，能让你在听到的瞬间，全身冰冷、噤若寒蝉。那绝对是一种能够把人吓到屁滚尿流的美。

奇普舔舔嘴唇，继续前进。忽然，他清楚地感觉到有什么东西正跟在自己身后。被跟踪了？少年回头看了看，什么都没有。果然多心了。难怪老妈总是说他想得太多。快走吧，奇普，还没到地方呢，其实动物们更怕你。况且，那声号叫说不定只是一种吓唬人的伎俩。事实上，狼嚎听起来总会比实际位置近许多，所以，狼群很有可能还在远方。

在光明王之战打响前，这里曾是一片肥沃的农田。由于紧邻安伯河，无论是无花果、葡萄、梨，还是芦笋——甚至其他所有作物，在这儿都长势良好。从最后一场战役结束——正好在奇普出生的前一年——到现在，已经过去十六年，可这片土地依旧破败荒芜。几根老房子与马厩的木桩被烧得乌黑，倒插在地里，只露出一部分在外面。炮弹留下的深沟与弹坑随处可见。或许是因为眼下迷离的浓雾，那些

---

① 本文所使用的"步（pace）"为旧制长度单位，约等于2.5英尺，并非指脚步迈出的距离。

弹坑看起来仿佛是一个个小湖泊、隧道和陷阱，没有尽头，深不可测。

由于太阳的常年暴晒，大部分在战场上制成的魔法结晶最终都会溶解消散。但在这个地方，散落在战场各处的绿色拉克辛长矛，虽然破旧，却依然闪闪发光。散落在脚下的黄色拉克辛碎片甚至能轻易割破当地最结实的皮鞋。

其实早在很久以前，战场上所有值钱的武器、盔甲与拉克辛结晶都应该被拾荒者捡走了。然而随着季节变迁，雨水的不断冲刷，每年都会有更多神秘的物体从地表浮现，而那正是今晚奇普所期望的东西——他在寻找的是破晓第一缕阳光下最醒目的那一件。

狼群的号叫停止了。老实说，再没有什么比一直听那种瘆人的叫声感觉更糟糕的了，但至少听的时候，你还能知道它们在哪儿。现在……奇普艰难地吞下一口唾沫。

在他面前，两个形状极不自然的阴影遮挡住山谷的入口——是两个大火葬柴堆烧剩下的余烬。奇普走过去，他恍惚觉得从浓雾里看见了什么，一时间，少年的心脏简直要跳到嗓子眼儿，那是盔甲斗篷甩动的影踪，有人正瞪着一对闪亮的眼睛在黑暗中摸索。但那身影转眼便被翻滚的浓雾吞没了。

有鬼。亲爱的奥赫拉姆神。有什么东西在盯着它的坟墓看。冷静下来，快往好处想想，说不定狼群也怕鬼呢。

意识到自己停下脚步，奇普屏息凝视黑暗。快走，呆子。

少年压低身子，继续前进。虽然块头或许有点儿大，但让奇普深感自豪的是，自己的动作向来轻盈。移开锁定在山丘上的视线，奇普依旧没看见什么鬼影儿，人影儿也没有，什么都没有。但这时，他又莫名地感到自己被人跟踪了，可回头看看，还是什么也没有。

喀啦一声轻响，如同一颗石子从谁的身上落下。意识到眼角余光似乎瞥到什么，奇普迅速抬头看了一眼山丘。喀啦，一个火星出现在视野之中,还有打火石敲上铁块的声响。

不一会儿,浓雾便被火焰照亮。借着微弱的火光,奇普总算看清一点细节。不是鬼——是一个士兵在敲打火石,他在试图点燃一根引火线。火苗燃起,在士兵脸上投出一道红光。黑暗中,他的眼睛看起来仿佛在发光。士兵将引线插入火绳枪的托座,用力转动,接着开始在黑暗中寻找攻击目标。

虽然现在只能看到闷烧的火堆,但想必刚才点火的时候,这士兵一直在盯着明亮的火苗看,夜视能力受到了影响。证据就是他的视线从奇普头顶扫过,却完全没有发现奇普的存在。

士兵很快又转回来,显得神经兮兮:"见鬼,这边我应该检查过了?那是些游荡的狼群吧。"

奇普继续前进,非常、非常小心地前进。他必须在士兵的夜视能力恢复前,再次深入到浓雾与黑暗之中。万一他在这时候弄出声响,那个人很可能会胡乱开枪。奇普踮着脚尖,悄悄地迈着步子。过度的紧张让他觉得后背有些发痒。毫无疑问,铅弹随时会从后面将他撕裂。

但他成功了。走出一百步,然后再远一点。没人尖叫,也没有枪声划破夜空。再远一点,再前进两百步。士兵点燃的火堆总算在他视野左方消失,从这距离看上去简直只比煤球稍微亮一点。为了保持自己的夜视能力,观察东西的时候奇普竭力不去直视光源。士兵附近没有帐篷,也没有铺盖卷,只有一个火堆。

为了看清黑暗中的物体,奇普尝试了戴纳维斯大师教他的小窍门。他放松视线,让眼神失焦,试着用视野边缘观看物体。除了一些不规则的石头,四周什么都没有,大概。于是,奇普又向前走了几步。

他看到冰冷的地面上躺了两个男人,一个是一名士兵。过去,奇普曾无数次目睹母亲失去意识的模样,因此他一眼便看出来,这个男人绝不是普通的晕厥:他的身体不自然地躺着,四周没有毯子,嘴巴大张,双眼圆瞪,眼珠一动不动地盯着夜空。在这个死掉的士兵旁边,还躺着另一个人,他虽然被锁链绑住,但依然活着。这个男人侧躺在地,双手被绑在身后,头上罩了一个黑色的袋子,袋口紧捆脖颈。

这名犯人还活着,而且浑身发抖。不,确切来说,他是在哭。奇普环顾四周,没有看到其他人。

"你干吗不把我也了结掉,该死的?"犯人开口道。奇普愣住了。他本以为自己走过来的时候,脚步已经足够轻。

"懦夫,"犯人说,"我猜,你只是听命行事?奥赫拉姆神会因你们接下来要对那个小镇做的事情降罪的。"

奇普听不懂男人的话,但对方显然已经把这份沉默视作他的表态。

"你和他们不是一伙儿的?"犯人的声音里出现一丝希望,"拜托,救救我!"

奇普走上前。他知道这个男人正在受苦。但他又停下,转头看向那名死去的士兵。士兵衣服的前襟沾满了血。是这个犯人干的?怎么干的?

"拜托,如果你一定要袖手旁观,至少请帮我松绑。求你了,我不想在黑暗中死去。"

奇普向后退去,虽然这一举动让他感受到自己的无情:"是你杀了他?"

"天一亮我就要被处刑了,所以我从里面逃出来。这个人抓住了我,并在临死前将袋子扣到我脑袋上。如果天真的快亮了,那么接班的人肯定随时都会过来。"

奇普还是没厘清他的话。要知道在莱克顿,根本没人会相信路过士兵所说的话。镇长也曾告诫镇上的年轻人,暂时与士兵们保持一定

携光者
卷一 光明王

距离——毕竟新郡首格拉多曾公开宣布,自己已经脱离光明利亚的统治,如今,他虽然自封为格拉多王,却依然想按惯例在镇上的年轻人里征兵。镇长告诉众议员,如果他不再是郡首,那他就没有权力去增加兵员。当然,不管格拉多是国王还是郡首,听到这话肯定都不会觉得高兴,好在莱克顿这个地方很小,还不足以让他烦恼上心。尽管如此,在一切平息下来以前,对镇上的居民来说,远离格拉多的士兵确实是明智之举。

但从另一方面讲,莱克顿现在没有郡首一事,并不能成为奇普将这个男人视作朋友的理由。

"这么说你确实是罪犯?"奇普问。

"承蒙太阳日的庇荫,"男人说,声音里流露出难以自抑的希望,"你瞧,小伙子——你还是个孩子,对吧?听起来像小孩的声音。我今天就要死了。我跑不掉了。实话实说,我还不想死,但我逃累了,所以这次,我要反抗。"

"我不明白。"

"你会明白的。先把我的头套摘了。"

尽管一些含糊不清的疑惑依旧在困扰奇普的思绪,但他还是上前解开了男人脖子上的活扣,帮他摘掉头套。

起初,奇普根本听不懂这个犯人所说的话,只是象征性地帮他一把。男人坐起身,不过双手仍被绑在背后。他看上去大约三十来岁,和奇普一样是提利亚人,肤色相对白一些,满头卷发,哦不,应该是波浪发,手脚细长,肌肉十分发达。接着,奇普猛地注意到他的眼睛。

可以驾驭光谱、炼制拉克辛的人——"御光者"——通常都拥有一双不同寻常的眼睛。因为,无论他们能够操控哪一种颜色,最终那些颜色都会在他们的眼睛里留下些许残余。这些残留物会在他们活着的时候,将眼睛的虹膜染成红色、蓝色或其他任何一种颜色。这个犯人是一名绿色御光者——或者说他曾经是。但他的虹膜上却没有出现那一圈绿色的瞳晕,而是散落着零碎的斑点,就连眼白部分也满是绿色的小碎片,看起来仿佛是摔碎在地板上的陶器。奇普屏住呼吸,吓得猛缩回去。

"拜托了!"男人说道,"求你,我没有疯。我不会伤害你的。"

"你是'破光魔'。"

"现在你知道我为什么要逃离光明利亚了吧。"男人回答。

因为在光明利亚,人们会像农民打压狂犬一样打压破光魔。

奇普战战兢兢地看着他,一副随时都会逃走跳开的模样。但男人并没有做出任何企图威胁他的举动。再者说,现在天还没有亮,就算破光魔真想做些什么,也要有光才行。四周的雾气似乎淡了一些,远处的地平线上也开始露出灰色。尽管跟疯子聊天什么的实在太过疯狂,但眼下或许没他想的那么夸张。至少在破晓以前,应该是这样。

破光魔盯着奇普,神色古怪。"蓝眼睛。"他大笑道。

奇普不禁皱紧眉头。他讨厌自己的蓝眼睛。曾经有一个像戴纳维斯大师那样的外地人也拥有一双蓝色的眼睛。不过那对眸子长在他脸上很好看,长在自己脸上就很诡异。

"你叫什么名字?"破光魔问。

奇普咽了咽唾沫,心想自己或许应该马上逃走。

"噢,看在奥赫拉姆神的分上,你觉得我会用你的名字对你施法吗?这小地方的人究竟有多无知?御光术可不是那么用——"

"奇普。"

破光魔咧嘴笑了:"奇普。那么,奇普,你想没想过为什么自己会被困在这样一个小地方?你有没有过那种感觉,奇普,觉得自己非常的与众不同?"

奇普没回话。他想过,也有过。

"你知道为什么你会觉得自己命中注定是个了不起的大人物吗?"

"为什么?"奇普满怀希望地轻声问道。

"因为你是个傲慢的臭小鬼。"破光魔放声大笑。奇普不禁为自己的松懈感到懊悔,他不该对这个男人放松警惕,妈妈早就说过,那样只会让事情变糟。但有一瞬间,他还是放松了,并因此栽了一个小跟头。"下地狱吧,胆小鬼,"他反击道,"你连逃跑这种事都办不成,所以你才会被铁足的士兵抓到。"

破光魔笑得更大声:"噢,他们没有抓到我,他们雇佣的我。"

谁会雇佣一个疯子加入自己的军队?"他们肯定不知道你是——"

"嗯,他们知道。"

恐惧像一记重拳击中奇普的肚子:"你之前提到我住的小镇,就刚才。他们打算做什么?"

"你听见了?奥赫拉姆神可真会开玩笑,我以前怎么没发现。你是孤儿,对吧?"

"不,我有妈妈。"话音未落,奇普马上后悔了。我干吗要对一个破光魔说这么多?

"如果我告诉你一个与你有关的预言,你会愿意相信我吗?"

"你刚才搞这种把戏的时候我就觉得一点都不好玩,"奇普说,"我们镇究竟会怎样?"马上就到破晓了,奇普可不打算在这地方逗留。不光是因为换班的卫兵随时会过来,还因为他不知道一旦有了光,这个破光魔究竟会做些什么。

"你知道吗,"男人开口道,"其实你就是我会出现在这里的原因。我不是说这个地方,不是说'为什么我会在这儿',不是指我为什么在提利亚。我是指,我会被锁住的原因。"

"什么?"奇普反问。

"疯狂里总是蕴藏着巨大的力量,奇普。当然……"他越说声音越小,最后不知想到了什么,竟自顾自地大笑起来。平复之后他再次说道:"你瞧,钥匙就在那个士兵胸口的口袋里,我够不到——"他晃了晃身后被手铐锁住的双手。

"我凭什么帮你?"奇普质问道,"天亮前给我个直截了当的答复。"

疯狂,而且狡猾,堪称无懈可击。"先用一句话回答我,"奇普道,"说吧,你们对莱克顿有什么阴谋?"

"放火。"

"什么?"奇普问。

"抱歉,你刚才说只能用一句话回答。"

"但这根本算不上回答!"

"他们打算彻底摧毁你们镇子,杀鸡儆猴,这样其他人就不敢再忤逆格拉多王了。其实除了你们这里,还有其他好几个不服从命令的镇子,毕竟格拉多对光明利亚的叛变在哪儿都不招人待见。虽然每座小镇都有人蠢蠢欲动,想要向现任的光明王复仇,但也有不少人更愿意静观其变。你们镇子只是不幸被特别选中罢了。不管怎样,我本身还算有一点良知,知道这样不行,所以就被其他人当成了攻击目标。我和上司大吵一架,还把他给揍了,但那并不全是我的错。他们都知道我们绿色御光者不喜欢按规章制度办事,尤其是在我们'破光'之后,"破光魔耸耸肩,"于是我就到这地方来了。我想这番话应该算得上是回答了,不是吗?"

他一下说这么多,奇普一时间无法完全理解——破光?——确实称得上是个直接回答。奇普走到死去的士兵身边,缓缓升起的阳光照射在士兵脸上,让本已失去生机的皮肤显得越发苍白。振作点,奇普,想知道什么就问。

少年看得出来,天马上就要亮了。夜空的尽头已经开始呈现诡异的暗影,裂岩山成对的两座高峰,其中一座已隐约可见,就连挂在山峰上空的群星也都开始慢慢隐去。

我该问些什么?

奇普有些犹豫,他实在不想去碰那个死人,但还是跪到地上:"为什么是我们镇?"他将手伸进士兵的口袋,小心地避免碰触死者的皮肤。口袋里装了两把钥匙。

"他们觉得你拥有一些本该属于国王的东西。我不知道那是什么,我只偷听到那么多。"

"莱克顿能有什么国王想要的?"奇普问。

"不是莱克顿,是你,我说的是你。"

奇普愣住了,他抚上自己的胸膛:"我?我自己?我根本一无所有!"

破光魔笑着咧开嘴,神色疯狂。但奇普觉得,这些话可能只是他的托词。"那么,这就是一个悲剧性的误会。他们的误会,你的悲剧。"

"什么?你认为我在撒谎吗!"奇普反问,"你觉得如果我有其他选择的话,会跑到这地方来捡拉克辛吗?"

"我才不关心你会怎么样,只要你能帮我把钥匙拿过来就够了,还是说我必须得回答些好听的话才行?"

帮他拿钥匙绝对是个错误,奇普对此心知肚明。破光魔的情绪向来不稳定,这家伙很危险,他自己也承认了。但这个人好歹说话算话,那奇普又怎么能食言呢?

奇普解开男人的手铐,打开链条上的挂锁,随后小心翼翼地向后退,像在躲避野兽一样一步步地与破光魔拉开距离。对方也不拆穿他,假装没看到他的反应,自顾自揉揉胳膊,前后用力甩了甩,接着走到士兵身边,将手再次伸进上衣口袋,从里面掏出一副碎了一枚镜片的绿色护目镜。

"你应该跟我一起走,"奇普说,"如果你刚才说的那些话都是真的……"

"你觉得，在其他人拿着火绳枪跑过来之前，我能离你那座小镇有多近？再说，太阳马上就要升起来了……我打算等太阳出来以后再行动。"破光魔深吸一口气，遥望远处的地平线，"告诉我，奇普，假如你一辈子坏事做尽，最后却为做一件好事丢掉了性命，你觉得那能弥补自己曾经犯下的恶行吗？"

"不能。"在奇普反应过来之前，他已经如实给出了心中的答案。

"我也这么觉得。"

"但总比一件好事都没做要强，"奇普说，"奥赫拉姆神是慈悲的。"

"不知道当你看到那些人接下来的所作所为之后，还能不能说出这句话。"

虽然心里还有一些别的问题想问，但一切来得太快，奇普根本无法整理好自己的思绪。

随着太阳缓缓升起，奇普总算看清楚面前隐藏在浓雾与黑暗背后的风景。成百上千座帐篷按照军事部署整齐划一地驻扎排列。士兵，无数的士兵出现在视线之中，就连奇普现在站的地方，不到两百步外就有一座士兵帐篷。蒙蒙亮的苍穹下，拉克辛结晶闪烁着微光，宛如散落在大地之上的繁星，悄然回应着它们在天上的兄弟。

最近刚下的那场雨让更多拉克辛结晶从土地里显露出来，那些本来是奇普计划今晚出来寻找的东西。通常情况下，当御光者释放出拉克辛之后，如果没有魔法续航，无论什么颜色的拉克辛最终都只会融化掉。但在战场上，情况则变得有所不同：那里的场面过于混乱，施展魔法的御光者数量也多得惊人，于是，一些未知的魔法便在这里被埋葬，那些凝固的拉克辛结晶因此得到保护，不至于被日光分解。

然而，四名士兵和一个穿红斗篷戴红护目镜的男人很快将奇普的目光从闪光的拉克辛上拽走了。这几个人正迈步从营地那边朝这里走来。

"我的名字叫加斯帕,顺便说一句,加斯帕·艾洛斯。"破光魔说着,眼睛却没有看向奇普。

"什么?"

"我不仅仅是一名御光者。我的父亲很爱我。我还有自己的人生安排,有自己心爱的女人。自己的人生。"

"我不明……"

"你会明白的。"破光魔戴上绿色护目镜。那眼镜非常适合他,几乎是完美地贴合在他脸上,镜片覆盖着视线的每个角落,无论他往哪里看,都能透过绿色的滤镜看到需要的东西。"趁现在,赶紧走。"

太阳跃上地平线的瞬间,加斯帕轻轻叹了一口气,仿佛那个名叫奇普的少年此刻根本不在这里。这感觉就像在看早起后深深吸入当天第一口薄雾的母亲。在两侧闪光的深绿色镜腿中间,加斯帕的眼白里开始出现细小的螺旋,绿色的碎片如同落入水面的血滴向四周扩散,接着染满全部。绿宝石般的拉克辛像气球一样从加斯帕眼中鼓胀涌出,逐渐变浓,随后凝成固体,延展出其他的形状。拉克辛穿过男人的脸颊,冲上头顶,最后向下沉入他的脖颈。等到绿色的拉克辛最终填满男人的指甲,其存在也变得越发明显,仿佛是无数发光的翡翠结晶。

加斯帕放声大笑。那低沉而毫无理性的笑声,除了无情,只能让人感到无尽的疯狂。看来这次他可不是在耍什么花招了。

奇普奋力奔跑。

他跑上墓地山丘——就是之前那个哨岗——小心翼翼地躲到离军队最远的那一侧。他必须马上去找戴纳维斯大师,那个人知晓一切应行之事。

这会儿山上没有哨兵。奇普转过头,正好看见加斯帕变身的瞬间。绿色的拉克辛从男人手上涌出,飞溅到身上,接着像壳一样护住身上每个地方,从远处看去简直就像一身巨型铠甲。奇普现在站的地方看不到士兵,也看不到那个正朝加斯帕靠近的红色御光者,但他看见一个脑袋大小的火球猛地砸向破光魔,正中他的胸口。霎时间,火球炸裂,火星四溅。

加斯帕径直从碎裂的火球中穿出,燃烧的红色拉克辛紧黏在那身绿色铠甲上。他的模样看起来既壮观又可怕,却充满了力量。男人走向士兵,大叫着发起反击,随后消失在奇普的视线之外。

奇普逃了回家。远处,朱红色的太阳将四周的浓雾全部点亮。

CHAPTER
— 02 —

　　加文·盖尔疲惫地盯着面前缓缓滑进门口的文件，心里琢磨着这回凯莉丝又想到了什么折磨他的新方法。尽管加文的房间占据了这栋光明利亚建筑顶层的一半空间，但四周的全景窗全部被罩了起来，屋内漆黑一片。如此一来，当他觉得困的时候，就可以直接睡在这里。信封上的印鉴闪烁着柔和的光芒，让他无法看清里面究竟蕴含着哪一种颜色的拉克辛。加文从床上坐起身，吩咐手下的学徒尽可能多拿些照明物过来，好让自己能够看得更加清楚一些。

　　幻紫使。噢，见鬼——

　　从地板到天花板，四周原本漆黑一片的玻璃窗猛地全数敞开。清晨的太阳缓缓升起，逐渐跃上双子岛的地平线，整个屋子瞬间完全沐浴在各色光谱之下。在眼睛下意识的解析下，溢出的魔法顷刻淹过了加文头顶，他根本无法同时控制这么多拉克辛。

　　阳光从加文体内向各个方向炸开，从最下层的幻紫色开始，逐个转化成波纹向外溢出。最后冲出的薄红色，更是烈焰怒涛一般急速穿过他的皮肤。加文腾地从床上跳起来，满身大汗，但由于屋内所有窗户都被打开，夏日清冷的晨风席卷过内庭，他很快又浑身打颤。他大叫一声，重新跳回到床上。

想必刚才那声惨叫一定响到连外面的凯莉丝都听见了，因为加文已经听到那家伙清晰的笑声。看来她也知道自己粗鲁的叫醒方式已经大获成功。仔细想想，凯莉丝本身不是幻紫御光者，所以，如果她想完成这个小恶作剧，就必须找个朋友来帮忙。正在此时，一道幻紫色的拉克辛出现在房间控制室，迅速关上屋内的窗户，并将滤光器调回到原来半挡的状态。加文一挥手，轰开房门，一切才停下来。他可不想让那个女人就这么称心如意。凯莉丝的职务是白袍使的信使，那老家伙应该教过她什么是谦卑与端庄，可惜到目前为止，从实际情况来看，成果收益甚微。虽然白袍使本人也总喜欢耍些复杂麻烦的把戏，但凯莉丝在礼仪这方面绝对是个惊人的败笔。话虽如此，从床上起来的时候，加文还是忍不住咧嘴笑了。他挥了挥手，将凯莉丝堆放在门口的文件扫入手中。

加文拿着文件走到门口，屋外小餐台上的盘子里盛放着他的早餐，每天都是同样的内容：两块面包与一杯淡葡萄酒。面包是用小麦、大麦、豆子、扁豆、小米、斯佩耳特小麦与低筋面粉做的，足以填饱肚子。事实上，有个人就是靠吃这种面包过活，不过，那个人不是加文。坦白说，现在光是看到这种面包就让他的胃打结，当然，他也可以选择别的早餐，只是他从来没那么做过。

把面包拿进屋，加文顺手将文件平摊到小餐桌上，摆在餐盘旁边。其中一件看起来有些古怪，这种平凡而朴素的信笺看上去似乎并不是白袍使的私人物品，也不是光明利亚官方通常使用的硬白纸品。翻至背面，光明利亚信息办公室在上面标注的内容是，来自"ST，莱克顿"：提利亚郡，莱克顿镇。名字听起来有点耳熟，大概是在裂岩山附近的小镇？不过，以前那一带的小镇很多，或许来信人只是某个渴望倾诉的家伙，毕竟所谓的仔细挑选，分开处理，就只是百姓认为的而已。

老样子，要事优先。加文将两块面包掰开，细心检查里面有没有藏匿物。确认后,他从抽屉里拿出一瓶蓝色染料,接着向酒中滴入少许。摇匀后,加文举起酒杯,对准墙上的油画,那是他用来当参照物的画作,上面画着蔚蓝的天空。

今天也调和得完美无缺。那是当然。这件事他已经做了几乎六千个早晨,将近十六年。对于一个只有三十三岁的人来说那可是一段相当长的时间。他将葡萄酒倒在掰成两半的面包上,把面包也染成蓝色——放心,这种染料对人体无害。加文每周还会准备一顿蓝乳酪或蓝水果,当然需要的时间也会更长一点。

"我快死了,加文。是时候让你见见你的儿子奇普了。

——莉娜"

儿子?我根本没有——

喉咙猛地一紧,加文真切地感到自己的心脏在用力收缩,但他的主治医生们说过,那只是他的错觉。他们说过,放轻松就好。他们说过,你会像匹战马一样年轻而强壮。但他们没说过,双子会一同长大。不过你有很多朋友,你的敌人惧怕你,你所向无敌,你是光明王,你有什么好怕的?多年过去,如今已经没人会用那种方式跟他讲话了。有时,他多希望他们会像从前一样。

奥赫拉姆神,这封信甚至不该被写完封上。

加文走上玻璃阳台,正如他每天早上都会做的那样,例行检测自己的御光术。他凝视手掌,将阳光分解成不同的颜色组件。这是只有他才能做到的事情。接着,他开始用各个颜色轮流填充自己的手指,可见光谱自下而上,整齐排列:薄红、红、橙、黄、绿、蓝、幻紫。炼制蓝色拉克辛的时候,有觉得哪里不顺畅吗?决定再检查一遍之后,加文迅速瞥了一眼太阳。

没有,对他而言解析光谱依旧是一件易如反掌的事情,依旧可以做到完美无缺。加文放松精神，开始释放出体内的拉克辛，各个颜色像烟雾一样从他的手指冒出，消散在阳光下，散发出树脂似的气味。

加文转头看向太阳。阳光如同母亲的爱抚，令人感到温暖。他睁开双眼，将那令人感到温暖、宽慰的红色元素深深吸入胸中。吸气，呼气，他就这样用力地呼吸，同时盼望着这些能量能够放慢形成的速度。散去红色，加文又深吸一口冰蓝，那感觉就像是有什么东西瞬间冻住了他的双眼。和往常一样，蓝色给他带来了清醒、平静与秩序。虽然还没有具体的计划，但只凭这么点信息，也不能轻易做出判断。加文释放出体内其他色彩，他的状态依然很好。在接下来这个七年里，至少还有五年可供自己支配。这么多的时间，五年，足够他再完成五个宏伟目标。

好吧，或许不止五个。

在过去的四百年里，除了那些被刺杀或死于非命的，历任光明王都在任职后活了整数的七年、十四年或二十一年。加文已经做了十六年的光明王，在位时间已经够长了。自己没有理由会成为例外。总之，剩下的日子不多了。

加文拿起第二封信，撕开白袍使留在上面的印鉴——这个老太婆就喜欢把所有东西都密封起来，不过她还是和加文一起分享了这层楼一半的空间，并让凯莉丝亲手将她的信送了过来。只是一切都必须在她所认为的理想位置，必须做得得体，她也绝不会在使用蓝色御光术时出现任何失误。

白袍使在信中写道："除非您更愿意去迎接今早稍后抵达的学生们，我亲爱的光明王陛下，否则请到屋顶来与我一晤。"

加文放下手中的信，看向光明利亚远处林立高耸的建筑，眺望整座城市，仔细打量着位于大杰斯波岛下风处海湾里的商船。一艘破败的阿泰希昂单桅帆船正缓缓驶进码头。

迎接新学生。令人难以置信。让他去迎接新生，对那些学生来说这个待遇是不是太好了点——好吧，实话实说，就是如此。尽管他与白袍使、彩袍使一直在试图平衡彼此的势力，尽管下层御光者最畏惧的人是他，但就事实而言，那个白袍使老太婆可比加文的手腕强硬得多，七个彩袍使也在互相联合。想必早上这件事就是她在趁机试探。所以，如果他想避免遇到比教书更麻烦的事情，最好按她说的去塔楼顶上看看。

加文将红发拢到脑后扎成马尾，接着穿上奴隶们为他准备好，摆放在房间里风格各异的服饰：一件象牙白的衬衫、一条修剪整齐的黑丝羊毛裤，还有一条镶满宝石的特大号腰带和一双饰有银制品的靴子，再加一袭用银线绣满各种古老神秘图样的黑斗篷。光明王掌管着各大郡，因此加文总是想要尽可能地为每一块土地都献上敬意——哪怕其中一个郡内满是些海盗与异教徒。

犹豫片刻之后，加文打开抽屉，取出曲柄伊利塔手枪。它不仅是伊利塔的传统工艺，也是他目前见过的最先进的设计品：手枪内部的发射装置比一般的锁轮枪——就是那种被他们称为燧发枪的武器——可靠许多，每把手枪的枪管下面还设有一柄长剑，以及一个皮带凸槽，如此一来，当他将手枪挂在身后的时候，就可以把枪筒收拢在皮带内侧，安全摆放在腰间，即使坐下也不会刺到自己。

当然，这几把手枪还能让白袍使手下的黑卫们同样感到紧张。

加文咧嘴笑了。

然而当他转身走到门口，再次看到墙上那幅壁画时，原本灿烂的笑容消失了。

他走回到摆放蓝色面包的书桌前，抓住其中一幅边缘已经被摸到光亮的油画，用力拉起。油画摇晃着缓缓打开，露出一道狭窄的斜槽。

这道斜槽根本威胁不到他。槽口太小了，人绝对无法从这里爬上来，哪怕克服掉任何困难都办不到。或许，这只是一个以前用来丢脏衣服的旧通道，但现在对加文来说，那就像是地狱的入口，又或者为他敞开的永夜城本身。他将一块面包丢进去，然后开始等待。硬面包敲上第一道门锁，传来呛啷一声脆响，接着是门吱嘎打开的声音。继续往下听，下一道门锁在碰到面包后，发出更小一声呛啷响。又过几分钟，最后一声门响也出现了。每一道门锁都和过去一样在正常运转，一切正常，十分安全。尽管多年前自己曾犯下许多错误，但这次他不会再让任何人死去了，没必要对这种事情太敏感。加文猛地合上油画，好不容易才忍下咆哮的冲动。

CHAPTER
– 03 –

呛啷！吱嘎——这接连作响的三道窄门便是眼下他与自由之间的距离。噗的一声，牢房里的斜槽吐出一块掰开的面包，正对准犯人的脸。男人看都没看，抬手抄住面包。不用想，今天的面包肯定也是蓝色的。清晨，当夜幕依旧占据着苍穹不肯离去，清冷的空气尚不敢轻抚湖面时，深沉而平静的湖水所映出的就是这种纯粹的蓝色，完全没有一丝一毫杂色。想要提炼这种蓝色非常困难，更糟的是，一旦人的意识接触到它，便会开始感到倦怠、平静、安宁，甚至逐渐与这个地方融为一体。但今天与以往不同，此刻他正迫切地渴望着仇恨的烈火，因为今天，他将要越狱。

在这鬼地方待了这么多年，有时他甚至无法区分不同的颜色，仿佛一觉醒来，自己已然身处在一个全由灰色染成的世界。回想刚入狱的时候，他的身体状况最为糟糕。过去的生活习惯让他时常下意识地去分辨物体间的微小色差，或是不停地分析眼前出现的每一道光谱，于是牢房单一的色调给他带来了毁灭性的影响——他的眼睛开始欺骗他，让他对周围的颜色产生幻觉。尽管他曾试图将身边的颜色转化成工具来摧毁这间牢房，但早已被局限的想象力却令他完全无法有所施为。他需要光，真正的光，他是光明王，不管是幻紫色，还是薄红色，任何光都能为他所用。他从自身体内汇聚火焰之力，然后将自己的双眼浸泡在薄红色的拉克辛下，接着将其转化成魔法，冲向四周的蓝色牢墙。

可惜，如此微弱的火焰根本无法撼动早已被加固的墙壁，于是他又将蓝色实体化成匕首，再用它划破自己的手腕。然而就在鲜红的血液落到地面的瞬间，红色迅速被石地滤净了。之后，他将血聚拢到掌心，试图借此操控里面的红色，结果依然以失败告终。那些红色根本不够用，就连这牢内仅有的灯光都是蓝色的，即使将血滴到面包上也无济于事，因为深棕色的面包里面总是夹杂了蓝色，哪怕加了红色进去，得到的也只是略微发紫的深棕色而已。无计可施。现实明摆在眼前。他的兄弟肯定一早就预设了所有可能发生的情况，而他总是慢半拍。

犯人坐到排水管旁，开始啃面包。从外面看，这间地牢就像一个平滑的圆球：四周墙壁与牢内空间形成完美的弧度，地板虽然不陡，但也微微向中央倾斜，壁灯是内置的，几乎牢房内所有看得到的地方都被漆成了同一种颜色，唯一有点不一样的，恐怕就只有犯人本身。除此之外，这里还有两个小孔：上面的斜槽与下面的排水管。狱卒会将面包从斜槽里扔进来，想喝水的话，可以去舔从槽缝里淌出的水流。至于下面的排水管，则主要用于排泄。

他没有餐具，没有工具，除了手和意志，可说是一无所有。仅有的那两个，使用较多的也只有意志。凭借意志，他可以将蓝色具化成任何他想要的东西，但只要意志稍有松懈，它们便会马上消失得无影无踪，徒留一片尘埃与淡淡的矿石松香味。

不过今天与以往不同，他要开始自己的复仇计划，迎来自由的第一天。今天的尝试绝不能失败，还有太多任务在待他去完成——哪怕在他心里，他甚至不敢将其视作一次"尝试"，但不管怎样，眼下他能做的，也就只有按部就班地采取行动。如今的他早已记不清自己是不是经常这样,也不知道那吸收了多年的蓝色是不是已经从根本上改变了他的体质。

他跪到地板上,那里有一小块浅浅的洼地。这个碗状的凹槽是牢房里唯一一件不属于他兄弟的东西。男人先用手把"碗"擦干,然后将指尖上的油一点点抹到"碗"里。为了更好地腐蚀石板,他总会尽可能地多磨一会儿,不过一定要在手指磨破之前停下。手上没油了,他就用指甲刮蹭鼻翼两侧,或是耳朵与脑袋之间的夹缝,还有身上任何能弄到油的地方,然后把它们抹到"碗"里。尽管这样做并不能在当时看到任何明显的变化,然而数年过去,如今这只碗总算已有两个指关节那么深。为了防止他使用御光术,牢房地板上铺成网格状的材料都是可以滤掉颜色的地狱石——无论什么东西,只要碰触到这些格子,都会瞬间失去所有颜色。不过地狱石的价格十分高昂,他们究竟铺了多少?

如果网格内的地狱石只向下延伸了几个拇指,那么终有一天,他那擦破皮的手指一定可以超越它们,到时候,自由就将不再是遥远的未来。但如果他兄弟手下的狱卒使用了足量的地狱石,地板剖面厚达一步,那么,过去将近六千天他每日磨蹭手指的努力将全部付诸东流。他将死在这里,或许某一天,他的兄弟会下来这里,然后看见这个小碗——他留在这个世上的唯一记号——然后放声大笑。试想那回荡在他耳边的笑声,些许愤怒的火星开始在他胸中点燃绽放,他吹动火星,感受它的温暖,有这点激情就足够了,足以让他展开行动,对抗那令人意志消沉的蓝色地狱。

完成后,男人向"碗"中撒了泡尿,接着开始观察。

一瞬间,透过尿液的黄色,该死的蓝色石地逐渐映出绿色。他屏住呼吸,静待下一秒。时间一点点过去,绿色依旧是绿色……一直是绿色!奥赫拉姆神,他做到了!他终于磨到足够深的地方,他穿过了地狱石!

可一转眼，绿色又消失了，一切看起来依旧与两秒钟前毫无区别。他失望地大叫起来，可即使是如此虚弱的失落，他依然从自己的惨叫声中真切地领悟到一份货真价实的愤怒。

只是随之而来的现实仍旧令他抓狂。他失望得跪倒在地。他的兄弟将他变成一头野兽，一条整天玩自己排泄物的狗。可那种情绪早已经过时，那份情感也因为被开采太多次，而无法再次带给他真正的愤怒。在过去的六千个日子里，他贬低过自己太多次，对自己眼下的堕落已感觉不到一丝一毫的怨恨。他将手伸到尿液之中，用尿摩擦碗边，就像之前用油摩擦时那样。即使滤掉了颜色，尿依旧是尿，还带有腐蚀性，使用效果应该会比皮肤上的油脂更好一些。

但说不定尿液会抵消油的作用。是否他现在所作的一切，其实是在推迟他逃离这里的日期？他不知道，那正是令他陷入疯狂的原因，而不是因为将手浸泡在温湿的尿液里，再也不是了。

男人将尿液舀出小碗，再用一块蓝色的破布将它擦干：那曾是他的衣服，他的枕头，如今，这块蓝布正向外散发着尿骚味。可能是闻了太久的缘故，现在他已经不会再对其感到任何不快。无所谓了。他在乎的就只有明天这个时候，"碗"是不是干燥的。因为只有那样，他才能再做一次尝试。

又一天，又一次失败。明天，他会再试一次薄红色。距离上次试验已经有一阵子，他总算从那次尝试中恢复过来，为了完成试验，他必须保证足够的体力。老实说，如果不考虑其他，他的兄弟已经切实教会他一个人究竟能有多坚强。又或许，这正是他恨加文远胜于其他任何事的原因，只不过，那是一份与他的细胞同样冰冷的恨意。

CHAPTER
— 04 —

迎着清晨的寒气,奇普跌跌撞撞地跑过小镇广场。他拼尽全力晃动自己十五岁的身躯,笨拙地向前跑。路上,一块鹅卵石绊住他的鞋,奇普猛地向前快走两步,一头栽进戴纳维斯大师家的后门。

"你还好吧,小伙子?"戴纳维斯大师正坐在工作台后的座椅上,见他进来,便开口问。大师眉色很深,高高挑起,眉毛下面是一双矢车菊般湛蓝的眼睛。他的虹膜有一半像红宝石般鲜艳,那象征着他过去的御光者身份。戴纳维斯大师看模样也就四十出头,没有胡子,身体瘦削而结实,平常总是穿着厚厚的工装羊毛裤与薄汗衫。尽管现在早上的气温还很低,但他却经常将两条精瘦而肌肉虬结的胳膊露在外面。另外,他的鼻梁上还总是架着一副红玻璃眼镜。

"哇哦,哇哦。"奇普低头看了眼自己磨破皮的手掌,膝盖也是火辣辣地疼,"不,不太好。"他提提裤管,将受伤的手掌在黑色粗亚麻布上蹭了蹭。疼痛令他脸上的肌肉抽搐不已。

"很好,很好,因为——啊,过来,告诉我,这两个看起来一样吗?"戴纳维斯大师伸出手。他的两只手都呈现出明亮的红色。奇普看得出,现在他的手臂从肘部到指尖都充满了红色的拉克辛。为了避免自身褐色的皮肤会干扰奇普的判断,大师将手臂翻过来给他看。和奇普一样，戴纳维斯大师也是混血——不过奇普从来没听说，有人会因此找这位御光者的麻烦。至于他自己，就没这么好运了。戴纳维斯大师是镇上的染色工，他身上有一半血森林人的血统，除了脸上有一些被其他人称作雀斑的奇怪斑点，大师原本的黑发里，也带有些许红色。

不过，他的肤色比一般人的要浅，这样奇普也好判断一些。

奇普指了指染色工的胳膊，就是从前臂到肘部的那一块："红色在这里变色了，而且看起来也要更亮一些。那个……嗯……我可以跟你谈谈吗，先生？"

戴纳维斯大师厌恶地将手往下一挥，鲜红的拉克辛随之摔落在地，碎成各种色调的红色颗粒。最终，逐渐变得黏软的拉克辛开始在空气里收缩溶解。大多数下午，奇普都会到这里来帮忙打扫残留物——要知道，红色拉克辛是易燃物，即使变成粉末也如此。"'越识者'！我女儿是越识者就罢了，但镇长丈夫？还有你？一个镇上居然有两个男人是越识者？等等，怎么了，奇普？"

"先生……"奇普犹豫了。战场是禁地，而且戴纳维斯大师之前也说过，他认为在那地方打扫无异于盗墓。"你收到丽维的信了吗？"懦夫，奇普心下咒骂自己。三年前，丽维·戴纳维斯像她父亲之前一样离家前往光明利亚受训。不过，他们只负担得起她第一年农闲时回家的费用。

"过来，小伙子，让我看看你的手。"戴纳维斯大师抓起一块干净的破布，蘸干奇普手上的血，并轻轻拂去尘土。接着，他拔掉一个酒壶的塞儿，用破布抵住壶口，等破布浸满白兰地后，大师将其轻轻擦上奇普手心。

奇普不禁倒抽冷气。

"别这么娇气。"戴纳维斯大师开口说道。尽管从记事开始，奇普就在为这个染色工做各种奇怪的工作，但有时候，他仍然会对他感到害怕。"膝盖。"

奇普扮个鬼脸，卷起一根裤管，将脚搭在工作台上。奇普还在想着丽维的事儿，她比奇普大两岁，现在已经将近十七了，即使村里的男人很少，她也只是将奇普当成小孩来看。这是当然，不过她一直对他很好。她是个态度友好、长相可爱的女孩，不过偶尔也会自视高人一等，这差不多就是奇普期望中最棒的姑娘了。

"这么说吧，海里可并不是只有鲨鱼与恶魔。对提利亚人来说，战后的光明利亚可不是一个轻松的地方。"

"所以你认为她会回来？"

"奇普，"戴纳维斯大师问，"你母亲又遇到麻烦了？"

过去，戴纳维斯大师曾拒绝让奇普当染色工学徒。他说，在莱克顿这样的小地方，染色的活计恐怕不能给奇普一个光明的未来。而且，他一直坚称自己只是半个染色工，他之所以来干这行，只因为他能够使用御光术。在光明王之战开始之前，他干的一直是别的营生。这再明显不过，看也能知道，他曾在光明利亚受过训练。由于受训费不低，因此大部分御光者都曾宣誓会通过服役来支付费用，戴纳维斯大师本人的师傅肯定是在战争中牺牲了，才留下他一个人流离失所。不过现在很少有成年人谈论这些事。提利亚被舍弃了，所有事情都在变糟，而这就是奇普或其他孩子了解到的全部。

不过戴纳维斯大师还是经常付钱让奇普去干一些奇怪的工作，还和镇上半数的妈妈们一样，会在奇普闲逛到自己这里时，给他做顿饭吃。更棒的是，镇上有个女人总会给他送一些蛋糕，而他经常会用那些蛋糕招待奇普。要知道，这些蛋糕可都是为了吸引这名英俊的单身汉专门送过来的。

"先生，河那边有一支军队。他们要把镇子荡平，杀鸡儆猴，就因为我们违抗了格拉多王。"

戴纳维斯大师似乎想要说些什么，然而意识到奇普是认真的之后,他沉默了,接着整个人的神态发生了改变。

他开始像连珠炮一样向奇普发问:他们具体在什么位置,他是在什么时候到那里的,他怎么知道他们要来荡平镇子,营帐是什么样子,有多少个营帐,有没有御光者?就连奇普自己都不确定自己的回答,但戴纳维斯大师全盘接受了。

"他说格拉多王正在招募破光魔,你确定?"

"是的,先生。"

戴纳维斯大师用拇指与食指摩挲着自己的嘴唇,像蓄须的男人抚摸自己的小胡子一样来回磨蹭,不过他自己倒是总将胡子刮得干干净净。他大步走向一个箱子,打开盖,抓出一个钱袋。"奇普,你的朋友们今早打算在绿光桥钓鱼,快去叫他们回来。格拉多王的人会先占领那座桥,如果你不去,他们就会被杀死,或者被掳走当奴隶。我会警告镇上其他人,万一发生最坏的情况,带着这些钱去光明利亚,丽维会帮你的。"

"但是——但是,我妈妈!她——"

"奇普,我会尽我所能去救她和这里的每个人,但是没有其他人能去救你的朋友了。你想让伊莎贝尔被抓去当奴隶吗?你明白那意味着什么,对吧?"

奇普的脸唰地变得惨白。虽然伊莎现在还是个野丫头,但他知道她迟早会出落成美丽的女人。尽管伊莎对他并不总是很友好,可一想到有人要伤害她,奇普便感到心里充满了愤怒。他转过身要走,又犹豫起来:"先生,什么是越识者?"

"我的眼中钉。趁现在,快走吧!"

CHAPTER
– 05 –

　　事情不太妙。那封信，那封写着你有一个儿子的信件并没有被密封。加文差不多可以确定，白袍使的手下肯定会查看所有邮给他的信，但凯莉丝给他这封信之后还在笑，这说明她没有看。她还不知道，至少现在还不知道，但她已经去白袍使那里报告去了，所以加文也要过去。

　　他扭了扭肩膀，又向两边拧拧脖子，每一下都发出令人满意的微响，然后他才正式动身。黑卫顺着他的步调跟在后面，每个人手上都拿着一把惠洛克式滑膛枪，佩戴着一把军刀或其他武器。加文沿着台阶一路爬上光明利亚的露天屋顶阳台，和往常一样，他最先注意到站在那里的凯莉丝。她的个子不高，身体天然的曲线如今已被多年的艰苦训练打磨得坚实有力。她的头发又长又直，今天呈出淡淡的金黄色，明明昨天还是粉色的。加文喜欢它变成金色的时候，金色一般说明她心情不错。其实，她的发色之所以会改变，并没有什么特别神秘的原因，只是她本人喜欢频繁变换颜色而已。或者她认为自己天生与众不同，所以干脆变个颜色，不与大家混成一片。

　　与保护白袍使的其他黑卫一样，凯莉丝也穿着剪裁朴素、适宜战斗的细布黑裤与上衣，只是在肩上与颈部有标志着她职位的金线刺绣。和其他人一样，她也佩着一把细长的黑色军刀——那是一种稍向前弯曲的单刃剑。除此之外，她还带着金属制的盾挡，注意是盾挡不是盾牌，这种护具中间通常会附带一把穿孔匕首。跟其他人一样，她也接受了大量有关这两种武器以及众多其他武器的训练。和其他人不同的是，她的肤色并不是帕里亚人或伊利塔人那样的深黑色。

看来今天她的心情不错，见他来还调皮地动了一下嘴唇。加文朝她挑起一边眉毛，假装对她早些时候在自己房间的恶作剧有些恼怒，然后走到白袍使面前。

奥蕾雅·普拉尔是个干瘪的老妇人，最近还变得越发依恋自己现在坐的这张轮椅。每天晚上，她都要确保轮流值守的黑卫当中至少留有一个壮汉，以备随时带她上下楼梯。尽管身体虚弱，奥蕾雅·普拉尔却已经有十多年未逢敌手，没有挑战者胆敢觊觎白袍使的位置。大多数人甚至早已记不住她真正的名字，只知道她就是白袍使。

"您准备好了吗？"她问。对加文来说，这种事可谓小事一桩。但在白袍使看来，即使过去这么多年，在她心里依旧无法完全接受这个事实。

"我会控制好的。"

"您总能做得很好。"她的眼睛是灰色的，清澈明亮，只是虹膜上围着两道弧形宽条，上方的瞳晕呈蓝色，下方呈绿色。白袍使是蓝绿双色御光者。由于很久没有使用御光术，现在她眼中的瞳晕已经变淡，但两条瞳晕宽到无以复加，甚至从瞳孔向外一直延伸到虹膜边缘。恐怕她再使用御光术的话，颜色就会冲破瞳晕，渗透巩膜，那样一来她就完了。这也是她不带有色护目镜的原因。与其他退休的御光者不同，她甚至不用随身携带那副不再使用的护目镜，来提醒大家自己曾是什么人。奥蕾雅·普拉尔是白袍使，这就足够了。

加文走上安装在弧形轨道上的高台。高台上方悬挂着一块巨大的光面水晶，人们可以以在一天中的任何时候，或是一年中的任何月份调整它的位置。不过加文根本不需要这种东西,他也从来没用过,但是,如果他能让别人觉得自己其实需要借助一些东西才能控制这么多光的话,大家似乎会感到更为安心一些,毕竟他从没被瞳晕的问题折磨过。可生活就是这么不公平。

"有什么特殊要求吗?"他问。

光明王对这世上魔法中存在的不平衡究竟抱有怎样的看法,依然是个谜。根据宗教传说之类的胡话,光明王能够直接与奥赫拉姆神通灵,并由此连接所有的郡。总之,在加文成为光明王之前,根本没人研究过这个问题,即使是白袍使——加文遇到过的最死皮赖脸的女人——在向他询问事情的时候也会感到害怕。

直到现在,那群人也没获得多少进展。不过很久之前,他和白袍使曾做过一笔交易:她会对他进行高强度的研究,他也要配合配合。作为交换,白袍使将允许他单独出行,无需有亦步亦趋的黑卫跟随。这个计划很奏效,大部分时候都很奏效,有时加文甚至忍不住想去戏弄她,因为在他担任光明王的十六年里,他们从他身上一无所获。当然,如果他把她推得太远,她就会把他带到这里,说自己真的很需要近距离观察光究竟是如何穿过他的皮肤,进而移动。所以他必须进行权衡。否则就要在露天下、冬天里,赤身裸体。

那可不怎么令人愉快。加文就是加文,他知道自己的底线在什么地方,他可是货真价实的七郡帝王。

"我想,您该允许黑卫们展开接下来的工作了,光明王陛下。"

"关于权衡的事我认真考虑了。"

"他们受训一生就是为了服务我们。他们在冒着生命危险工作,可您却每周都会消失不见。我们说好了,您可以不带他们出行,但只限于特殊情况。"

服务我们?实际情况比这复杂一点吧。

"我喜欢过危险的生活。"加文解释道。他们总是在为这个争吵。

毫无疑问，白袍使认为如果她不在这个问题上出面，他就会趁机争取更多的自由。她的想法没错。加文直视面前的白袍使，白袍使也直视着他，旁边的黑卫一言不发。

这是你当初对付他们的方法吗，我的兄弟？还是说你只要施展魅力就能让他们听你的话？我生命中的东西怎么全都和权力牵扯不清。

"今天没什么特殊要求。"白袍使说完，加文开始了。

光明王能够做到两件别人做不了的事情，而这两件事也是最核心的关键。首先，加文可以在没有外界帮助的情况下将光解析成各个颜色。一般的红色御光者只能操纵一弧红光，有些人的弧比较宽，有些则比较窄。为了使用御光术，他们必须先看到红色——红色的岩石、鲜血、日落、荒原，什么都行；他们也可以佩戴红色护目镜，就像习得御光术很久的御光者那样，护目镜会将阳光过滤，只留下红色的光，虽然它的威力比较小，但总比完全依赖周围的环境要强。

另外，所有御光者都有限制：单色御光者只能操纵一种颜色；双色御光者只能操纵两种颜色。一般来说，两种颜色在光谱上必须是相邻的，例如红色和橙色，黄色和绿色；多色御光者——能够操纵三种或更多种颜色的人——最少见，但即便是他们，也只能利用见到的颜色发挥御光术。只有光明王从来不需要护目镜，只有加文能凭借自己的力量将光线分解。

这对加文而言十分方便，但却帮不了其他任何人，唯一能给大家帮上忙的是：每当他站在光明利亚之巅，阳光流过他的双眸，在他的皮肤中填满光谱上的各种颜色并从身上的每个毛孔向外渗出时，他便深切地感受到世上魔法中所存在的不平衡。

"和以前一样，在东南方，"加文说道，"在提利亚深处，可能是凯尔芬，有人正在使用薄红御光术，很多很多的薄红拉克辛。"热量与火通常意味着战争魔法。当不会御光术的军阀或郡首想要杀人的时候，他们首先想到的就是薄红御光术。太明显了。提利亚展现出的薄红拉克辛数量说明他们要么正在进行一场无声无息的战争,要么新郡首拉斯克·格拉多已经建立了属于自己的战斗御光者培训学校,要是让他的邻居们知道这件事,大家肯定高兴不起来,尤其是掌管提利亚前首都加里斯顿的卢斯格尔郡首。

除了过度使用的薄红色,与上次加文测量时相比,红魔法的使用量似乎比蓝魔法多了一些,绿魔法也比橙色魔法多了一些。当然,这个系统是需要自我调节的。如果红色御光者使用了太多的红色,那么他们操纵红色的难度就会随之变大,与此同时,其他人操纵蓝色则变得越来越容易。被封印的红色拉克辛会因此变得更容易解体,而被封印的蓝色拉克辛则会变得更稳定,到了那时,使用御光术将变得非常不方便。

根据传说,在卢希多尼斯到来、真正的奥赫拉姆神崇拜时代开始以前,世上的魔法中心四散在各地:绿色的位于如今的卢斯格尔,红色的位于阿泰什等等。所有人都崇拜异教神,深陷迷信与无知的泥潭,一些军阀几乎杀光了所有蓝色御光者。他们说,数月之内,碧穹海变成血红,海里的生物全都窒息而死,各地海边的渔民都得忍饥挨饿。少数活下来的蓝色御光者凭借自身的勇敢拉回了世界的平衡——他们使用了太多的蓝魔法,甚至导致了自身的毁灭。到最后,蓝色御光者死亡殆尽,大海被净化,红色御光者也能像从前一样使用红魔法。但此时已经没有蓝色御光者了。于是不久后,蓝色御光者此前所有的努力再次付诸流水,大海又变成血红色,饥荒和疾病流传开来。

这样的情况一直轮回着。几乎每一代都会有成千上万的人被大规模的自然灾害从人世间抹去。他们相信自己一定是做错了什么,因而惹怒了他们喜怒无常的神灵。

光明王可以防止这种事情的发生。加文可以在任何物理迹象出现以前,一早察觉到什么东西正在失去平衡,并通过操纵相反的颜色对其加以纠正。一旦光明王失败,他们总是不可避免地在七年、十四年或二十一年的时候遭遇死劫，光明利亚便只能用最艰难的办法防止灾难——除了东奔西跑地四处救火（有时候是字面意义上的）之外，他们还会向全世界发布公文，比如敦促蓝色御光者不要在非紧急情况下使用御光术，同时号召红色御光者比平常更多地炼制拉克辛。由于每个人一生中能够操纵的颜色的量是有限的，因此就意味着这么做会加速七郡内所有红色御光者的死亡，所有蓝色御光者也不能再展开工作。每逢这样的时刻，光明利亚便会抱着极大的积极性去寻找光明王的接任者，奥赫拉姆神也总会在每一代结束使命之后，派遣一位新的光明王，否则训令就会延续下去。

不过加文这一代是个例外。在神明不可言喻的智慧下，奥赫拉姆派来了两位光明王——这让整个世界分崩离析。

加文缓慢地转动身体，伸展两臂，释放出一团团幻紫光以平衡薄红，然后又用红光平衡蓝色，接着用橙光平衡绿色……等到整个世界再次恢复平衡，他才停下。

他转身看向白袍使，翘起嘴角。和往常一样，她的表情依旧和密码一样难猜。她手下的黑卫——这些人每个都是御光者，所以知道刚刚加文操控了多少能量——似乎也同样不为方才的光景所动。或许他们只是习惯了，毕竟他是光明王，他的工作就是完成一些不可能的事。如果非要说有什么不同的话，那就是现在黑卫们稍稍放松了一下，他们的任务是保护白袍使，如果事情真的发展到那个地步，必要的时候他们甚至会提防加文。

加文是光明王，七郡名义上的帝王。但实际上，他的职责主要在宗教方面。那些超出精神领袖本分太多的光明王，基本都会被要求强制退休。这样的处理常常是永久的。黑卫虽然会誓死保护他免遭伤害，但白袍使才是光明利亚真正的掌权者。必要的话，他们只会为她战斗，而不是为他。万一真的发生那种事情，就算他们知道自己全都会死，也会义无反顾地冲上去。这就是他们受训的意义，哪怕是凯莉丝也是如此。

加文有时会想，如果真发生那种事，凯莉丝会是最后一个试图杀死他的人，还是第一个？

"凯莉丝，"白袍使说道，"前往提利亚的船正在港口等你。拿上这个，启航后再看它。看完后，如果你乐意，可以自己划桨过去，毕竟时间宝贵。"说完，她递给凯莉丝一张折叠的便笺，信口甚至都没有封上。要么白袍使相信凯莉丝在船开动前绝对不会打开它，要么就是她知道，无论密封与否，凯莉丝都会立刻打开看。加文以为很了解凯莉丝，但他也不知道凯莉丝究竟会怎么做。

凯莉丝接过便笺，向白袍使深鞠一躬，连看都没看加文一眼，便转身离开了。加文禁不住目送她苗条、优雅而有力的身影，不过只有片刻。反正不论怎样，白袍使都会注意到自己的举动，但如果他真的开始行动，她很可能会说些什么。

随着凯莉丝的身影消失在台阶下面，白袍使挥了下手，示意其他黑卫后退到了听力所及范围之外。

"那么，加文，"她抱起双臂说道，"您儿子的事，解释一下。"

CHAPTER
— 06 —

绿光桥距离莱克顿上游不到三英里。尽管身体已经在向他尖声抗议,但每次奇普放慢步伐,眼前就会浮现出士兵们从河对岸走近的景象。他必须尽早抵达那里。

经过大约十二次奴役与死亡的幻想噩梦之后,奇普终于到了。伊莎贝尔、芮米尔和桑松正倚在桥边优哉游哉地钓鱼。伊莎贝尔在寒冷中抱成一团,看着桑松试图钓上虹鳟鱼,芮米尔则在一旁告诉他哪里做错了。当奇普弯下腰喘着粗气跑到他们身边时,几个人都朝他看了过来。

"快走,"奇普喘着气说,"士兵要来了。"

"噢,噢,不!不要!"哪里都没有士兵的踪影。芮米尔佯装恐慌地嘲讽道。

桑松猛地跳起身,他还以为芮米尔说的是认真的。桑松长着龅牙,特别容易轻信别人的话。他的脾气好,所以总是最后一个明白笑话的人,也是最容易成为笑柄的人。

"放松,桑松。我在开玩笑。"芮米尔说着,捶了下桑松的肩膀,很用劲。

其实在他们第一次听说征兵官要来征兵的时候,大家几乎只花了

携光者
卷一 光明王

一秒就断定,假如说他们中的一个会被强征加入格拉多王的军队的话,那个人肯定是芮米尔。十六岁的他不但比其他人都要年长,而且还是唯一一个远远看去体格就酷似士兵的人。

"我没在开玩笑。"奇普仍然弯着腰,双手放在膝盖上,重重地喘着气。

依然不确定情况的桑松说道:"我妈说镇长和国王的人大吵了一架。她说镇长告诉国王的手下,让他把这些命令都粘到他的耳朵里去。"

"如果我认识镇长,她就不会说耳朵。"伊莎坏笑着咧嘴说道。桑松和芮米尔也跟着笑出声。他们还没明白现状。

奇普看到伊莎朝芮米尔那边瞄了一眼——只是快速的一瞥,似乎在寻找他的赞许。当她发现自己如愿之后,奇普注意到她比之前更开心了,这令奇普感到胃里又一阵恶心。再一次。

"发生什么事儿了,奇普?"她转头问。棕色的大眼睛、丰满的嘴唇、婀娜的曲线、无瑕的肌肤,和她说话时想要不注意到她的美丽是不可能的。她甚至比丽维还可爱,真的,可爱到无以言表。

奇普试图说点什么。有人要来杀我们,所以我为了一个根本不喜欢我的女孩担心得要死。

距离绿光桥最近的橘子园,离这里只有三四百步。桥与那些树之间几乎没有任何遮盖。

"有——"奇普刚开口,就被芮米尔抢在前面。

"如果他们召我去参军,我会自愿成为一个战斗御光者,"芮米尔说,"那很危险,我知道,但如果我必须离开我所爱的一切,我就要为我自己而活。"他望向远方,好像在看自己宏伟的未来。奇普真想一拳砸在他那张英俊又充满英雄气概的脸上。

"你为什么不和桑松一起逃走呢?"芮米尔问他,"你懂的,躲开那支坏军队,伊莎还想和我道别呢。"

"你们为什么不能在这里和我们一起道别?"桑松问。

伊莎脸红了。

芮米尔的眼睛闪着光。"说真的,你们俩,别当白痴好吗,嗯?"他假装开玩笑地说道。

"芮米尔,听着,"奇普说,"军队要来拿我们立威,我们必须离开,现在,马上。戴纳维斯大师说他们会先占领这座桥。"事实上,绿光桥本身就是上次获胜的军队留下的,它几乎全部由绿色的拉克辛组成——最持久的拉克辛:封印之后,它的分解速度会比其他任何种类的拉克辛都要慢。他们说,当加文·盖尔率领他的军队经过这里,去击溃他邪恶的兄弟达森·盖尔的军队时,加文·盖尔——光明王本人——用御光术创造了这座桥。就他一个人,只用了几秒钟。军队畅通无阻地过了桥,不过他的征粮队偷走了镇子上尚存的所有食物和牲畜,镇上所有的男人也都被两边强征去打仗。

这就是为什么他们都没能在父亲的陪伴下长大。莱克顿人不该将经过的军队视为小事,就算是孩子也不可以。

"帮帮忙,小胖子。我会补偿你的。"芮米尔说道。

"如果你跟士兵们走了,你不会回到这里补偿我。"奇普说。每当芮米尔叫他小胖子的时候,他总想把他宰了。

芮米尔的脸上浮过一丝阴沉。他们以前打过架,每次都是芮米尔赢,但每次都不轻松。奇普很顽强,而且有时候还会发疯。他们都知道这点。芮米尔继续道:"那帮我个忙吧,嗯?"

"我们必须走了!"奇普几乎在大吼。他不知道自己为什么会这么失控。芮米尔什么样子他是知道的。他选好一个目标就会勇往直前,踏平路上一切障碍,绝不含糊。今天,他的目标是夺走伊莎贝尔的第一次,就是这么简单,仅仅是入侵的军队绝不能阻止这个蠢物。

"好了,走吧,伊莎,我们去橘子园。"芮米尔说,"我不会忘记这件事的,奇普。"

携光者
卷一 光明王

芮米尔抓起她的手,拉着她走了。她跟在他身后,却回过头来,越过肩膀看着奇普,好像在期待他会做些什么一样。

但他能做什么呢?事实上他们在朝正确的方向走。如果他跑上前朝芮米尔的脸上揍一拳,芮米尔就会狠狠回揍他一顿——而且更糟的是,他们都会暴露在旷野中。如果奇普跟着他们,即使他没那个意思,芮米尔也会认为他想打架,最后导致同样的结果。

伊莎贝尔还在看他。她是那么美丽,真让人心疼。

奇普可以待着,什么都不做,在桥下藏起来。

不行!

奇普咒骂了一声。伊莎回过头,看到他正好从绿光桥的阴影中钻出来。她的眼睛睁得老大,奇普恍惚间觉得自己从她嘴唇上看到一抹笑意,是为奇普鼓起男子汉气概追赶她而真的感到高兴,还是因为被争夺满足了虚荣心?然后她抬起头,看向左边,看向河对岸,接着,脸上浮现出吃惊的神色。

一个男人的叫声从上方传来,但在水流声的掩盖下,奇普听不清他具体在说些什么。走到河堤顶端的时候,芮米尔忽然踉跄了一下,他好像是没赶上自己的脚步,绊了一跤,向后栽倒在地。

直到奇普将芮米尔柔软无力的身体翻转过来,才看到从他背上伸出的箭头。

伊莎也看到了。她看向河堤上的男人,又瞥了一眼奇普,然后朝另一个方向飞快地跑去。

"杀了她。"一个男人用洪亮清晰的声音下令道。他就在奇普头顶的桥上,声音十分冷酷。

奇普感到一阵恶心、无助。他浪费了太多时间。他的意识拒绝眼前所看到的光景。伊莎正沿着河岸奔跑,步履飞快。她一向很快,但那里没有任何可以躲藏的地方,没有任何东西可以挡住奇普知道要飞过来的箭。他的心脏在胸腔里疯狂敲打,心跳声在耳朵里咆哮,然后突然间，心跳的速度猛地加倍，又加三倍。

一道阴影闪过他的眼角。是箭。奇普的胳膊瞬间痉挛起来，仿佛已被箭射中一般。一道像苇叶一样薄而细长的蓝光，以迅雷不及掩耳之势从他身上射向半空。

箭最终掉到河里，离伊莎至少十五步远。弓箭手咒骂起来。奇普低头看看自己的双手，它们在颤抖——而且是蓝色的，像天空一样明亮的蓝色。少年震惊得呆住了。

他回头望向伊莎，现在她已经远在一百步之外了。可又一支箭的阴影从他眼角掠过，直接射中了伊莎后背。她脸朝下径直摔在河堤的粗石上，但就像奇普看到的那样，伊莎缓慢地跪起身，箭杆从她的腰上突出来，手和脸上满是鲜血。当第二支箭扎进她后背时，她几乎已经站起来了。然后她向前跌进河流的阴影，不再动弹。

奇普傻愣愣地站在原地，不敢相信眼前发生的一切。他的视野逐渐缩小，只能看到鲜红的血从伊莎的背上流入清澈的河水中。

马蹄在他们头顶的桥上嗒嗒作响，将奇普的思绪搅成一团。

"长官，士兵们都准备好了。"一个男人在他们上方说道，"但……长官，这是我们自己的镇子。"

奇普向上看去。组成桥体的绿色拉克辛是半透明的，因此他能看到那些士兵的影子——这意味着，如果他或桑松移动的话，士兵们也会看到他们。

一阵沉默过后，下令杀死伊莎的那个军官冷冷地说道："所以我们应该让国民选择该什么时候服从他们的国王吗？还是说，遵从我的命令与否，也应该是可以选择的？"

"不，长官。只是……"

"你说完了吗？"

"是的，长官。"

"那就把这地方烧光。把他们全部杀光。"

CHAPTER
— 07 —

"你连装都不打算装一下吗？比如没读我的信之类的。"加文问道。

白袍使讪笑一声："为什么要侮辱您的智商？"

"既然我能想出半打理由，那意味着你大概能想出一百个。"加文回道。

"您在逃避问题。您有儿子吗？"看来她一心要得到答案。加文知道她绝对不会在这个问题上放过他，虽然她压低了说话的声音。想必白袍使比任何人都更清楚当前局面的严重性，即使是黑卫也不可以听到这些话，但如果她读到了那封未密封的信，其他人当然也能这样做。

"就我所知，那不是真的。我想象不到这件事发生的可能。"

"因为您一直很小心，还是因为实际上就不可能？"

"你不会真的想知道答案。"加文说。

"我理解光明王所面临的巨大诱惑，我也欣赏您多年来的克制或谨慎。但无论您是克制还是谨慎，这么多年来，我从来没有为怀孕的年轻御光者，又或是怒气冲天地要求您必须娶他们女儿的父亲烦心过，为此我要感谢您。作为回报，我也没有和您父亲联合起来逼您结婚，当然，这样无疑可以让你的生活更轻松一些，我也同样。您是个聪明人，加文。足够聪明，但愿吧。您知道您可以向我要求派一个新的侍婢，或是更多侍婢，或是您需要的任何东西。另外，我希望您能够……非常小心。"

加文咳了一声："请别再说这样的事了。"

"我不想假装我能够追踪您的所有行踪去向，但据我了解，战争结束后，您应该就再没去过提利亚了。"

"十六年了。"加文轻声说道。十六年？他已经在那下面待了十六年吗？如果白袍使发现我的兄弟还活着，发现我一直把他关在这座塔下面的特制地牢里，她会做些什么？

白袍使挑起眉，显然是从他不安的表情里读出了什么。"啊，战争中，以为自己可能快要死了的男男女女们总会做出许多蠢事，对您来说，那是段疯狂的岁月。所以，或许眼下出的这档子事，就是那时候造成的问题吧。"

加文的心猛地凉了半截。十六年前发生过的事可说是不计其数，但眼下最重要的问题，恐怕就是这个孩子了，更要命的是，那个时候加文与凯莉丝已经订婚。

"如果您能绝对肯定这件事不是真的，"白袍使说，"我会派人把信从凯莉丝那里拿回来。我是在努力帮您，您知道她的脾气。我觉得她最好在出发后知道这件事，这对你们两个人来说是最好的。等她冷静下来，我想她会原谅您的，但如果您发誓那并不是真的，那她就根本没必要知道了，对吧？"

一瞬间，加文对这个老太婆心情非常复杂。白袍使在示好，这毋庸置疑，但眼前的局面却也是她精心安排的——为的就只是要看到加文最真实的反应。真是同时兼具了友好、残忍与狡猾，而且绝非偶然。加文心下提醒自己一百遍，千万不要跟奥蕾雅·普拉尔作对。

"我对这个女人没印象。完全没有。可那是段糟糕的日子，我、我不能发誓。"他忽然很想知道白袍使会怎么理解这句话，她会觉得他是在承认自己的错误吗？在与凯莉丝的婚约期间去外面偷情？虽然他相信自己一向很小心，但年轻人总会犯错。

"我该走了，"他说，"我会彻底调查清楚。这是我的麻烦。"

"不，"她回答得直截了当，"现在是凯莉丝的麻烦。我不打算让您去提利亚，加文。您是光明王。我那次让您去已经够糟了，当时破光魔……"

"你不必派我去。你只要不阻止我就行。"

之前那次是他们第一次发生冲突。她拒绝让光明王身处险境，还说那简直是在发疯。但加文根本不和她争论，只是拒绝放手。她把他软禁在自己的房间里，结果加文把门给炸开了。

那件事的最后，白袍使妥协了，而加文也以别的方式付出了代价。

过了一会儿，她用非常非常轻的声音问道："过了这么长的时间，加文，您杀了这么多破光魔，拯救了这么多人，疼痛可曾减轻几分？"

"我听到一些异端邪说，"加文直截了当地回道，"又有人开始为旧神传教了，我要去查清楚。"

"您已经不再是守护圣使了，加文。"

"不是说随便五十个半桶水的御光者就能阻止——"

"您现在是光明王，是这五十年甚至一百年来，我们拥有的最杰出的光明王。而在他们的伪政权下，可能会派出一百，甚至五百个御光者，所以我不会听您的。凯莉丝会去核实这个女人与她儿子的事情，然后去调查所谓的格拉多王。我要先看看她能调查到些什么。她会在两个月内回来。既然说到破光魔，前两天有人在血森林郡外围发现了一个异常强大的蓝色破光魔，他正在往卢城方向前进。"

一个蓝色破光魔在往世上最红的地方前进。怪了。通常蓝色破光魔的行为都很合乎逻辑。不过他也能借此散散心，还算是件好事，至少能让他暂时没什么时间与凯莉丝联系。"那么，劳驾了，尊贵的女士。"他的礼貌总会带上些讽刺。不等她允许，加文已经开始聚集魔法并朝塔楼边缘走去。

"噢，不能这样！"她喊道。

加文停下来，叹了口气："怎么了？"

"加文！"她呵斥，"您不会忘了您之前许诺过的课程教学吧。见到您是每个班级的至高荣誉。她们为此都等几个月了。"

"哪个班？"他不解地问。

"幻紫班。她们只有六个人。"

"我记得那个班有个姑娘经常会从头顶向外溢出拉克辛，是吗？她叫什么名字？拉娜？安娜？"虽然经常会有女人追求加文，但那个姑娘从十四岁起就开始对他投怀送抱了。

白袍使看起来有些头痛："我们已经跟那个女孩谈过好几次。"

"你瞧，"加文说，"就快要退潮了，我必须追上凯莉丝。下一次你看见我的时候我会去那个班教课的。不找借口，不吵架。"

"说话算数？"

"我向你保证。"

白袍使立刻像只餍足的猫一样笑了："虽然你不承认，但你其实还挺喜欢给人上课的，不是吗，加文？"

"嗨！"加文说，"再见！"

接着，在她开口说出其他话以前，加文已经冲向塔边，跃入空中。

CHAPTER
— 08 —

奇普盯着伊莎的尸体。看到士兵们杀死芮米尔后,她曾向后看了奇普一眼,她在寻求安全,寻求保护。她看到了他,同时也知道他救不了她。

听到声响,奇普才将目光从伊莎身上移开。桑松已经消失了,正朝村子那边跑去。他虽然不聪明,但一向很实际。他这辈子大概都没干过这么蠢的事情。但奇普不能怪他,毕竟他们都没见过有人死在自己面前。

但那些士兵不可能看不见桑松,如果奇普不做些什么的话,桑松肯定也会死。

他已经受够了,站在原地看着朋友们死去,自己却什么都做不了。他没做多想,直接行动起来。他拼命跑着——朝相反的方向。

奇普讨厌奔跑。芮米尔跑起来的时候就像一条正在逐鹿的猎犬,浑身都是坚硬细长的肌肉与流动的力量;伊莎跑起来的时候则像奔逃的小鹿,轻盈优雅,速度也让人惊讶;只有奇普跑起来的样子像一头奶牛,笨重地挪动身子准备去吃草。不过,也没人对他抱有什么期望就是了。

奇普跑过芮米尔的尸体,开始全速冲刺。身后传来一声呼喊,他猛地撞上河堤，但几乎没有减速。一旦身体动起来，他就很难再停下。

一棵枯死的树苗藏在河边草丛里，树干只到小腿高。奇普一脚绊到树干上，猛地向前栽倒，脸着地滑了出去，像条鱼一样笨拙地摔向地面。疼痛让他眼前黑一阵红一阵，一瞬间，他差点吐了出来，接着又是一阵头晕眼花。他朝下看去，以为这次骨头肯定会从腿里扎出来，然而什么事都没有，还真是软骨头。

眼泪涌出。他的手又流血了，指甲也破了。他听到桥上的人在叫喊。他们暂时应该找不到他，但骑兵正在朝这边过来。他离那些士兵不到五十步。身边的杂草只有膝盖高，骑兵们随时都有可能发现他，到时候他就死定了，就像伊莎那样。

奇普踉跄着站起来，小腿火辣辣地疼，泪水模糊了视线。他恨自己。他哭，是因为他跌倒了，因为他笨手笨脚，因为他很软弱。

见他站起来，骑兵们立刻喊了一声。以前格拉多王的骑兵穿过镇子的时候，奇普曾经见过很多次，但从没有哪一次像现在这样穿戴盔甲、全副武装。通常他们穿过莱克顿时总会将甲胄收好，莱克顿太小了，根本不值得在那儿炫耀武力。冲向奇普的骑兵都是些级别较低的战士，这些人勉强负担得起自己的马、武器与盔甲，所以他们只在旱季服役。他们不是职业军人，只希望在丰收前能带些战利品与谈资赶回家乡。两人都穿着甲板上衣，这种上衣比权贵与格拉多王手下镜光骑士佩戴的全副铠甲轻一些，便宜一些，盔甲前面有六条又薄又窄的板子相互交叠，袖子与背部则用铆钉固定。每人头上都戴着一种名叫"拓普"的圆头盔，这种头盔顶端有一个尖，旁边竖着秃鹰的羽毛。护面挡板自头盔垂下搭至肩膀，以保护脖子，并为胸口提供双重保护。两人拿的都不是长矛，而是维切波罗剑——一种镰刀状的剑。这种武器和斧子一样有着长长的手柄，末端是新月形的刀锋，内凹一侧开刃。两名骑兵互相推挤着争夺最好的前进路线，谈笑着比赛看谁先砍中这个孩子。

笑声率先击中奇普。放弃等死是一回事，让傻笑的白痴砍了则是另一回事。可是没时间了。两名骑兵正全速前进，一路践踏着柔软的鲜绿青草冲过来，就像要这样践踏奇普一样。两人最终兵分两路，其中一个还改成左手拿刀，这样一来，他们就可以同时砍中奇普。

奇普挥着拳头跳起来，决定至少在自己死前将其中一个蠢蛋揍得神志不清。他跳得不高，而且时机太早。但是，当奇普的身体跃起并马上就要碰到刀刃时，一团光芒四射的绿色物质由下至上从他体内升起。他感到力量在从体内向外迸发。奇普的手上瞬间冒出十几道草状的刀锋，顺着他挥拳的动作从身体里钻出来，撕裂他的皮肤。随着绿光不断从他体内涌出，那刀锋也厚得像野猪的鬣毛一样粗，最终变成实实在在的武器。就在奇普将它们抛向空中的同时，他自己也被反弹到地面上，十几支闪闪发亮的绿色长矛瞬间扎进他四周的土地。

不等两名骑兵拉紧缰绳，就已经撞上了长矛组成的墙壁。他们的维切波罗剑从手里飞出，腾跃而起的战马被斜伸的长矛刺穿。马下坠的冲击力虽然折断了前面的矛，但随即又被后面的矛刺穿。两名骑兵被抛离马鞍，落向等在地上的矛刃。其中比较瘦弱的那个被矛尖径直接住，就这么停在了离地面五步的半空中。壮实的那个则干脆压断了长矛，背部着地，平躺在奇普旁边。

奇普傻愣愣地待了好一会儿，不明白刚刚究竟发生了什么。这时，他听到桥上传来一声大喊："御光者！绿色御光者！"他看着自己的双手，光芒四射的绿色正从他血迹斑斑的指尖缓缓向外渗出——那无疑是青草与长矛的颜色。他的指关节、手腕还有指甲下面到处都是切口，仿佛什么东西刚刚从皮肤下向外钻了出来。空气中充满了类似树脂与雪松的气味。

眩晕感再次袭来。他听见有人在用低沉、急切的声音咒骂。他转过身。

原来是那个士兵。他躺在奇普旁边，血流不止。奇普不知道这个人怎么还活着。有四支矛贯穿了他的身体，不过那些长矛正在消失。伴着微弱的光芒，长矛在自身重力影响下逐渐弯成弓形，仿佛在以极其微小的速度汽化于无形。那个士兵喘不上气了，他的动作导致穿透胸膛的两支长矛发生了位移。士兵呜咽着咒骂。慢慢地，长矛消失了，只留下了细碎的绿色粉末混杂在士兵的血中。尽管他的脸上歪斜地盖着护甲，奇普还是能看到他那深色的眼睛里面正闪烁着泪光。

一时间，奇普忽然明白了这一切事情之间的联系。绿色象征着团结、增长、野性、整体，但随着它从他指尖滑出，巨大的长矛便像凋萎的花一样弯曲溶解。他再次感到前所未有的孤独与恐惧。那个被举在半空中的小个子骑兵掉到地上，盔甲发出铿锵的声响，闪闪发光的长矛像尘土一样被风吹散。

奇普听到哭声，是那个大个子骑兵，他还在咒骂。这个男人费力地吸了一大口气，接着剧烈地咳嗽起来，鲜血透过护甲喷得他满脸都是。他转过身来趴倒在地，破损的拓普头盔里随之涌出了更多鲜血。

少年转身跑开。他看向桥边，格拉多王的士兵已经不见了。奇普猜测，大概是他们认为某个受过训练的御光者突然出现救了他，或者他们打算等天黑后再来抓捕，又或者他们回去叫自己的御光者了。不管怎样，奇普必须逃走，而且要快。

奇普拖着颤抖的双腿转过身，手指刺痛不已，大脑疲惫不堪，心头满溢悲伤，就这样跌跌撞撞地朝橘子园跑去。

CHAPTER
— 09 —

    加文·盖尔纵身一跃，从数不清的教室与营房外掠过。他知道会有不少人冲到窗户边来看外面发生了什么。实际上，今天是那些小蠢蛋们学习御光术的第一天，所以，对所有教授基础课程的导师来说，他的举动都会是最完美的示范实例。

    导师或许会点亮一根蜡烛，然后让学生来评论正在发生的事情，这往往能给导师们很多戏耍孩子们的机会，让他们困惑不已，因为他们总会回答："是在燃烧。""那你所说的'燃烧'，又是什么意思呢？""呃，不就是在燃烧吗？"最终的要点在于，所有火焰都必须从某种有形的物体开始，并几乎会归于无形。当蜡烛燃烧时，牛油都去哪里了？它们变成了能量——我们感知为光与热的能量，还有一些残渣——而残渣的多少取决于蜡烛燃烧的效率。

    但魔法是与之相反的过程。它始于能量——光或热——然后得到具体的结果，制成拉克辛之后，你能碰触它，掌控它——或是被它掌控。

    下到半空，加文用天空的冷蓝色制出一面降落伞和背带。为了让背带变得柔韧一点儿，他又往中间加了些绿色。降落伞嘭地展开，减缓加文下落的速度。当他距离地面只有几步远时，他又向下喷出薄红色的冲击波,好让自己可以轻轻地落在街道上。降落伞瞬间被分解成蓝粉末与绿砂,四周弥漫开一股混合树脂、白垩与雪松的气味。加文头也不回,大步走向码头。

不一会儿他就找到了凯莉丝。她也才刚到码头,肩上只背了一个小包。这会儿她已经换下黑卫制服,不过下面穿的还是裤子。凯莉丝一年只穿一次裙子,就是在御光使的舞会上,因为舞会要求她必须穿裙子。她还将头发染成近乎全黑,以免在提利亚太过惹眼。

当然,她那双眼睛,想不引起注意是不可能的。那对眸子看起来就像在翠穹上饰满红宝石一样的繁星。凯莉丝是个绿红双色御光者,几乎算得上是多色御光者了。不过她这辈子最恨"几乎",由于她能控制的红色光带向薄红光带渗入太多,所以她虽然能制出火焰,但却造不出稳定的薄红拉克辛。她没能通过考试,两次都失败了,尽管她能比大多数薄红御光者制造出更多薄红色的拉克辛。她还是加文见过的速度最快的御光者。但那些都不重要,反正,她不是多色御光者。

但从另一方面来说,多色御光者实在过于宝贵,所以国家绝对不会允许他们加入黑卫。

"凯莉丝!"加文喊了一声,小跑着追上她。

她停下来等他,脸上带了一丝嘲弄:"光明王陛下。"她还会和他打招呼,在公开场合这么做合情合理——另外,这说明她还没有看那封信。

加文走到她身边。"去提利亚,"他说,"是吧。"

"七郡里最不让人舒服的地方。"她回道。

还有五年,五个伟大目标。打从加文首次成为光明王,他就为自己制定了这些目标。每过七年大限,他就会有七个新目标。第一个——第一个总是——告诉凯莉丝全部事实真相。一个可能毁了一切的真相。我干了什么,是为了什么。以及为什么我十五年前会打破我们的婚约。

而你会为此在那座蓝色地牢里永远腐烂下去，我的兄弟。

　　"这可是重要任务。"他说。

　　凯莉丝耸耸肩："怎么从不派我去卢斯格尔或血森林执行重要任务呢？"

　　加文轻声笑了。卢斯格尔是七郡中最文明最繁荣的地方，当然，作为绿色御光者，凯莉丝一定会很喜欢韦尔当平原。而血森林郡是她族人的故乡，从她年幼时起，她就没能再去红树林里漫步。"你为什么不短途造访一下呢？我能划船送你过去。"

　　"你不是要去提利亚吗？那可在海的另一边！"

　　"反正我也要去处理一个破光魔，正好顺路。"而且我很可能不剩多少接近你的机会了。

　　她消沉起来："最近出现了很多破光魔。"

　　"人们总是觉得最近好像有很多。还记得去年夏天吗？当时六天里出现了六个，之后三个月一个都没有？"

　　"好像是吧。这次是哪种破光魔？"她问。和大多数御光者一样，每当出现与自己颜色相同的破光魔，凯莉丝总会感到特别愤怒。

　　"蓝色的。"

　　"啊，那我猜你这趟是去对了。"她知道加文特别痛恨蓝色破光魔，"等等，你要去提利亚追捕一个蓝色破光魔？"凯莉丝转头看着他问道，红色的斑点在绿色的眼睛里闪闪发光。

　　"事实上，是在卢城外。"他清了清嗓子。

　　凯莉丝笑了。已经三十二岁的她脸上的细纹极少——遗憾的是仅有的几道皱纹里抬头纹比笑纹多。好在她有一对酒窝。生活就是这样不公平，相识多年之后，女人的美丽本不该如往日那般直击男人的心扉，掠夺他的呼吸，但加文却依然对她爱恋不已，于是那份钻心的痛楚也在他知道自己注定无法再拥有她时加倍袭来。"提利亚距离卢城足有一千里格！"

"最多也就几百而已。如果你不再继续把时间浪费在跟我争论上，我或许能在天黑前把你带过去。"

"这不可能，加文，就算是你也不可能。退一步说，就算真的可以，我也不能让你——"

"你没有要求我，是我自愿的。现在告诉我，你真的更愿意在船上待两个星期吗？今天天气看起来还不错，但你知道那些风暴说来就来。听说上次出航的时候，你整个人都绿得能从皮肤外面御光了。"

"加文……"

"那是个重要任务，不是吗？"他问。

"白袍使会为此杀了你的。她有一个溃疡就是用你的名字命名的，你知道的。"

"我是光明王，总能占些优势。而且我喜欢划船。"

"真是无可救药。"她投降了。

"我们都有点特殊的小才华。"

CHAPTER
– 10 –

橘子与烟的气味将奇普弄醒。天还很热，傍晚的阳光穿过树叶洒在他的脸上。晕倒之前，他总算躲进一片橘子园。顺着排列整齐的果树望去，确定四下没有士兵的踪迹，奇普才站起来。头依然很晕，但烟尘的味道赶走了其他所有思绪。

等他走到橘子园边上时，先前闻到的恶臭一下子浓烈起来，空气也变得浑浊不已。瞥见远处有光，奇普赶忙走出果园，夕阳已经落到镇长宅邸后，那里是莱克顿最高的建筑。然而他越看越觉得，夕阳原本美丽的深红似乎变成了更深的颜色，好像里面充满了愤怒。接着奇普看见了光——是火。浓烟翻腾着冲向天空，仿佛在传递信号一般，镇上其他十几个地方也冒出了烟雾。片刻的工夫，烟雾爆发成怒吼的火焰，开始在屋顶上方翻滚。

奇普听到尖叫声。橘子园中有一座古老雕像的残骸，镇上的人们都叫它"坏掉的人"。由于已经倒下数百年，很大一部分已经风化瓦解，只有头部还保留着。很久以前，有人在它已经破损的颈部刻了一排台阶，雕像头部所在的位置很高，大家可以在那里欣赏太阳从橘子林中升起的美景。这里一直是情侣们最喜欢的地方。这会儿，奇普顺着台阶爬了上去。

小镇在燃烧。数百名士兵松散地围成一个巨大的圆，将小镇团团包围。火焰将几个居民从藏身之处赶出来，随后奇普眼睁睁看着格拉多王的骑兵向他们举起长矛。那是老太太黛克拉和她六个做采石工的儿子，个头最大的米卡尔扛着她。他向其他人大喊，但奇普完全不知道他在说些什么。六兄弟一起朝河边跑去，显然是期盼能在那里找到安全的地方。

可他们去不了了。

骑兵们放低长矛全速冲刺，转眼间距离逃命的一家已不足三十步。

"现在！"米卡尔大喊。就连奇普站的地方也听到了他的声音。

六兄弟中有五个扑倒在地，只有扎罗慢了一步。一支长矛刺穿他的背，他的手脚不自然地张开，接着另外两个兄弟也被刺中。追赶他们的骑兵适时调整角度，刺向趴在地上的其他人，追赶米卡尔的骑兵把长矛放得更低，不过他没有刺中他，长矛被扎进地面，卡住了。

由于没有及时松开手上的长矛，这个骑兵在惯性的作用下从马鞍上摔下来。

米卡尔跑到摔下来的士兵旁边，抽出士兵的维切波罗剑。尽管对方身上穿了不止一层铠甲，但借着蛮力一刀下去，他几乎将士兵整个脑袋削下来。

可惜其他骑兵已经收紧缰绳。几秒钟之内，骑兵们犹如钢铁森林般重新将米卡尔、他的兄弟，还有他的母亲团团围住。奇普不敢看他们了。

他觉得自己快要吐了。在一些他看不到也听不到的信号指挥下，骑兵们又朝远处新的受害者追过去。奇普忽然很庆幸，他们离得很远，自己认不出他们是谁。

再看镇上其他地方，步兵们正在朝里面开进。妈妈！奇普已经呆看了好几分钟，现在才醒悟过来，脑子里一片空白。他母亲还在里面。他必须去找她。

可他怎么才能回到镇上呢？即使他能躲过士兵与大火，母亲还会活着吗？国王的人已经看到他逃跑的方向，他们大概会把早些时候见到的"御光者"当作目前整个地区唯一的威胁。他们肯定会找他。实际上，他们很有可能现在就在追捕他。

若是这样，站在橘子林的最高点可不是什么明智之举。

忽然，奇普听到了树枝折断的声音，或许是一只鹿。毕竟夜幕即将降临，要知道橘子林里总有许多鹿，尤其在——

不到三十步之外，有人骂了一声。

会说话的鹿？

奇普趴下来。他不敢呼吸，也不敢动。他们是来杀他的，就像杀死黛克拉一家那样。米卡尔·黛克拉块头那么大，壮得像棵老橡树，但他们还是轻而易举地杀了他。

走啊，奇普，快走。心脏在胸膛里狂跳。他的身体在发抖，呼吸变得极为短促。慢一点，奇普。他深吸一口气，将视线从颤抖的手上移开。

离这里不远处有一个洞穴。有一次，奇普在里面找到了他的母亲，那时她已经失踪三天。人们总说，这一地区有走私者的洞穴，于是每当母亲吸完迷幻药、花光家里的钱时，她便会出去寻找这些洞穴。大约两年前，她终于幸运地找到了足够多的迷幻药，因此一直没有回家。等奇普发现她的时候，她已经几天没吃东西，奄奄一息。曾经，他偶尔会听到有人大声说，希望她真的死了，这样反而对奇普更好。

回到地面后，奇普奋力奔跑，试图将自己与那个他听到的声音保持一定距离。可他的速度慢得简直和桑松再背一个桑松差不多。一路上，奇普速度很慢，但他竭力让自己保持安静。他穿过成排的笔直果树，呈之字形曲折向前，接着他听到一阵让他冷彻骨髓的声音：狗吠。

　　被恐惧攫住的奇普再次全速奔跑起来。他顾不得腿上火烧般的疼，也管不上肺里针扎似的痛，直直朝河边跑去。那个洞穴就在河岸上。这时，一个士兵的咒骂声从附近传来，大概就在他身后两百步的地方，或者更近。"把狗牵好！你们还想在天亮前找到御光者吗？"

　　天色每一分钟都在变暗。而这正是他到现在还活着的原因。等到天空的色彩尽数被黑暗吞没，御光者也将随之失去力量。在烟雾与黑云的笼罩下，天空比平常更早地暗下去。假如他们刚才就把狗放出来，或许现在已经抓住他了。可夜晚来得太快，现在他们大概随时都会放狗出来。

　　转眼，奇普已经跑上河岸。他一脚踩上自己裤腿，用一只手撑住地面才免于摔倒。他停下来。洞穴位于小镇上游不到两百步的地方，他捡起两块刚好能握住的石头，哪怕他进到这个能保护自己侧面与背后的洞穴，他能……怎样？死慢点吗？

　　他看着手里的石头。用石头去对付士兵与军犬？他太蠢了，毫无理智。他又低头看了看石头，将其中一块扔向河下游的对岸，又将第二块扔向更远的地方。然后他又抓起两块石头，在身上蹭了蹭之后尽力朝远处扔去。最后一块石头砸断一棵柳树的树枝，太蠢了。

　　没时间为自己的愚笨感到哀伤了。他的气味已经沿着上游方向散开——而那的确是他该去的地方。他只能怀抱希望，尽管那会是一次可悲的尝试，但除此之外别无他法。少年继续朝河岸上游跑，竭力无视不断逼近的狗吠声。他踏进河水，小心翼翼地避免湿衣服接触到任何一块干燥的岩石。河流的拐弯处就是他这次的目的地，很快奇普便消失在追兵的视线外。

　　"放狗追！"依旧是那个声音在叫喊。

　　奇普来到洞穴入口附近。由于洞口有巨石阻挡，从河面根本看不到这里，但只要他从河里走出来，就会留下气味，而且石头上潮湿的水迹也会出卖他的位置。他不能从水里出来，至少现在还不行。奇普抬起头，天空黑云滚滚。

别堆在那里，快给我来点雨！

"怎么回事？它们这是怎么了？"士兵问。

"它们是斗犬，长官，不是追踪犬。我甚至不能确定它们是不是在追着御光者的气味走。"

奇普又朝上游跑出百来步。蜿蜒的河流开始变得笔直，一棵树顺着河堤倒下，拦在水里。这棵树在气味踪迹方面帮不上什么忙，但可以帮奇普隐藏身上滴下的水。奇普走上浅滩停下来，如果他现在掉头向下游走，就会离那些追赶他的人越来越近。但刚才士兵口中提到的其他踪迹，在奇普的心中点燃了一丝希望。其他踪迹意味着其他新可能。如果没有那些狗的话，那个洞穴将会是最安全的过夜地点。

少年咽了口唾沫，以免心脏从嗓子眼里跳出来。他掉头朝洞穴那边往下游走。忽然，他感到身上一凉。下雨了？他抬头看向天上的黑云。一定是他的错觉。不一会儿，奇普又回到洞穴入口附近，俯瞰着它。

两个士兵几乎正站在他下方。还有两个在河岸对面。他们两侧各站着一条军犬，每条都到奇普肩膀那么高，身上佩戴着用大头钉固定的皮革外套，看起来就像战马穿的盔甲一样，只是没有马鞍。奇普赶紧趴到地上。

"长官，我能说句话吗？"其中一个人说。得到允许后，士兵说道："那名御光者直奔这条河而来，然后突然向上游转弯，最后走进河里？他知道我们在跟着他。我认为他向下游折回了。"

"可我们就在他身后？"指挥官问。

"他一定是听见了狗叫声。"

这句话让奇普猛地想起了别的事情：狗还可以闻到风中的气味。不只是地面。奇普喉咙紧绷。他忘了风。风是从西南方吹过来的。随着河流的转向，先往东再向北跑——完美的逃跑方向。如果他之前向下游的小镇方向跑的话，狗肯定会马上闻到他的气味。既然那名指挥官已经开始考虑，那他肯定也会马上意识到这点。

"快下雨了，我们可能只有这一次抓他的机会。"指挥官顿了顿，"快点找吧。"他吹了声口哨，向河对岸的士兵做个手势，示意他们向下游前进。一行人慢跑着离开了。

奇普的心又开始狂跳。他从河堤上下来，走到两块巨石旁边。两块石头之间有一条狭缝，看起来好像只能进去四步，便再没其他空间，但奇普知道里面其实有个拐弯。当初要不是闻到里面刺鼻且甜腻到令人作呕的迷幻药气味，恐怕他也绝无法发现这里。大概只有奥赫拉姆神才知道他母亲是怎么找到这地方的。

现在，尽管知道它就在那里，奇普却完全无法鼓起勇气走进两块巨石之间。有什么地方不对劲。那里不像原来那么暗了。外面已经全黑了。奇普堵上入口，看来有人已经躲到里面，还带着灯笼。

军犬变调的叫声再次令奇普浑身僵直。他们找到了他扔到河那边的石头。这意味着一切只是时间问题，那些人迟早会识破他的诡计。黑暗与紧张令人窒息不已。他必须动起来，要么前进要么后退。

奇普拐入角落，走进走私者的洞穴。灯笼的暗光下坐了两个人：桑松与奇普的母亲。两人浑身浴血。

CHAPTER
— 11 —

奇普忍不住哭了。母亲莉娜倚靠洞穴墙壁而坐,原本蓝色的衣服被干涸与新鲜的血液染成黑色与红色,黑发纠结成一团,颜色也比平常深。她右半边脸完好无损,所有血都是从左侧头顶流出来的。鲜血顺着她那灯芯似的头发滴到衣服上。桑松坐在她旁边,闭着眼睛,扭过头,衣服上都是血。

听到奇普的哭声,母亲的眼睛动了动。她的脑袋一侧被砸出一个巨大的凹痕。仁慈的奥赫拉姆神啊,她的颅骨碎了。她朝着奇普的方向盯了好一会儿才认出他。莉娜双眼看起来很可怖,左眼瞳孔已经散开,右眼瞳孔则缩得像针眼一样,两眼的眼白上都充满了血丝。"奇普,"她开口说道,"我从没想过,看到你我会这么高兴。"

"我爱你,妈妈。"他竭力让自己语调保持轻柔。

"我的错。"说着,她的眼睛眨了一下,闭上了。

奇普的心脏缩到一起。她死了吗?在今天之前,他还从未见过任何人死去。奥赫拉姆神,这可是他妈妈!他看向桑松,后者的状况还好,尽管衣服上都是血,但并无大碍。"我尽力了,奇普。镇长根本不听。我告诉她——"

"就连桑松的家人都不相信他。"奇普的母亲说道,可眼睛仍然闭着,"即使士兵骑着马把他母亲撞翻,把他兄弟撕成两半,他母亲阿丹·玛尔塔还是站在那里,说郡首绝对不会对他的人民做出这样的事情。只有桑松跑掉了。谁会想到他才是那家最聪明的孩子呢?"

"妈妈!够了!"奇普烦躁地打断她的话,非常的孩子气。

"但你又回来了,不是吗,桑松?想来救我,不像我自己的儿子。太糟了,他都没像你去救你家人那样来救我,不然我大概还有机会活下去。"

她的话触动了奇普内心深处的愤怒。有力,却难以自制。少年压下怒气,将眼泪逼回去:"妈妈,别说了,省点力气。"

"桑松说你现在是御光者了,真好笑。"她苦涩地说,"你这一辈子都令人感到失望,可偏偏在今天学会了御光术。不过那对于我们任何一个人来说,都太晚了。"她用力吸一口气,睁开眼,凝视奇普,用了好一会儿才将目光聚集到他身上,"杀了他,奇普。杀了那个杂种。"她从身旁的地上拿起一个细长的红木首饰盒,上面印刻着精美的图样。首饰盒将近有奇普的前臂那么长,但他以前从来没见过这个东西。

奇普接过盒子打开,里面是一把双刃匕首,材质很奇怪,发出象牙一样冷酷的白光。一条黑线从刀身中间向下,一路绕到末端。除了镶嵌在刀刃上的七颗钻石,再没有其他装饰。这或许是奇普所见过的最美的东西,但他现在根本不关心那个。他不知道这把匕首值多少钱,但光这盒子本身就足够他母亲挥霍一个月了。"妈妈,这是什么?"

"我还以为桑松的反应会更慢一些。"她艰难地说道,带着些许嘲笑的口气,不过整个人早已奄奄一息,"把它插进他腐烂的心脏。让那个杂种受尽折磨,让他付出代价。"

"妈妈,你在说什么?"奇普绝望地问。我,去杀格拉多王?

她笑了,这个动作又让一股鲜血从她头上流下来。"真是个傻孩子,奇普。不过,或许只有钝剑能去利剑进不了的地方。"她的头微微摆动,呼吸也变得越来越费力。母亲的头低垂到胸口,奇普以为她死了,但她又张开眼睛,盯着奇普,指甲深深地嵌进奇普的前臂。"去、去练习成为御光者,去……"她好像想说"光明利亚"这个词,但又想不起来该怎么说。意识到这点,她的表情看起来既愤怒又害怕。这是她真的快要死去的证据。"去学习你需要的东西。你不要忘记我,不要忘记这个,不要完全相信他,你听到我说的话了吗?他是个骗子。你不会让我失望的,奇普,去学习,然后杀了他,明白吗?"

"是的,妈妈。"她说话的语气就像她认识格拉多王一样。她怎么会认识他呢?

"奇普,如果你爱过我的话,就替我报仇。拿你没用的灵魂发誓,奇普,快发誓,否则我将向奥赫拉姆神起誓,就算做鬼我也会一直纠缠你。我不会……让……"她的思绪断了。

奇普看向桑松,后者静静看着眼前的一切,吓得够呛。奇普母亲的指甲掐得更深,眼睛仿佛着了火,要求他的关注,他的承诺。奇普说道:"我发誓为你报仇,妈妈,以我的灵魂起誓。"

一瞬间,仿佛有一阵安宁从她身上拂过,软化了她僵硬的身体。接着,她心满意足地轻轻勾起嘴角,那笑容竟带着几分残忍——然后,她的笑声停了,她的手松开奇普的前臂,留下一个血迹斑斑的印子。"我不会让你失望的,妈妈。我会直奔——"

她死了。

奇普木然地注视着她,一种说不清的麻木涌上心头。他伸手阖上母亲骇人的血红双眼。"你受伤了吗?"奇普问。

"啊?"桑松回道,"我?"

奇普瞪着他:"对,我的老天爷,难道我在跟死人说话不成。"残忍且不经大脑的一句回话。

桑松的眼中泛出泪光:"对不起,奇普。我试图把她救出来,但还是晚了一步。"他正处在崩溃边缘。奇普你可真是个混账。

"不,桑松。该说对不起的是我。你别那么说。这不是你的错。听着,我们需要马上行动,没时间瞎想了。我们现在很危险。你受伤了吗?"

桑松抹掉眼泪,收起下巴。他迎上奇普的目光:"没有,血都是——没事,我没事。"

"那我们就行动,趁现在天黑,外面还下着雨。他们有狗,能追到我们的踪迹,现在是我们唯一逃命的机会。"

"但是奇普,我们去哪儿?"真奇怪,奇普就这样成了领导者。是他获得新的力量了,还是说桑松本来就这么弱小?不,想都别那么想,奇普,他信任你,难道这还不够吗?

要是我不值得信任呢?

"我要成为御光者,"奇普说,"我想,我们需要先到海边,然后在加里斯顿找到一艘船,前往光明利亚。"

桑松瞪大眼睛,很显然,他想到了奇普母亲让他发的誓言,但他只问了一句:"我们怎么去加里斯顿?"

"先顺着河水往下游漂。"这时奇普才意识到戴纳维斯大师给他的钱袋已经被他弄丢了,他甚至不知道那是什么时候丢的。所以即使他们顺着河漂下去,也付不起去光明利亚的旅费。

"奇普,士兵已经把整个镇子包围了,如果明天依然如此,我们就必须穿过他们两次。而且镇子还在着火,河道也很可能已经被堵上了。"

桑松说得对,可出于某种原因,奇普突然感到一阵莫名的愤怒。但他忍住了。这不是桑松的错。奇普的眼睛热辣辣的,这一切太令人失望了,他飞快地眨了眨眼。"我知道这做法很蠢,桑松。"他不敢看朋友的眼睛,"但我想不到其他办法了,你有吗?"

桑松沉默许久,最终才开口说道:"我之前在河堤上看到一些枯枝,可能会有用。"奇普知道他这是在告诉自己,他相信他。

"那我们走吧。"奇普说。

"奇普,你不想……嗯……我也不懂,不想说再见吗?"桑松朝奇普母亲的方向扬了扬下巴。

奇普哽咽了,紧紧地攥着那个匕首盒。说什么呢?对不起,我是个废物,我让你失望了?我爱你,即使你从来没爱过我?"不,"他说,"走吧。"

CHAPTER
— 12 —

少年们从洞里爬出来。奇普走在前面,这显然是成为领导者的代价。在同一星空下,过去他曾在这里待过几十次,但今晚冰冷的空气却充满了人的欲望。风向已经改变,薄雾般的雨丝里混杂着木头燃烧的烟味与橘子的香气。果树上的橘子即将成熟,果香虽然很淡,却清新扑鼻。在以前,这种香味总能让奇普的心情愉悦起来。可今晚,那味道却变得如此暗淡、如此短暂,就像奇普活下去的机会一样。

他们走到河边,一路上没看到任何士兵。之前他们四个曾在河里玩过漂流,那时四个人会在怀里抱一块木板,好给身体提供些额外的浮力。不过大多数时间,就只是平躺着,让水流载着他们往前走。可过去玩漂流,都是等到晚秋水位比较浅的时候才开始,但即使在那个时候,他们仍不可避免地在身上弄出许多擦伤与瘀青。眼下正值仲夏,尽管水位比春天低一些,但依然很高,水流速度也很快,这意味着即使他们能从秋天擦伤他们的石头上飘过,也无法避免比过去更快地撞到石头上。

桑松去找他之前看到的树枝了,奇普则在这里焦急地等待。他向下游望去,试图寻找可能出现的士兵踪迹。村庄上方的乌云被下面的大火照得锃亮,甚至染成了橙色。桑松抱着树枝回来了,但是不够。

携光者
卷一 光明王

两人互相看了看彼此。"你拿着，"奇普低声说道，"我比你游得好。"

"要是他们看见我们了怎么办？"桑松问。

一想到这点，奇普便觉得自己快要疯了。还能怎么办？逃走？游走？即使他们能逃上河岸，又能躲去哪里？镇上在燃烧，镇子周围只有田野，带狗的骑兵很快便会找到奇普与桑松。

"装死。"奇普回道。他以为他们应该不是唯一漂在水里的人，但现实并非如此。这里是离小镇相当遥远的上游区，他们恐怕会成为仅有的漂在水里的人。一旦有士兵意识到这一点，他们很快便将成为真正的尸体。

即使这里距离山区已经很远，河水依旧十分冰冷，不过好在还不至于刺骨。奇普在水中躺下，水流开始将他的身体往小镇那边推送。桑松紧跟奇普。两人转过第一个弯，这时奇普才意识到这个计划中的疏漏。

装死意味着在经过最危险的河段时，他和桑松却必须把耳朵埋进水里，让眼睛直盯着上方的乌云。但那里偏偏是他们最需要用眼睛看、用耳朵听，以判断自己是否被发现的地方。一旦被发现，奇普的计划会让两人无法及时知道这一点，而等他们知道的时候，一切就已经太迟了。

他们应该从水里出来。可他做不到。奇普回头望去，桑松已经躺平，耳朵泡在水中，四肢放松。他被水流推到了河面的另一端，由于身体较轻，现在他已经和奇普并行了。奇普的心猛地撞了一下。如果他现在从水里出来，桑松绝对不会知道，可既要抓住他朋友，又不能弄出很大动静，那几乎是不可能的事情。

河堤上，一个声音打破了原本令人窒息的宁静："是的，陛下。我们以为那名御光者爬上了那棵树，狗追到那里之后，就跟丢了。"

接着，奇普看到了火光。有人正在靠近河堤，已经到了距离下游不到五步的地方。一个念头涌上脑海——死命逃——可这只会马上被人杀死。他轻轻划动双臂，一下又一下，一边漂流一边划水，又再躺平。冰冷的河水漫住他的耳朵，盖住所有声音，只剩下他倍感绝望的脉搏仍在跳动。

接着，堤岸比原来抬高了一步半。从这个高度向上看，即使平躺着，奇普也能看到岸上的那个男人。奇普离他不到两步远。男人手中的火把闪烁着橙色的光芒，照亮了那张专横跋扈的脸。即使在火把温暖的柔光照耀下，那张脸上仍展露出人性深层的冷漠，嘴角正隐藏着一丝冷笑。格拉多王——毫无疑问，奇普一看见他的脸便知道这个人绝对就是格拉多王——看样子还不到三十岁，但头顶已经半秃，剩余的头发稀疏地搭在肩膀上。他有一个突出的大鼻子，下面则是浓密而整齐的胡须，眉毛又黑又粗。格拉多王向上游望去，前额上的一根青筋暴起，即使在火把微弱的光亮下也能看得一清二楚。他凝视着奇普刚刚穿过的河岸，怒气冲天的叱问穿过盖住奇普耳朵的河水，只留下咕哝咕哝的低语声。

当奇普漂到格拉多王下游时，后者忽然转过头。他向左转过身子，朝向奇普这边。少年浑身僵直，一下都不敢动，不过他知道，自己会有这反应，并不是因为他很聪明。他感到一股暖流从腿间流入冰冷的河水。

是格拉多王与奇普之间的火把救了他们两个。他的目光虽然从他们两个身上掠过，但火光忽明忽暗，他什么都看不清。男人转过身，骂了句什么，然后消失在夜色里。

奇普继续顺着河流往下漂。他几乎不敢相信自己还活着。身边的河水冰凉，头顶的繁星宛如奥赫拉姆神斗篷上用针扎出的细孔。它们比他过去任何时候看到的都要更为美丽。每颗星星都拥有自己的颜色与色调，鲜艳的红宝石、璀璨的蓝宝石，甚至还有令人难以捉摸的绿宝石。奇普顺水漂流，专心致志体验着难得的平静，被星空的美丽迷得出神。

可惜大约二十步后，他撞上了一块石头。石头还挡住他的脚，让他整个人旋转起来。他就这样漂到一边，接着另一块几乎淹没在水中的石头挂住他的衬衫，把他整个儿掀了过去。奇普大喘粗气扑打水面，直到头从水里冒出来，意识到自己刚刚究竟弄出了多大响声时，恐惧瞬间填满少年的心房。

下游不远处，桑松从水里探出头，一脸惊恐地盯向奇普。他怎么能弄出这么大动静？奇普别过脸，心下内疚不已。他们又静静地漂了许久，凝望漆黑的夜空，观察四周有无士兵出现的征兆。两人尽力躲避河里的岩石，双腿冲着下游，双手转动划水，以保持漂浮的状态。好在没人出现。

两人尽可能离得近一些，漂在一起。尽管奇普知道这并非明智之举：河里出现两具浮尸可能并不引人注意，但两具并排漂浮的就不一样了，可他们依然没有离开彼此。随着时间的推移，他们离早晨朋友死去的那座桥越来越近，四周静谧无声，此时回想起来，那一刻感觉真的很遥远。

接着奇普看到了她，她依旧躺在河堤上。杀死伊莎的士兵已经把箭从她身上拔出来，但除了把她翻过来之外，他们再没有动过尸体。伊莎平躺着，双眼睁开，头扭向左侧，正朝着奇普的方向，黑色的头发在河水里来回飘荡。她的一只手臂靠在头旁边，没有在水流中漂浮，而是像一棵倒下的树，僵直挺在原地。她的手臂，甚至半边脸庞都埋在血泊中，呈现出可怖的深紫色。

奇普伸脚踩上河床光滑的石头，想要去她身边。可就在他要站起来的瞬间，某种直觉阻止了他。他犹豫了一下，依旧躺在水中，尽可能向四处张望。

在那！一名士兵正在桥上放哨，不过从这里只能看到他的头。看来他们并不蠢。他们猜到无论他们之前遇到的那个御光者是谁，他都有可能会回来埋葬他朋友们的尸体。

水流载着奇普向下游漂去。不行动也是一种行动。

而且他又能做什么呢？迎战那些士兵？如果那里站了一个士兵，就表示上面可能有十个，既然有十个，就可能有一百个。奇普不是战士，他只是个孩子。他又胖又弱，一个人的力量也就只有那么多而已。

奇普将视线从伊莎的尸体上移开，继续平躺在水中。不管怎么说，他都不想这样与她告别。一个硬结哽在他的喉咙里，又硬又紧，几乎扼住他的咽喉。从绿光桥下漂过去的时候，要不是心存恐惧，他甚至无法遏制住眼泪。最后他还是忍住没有哭出来。

直到他们漂到下游很远的地方，奇普才想起他背上还绑着那个装着匕首的漂亮盒子。刚才他不敢动，但至少可以从水里出来看一眼，伊莎值得他付出更多。

两人很快漂进小镇。河水从这里开始涌入一条更窄更深的水道，河道两侧都是巨大的岩石，不时会经过一座座坚固的木桥。

镇上的部分地区似乎刚刚才开始燃烧。奇普不知道那是因为它们的建筑材料不易燃烧，还是因为火焰在某些地方蔓延得会比较慢。他们很快在河里遇到了第一具尸体。一匹马的尸体。马身仍然套在一辆满载晚熟橘子的大车上，很显然它是在正闷烧的地方被困住了，被火惊到的母马跳进河里，大车也跟着掉进去。那匹马要么是直接被车砸死的，要么是被车拖下水溺死的，车上的橘子撒得到处都是。

奇普心想，那可能是桑迪纳家的马和马车。从不悲观的桑松从大车的残骸里抓起几个橘子，塞进自己的口袋里。

桑松大概是对的。奇普一天没吃东西，他不是现在才注意到这种事，他早就饿坏了。尽管胃里感觉想吐，他还是游到半沉在水里的马旁边，跟着抓起几个橘子。

他们逐渐靠近水上市场，四周也变得越来越热。奇普忽然听到几声奇怪的尖叫。在他头顶上方，火焰依旧在燃烧。小镇的水上市场是一个圆形的小湖，镇民会定期对这里进行疏浚以保证湖底没有太多淤泥。据说，过去这条河与这座小镇都比现在大得多，沿着瀑布下游的河流前进，便能一路驶到碧穹海。从莱克顿到遥远的山区，河水为这里带来数不尽的商人，他们从七大郡赶来，迫切渴望买入提利亚著名的橘子与其他柑橘类的水果。可如今，只有最小的平底船才能勉强在河流下游航行。不仅如此，这段路上还到处都是乐于帮助商人减轻负重的强盗，于是大多数农民只能将他们的橘子交给行进速度更慢、出价也更少的大篷车队。车队全副武装，通过陆路运输抵达外界，这样一来，即使是最小、最坚硬、皮最厚的橘子也很容易在抵达目的地之前腐烂。当这些橘子终于到达远方的郡县时，只有当地贵族与郡首能够花重金买入幸存的美味，所以每年都有一些年轻的农民尝试走水路。有几次，他们甚至一路抵达加里斯顿，并带回来一大笔钱——只要他们能够在返程的路上再次避开那些强盗。

不过在很大程度上来说，当年修建水上市场时往来的贸易热潮，如今早已消散殆尽，镇上的人只是出于过去的骄傲与自用需要才一直保留着这里。毕竟镇上所有道路都是围绕水上市场修建而成，所有仓库也都围绕这里建造。人们保留过去的驳船，每逢集市日便乘船环绕水上市场游行一周。外面的人大概永远都不会理解他们所遵循的规矩与礼仪。在水上市场的中央有一座小岛，这座小岛与市场北岸之间连着一座吊桥。

现在，他们已经漂到能够清楚看见那座小岛的地方，奇普这才注意到尖叫的来源。吊桥被人放下，岛上数百头动物被四周不断逼近的火焰团团围住，数十匹马、羊、猪与满地的老鼠将吊桥压得变了形。桥的另一端也在冒烟，窑工的驮马惊恐地不停转着眼珠，仿佛马上就要扬蹄奔跑，可它哪儿都去不了。岛上的动物几乎快从吊桥边上溢出来，它们推挤在一起，在环形水道与桥边奋力挣扎。

奇普被眼前这幅景象惊呆了。他开始向码头与小岛之间的水流中心漂去。

"老师，这里真热。"一个年轻的声音从奇普后上方传来。

奇普划动着河水转过身，看到水上市场高高隆起的堤岸上站着一名比他年龄稍大的年轻人。这个年轻人身上只穿了一条红色的缠腰带，留着一头黑色卷发，赤裸的胸膛上闪烁着晶莹的汗珠。他转头向后看，显然是在等人。奇普看不见那个人的模样，但他没有等在原地，他担心对方听到他划水的声音，但事实上火焰的咆哮声已经掩盖了一切。

他向桑松打了个手势，然后朝侧壁游去。桑松跟上来。那个年轻人的老师似乎说了句什么，但声音也被火焰的噼啪声淹没了。奇普和桑松尽可能将身体压在岩壁上，努力向上看。

"瞧这个。"他们听到那个人的话。一条套索形状的火焰旋转着从那两人头顶闯入他们的视野，飞向前方。套索环住吊桥上的一根柱子，停在那里。接着，绳索的其他部分闪了一下，便消失了踪影，只有环在柱子上的那段还在闷声燃烧。木头噼里啪啦地闪出许多小火苗，碎屑转眼变成黑色，卷曲着冒出黑烟。

奇普顿时感到一阵前所未有的恐惧，却又被眼前的景象深深迷住。他给戴纳维斯大师帮忙这么多年，却从没见那位御光者做过这样的事情。

"现在你试一下。"那个人说道。

一时间什么都没有发生。奇普朝桑松看了看，两人都贴在岩壁上，两臂伸开以更好地抓握石头，这样就不必踩水。奇普突然意识到他们被人设计了，上面那个御光者知道他们在这里。他刚刚是在告诉自己的学生，这样奇普与桑松就会待在原地不动。现在，他们正在朝这边绕来，他应该尽快游走。

他试图做个深呼吸，咽下自己的恐惧。桑松看着他，眼中流露出担心，但他不懂奇普心里在想什么。

接着，一轮火焰从那两人上方飞出。吊桥与岛上的动物顿时发出千奇百怪的叫声。火轮逐渐向后退，然后变成一条火鞭，和他老师刚刚造出来的东西有些像——但要大得多。这是那名少年御光者弄出来的？

鞭子向前抽去，但目标显然不是吊桥的柱子。它抽在窑工的驮马身上，发出了响亮的一声。在疼痛与恐惧的刺激下，这匹老马向前跃起，当它直接撞上吊桥的栏杆时，奇普听到少年的笑声。栏杆被马撞断，几头猪和几只绵羊掉进水里。

意识到自己在下坠，那匹老马极力想要停下，但它只来得及让蹄子在木头上刮几下，便头朝下跌入水中。溅起的水花浇了奇普与桑松一身。

"那是什么！我让你那么做了吗？"当老师的御光者质问道。

奇普的视线迅速从水里的动物转移到桥上。吊桥的柱子马上就要烧着了，一旦火蔓延到桥上，动物们就会像那匹马一样疯狂乱窜。虽然奇普认为或许没那么快，但他也不能百分百确定。

如果他和桑松想要离开水上市场、逃离正在燃烧的小镇，最快的方法就是从面前那座吊桥下穿过去，直接越过瀑布向下游漂走。另外一个办法则是沿着环形湖走那条距离最长的路，全程暴露在御光者与他学生的视线里。但不管走哪条路，他们肯定会在某一刻被那两人看见。

那些掉进水里的动物，大概只有那匹老马是唯一善于游泳的。它正朝水上市场的另一端游去，远离那名少年与燃烧的火焰。绵羊在尖叫，小腿在水里胡乱搅动。猪群发出刺耳的号叫，冲向彼此，相互撕咬。

这时，他们上方传来一声响亮的耳光与被疼痛激出的叫声。"绝不许做超出我的命令以外的行为，赛门！明白了吗？"御光者吼个不停，但奇普来不及去听。那两个御光者的注意力已经被别的事情分散，要走就趁现在，时机转瞬即逝。奇普猛吸几口气，看向桑松——他看起来有些困惑——但还是点了点头。两人离开岩壁，朝吊桥游过去。

CHAPTER
— 13 —

　　加文用魔法造出一个蓝色平台。薄薄的一层浮在水面上，几乎看不出它的存在。

　　"你这么干就是想让我紧张吧，不是吗？"凯莉丝问道。加文咧嘴笑了，踏上小船。他微微躬身，朝凯莉丝伸出手，后者没搭理他，径直跳上去。

　　可就在她马上踩到小船的时候，加文忽然向后一拉船底，小船嗖地从她脚底移开。凯莉丝大叫一声——接着加文用柔软的绿色拉克辛坐垫一把接住她，并迅速将其制成座椅的形状。他将座椅抬起，放到小船前方，然后把两人的包裹一并拿上船，放到自己脚边。

　　"加文，我不能坐着，你还——"她试图站起来，但小船前进的惯性又让她坐了回去。无处可抓的凯莉丝又叫一声，重新摔进椅子里。加文笑了。凯莉丝是光明利亚最杰出的战士之一，但她吃惊的时候，还是会发出尖叫。

　　她回头看他一眼，眼神里虽然透着气恼，却又被他逗得很愉快。

　　"我以为你喜欢被抱起来的感觉。"他说。

　　"你原本有那个机会。"她回击道。

　　男人的笑容和其他众多落入海里的珍宝一样，消失不见了。

凯莉丝看起来有点儿沮丧:"加文,我……"

"不,是我活该。请到前面来站着吧。"

十六年了。你以为我们都已放下,但我们却都没那样做过。

"谢谢。"凯莉丝说道,声音充满懊悔。她站起来,双脚分开,膝盖微微弯曲。

小船被两侧伸出的成排小桨带动向前。经过一代又一代的研究,绿色与蓝色御光者终于学会如何使用齿轮与传动链驱动船桨,每个御光者都能造出最适合自己的小船,以便用最习惯的手法来实现整体的组合驱动功能,并借此任意加以改进,提升小船效率。由于船身与水之间摩擦力很小,因此体格健壮的御光者往往能以陆地疾跑的速度连续行驶一个小时。

刚离开港口,他们便开始全速前进。船很快,非常快,但还没有加文刚刚承诺的那么快。他的身体向前倾斜,悬浮在拉克辛编织的大网中,手臂与腿不断抽送。他将小船拉长变窄,令其化成一把划过水面的匕首。

加文在出汗,不过这是一种良好而清新的感觉。风吹在他脸上,将他和凯莉丝可能会说出的话全部带走。事实上他们俩什么都没有说。她只是站在那里,深色的头发在海风中飞扬,脸部的线条清晰明朗,白皙的皮肤在早晨的阳光下洋溢着光芒。她挺起下巴,扬着脖子,和他一样享受着自由的感觉。

凯莉丝一直看着前方,因此看不到后面的加文正在向水中制造大量的拉克辛。加文以前一直觉得他应该还能找到更好的方法。毕竟御光者能够以任意速度抛出火球,那只取决于个人的意愿——当然,如果他扔的东西太大或是速度太快,就会被反作用力伤到——但小船却不能按个人的意愿行驶。御光者是划艇桨完美的代替品,能够比其他任何机器更高效地利用肌肉的力量驱动船只。加文希望自己能做得更好,他想像帆利用风那样使用魔法。

但那样做的结果只会是弄断一两根桅杆。不过他拒绝放弃。他还有五年的时间,这是他的目标之一:学会以谁都无法想象的速度旅行。其实解决方案早在孩提时代他就已经发现了。那时候他老是喜欢用芦苇秆朝他兄弟发射种子。困在塞子或芦苇秆四壁中的空气,会将种子以比手扔更快的速度射出。经过大量的试验与失败之后,他终于发现,只要将整根芦苇放在水中,打开两端它便能在水下肆意穿行。加文将另一根芦苇交叉着绑上去,然后将魔法提炼出的拉克辛气栓射入水中,从芦苇后部喷出。

他放下手里的船桨,接着整个装置便哗的一声消失了,射出的拉克辛也随之溶解在波浪里。现在,他将手放到空心秆上。

第一下劲射,让凯莉丝措手不及地晃了一下。她压低身体,降低重心,一只手本能地去抓阿塔根短剑——但那东西被收在她的背包里。接着,小船开始向前跳跃,船速不断提升,随之而来的颠簸也在顷刻间晃乱了船内所有东西。加文的肌肉因太过用力而拧成一团,但小船很快平稳下来,他紧绷的手臂与肩膀也总算舒缓了一些。拉克辛气栓有条不紊地击打着水面,改良型小舟——他对这架水上滑翔机的叫法——几乎是在轻擦着水面飞。

但这仍是一件体力活。加文正将大量拉克辛抛入水中,他的手臂与肩膀几乎负担着自己与凯莉丝两个人的重量。好在魔法可以从他身体各处涌出,所以那感觉就像是背着一个厚重的背包,不过背带完美地分配了全部的重量——虽然费力,但还不至于把人压垮。而且去年一整年他几乎每天都会这么干,于是现在加文的肩膀与手臂已经变得比过去任何时候都更为宽厚。

凯莉丝转过头,惊讶地张大嘴巴。她紧盯着那一整套精巧的装置:收集器是用蓝色拉克辛做的,为了增加柔韧性,加文还往里面注入了绿色;气栓则是用柔韧而黏稠的红色拉克辛制成的,这样一来,进入到中空发射秆后,气栓便不会碎掉。凯莉丝慢慢站直身体,迎向吹来的风。她将自己的背靠在加文身上,以免给他多造一堵风墙。

感觉到她在颤抖,加文才意识到凯莉丝现在很开心。她正在笑,尽管他几乎听不到那愉快的笑声。海风吹散她头发上的气味,但有那么一瞬间加文觉得自己似乎又闻到了,这让他的心为之一紧。

"瞧这边。"加文喊道。远处出现一座小岛。他倾斜身体,水上滑翔机随之掉头急转。实际上,他很快便了解到改良型小船的可控行驶速度可以比他实际的行驶速度快很多,真正的限制在于,他能以多快的速度改变方向,同时不会把自己撕成两半。加文左右倾斜身体,滑翔机在平静的海面上接连划出美丽的曲线。他将中空秆的角度调整至朝下,接着,小船啪地吐出一个大浪,转眼两人已经飞到半空。

他们飞出去一百多步,除了风声,耳畔再无他响。滑翔机飞过小岛上空,像打水漂的石头一样在水面着陆,然后再一次腾空而起。

在风与速度的陪伴下,感受着自己与凯莉丝的亲近,加文终于再次体验到真正的自由。尽管天气很暖,但海风依旧冰冷。虽然凯莉丝没有钻到他怀里,可她还是放松地依靠在他身上,享受着他的温暖。加文知道,如果她觉得冷,她会自己造出薄红拉克辛来取暖。她在保存自己的力量,毕竟谁也不知道有什么在提利亚等待着她。

他确实对刚刚那一刻投入了柔情——至少有一丝柔情。她迟早会看到白袍使交给她的那封信,并知道他在他们订婚期间有了一个孩子。尽管现在她对他的私生活根本不感兴趣,但在他当初悔婚时她曾经这样问他:是因为别的女人吗?不是。在我们订婚期间有过别的女人吗?没有,我发誓。

这次凯莉丝绝对不会再原谅他。光是原谅他悔婚这件事,就花了她几年的时间,并拒绝回答为什么会原谅。但这次,这次是背叛。

奥赫拉姆神,他将多么想念她。

加文避开大洋航线,远离海岸。大约在中午的时候,他注意到前方出现一团云,看样子不像有暴风雨。他猜那可能是岛郡伊利塔,那是一个拥有众多港口与无数海盗的郡。早在几十年前，伊利塔的中央政府便崩溃了，如今岛上各地都被当时力量强大的海盗军阀割据统治着，七郡中大部分地区都会向其中某个海盗头目进贡，这令他们越发强大，也因此干出更多令人发指的勾当。

加文不怕他们，但他也不想被人看见。虽然让海盗们再多一个惧怕光明利亚的理由或许是件好事情，但他更想让自己的小发明尽可能多保密一段时间。除此之外，伊利塔对他来说一直就只是一个地标而已。使用星盘实在太麻烦，有那些计算位置的时间，他早就滑行到要去的地方了。加里斯顿坐落在一条大河的河口处，它是提利亚最繁忙的港口，但那说明不了什么。加文向南方拐去。

凯莉丝对他说了些什么，可他听不见，于是稍微放慢了小船的行驶速度。

"我能试试吗？"她问。

"我以为你要积蓄能量。"

"不能就你一个人在那儿玩。"可惜加文站在她身后，没看到她整张笑脸，只看到了一个甜甜的酒窝与一条抬起的眉毛。

他将船体加宽，好让他们可以并排站在船上，然后将右舷的中空杆交给凯莉丝。她习惯用右手使用御光术。

起初他们总是做不到协调发射。由于两人投掷出的速度与频率不同，滑翔机一直颠簸个不停。他看向凯莉丝，刚要说些什么便被她抓住了右手。她用手一抓一抓地捏着拍子，让加文跟上自己的步调，就像他们在跳舞时做的一样。

回忆击中加文的心。那感觉就像小船在划过礁石时，将他用力抛入海里：凯莉丝，十五岁的凯莉丝。那时战争还未打响。在光明利亚之巅，一年一度的御光使舞会上，凯莉丝梳着一头笔直的淡黄色长发，和她身上那条绿丝绸裙子相映生辉。他们的父亲正在讨论该把她嫁给盖尔兄弟中的哪一个，并认为年长且很有可能成为光明王的加文当然应该娶其为妻。可事实上,他的父亲安德洛斯·盖尔根本不在乎凯莉丝美不美。

"你想要漂亮的女人?那就去找个情妇。"尽管他并不关心儿子们的喜好,但婚姻是代价最低的结盟方式,而他大儿子的婚姻则是他手上最有价值的一张牌。可惜安德洛斯·盖尔发现,其他家族并不总是像他这样精于算计,一些父亲甚至厌恶将自己的女儿嫁给那些根本不关心她们的男人。

有一次,安德洛斯·盖尔甚至曾命令小儿子达森去勾引凯莉丝。"下面那层楼里有一间仆人房。给你钥匙。你和她离开二十分钟后,我会找借口与他父亲私下谈话,到时候我们会下去看。我希望能当场逮到你们俩。我会震惊、沮丧、暴怒,甚至很有可能会揍你。但还能怎样?年轻人的激情什么的。你明白了吗?"

两兄弟都很明白。李休姆·怀特奥克大人向来以火爆脾气著称。安德洛斯·盖尔会先一步揍向达森,然后将自己置于两人之间,这样怀特奥克便无法上前弄死达森。而真正的重点是,如果凯莉丝被抓住她与达森做爱,那她的父亲将别无选择,为了不有辱怀特奥克家族的名声,凯莉丝将不得不马上嫁给达森。届时两个家族便会结成同盟,而安德洛斯·盖尔则依然握有大儿子的婚姻——这张最有价值的牌。

"加文,我希望你和那个女孩在一起时能表现得愉快,但绝对不能冲动。如果你弟弟在这件事情上辜负了家族的期望,那你将不得不娶她。"

"是的,父亲。"

舞会开始后,加文与凯莉丝跳了第一支舞。接着,最坏的可能性发生了。加文揽着她娇小的身体,握着她轻打节拍的小手,注视着她翡翠绿的眼睛——那时她的虹膜上还只有极为细小的红色斑点——瞬间被迷住了。等到达森来和她跳舞的时候,加文已经坠入爱河,或者说沉沦于欲海。

打从我们相遇那刻起,我就一直在背叛凯莉丝。

感到凯莉丝抓握的力气忽然变大,加文立即朝她看过来。后者的眼睛充满了疑问。他刚才肯定是紧张了,凯莉丝能觉察出来。她总是喜欢用肢体来表达自己的情感。她喜欢一直拥抱,轻触,抚摸自己所爱的人,跳舞对她来说就像走路一样自然。但现在,她也再不会像过去那样经常碰触加文了。

加文轻轻地翘起嘴角,摇了摇头。他没事。

凯莉丝张嘴想要说话,可又停住了。"把管子做大点儿!"喊完,她夸张地大笑起来——强挤出的笑容。

这么说,当她握紧他的手,重复那个节奏时,她也想起了曾经那支舞。她当然想起来了,但她绝口不提。这让加文很感激。他将中空秆加宽到两人所能承受的最大限度,小船很快便达到一个比之前单独驾驶时快上数倍的行驶速度。他本来不打算在她面前展示自己的绝活,但他控制不住。他知道这会给她带来真正的快乐。而且,如果没人欣赏的话,当个天才又有什么乐趣?

加文松开凯莉丝的手。这个行为最为危险。在这个速度下,故意撞上什么东西无疑是个愚蠢至极的想法,但是……

"打起精神来!"加文喊道。他将右拳举向前方,然后将绿色拉克辛尽可能远地抛到他们前面。拉克辛结晶落入海中,滑翔机撞上了绿色拉克辛形成的斜坡。

两人瞬间飞上半空。飞翔,跃出海面足有二十步。

加文解下了整套中空秆装置,开始发动御光术。构成平台的拉克辛从他与凯莉丝身后射出,接着从他手臂上射出来。现在,他们开始下降了,距离水面还有十五步。以当前这个速度,如果滑翔机撞上水面,他们将不只会溅起水花,更会摔得很惨,从刚刚飞至二十步高的地方径直掉下去。各色拉克辛开始旋转,无视强风具化成型。

还剩十步。五步。以现在这个速度,撞上水面将无异于撞上花岗岩。

然而那些拉克辛却瞬间硬化成型,变出一对犹如兀鹰的翅膀。滑翔机振翅乘风,带着凯莉丝与加文一起飞向天空。

加文在做第一次尝试时,曾用双手各形成一只翅膀,之后他便了解到为何鸟类长出中空的骨头,它们的身体为何又会如此之轻。上升的力量几乎将他的胳膊扯下,等他回到家,已经浑身湿透、遍体瘀青、怒气冲天,胳膊与胸膛上的肌肉大部分都被撕裂。等到兀鹰真正完成时,加文将自己与翅膀合为一体,这样便能彻底省去多余的力气,整个装置依靠拉克辛的强度、韧性、速度以及风的力量,开始在空中自由翱翔。

当然,它不是真正的在飞,而是滑翔。他曾经试图将中空秆的原理应用到这东西上,但到目前为止还没能取得实际效果。眼下,兀鹰的飞行距离还很有限。

凯莉丝一点儿都没抱怨。她瞪大眼睛:"加文!奥赫拉姆神啊,加文,我们在飞!"她无忧无虑地笑起来,这正是加文最为深爱的一点。她的笑声对于他们两个来说都是一种解脱,能让她忘记了那支舞,这一切就值了。

"到中间来。"他说。现在他们不用再喊着说话了。两人现在完全位于兀鹰的身体内部。四周根本没有风声。"我对转弯还不是很熟练,所以我通常会朝一边或另一边倾斜身体。"事实上,由于加文比较重,他们现在已经在朝他那侧偏移了。于是他们又一起朝凯莉丝那侧倾斜身体,直到兀鹰重新笔直地向前飞行。

"白袍使不知道这个,对吧?"凯莉丝问。

"只有你知道,"他说,"而且……"

"没有别人能像这样使用魔法。"凯莉丝替他说完后半句话。

"加利布与塔金大概是仅有的两个能操纵所有必要颜色的多色御光者,可惜他们都不够快。如果我能将这种方法改进到其他御光者也能轻松使用的话，我或许会告诉她。"

"或许？"

"我一直在思考这东西的用途。大部分都是在战场上。七大郡已经开始为为数不多的多色御光者明争暗斗，这东西只会让局面变得糟糕一百倍。"

"那边是加里斯顿吗？"凯莉丝望向西北方，突然问道，"我们已经到了？"

"接下来的关键是你想掉到陆地上还是掉到水里。"加文说。

"掉？"

"我还不是很擅长着陆，况且现在还有这么多额外负重——"

"你说什么？"凯莉丝反问。

"说什么？我又没试过带着一只海牛飞，我只是——"

"你刚刚是把我比作海牛吗。"她的表情看上去比冰还冷。

"不！我是说额外全部负重……"掉进冰窟窿之后你还敢再做什么？"嗯。"加文清了清嗓子。

凯莉丝忽然咧嘴笑了，她那甜美的酒窝仿佛在闪光。"过了那么久，加文，我还是能捉弄到你。"她笑了。

加文苦笑一下，但真正的痛苦依然埋藏在他心底。我仍旧没能得到你的心。或许和达森在一起，你会更快乐。

CHAPTER
— 14 —

奇普觉得自己仿佛游了几年才终于抵达吊桥的桥墩旁。他停下来，回头看向两个御光者。另一边，桑松也赶了上来。那位老师仍在揍他的学生，学生在地上蜷成一团，大声尖叫。他们俩刚才肯定没发现奇普或桑松，但现在已经朝这边转过身来了。只要他们抬起头，就会发现藏在这里的奇普与桑松——毕竟吊桥桥墩还不足以同时藏下两个大男孩。

吊桥吱嘎作响，奇普仰起头，小岛一侧的桥墩正在着火，动物们推挤着想要远离那里。可它们太害怕了，不敢动也不敢回到同样在着火的镇上，于是全都挤在奇普与桑松上方的栏杆上。刚刚那匹马撞开的缺口，眼下就在他们左侧几步外的地方。

几只老鼠被其他动物踢下桥，掉进水里，游往不同方向。有几只径直朝他们游过来。

极度的恐惧让奇普胃里一阵痉挛，整个人吓得一动不动。太好笑了，一只老鼠把他吓成这样，两个御光者都没有这么大威力。可奇普真的很讨厌老鼠，他非常非常非常恨它们！还好桑松一把抓住奇普的袖子，将他拉到一边。离开桥墩，奇普尴尬地划水跟着往前游，他转过身，确保没有老鼠钻进衣服。那个名叫赛门的御光者学徒还在挨打，他举起双肘护住脑袋。这时，奇普的视线与他相遇了。

赛门瞬间愣住。接着，他喊了句什么，站起来。他的老师也住了手。奇普这才看清那名少年的长相，他最多比奇普大一岁，一头桀骜不驯的黑发，一双深色的眼睛，还有一张厚唇大嘴。看到奇普，少年立即露出一副胜利的笑容。这边奇普还在观察他，那边赛门与他的老师已经开始往体内注满红色。红色拉克辛如烟雾一般，形成一个个漩涡被他们吸进去，但很快又被压缩成能量反弹出来。

奇普转过身，拼尽全力往远处游。桑松已经游到瀑布前面的金属隔栅，那是镇民为了防止渔船或游泳者掉下去特别设置的，旁边则是码头与乘船用的台阶。奇普离他大概还有十步远。

用力游了几下，奇普回头瞥了一眼。吊桥与上面拥挤的动物几乎挡住了他的视线，他只能勉强看到对岸的情况。那名老师迅速朝前跑了几步，双臂展开，一跃而起，双手一拍放出一个闪闪发光的红色拉克辛球。火球朝前飞来，那名御光者则受反作用力影响向后弹去，不过依然稳稳地落到地上。

拉克辛球在半空中燃起火苗，击中桥上的动物。羊、马、猪霎时间被炸向各个方向。满天都是动物的残骸，狂乱的尖叫声不绝于耳，听起来几乎与人类发出的声音无异。这枚燃烧的导弹撕碎了栏杆，从桥中央径直飞出去，咆哮着飞过奇普的头顶，击碎了码头上方的木头台阶。奇普意识到对方可能并不是打偏了，有那么一瞬间他甚至觉得这个人是想要困住他们。

吊桥发出断裂的声响，上面所有的动物都开始朝塌下的桥面中间移动。

赛门也向前跑起来，拍了一下自己那两只红色的手掌，但这次奇普没看到拉克辛球——因为它不是朝他发射的。下一秒，赛门猛地向后跌倒，整个人完全被反作用力掀翻，再下一个瞬间，木桥轰地一声爆炸了。

火焰、鲜血、分崩离析的动物躯体打着转儿飞向天空。一团火苗袭向奇普，顷刻填满他的视线。火焰击中奇普面前的水面，发出震耳欲聋的声响。

等奇普重新恢复视力，他已被瀑布前的金属隔栅紧紧压在下面，周围到处都是木头的碎片，有些还在燃烧。一大块吊桥残骸缓缓沉向水底，上面攀爬着上百只老鼠，有的被烧成了焦炭，有的受了伤，还有的只是打湿了身体。所有活着的动物迫切想要从水里离开，大一点儿的动物早就被炸出去老远，可它们又漂回来，在恐惧与痛苦中相互推挤、踢打、撕咬，引得水花四溅。

"奇普！爬上来！就要成功了！"桑松大喊。他已经爬到金属隔栅另一边。

"不许动！"年长的御光者喊道，他的皮肤上充满了红色的拉克辛漩涡，"不许动，否则下一次就要你的小命！"

奇普抓住金属隔栅，刚伸手碰到，便感觉有几只小爪子在挠动他的腿，背上的数量更多。奇普僵住了。起先是一两只，接着足有六七只。

这些爪子爬上他的脖子，又爬到他的头顶。奇普闭紧双眼。他的身体在他抓住金属隔栅的瞬间变成了一座桥——唯一能从水里离开的地方——鼠群霎时淹没了他。

没一会儿，从他身上爬过去的已经不止是六七只老鼠，而是数以百计。

奇普全身的肌肉定住了。他不能动，不能思考，不能呼吸。他甚至不敢睁开自己的眼睛。有的老鼠在他的头发里乱窜，有的从他衬衫前面掉下去，正在挠他的胸口，还有些成群结队顺着他的胳膊往上跑。

"快爬，奇普！不爬你就死定了！"桑松大喊。

力量忽然抽离奇普的身体。他觉得自己快被淹死了。镇子在燃烧,所有他认识的人几乎都死了,两名御光者正准备杀了他,可他还在害怕老鼠。他就这么挂在这儿,随时都会迎来御光者发动的致命一击,但他却吓得连动都不敢动。太可笑了,太可悲了。

有只手抓住了自己,奇普猛地睁开眼,是桑松!桑松爬上金属隔栅,正面对着老鼠,试图帮助他挺过去。奇普像狗一样摇晃身体,试图晃下那十几只老鼠,可留在身上的实在太多。尽管还在害怕,但他总算开始往金属隔栅上方爬。

他将一条腿抬上隔栅顶端,可是翻不过去。他太重了。一只老鼠掉进他空洞的裤腿里迅速往上爬,爪子摩擦着他赤裸的皮肤。

桑松伸出双手抓住奇普的衣服,吃力地大喊。奇普努力抬起身子,终于将身体抬高,抬高了——他终于翻过金属隔栅顶端,掉进另一侧水里。

湍急的水流随即拽着他往下游漂去。等他再次浮上水面,正好听见桑松在喊话,然而隆隆的水声让他根本听不清字句。他把手伸进裤子,将还在里面挣扎的老鼠抓住,一把扔出去。

奇普顺着水流来到瀑布边缘。那里有几个刚好与瀑布垂直的岩架。从前,镇上的小冒险家们总会在这些突起的石块上全速奔跑,然后跳到下面。但现在这个时间已经由不得奇普那么干了,因为下面部分河段的水比其他地方浅得多。他连忙转身,双脚踩住水下一块石头,水流的力量不断将他往前推,他只好蹲到那块石头上,把身体往脚下收,挥舞双手以保持平衡。尽管瀑布下的水池很深,但如果他没跳到足够远的地方,就会在下降途中撞到上面的岩石。

奇普全力跳出去。令他惊讶的是,他居然真的飞向了正确的方向。有那么一瞬间,他体会到了绝对的自由、安宁。水的咆哮声吞没周遭的一切声响、身边所有杂念。太美了。不知不觉间,他与桑松已经在河里漂了一整夜,现在,太阳已经在地平线上微微探出头,击退

携光者
卷一 光明王

黑色的暗夜,将半边天空逐渐染成深蓝、浅蓝、粉色与橙色,就连漂浮的云朵,也被映得犹如瞳晕一般。

少年这才意识到自己下落的速度有多快。他的身体与下方迅速接近的水面呈斜角。凭着过去围观那些更为勇敢的年轻人的经验,奇普知道他必须双脚先入水,或是两臂前伸,头先入水才可以,否则便会摔成重伤。

可他现在没办法头先入水。于是奇普弓起背,转动自己的手臂。

但不管他干了些什么,看起来似乎都是最错误的决定。因为他发现自己变得几乎与水面平行,就要用肚皮切入水面了,从这个高度下去,绝对会要了他的命。

不仅如此,奇普还发现自己正在跟水一起往下落——他以前见过的所有跳水者都是在瀑布的水帘外入水的,因为水帘在下落过程中总会擦过峭壁上的一块岩石。

不等奇普想出一句脏话,他的一只脚便猛撞上一块石头。他立即伸出双臂——而在头入水的瞬间,奇普觉得就像有人用一块木板猛敲上他的头顶,两只胳膊也疼得仿佛马上就要被扯掉了一样。更要命的是,他忘了在入水之前深吸一口气。奇普在水下及时睁开眼,看到一大块物体在他身边掉进水中,激起一团气泡。是桑松!

桑松是双脚先入水,不过在入水后身体发生了旋转,现在他是头朝下的状态。有那么一会儿,他看起来就像是被敲晕了一样,一动不动。后来他终于睁开眼,但没有朝奇普看过来,很显然,他已经被瀑布搞得晕头转向了。桑松开始游泳——朝下游,奇普一把抓住他的脚踝,想引起他的注意。

可桑松却慌了,他奋力挣扎,一脚踢中奇普的鼻子。奇普惨叫一声——随后便看见他肺里残留的那最后一口气漂上了水面。

桑松转过身看到了奇普,也看到了气泡飘走的方向,接着看到鲜血在深色的河水中弥漫开来。他抓住奇普,一起朝水面游去。

奇普差点不行了。他喘着气，吸进水与血，然后又咳出来，咳嗽引得他接连作呕。桑松拽着奇普的胳膊："奇普，坚强点！我们得在进入急流前上岸。"

这提醒了奇普。虽然瀑布下方的水潭水流深而平缓，但在不到五十步外的地方却有几条陡峭的急流，那几乎算得上是一连串小瀑布。眼下水流的速度已经开始变快了，奇普头痛欲裂，带着脚伤和流血的鼻子，与桑松一起游起来。

两人总算在离急流只剩不到十步的地方上了岸。筋疲力尽的他们爬上一片长满青菜的河岸，开始检查身上的伤势。桑松没有受伤，但看起来十分局促不安："对不起，奇普。我是说，你的鼻子还有所有这些事。我一直不喜欢游泳，总觉得深水里会有东西抓住我。"

奇普捏着自己流血的鼻子，看向他的朋友。"你栽这救了我的命，"他口齿不清地说，"你又不是故应打断我鼻子的。"比起这个，奇普更在意自己那只下落时被击中的脚。他用一只手解开鞋带，用力将鞋子和袜子拽下去，脚上有几处擦伤，从脚背一直延伸到脚腕。不过当他伸手去揉时，觉得里面的骨头应该没有断掉。他将湿透的袜子重新穿回去，由于一只手还在捏鼻子，这动作做起来有些费劲。

"真不敢相信，我们——"桑松开口说道。

"逃走了？"奇普问。放弃用单手系鞋带，他开始使劲儿吸气，试图阻止鼻血流到身上。等他终于系上鞋带，才明白桑松为什么说到一半停下了——他们正沐浴在刺眼的红色光芒里。

奇普抬起头，只见一团红色火焰悬在他们头顶的天空。有人在为格拉多王的军队标记着他们的位置——这附近肯定有士兵在。火焰的烟迹在瀑布顶端汇聚，那两名御光者正站在那里看着他们。

奇普与桑松已经从那两名御光者手上逃走了。现在他们必须逃离剩余的军队。

奇普跳起来，用力吸气。他觉得自己要换气过度了。接着，他看

携光者
卷一 光明王

到瀑布上方的山脊上出现一名骑兵,那人正沿着山脊朝下面桑迪纳斯家的农场走去。他立刻忘了自己还在流血的鼻子,虽然骑兵比他们离农场更远,但他有一匹马,奇普与桑松必须沿急流旁的小路快点走,在骑兵抵达农场前赶到那里。

然而奇普马上又看到三名骑兵加入先前那名骑兵的队伍。接着再来一个,又一个。

他与桑松马上跑起来。

瀑布日以继夜喷涌不息,激起大片水雾。峡谷里,黑夜的时间往往比在田野里看到的要长。等天上的红色火焰熄灭后,骑兵与小路均已从奇普的视线中消失。

他停下来,怕到不行。水雾下,周遭的阔叶植物全部变得光滑无比,隐蔽在小路两旁,一旦踩到上面,人便会顺着岩壁滑到河里,掉进湍流,接着被彻底摔死。

必须弄清四周的情况才行。奇普试着用眼角去看东西,那是戴纳维斯大师曾经教给他的方法。当视线集中在物体上时,奇普可以最准确地看清上面的颜色,但当视线集中在物体之外的部分时,他则能更好地分清光与暗。

"快走!"桑松说。

奇普回头看去,桑松的脸红得像着火了一样。奇普后退一步,踉跄地走在小路边上,桑松裸露在外的皮肤看起来似乎很热,奇普甚至能看到他胳膊上的水变成橙色的小漩涡一点点汽化掉。

"你的眼睛怎么了?"桑松问道。

"不提这个了。我们快走,奇普!"

桑松说得对。奇普看到什么,或者是怎么看到的,那都不重要。不知怎么的,疑惑忽然赶走了他内心的恐惧。两旁的植物像火炬一样点亮他前进的道路,甚至发出柔和的光芒,照亮中间的小路。

一只手提起潮湿而沉重的裤子,奇普尽可能快地奔跑,不再去管什么光滑的岩石、狭窄的小路还有来自各个方面的死亡威胁。

河里的尸体在急流处堆积。亲爱的奥赫拉姆神，那些都是桑迪纳斯农场的人，如今却变得与旁边的地面一样冰冷。这时，奇普注意到那边还有几座正在闷烧的房屋，在他眼中，这些屋子虽然外观无恙，其实早已被火烧得通红。不过对他和桑松来说，更重要的是那艘系在桑迪纳斯码头的平底船。他与桑松全速冲向小路尽头，两人拐过一个弯，接着，在清晨的阳光下，三十名骑在马上全副武装的镜光骑士出现在他们面前。

"我们要活捉你。"红色御光者说道。他的皮肤呈现出深红色，言语间夹杂着些许愤怒。"像有你这种潜能的御光者可不是每天都能见到。但你杀了格拉多王的两个手下，所以，你死定了。"

CHAPTER
— 15 —

"你不会真打算让我们就这么掉下去吧。"飞到沙漠灌木丛上方时,凯莉丝说道。

"噢,放心吧。我在飞的时候,是我们在飞,但当我们要掉下去的时候,就只有我会掉下去。"

加文驱使兀鹰拐向右方,以免被加里斯顿的人看到。尽管仍然会有一些农民或渔民可能看见他们,但谁会相信一个渔夫口中的"我在天上看到一只人形大鸟"?可如果整座城的人都看见了,那事情就要另当别论。虽然加里斯顿是提利亚最重要的港口,但这里并没有多少出彩的地方,海湾里的鱼被过度捕捞,气候炎热干燥,土壤贫瘠匮乏。现任卢斯格尔行政官贪污成性,他的手下则更为糟糕。

这里并不是一直如此。在光明王之战打响前,加里斯顿曾有一套庞大的灌溉系统,纵横交错的水渠将这片沙漠灌木丛变成一方沃土,农民每年都能收获两次甚至三次。水渠上层有一个水闸,为安伯河上下游几十个小镇引入贸易物资。但水渠与水闸不仅需要御光者,还需要定期维护,等这两样都失去之后,这片土地也随之变得衰败。这是他们为曾经死去的人犯下的罪孽所受到的惩罚。

"加文,说真的,我们真的要径直掉下去吗?"

"相信我。"他说。

凯莉丝张开嘴,又闭上。但加文已经猜出她没说出口的话:就因为之前你都为我做得很好?

"你包里有什么易碎品吗?"他问。

"到底会有多糟?"她反问,真的有些焦急了。

"抱歉,我应该等我们离地面近一些之后再问你。"

"等等,那是什么?"凯莉丝问道。

加文顺着她的目光向西看去,不过没看到什么能引起她好奇的东西。加里斯顿四周不是平原就是干旱的农场,只有西边耸立着陡峭而难以逾越的高山,其他地方几乎直接与海相连。安伯河就在山的另一边。假如河水径直穿过高山流入海里,那总长大概不会超过十里格,可安伯河却被栅栏般的山脉与大海隔开,向东完全流至加里斯顿,从源头到入海口几乎有一百五十里格。

"看那,"凯莉丝说着指过去,"烟。"

加文不确定那一小缕黑色的东西是不是凯莉丝——或是他自己——想象出来的,但不管怎样,它是在山的另一边,所以根本无关紧要。加文打算等兀鹰飞过某座山的山脚时,告诉凯莉丝自己的想法。这时,一股强劲的上升气流将两人推向更高的地方。

这令加文瞬间屏住呼吸。他只在水上试验过兀鹰,甚至从没考虑过当他在陆上滑翔时,下方的土地会对空气造成怎样的影响。但他刚刚经历了。为什么猛禽总是在同一地方盘旋?过去加文一直以为它们是在为向地面发动攻击做准备,可现在他知道了:上升气流。

"我们能飞过这片山川吗?"凯莉丝问。

从这个新的高度——加文向下看了眼,深吸一口气,马上回头看向地平线——现在他可以确定刚刚他们看到的绝对是烟。既然能从这么远的地方看到,那就只有两种可能。

但愿是森林大火。拜托了,奥赫拉姆神。

携光者
卷一 光明王

"可以。但如果我们这么做,你就遇不到那个带你潜入格拉多军队里的人了。而且,没有了海,我就没法将兀鹰弄上天了,我只能沿河把你送过去。"

"加文,当我看到那么多烟雾的时候,首先想到的是红色破光魔。你不是正要去卢城附近解决破光魔吗?生活在这里的人与卢城的同样重要。假如那头蓝色破光魔真去了卢城,当地还有众多御光者可以一起抵挡,但这地方一个御光者都没有。"

加文在脑海中将下面的地形与他看过的提利亚地图相比较,这种事对他而言可说易如反掌。他所看见的画面在大多数人眼里恐怕都是他们这辈子见过的最清晰的。加文眺望群山,看向山间崎岖难行的小路,还有远处浓烟升起的方向,一个想法忽然浮现心头:他不是偶然出现在这里的,他能滑翔到这个足以看清大火的高度也绝对不是偶然,他会和凯莉丝一起也不是偶然。根本没有发生森林大火,也没有所谓的红色破光魔。

浓烟是从莱克顿升起来的。战前,那里曾经是一座美丽的镇子。加文的"儿子"就在那座小镇上。加文知道那一定是莱克顿,尽管现在这么远的距离他根本无法确认。但如果奥赫拉姆神真的存在,那他一定会给加文设计出这样的惩罚,或者说考验。

不管怎样,这是一个机会。

还剩五年,还有五个伟大目标需要完成,其中最无私的一个:解放加里斯顿,解放这个因为他而惨遭破坏的地方。这里的百姓现在还在受难,因为他。

如果加文去莱克顿,他就必须面对那个疯女人,莉娜。他还得面对她的儿子奇普,告诉他自己不是他的父亲:抱歉,你仍旧没有父亲,我不知道你满口胡言乱语的母亲在说些什么。

那件事无疑会顺利过去。等他们接近拉斯克·格拉多的军队,凯莉丝便会打开她手上的任务信函,然后一切将迅速乱成一团。

这时加文只要说"我还有任务在身"就可以了,凯莉丝会理解的。她总是尽职尽责,甚至到了盲目的程度。

但你不是凯莉丝。这不是对她的考验。

加文开口想把话说出来,却真切地感受到自己的软弱。他没办法把这些字从紧咬的牙齿间挤出去。

"过去看看。"加文说道。他将兀鹰侧斜,然后意识到自己太早下决定了,穿越山脉之间的空隙实在过于危险。

凯莉丝握住他的手,眼睛闪闪发亮,红色的宝石在她翠绿色的眼眸里闪烁。不知道为什么,她的快乐比她的失望对加文的刺激更大。这种快乐提醒他在过去的十六年里,他本该给予她这些,可他将其偷走了。加文转过头,喉咙紧绷。

山峰逼近,加文第一次意识到他们飞得究竟有多快。现在他们已经没法在水里着陆了。如果他期望的上升气流没有及时赶过来的话,他和凯莉丝就会在这片岩壁上撞得粉身碎骨。

奥赫拉姆神,如果这里没有风,就不会有风将他们抛上去,是吧?

加文开始用御光术制造红垫子,心下倍感绝望——因为他知道无论造出来的东西有多大,在这种速度下都太小了——这时,上升气流托住了他们。他们被抛向天空,兀鹰的翅膀被狂风拉紧。

凯莉丝因狂喜大叫起来。

这股力量太过强大,几乎难以估计他们上升得有多快。但加文马上缩短了兀鹰的两只翅膀,以减缓上升的速度。而且,莱克顿离这里并不是很远,所以不需要飞那么高。他们飞得越高,就越容易被人看见。不过这也让他想到了另一件事:算上山间气流将他们推至的高度,兀鹰的飞行范围远比他之前想象的大得多。

当然他可以日后慢慢研究这个想法。现在的问题是保持低空滑翔,以免被整个提利亚看到,然后降低他们之前积累起来的飞行速度。他用蓝色拉克辛造出一架降落伞，就是他之前从光明利亚楼顶跳下去时用的那种。降落伞随即张开，将他与凯莉丝拽向前方，接着又以同样快的速度被空气撕裂。

等两人重获平衡之后，加文又尝试了一次。这次他改用绿色的拉克辛，量也比之前小得多。他将降落伞固定在兀鹰上，以免这东西将他自己撕成两半。这次总算起了点作用，他们稍微降低了速度，现在正迅速往下落。加文奋力发动魔法，再次加宽翅膀。

"我能做些什么？"凯莉丝叫道。

加文暗骂一声。他几乎没在试验中尝试过改变兀鹰的翅膀。在所有试飞经验中，他只要向一侧或另一侧倾斜身体，兀鹰便会撞上地面或水面。加文低吼着朝天空抬起翅膀的前部边缘，这样应该就能升上去，对吧？

可惜，完全错误。他们一头栽了下去。等他再次恢复翅膀的平衡时，他们已经开始垂直往下掉了。更糟的是，突然的坠落导致他的脚将无法接触到踏面，他已失去操纵翅膀的依靠。他将拉克辛抛向头顶，让身体落回到踏板上，接着将脚固定在上面。然而下方的桉树树影早已迅速放大，他的动作太慢了。

加文整个人猛地撞上甲板。兀鹰坠向桉树下方，落入一片草地，然后马上又要升起。这东西就要不行了。

就在兀鹰落向树枝的瞬间，加文伸手抓住机身上的拉克辛。蓝色拉克辛已经出现裂缝，若不是加文及时抓住，整架兀鹰肯定会瞬间散架。他们在树枝间穿梭，加文什么都看不清，但转眼两人又回到空中。向上，向上，机身倾斜的角度越来越陡。

加文这才注意到凯莉丝。她的皮肤上包裹着红色与绿色，双手正支撑着舱顶，拉克辛从她手里源源不断地向兀鹰背部流去。她已经控制住兀鹰的尾部，那里泛着绿光，朝上翘起。她救了他们两个的命。凯莉丝双眼紧闭，用尽全身力气，好让尾部足以在强风中挺立。

"凯莉丝,把它放平!"加文大喊。

"我在试!"

"你用力过——"

话音未落,两人又大头朝下,向相反方向冲出去。上衣盖住加文的脸,等他把衣服从脸上拨开,他们已经恢复到水平状态——不过上下颠倒。

"不要现在放平!"

"想清楚再说!"凯莉丝喊道。她现在双手倒立在舱顶。加文用拉克辛固定住她的脚,然后两人一起再次转动兀鹰的翅膀与尾巴。等这只拉克辛构成的大鸟重新颠倒回来时,两人又一次被摔到甲板上。此时他们距离桉树上方只有二十步远。

经过犹如几个小时那么漫长的时间,加文总算可以再次自由呼吸。他检查一下兀鹰的状况,差强人意。

"他们看到我们了吗?"凯莉丝问。

"什么?谁?"她怎么能同时看到那么多东西?

"他们。"她说着,扬了扬头。

加文朝莱克顿看去。现在他们距离小镇东面大概只剩几里格远。那里确实在着火。到处都在。这意味着镇上有一个十分强大的红色破光魔,或者有其他完全不同的东西存在。

然后他们看到了。一小支军队包围了镇子,很可能是格拉多的手下。慈悲的奥赫拉姆神。

"没有,"加文说,"他们只有直盯着太阳,才能看到我们。"

"啊,真走运,我觉得。"凯莉丝说。

"你管这叫幸运?"加文问道。

"那是什么?"她打断了他的话。

瀑布在小镇南方聚成一连串湍流。安伯河汹涌的河水在那里平静下来,旁边立着几座房子,看上去几乎算得上一个小村庄,但所有建筑都在燃烧。一个绿色御光者站在那里,身上充满了能量,对面是几个格拉多手下的镜光骑士。

"是孩子!"凯莉丝说道,"两个!加文,我们得去救他们。"

"我先把我们俩带到离他们尽可能近的地方,落地后马上向前翻身。"

两人在一块布满岩石、灌木与风滚草的土地上方十步的高度放平兀鹰。为了降低兀鹰的速度,加文又抛出一架小降落伞。降落伞嘭的一下打开,不过这次两人都已做好了颠簸的准备,紧紧抓牢机身。加文接连向后抛出降落伞,这东西的降速效果比他期待的好多了。随后,兀鹰稳稳落入地面。

加文挥动双手,将兀鹰分解成碎片。接着在他们落下去的同时,用巨大的橙色拉克辛垫子将两人裹住。先是凯莉丝,然后是他自己。他还在垫子边缘加了一层柔韧的绿色拉克辛,并用薄红与黄色拉克辛充当垫芯。

两人猛地撞在地上,橙色与绿色拉克辛减缓了他们的冲击速度,然后在撞击的作用力下炸开。与此同时,黄色拉克辛将他们包裹在一个更为坚固的球体里。加文穿过几株灌木,黄球蹦跳着滚了六七圈才裂开来,将他一股脑儿丢在地上。加文活动一下手脚,确认没什么大碍,跳起身。

"凯莉丝?"

一声惨叫传过来,听上去不太妙。加文马上跑过去。

凯莉丝在离他二十步外的地方跳起来。她的头发已经乱七八糟,不过并没有任何明显的伤痕。加文走到她身边。"怎么了?"他问。

她向下瞥去,一条响尾蛇正爬在他脚边,足有加文双臂张开后那么长。一把匕首刺穿蛇的脑袋,将它钉在地上。凯莉丝的匕首。

加文张着嘴,愣在原地。凯莉丝一脚踩住蛇头后部,拔出匕首——我的奥赫拉姆神,她用的是手而不是御光术。有时候加文甚至会忘记凯莉丝究竟有多么强悍。她用黑卫随身携带的黑手帕擦干匕首上的血，这块手帕就是为此存在的——黑色不会将难以解释的血污显露出来。加文注意到，收起手帕时，她的手在轻轻发抖，不是因为恐惧或紧张，而是被迫近的死亡所激发的肾上腺素在作怪，身体需要过段时间才能平静下来。

凯莉丝没有指责加文差点把她害死。她抓起背包与弓箭袋，检查并确认刀刃与刀鞘都没有在下坠过程中损坏，然后将刀绑回腰间，把包甩到身后。突然迸发的暴力仿佛提醒了凯莉丝自己究竟是什么人——以及他们不是什么人。两人回到地面，也回到了现实。

"抱歉，"加文说道，"我应该往海那边走的。"

"要是真那么做，也可能在海里遇到鲨鱼。"她耸耸肩，"而且会把我变成落汤鸡。"她在笑，但眼里却没有笑意。加文现在不能影响她。凯莉丝的任务开始了——而且是个危险的任务。这是一份很可能会导致战争的工作，她可能要杀人或者被杀。她必须将任何可能让她分心的事情无情地抛向一边。

"凯莉丝，"他说，"那封信上的内容……都不是真的。我不指望你能理解，甚至相信我，但我发誓那不是真的。"

她看着他，目光犀利，令人难以捉摸。凯莉丝的虹膜本是翡翠一样的绿色，但现在上面的红色斑点就像是耀眼的星星一样闪着光，呈现出钻石的模样。这种效果要么是有意为之的魔法，要么是普通的拉克辛，要么是眼泪。加文知道这双眼睛很快就会变成红色。"快去救那两个孩子吧。"她说。

凯莉丝跑起来，加文紧跟在后，两人在长满桉树的山坡上穿梭向前。桉树剥落的树皮散落在地面上，矮树丛拍打着他们的腿面。凯莉丝直奔身形稍瘦的那个孩子，留下加文去救与红色御光者对峙的另一个。

其实这根本不重要。因为他们两人都已经来不及了。

CHAPTER
—16—

    他们离小川太远了，根本来不及跑到那里，就算以桑松的脚程恐怕都办不到。奇普忽然意识到一个残酷的现实：他马上就要死了，并为自己这一刻的反应感到惊讶：没有慌张，没有恐惧，只有平静的愤怒。三十名精英骑士全副武装对付一个孩子，一个训练有素的红色御光者对付一个昨天才学会魔法的孩子。

    "我说跑，你就跑。"奇普对桑松说。

    奇普的余光扫见左边三百步外有什么东西一闪而过。然而当他切实看过去的时候，却又什么都没看到。对面的镜光骑士正来回看向彼此，看样子他们也和奇普一样瞥到了那个东西。

    "现在，桑松！跑！"奇普大喊，视线丝毫不敢从御光者身上移开。桑松立刻拼命跑起来。

    镜光骑士们原地静站，直到红色御光者举手示意才正式有了反应。那手势刚落，军队立即行动起来，每一排都有一名镜光骑士从队伍中踏出，这些人将脚踝上的鞋钉刺入马匹，上前把奇普团团围住。红色御光者本人则单枪匹马立于队伍前方，按兵不动。

    目前为止，奇普使用的所有魔法几乎都是凭借本能进行操控，眼下他不得不有意识地使用了。阳光洒在他身上，放眼望去四周尽是绿色，两名镜光骑士不断围着他绕圈，留意着他的一举一动，不过他们的真实目的是去追跑出去的桑松。奇普再次感受到能量在自己的胸中翻滚，拉克辛不断涌入他的掌心，指甲下的皮肤再一次被撕裂。

一根标枪在他手中成型。奇普奋力将枪头扔向那个离桑松更近一些的镜光骑士，但他的力气实在太小了，标枪大概只飞出去十五步，甚至连目标距离的一半都不到。

红色御光者见状大笑，可奇普根本顾不上他。奇普记得，之前另一名红色御光者与他的学生赛门扔火球的时候，虽然扔出去很远，但却不是用蛮力做到的。于是，他开始模仿那两名红色御光者，想象魔法从体内飞奔而出的景象，在他面前的空气逐渐合并到一起，迸出火花，闪耀起绿色的光芒，拉克辛从海沫绿变成薄荷绿，又变为常青绿，最终呈现出矛锋的形状。

随着聚集的能量瞬间炸开，矛尖唰地飞了出去，那感觉像是点着了一把装了太多火药的火枪。奇普被后坐力掀倒在地，更糟的是，他射偏了。绿色长矛划破镜光骑士身后的空气，插进一栋烧焦的房子。破败的木屋就只剩下几面墙还留在原地，被撞倒的墙壁砰地掀起一阵尘土。

奇普挣扎着爬起来，试图再来一次。然而当他面前的空气再次开始闪现绿光的时候，奇普用余光瞥见了某样红色物体。他转身看向那名红色御光者——太晚了——滚烫的热浪刮过他的双手，打散了他正在聚集的绿色拉克辛，攀上他的身体。

红色御光者下马朝他走来，步伐平稳，掌心又开始凝聚红色的拉克辛。奇普抬高手肘，像过去数百次芮米尔威胁要揍他时那样下意识护住自己。但这次，一枚半透明的绿色护盾立在他身前，将他从头护到脚，立到地面上。

红色御光者向前轻弹指尖。一道火光乍现，拖着一条红色的长尾巴，黏住奇普的护盾，缓慢燃烧起来，尾巴的另一头依旧连着御光者的指尖。奇普慌了，可护盾还连在他的手臂上，他只能带着它一起往边上躲。一枚更大的红色弹头咆哮着从御光者手中飞出，沿着那道火光在半空中拐个弯朝他飞来。

奇普被流弹刮倒，向后摔出去几英尺。喀啦一声脆响从绿色护盾上传来，仿佛是奇普身上的骨头断裂发出的声音，预示着最后一道防线也即将崩溃。

他从地上爬起来，正瞧见一名镜光骑士举着马刀追上桑松。骑兵挥刀用力砍下去。奇普看不到桑松，但镜光骑士已经收住马蹄，接着，第二名骑士也将枪头调转向下，用力刺去。一下、两下，熟练，冷酷。

见两名镜光骑士像做完工作的工人一样放松下来，奇普知道桑松已经死了。

他翻身滚向一边，发现红色御光者正注视着自己。奇普不禁为这个男人平凡的长相感到惊讶，一张长脸，黑眼睛，乱糟糟的头发，还有一嘴露在外面的龅牙。他打算杀了奇普，没有一丝自己的情感，就只是在服从命令。

奇普再次聚集魔法，然而不等他成功，御光者已经用红色的拉克辛泥浆锁住他的胳膊。他的手臂被黏上厚厚一层，动弹不得。

御光者抬起头，隔着眼镜看向太阳。魔法如烟雾一般盘旋向下汇聚到他的手臂上，他在为最后的致命一击蓄力。这时，一个显眼的淡蓝色圆点出现在他耳朵上，御光者转过头，圆点随即跑上他的太阳穴，看起来就像是有人拿信号灯从森林里某个地方朝他射出一道光线一样，那微弱的光线打在他的——

就只有一眨眼的工夫，伴着一声咆哮，一个巨大的黄色物体袭向那名红色御光者。整个过程太快，快到迅猛，仿佛这个人凭空消失了一般。他的身体被抛到空中，碰撞的力量将他撕成两半，先前牵制住奇普的红色拉克辛瞬间化为尘土。

奇普愣在原地，惊恐地看向那个刚刚还活着的男人。御光者的红衣服上到处是鲜血、拉克辛与撕裂的痕迹，不过他的整个上半身都变成了胶状。奇普扭头看向森林。

另一边，就在少年被救下的瞬间，加文已经开始朝镜光骑士队跑去。凯莉丝则冲下山坡，去救跑向河边的另一个少年。但她来得太迟了，镜光骑士以惊人的纪律与速度重新整队，根本没人想到要去处理马的盔甲。事实上，由于马匹的盔甲十分笨重，因此穿上之后马很容易疲惫。镜光骑士显然没想过会撞上旗鼓相当的对手，更别说遇到御光者，但这种武装意味着马将成为最容易受到攻击的目标。不过加文向来不喜欢杀害无辜的牲畜，至于它们的主人则另当别论。

加文猛地一挥手，一道犀利而强劲的电弧瞬间出现在他面前，四周的空气也像在火中接连炸开的石头一样噼啪作响。一打蓝球射了出去，每一个都有他拳头一半的大小。镜之铠甲能够像镜子一样反射光线，将任何投上去的拉克辛反射回一部分，令其力量分散变弱，对试图用拉克辛长剑砍倒马匹的御光者来说，那绝对是个大麻烦。这种盔甲虽能提供保护，却并非毫无破绽，加文丢出的拉克辛球外壳很薄，撞上镜之铠甲后立即炸开——或者说碎开，喷出一股燃烧着的红色黏液。这些液体飞溅到镜光骑士的身上、胸口、挡板上，顺着盔甲的细缝流进他们的股沟。

火苗与惨叫声四起，还有皮肤烫伤时发出的滋滋声。准备发动进攻的骑士在马上摇摇欲坠。加文立即挥动另一只手，射出十来个拉克辛球，骑兵纷纷从马鞍上掉下来，摔向地面。他们翻滚身体，有些试图扑灭里面的火苗，另一些则抓挠着正在燃烧的头盔，身体几乎被烫熟，还有一些仍试图保持进攻架势，但等到第二波拉克辛球击中他们后，又有六个人放下长枪。

但仍有十二匹战马飞速冲向加文。哪怕没有骑兵引导，这些专门为打仗饲养的马也不会停止进攻。

加文朝四周扔出一片蛤壳似的绿楔子以支撑自己。战马冲过来的时候撞到加文，可他依然屹立不动。

现在，这里只剩下三名尚未受伤的镜光骑士，其他那些一早就溃不成军的骑兵早已瘫倒在另一端。他们撕下身上的衣服，掉头往回跑。懦夫。也许吧。不过是聪明的懦夫。加文依次弹起指尖。幻紫色拉克辛是所有颜色中速度最快的，而且色泽很淡，大部分人几乎都看不见它。它们像蜘蛛网一样散开，每个结上都黏住一个士兵，连上他们的后颈。

片刻过后，三枚黄色拉克辛做成的长钉导弹沿着加文与士兵之间的幻紫色蜘蛛网飞了出去。伴着一阵肌肉被拧断的咔嚓声响，导弹贯穿盔甲，刺入骑兵的脊柱，三名骑兵瞬间从飞奔的马匹上一头栽倒。

等到周围的骑兵死伤一片，加文看向山下，想知道凯莉丝与最后两名镜光骑士怎么样了。其中一个骑士已经倒下，如果说那边和这边有什么区别的话，就是加文惊讶地发现另外那个竟然还活着——但毫无疑问，这个人很快也会死去。

四百年前，在这个国家刚成立的时候，黑卫曾是伊利塔的一个地方组织，组织成员皆凭借出众的才华被选中侍奉在初代光明王卢希多尼斯身边。然而后来，伊利塔逐渐失去了对光谱七政使的影响力，黑卫也被迫放弃了曾经选作基地的伊利塔郡。为了自身的精英地位，他们从结构上对组织做出了调整：御光者在使用御光术时皮肤往往会充满自身将要使用的颜色，那意味着在一场战斗中，肤色较浅的阿泰什人或血森林人更容易被敌人预测出下一步行动。帕里亚人对此十分满意，毕竟他们也是深肤色，所以不会受到太大影响。于是从那时起，黑卫成员便大多为帕里亚人或伊利塔人。但随着帕里亚的政治力量不断壮大，最终帕里亚人占据了压倒性的优势。

然而，为了稳固黑卫们在战斗技巧方面的地位，在过去两百年里，黑卫从帕里亚与伊利塔以外的地方也接收了不少御光战斗精英。

凯莉丝就是其中之一。他们根本不可能拒绝她。在与其他黑卫成员比试过程中，除了四个例外，她几乎击败了其他所有人。黑卫的训练内容向来是世界上最危险的事情之一，但那对她来说根本无所谓。直到现在，她仍在不断磨炼自己的身手速度。加文觉得，如果够幸运，凯莉丝应该还能保持这个状态十年。不过，这感觉就像她在和他比赛看谁先跨进死亡大门似的，但就算真有那么一天，也绝对不会是今天。

另一名骑士举起长剑，冲向凯莉丝。后者站在原地，打算等到最后一刻再做出反击，这样一来，她可以对其迎头痛击。骑士也被凯莉丝的反应杀个措手不及，他本以为对手会躲开。由于太过惊讶，骑士甚至忘了改变自己的路线。而凯莉丝则在马即将踩到她的瞬间向下一蹲巧妙地从指间交错释放出红色与绿色的拉克辛，接着在马越过头顶的一刻抓住马肚子上的皮带。

战马轰地跃过去，有一瞬间加文甚至以为她会被对方踩倒。但他很快便看见她跃向空中的身影。凯莉丝手上的拉克辛已经恢复原状，并将她甩回到还在奔跑的战马上。凯莉丝撞上骑士的后背，差点从马上掉下来，她攀住马身，竭力在敌人身后坐稳。

骑士挥动缰绳，不清楚刚刚发生了什么，也不知道什么东西击中了他的后背。凯莉丝一手擒住他的头，一手抽出刀，她拆下对方的面甲，刀刃深埋进敌人的脸颊。男人猛地一抽，两人一起摔向马下。

凯莉丝试图将骑士按到下面，这样她就可以用他的身体着地，可骑士的脚却一直挂在马镫上。失去了肉垫，凯莉丝被受惊的战马向后用力甩出去，她撞上地面，顺势向前翻身，幸运的是，她落到了草地上。

加文看向那名少年。为了救他，他们俩杀了三十名格拉多手下的精英护卫。这孩子大概只有十五岁，胖乎乎的，一看就很笨。刚刚看

携光者
卷一 光明王

到的一幕让他的眼睛瞪得浑圆。少年转过身，跑向河边，起初加文以为他是因为害怕想要逃跑，之后他才意识到他是去看他的朋友，那个凯莉丝没能救下的孩子。

"这是什么意思？"一个男人喊道。

加文转过身，不禁咒骂自己，他太过在意那名少年与凯莉丝以及河对岸的情况，忽视了小路这边。湍急的河水与瀑布模糊了马蹄的声音，但那都不是借口。喊话的男人和十六年前如出一辙，依旧是个小下巴，那模样就像在求别人上去给他一拳似的。在他身后，是六名御光者与二十名镜光骑士。看到眼前的屠杀场面，意识到三十个他自认无敌的镜光骑士全部被人杀了的事实，男人因暴怒颤抖不已。

然而在见到加文后，格拉多郡首的脸色瞬间变了个样。他勒马说道："加文·盖尔？"

CHAPTER
— 17 —

白袍使肯定会想杀了他。

加文也觉得自己罪该万死。郡首格拉多的出现彻底改变了眼前的情况。如果这些人只是格拉多郡首的士兵，正如加文与凯莉丝所期望的那样，那他自然可以把他们全杀了，然后一走了之。就算格拉多为此勃然大怒，下令追捕杀人的御光者，他永远不会知道自己在追的人是谁。事情就只会演变成这里有一个强大的御光者——这个不值一提的小地方叫什么名来着？莱克顿，就是这个。噢，真讽刺。

眼下，再想掏出口袋里的护目镜戴上已经太迟了。如果他现在戴着护目镜，面对发生的一切他还可以说自己是某个神秘的多色御光者，可没有那些，他就只可能是光明王。

于是，光明王径直走向郡首格拉多。加文完全无法否认。拉斯克·格拉多认识他。

"加文？"拉斯克·格拉多重复道。他的声音听起来有些古怪，还有些紧张，但那或许是他故意设下的陷阱。他身上穿的盔甲带有数片挡板，都是小挡板，不用关节接头连接的那种。他这地方还真穷。

格拉多更改了族徽的图案。加文记得过去他的族徽上画的是一只荒野黑貂，上面还有一个月亮两颗星星，格拉多的个人纹章则是一只咆哮的狐狸。现在，狐狸与荒野都没了，新纹章上只有一片漆黑的荒野，上面悬着一条断裂的白锁链。加文立即意识到这枚纹章的重要性：拉斯克会这么做，绝对不仅仅是在否定他与他父亲过去的族名，其实早在从前，他便一直将族徽视为弱者的象征。所以这个新族徽，是说他已经归入旧神统治了吗？加文以前听过这类谣言。还是说他是在给加文说谎的机会？说他不是光明王？

如果加文那么说，拉斯克·格拉多会怎么做？杀了他，然后再向光明利亚解释一切都是误会？不是他的错，他不过是杀了一个不肯承认自己是加文·盖尔的袭击者。但如果拉斯克以为用几个御光者和二十名镜光骑士就能杀得了加文，那就大错特错了。可还会有其他什么情况？或许格拉多就只是单纯因为见到加文来看他而感到震惊，不知道接下来该怎么办。

假如加文说谎后，拉斯克发动了进攻，那除了杀掉他以外加文将别无他法。一旦他杀了拉斯克，就必须把拉斯克的手下都灭口。然后这个郡该怎么办？即使是现在，也依然不断有人朝这边增援，加文不可能把他们都杀了。不管加文有多厉害，如果一百个人同时朝一百个方向跑，那总有一部分人会逃掉，到时候消息就会传出去——光明王来到提利亚，然后无缘无故地行刺了当地郡首。

郡首格拉多有没有屠杀这个镇上的人并不重要。这是他的小镇，他想怎么处置就怎么处置。过去，曾有一名光明王随意地毁了或屠杀了一个郡的人，不过那都是很久以前的事情了，大概可以追溯到七大郡还只是小郡县的时候。如今一切都过去了，现在光明王的政治力量就只是形式上的，仅限于宗教方面。光明王不能干涉国家内务，虽然加文现在做的已经远不止是干涉那么简单。假设他杀了这里所有人，然后回到光明利亚，由于他只离开了很短一段时间，因此光明利亚可以振振有词地帮他隐瞒，毕竟从这里到光明利亚，一个来回对他来说实在太过遥远。

加文可以杀掉一个他从没喜欢过的人，还能为自己避免麻烦，唯一需要为此付出代价的大概就只有这群服役于七大郡里最没落的一个的士兵们。好吧，那名少年或许也得死，否则他可能会勒索加文。那样的话，凯莉丝会怎么想？嗯，她怎么想确实挺重要的，在加文心里，她早已是与众不同的存在，尽管加文知道自己即将失去他与凯莉丝现在所拥有的一切，虽然那原本就所剩无几。

假如是过去的加文，他一定不会犹豫。你会怎么做，我的兄弟？时间过去太久，现在连加文自己都已无法确定。

"我是至高无上的光明王，加文·盖尔。"加文说着，微微欠身，将一只手背到身后，示意让凯莉丝躲起来。

"那么，光明王陛下，"格拉多大声问道，"请问这是光明利亚的宣战方式吗？"

"真奇怪，你怎么会这么快就往战争上想，郡首阁下。"

"奇怪？不，奇怪的是您会叫我郡首。您将我的父亲，这里的合法郡首除名，还把他从加里斯顿撵出去，偷走那座城市，我们的首都，唯一的港口！你们甚至拒绝提利亚人接近光明利亚。提利亚早已不再是郡了，从那场战争开始就不再是，光明王陛下。我是拉斯克·格拉多，提利亚的国王。你杀了我的私人护卫，居然还说我们之间会发生战争很奇怪？"拉克丝提高音量，"还是说你认为提利亚人生下来就该被光明利亚的走狗追杀？"

一阵浓浓的怨声在镜光骑士中间响起，告诉加文这番剖白对他们来说早已不是什么新鲜事。

"不过当然，光明利亚肯定不会为了杀几个我的手下，就派光明王亲自过来。"拉斯克佯装思索的模样，却没有给加文插话的机会，"没错。只有当光明王需要完成重要任务时，他才会亲自出马。某个能够保证光明利亚对七大郡的束缚继续维持下去的任务。请告诉我，光明王陛下，您是来行刺我的吗？"

没人会派狮子去抓老鼠。

快给他个痛快。加文差点将心里话喊出来。

镜光骑士与御光者缓缓逼近拉斯克·格拉多，隆隆的盔甲声与跺脚声随之传来。加文只能聆听对方教训。他朝山下瞥了一眼。截止到目前，他一直避免往那边看，避免将注意力引到凯莉丝那边，所以现在，她可能正在犹豫到底是该留下还是离开。

其实凯莉丝几乎算得上离开了。她正乘小船沿着湍急的河水去往下游。如果加文了解凯莉丝，就会知道虽然她可以留下，可以回来看他发生了什么事，但凯莉丝毕竟是一名黑卫，尽管他们的第一职责是保护白袍使，但他现在也需要有人来保护。加文忽然明白，她也许不是因为相信他能照顾好自己才离开，而是因为她有任务在身，所以不允许自己牵扯进来。

从另一方面来说，那个小胖子现在几乎就站在加文背后。打从加文把他从镜光骑士手上救下来，这小子显然认为加文已经成为他活下去的最大希望。

"你误会我了，格拉多王，"加文说着再次转过头，坚定地表明自己的立场，"我看见这些人在残杀贵地无辜的公民。我只是想出手挽救他们的性命。我以为我在给你帮忙。"

"通过杀掉穿着我军制服的士兵来帮忙？"

"他们显然是叛党、强盗，怎样疯狂的人才会将自己的小镇烧为平地？"

不少镜光骑士低下头，或是看向别处，还有的正小心翼翼地瞥着格拉多王的反应。看样子，并不是所有人都对屠杀同胞一事感到高兴。格拉多的脸涨得通红。"我是国王，"他大声宣布，"我不会质疑我自己的选择，也不该被光明利亚质疑。提利亚已经是有主权的国家，我们内部的斗争不关你的事。"士兵们又回到原先的面无表情。

"当然。只是……突然看见一个国王在烧杀自己的小镇与人民——包括儿童——你能明白我的费解,我敢肯定。我为我的困惑感到抱歉。光明利亚永远服务于七大郡,提利亚自然也在其中。"

加文尽可能让自己表现得真诚一些。如果他现在站在五十个精通外交关系与外交礼仪的贵族面前,那这点儿演技或许已经够用了。拉斯克·格拉多可能会提出一些金钱方面的补偿要求,然后把这视作一次诚实且可以理解的过失,保留自己愤怒的权利。加文也算是不过不失。双方都表现得优雅而利落。

可拉斯克·格拉多是个年轻人,一位新国王。他也不是站在贵族前面,而是站在自己的手下前面。他知道自己就要输了。周围到处是他手下的尸体,活着的那些都在偷偷看他,所以他绝不可能就这么认输。"您不远万里来到我的国家,不单单是来巡查强盗吧?而且,几乎没有事先通告。人们会认为您像某些间谍一样,暗自潜入我们国家。"

哈,别傻了。本来就要输的人,还给自己多加一项罪名。加文又回头看了眼那名少年,想看他作何反应。看样子不太好。少年被吓得浑身发抖,眼睛死盯着拉斯克·格拉多。难道说那其实是愤怒?

"间谍?"加文轻声说道,"不不不,真好笑。人们虽然会派手下去做这种事,但绝对不会自己亲自动手。既然你是国王,那你肯定明白这个道理。"

"那你在这里做什么?"格拉多王异常粗鲁地问道,仿佛现在他们正站在七大郡的某个法庭上。加文瞥了少年一眼,他知道格拉多输了。他可以走——他是光明王,就算他杀了格拉多手下三十名镜光骑士,那也不足以判他监禁或谋杀,在真相尚存疑点的情况下更不可能。因为那样,拉斯克就将冒着与其他郡对立的风险。杀死郡首是一种对和平的粗暴破坏,杀害光明王则是大逆不道的罪行。但假如拉斯克觉得他输了,他就一定会让加文为此付出代价,他会想尽办法来打击他。

携光者
卷一 光明王

加文会被放走，但这名少年会被杀死。

"我看见了浓烟，"加文说，"我正在去处理破光魔的路上，看到这里有事就想过来帮帮忙。"

"你在我的国家做了什么？"

"我不知道你关闭了边境，真的。我都没想到这里已经变成新'国家'了。其实，你也没必要……这么敌视外人，尤其是对像我这样的国民公仆。"加文听过不少讲述邻里间关系的神话，当事人双方大多公正且通情达理，但事实上，那些神话都建立在大量外交手段之上。不过为了转移注意力，真相早已无人知晓。加文径直走到尸体旁："你在隐瞒些什么，格拉多王？"

"你是莱克顿人，对吗，孩子？"格拉多王问。他可不打算陪加文玩什么文字游戏。"你叫什么名字？你父亲是谁？"

"我叫奇普。我没有父亲。这里大部分小孩都没有父亲，在那场战争之后。"这番话像箭一样刺中加文的心。他几乎快把这件事忘了。伪光明王之战横扫了这附近几十座小镇，所有男人都被强征入伍，不管是黄发小儿，还是老到不得不用拐杖当长矛的老人，他和达森像送木料去伐木场一样，将这些人送去战场，派他们去对抗御光者。

"那你母亲呢？"格拉多王生气地问道。

"她的名字叫莉娜，在镇上的几家旅馆给人帮工。"

加文心跳漏下一拍。莉娜，那个给他送信的疯女人死了？而这个男孩，这个战战兢兢的少年很可能是他的亲生儿子？那座被烧成平地的小镇上唯一的幸存者就站在这里，唯一一个能够牵动加文感情的人。如果加文曾信奉过奥赫拉姆神，那他一定打从心底里觉得这一切都是一个残酷的恶作剧。

"莉娜，没错，我记得那个贱人的名字，"格拉多王问，"她在哪？"

"我妈妈才不是贱人！是你杀了她！你这个杀人犯！"少年几乎要

哭出来,也不知是因为愤怒,还是因为悲伤。

"死了?她偷走了我的东西。带我们去你家,如果我们找不到那样东西,你就要替我干活一直干到你还清债务为止。"

拉斯克·格拉多不会让少年还清他母亲欠下的债的。加文毫不怀疑拉斯克在撒谎,那只是他想要带走这名少年的借口——如果说拉斯克是国王,那这个孩子就是国王看好的一个猎物。最有可能的情况是,为挽回尊严,拉斯克会当着加文的面杀了他。这个孩子本身没有任何意义,他可以是一条狗或是一条拉斯克中意的漂亮毯子。他成了一个筹码,让加文既恶心,又期待。

想让我认输?你认真的?你以为那对我来说不可能?那我们就好好玩玩。

"这孩子得跟我走。"加文开口说道。

拉斯克·格拉多闻言笑了,但表现出的却是明显的不悦。他的两颗门牙中间有道细缝,与其说他现在是在笑,不如说那模样看起来更像一只露出牙齿的斗牛犬。"你在为一个贼冒险?把他交给我,光明王。"

"否则呢?"加文彬彬有礼地反问,故意做出一副好奇的样子,好像他真想知道似的。如果你将威胁拉到太阳底下,让它大白于天下,那它便失去了威力。

"否则我的手下会对人说这是一个天大的误会,我们根本不知道光明王在这里。如果他事先声明自己要来,如果他没有不明所以地袭击我的士兵,那事情该多好。我们只是出于自卫。当他不幸过世之后,我们才发现我们弄错了。"

加文忍不住笑了。他将拳头举到嘴前,以遮掩自己的笑声。"不,拉斯克。我不带黑卫出门是有原因的:我不需要。伪光明王之战的时候,你还是个流鼻涕的毛头小子,所以或许你已经忘了我的本事,但我可以确定你的手下肯定记得。就是看上去神情十分紧张的那几个。

如果你的人敢动手,我就马上杀了你。白袍使大概会苛责我一两个月,那还会成为一个外交问题,这点毫无疑问,但你真的觉得会有人在乎提利亚国王的死活吗?既然是'国王',不是郡首,那就是一个反叛者,恐怕他们只会盼着那种事千万别发生在他们身上。光明利亚的人会许诺、道歉,然后给那些从提利亚过来的学生补贴几年学费,然后这件事就彻底结束了。你的继承者肯定不会再像你一样如此好战。"

拉斯克想反驳,但加文没给他机会。

"让我们暂时假设一下。如果出于某种原因,你们真的在我把你们一个个都杀死之前把我杀了,那也是因为我目睹了你在这里所做的一切:屠镇。你为了征集自己的军队,建立属于自己的光明利亚,屠杀了一个镇的人。问题是,你现在做好战争准备了吗?假如我现在回去,空口无凭,光谱七政使或许不会相信我说的话,但如果你杀了我,那就将成为一个比任何话语都更为有力的铁证。你真的认为你刚才那番说辞会是唯一传出去的版本?你是个年轻气盛的国王,不是吗?就在几分钟前,你不是还提到了间谍?"

沉默笼罩住双方心中的冲动。和加文过去赢过的任何一场辩论一样,他又一次获得了全面胜利。

"那名少年是我的猎物,而且是个贼,把他留下。"格拉多王气得浑身发抖。他不是在回击加文的愚弄,他只是拒绝认输。

加文不是在吓唬他。十有八九,他能独自一人把所有这些士兵与御光者都杀了——这取决于那些御光者的身手,而他大概不会有任何损失,最多被烧掉一边眉毛。不过在这样一场战斗中保护一个孩子就是另外一回事了。究竟是该让犯人去死,还是让无辜的人活下来?

而且,未必所有人都会像他假设的那样那么快原谅他。

"他不是小偷,"加文试图将对话的分歧点从输赢转向其他地方,"他身上除了衣服什么都没有,不管他母亲偷了还是没偷,那都和他没关系。"

"想知道这个还不简单?"拉斯克说道,"搜身。"

格拉多的表情无疑在说奇普肯定偷了他的东西。令人难以置信。他把东西藏哪儿了?那层肥肉里吗?

"不!那是妈妈最后留给我的东西!你拿走了其他所有的!不能把它也拿走!我要杀了你!"加文马上觉察到少年的言语间暗藏的一丝疯狂,甚至在奇普的虹膜开始充斥翠绿色的拉克辛之前。这名少年打算攻击格拉多王、他的镜光骑士,还有他手下的御光者。非常勇敢,但更是愚蠢。

格拉多王手下的御光者肯定也感觉到了。

加文迅速挥起左手甩出一道弧,在奇普与格拉多王的手下之间制出一面红黄蓝绿相间的拉克辛墙壁,然后用右手制出一根蓝色的棍子,敲上奇普的后脑勺。少年轰然倒地。加文心想,这世上能比他还快的人,恐怕就只有凯莉丝了。

一枚红色的拉克辛火球从格拉多手下一名御光者手中抛出,砸上墙壁。火球与墙面碰撞的瞬间发出嘶嘶的声响。

其他所有人都愣在原地,不等他们弄清楚状况,加文已经挥手化去墙壁。有的镜光骑士不禁看向他们同伴的尸体,或许是在想他们的死着实并非偶然。只有拉斯克·格拉多一个人看上去丝毫不为所动,他下马走到那名失去意识的少年旁边,开始粗暴地对其搜身。

接着,拉斯克·格拉多在奇普身后的腰带上翻出一个细长的红木盒子。他咔地一声打开盒子,朝加文露出一个满意的笑容,然后将东西收到自己的腰间,走回自己马旁重新骑上去。

"一个小偷和一个暗杀未遂的刺客。谢谢您帮忙挡下袭击,光明王大人。"格拉多王示意自己的手下走向奇普,"我想那棵树应该绑得了一个套索,您愿意留下来一起看处刑吗,加文陛下?"

这一切就都结束了。这是我需要付出的代价。

携光者
卷一 光明王

"没人想要你的命,格拉多王。这点我们都很清楚。这个孩子甚至都没能用上御光术。我要把他训练成光明利亚的学生。你已经找到你要的盒子了,也已经杀了他的母亲,那个被认定是小偷的人,这个惩罚已经很重了。再说他是你的郡民——呃,'国民',他明显对他母亲所作的事一无所知,除了那个盒子。而且,无论你对他有什么要求,跟我的要求比,都不值一提。"

"他是我的国民,我想怎样就怎样。"

只剩下最后一张牌了。加文说道:"之前你问我为什么要到这个被你称为国家的热粪坑来,现在我告诉你,奇普就是原因。我比你更需要他,因为他是我的私生子。"

拉斯克·格拉多的眼睛一眨不眨。加文知道他赢了。毕竟除非那是事实,否则没人会公开承认不光彩的事。而对方也在加文开口前,从他表情中看出,他迟早要杀了拉斯克·格拉多,虽然不是今天。

"你的时代结束了,"拉斯克·格拉多说,"你的,还有光明利亚的。光不可缚。记住这句话,光明王,我们会取回你们曾经偷走的东西。你的恐怖统治就要走到尽头了。等到结束那天,我会站到你现在那个位置,我发誓。"

CHAPTER
— 18 —

凯莉丝乘小船顺流进入下游，直走到最近一个拐角，确定对方已经看不到自己后才把船停住。她确信那些士兵没看见她。她将小船拖上河对岸，然后爬到一座能够瞧见加文那边情况的小山丘上。她手脚并用，爬上山顶，那里有一些矮树与灌木正好挡在他们之间，堪称藏身的理想地点，就是距离不太尽如人意，足有一百二十步。虽然凯莉丝是个神射手，但眼下她没有长弓，随身携带的远程武器就只有一把设计简单的反曲弓。在七十步的射程内，这种弓堪称工艺精良，射击精准轻便，但在一百二十步的射程下，情况就不同了。凯莉丝来回盘算一下，觉得自己有必要将误差准确到四英尺范围内。她的动作很快，假如格拉多原地站着不动的话，她可以在几秒内连发四箭，以修正自己的失误。很好。至少这个比其他选项强多了。凯莉丝快步走上山顶后方，架起弓，检查箭翎与箭头的精准度，然后爬到最佳射击地点隐藏好。

听加文与郡首说了几句，凯莉丝慢慢放松下来。在辩论方面，除非对手是白袍使，否则就算同时应对三五个人，加文也能不落下风。虽然眼下加文正站在成堆的士兵尸体中间，但结果大概也只是郡首为自己给加文造成的麻烦赔偿多少的问题。

携光者
卷一 光明王

确认自己能看到加文之后,凯莉丝收起武器,打开自己的背包。白袍使之前吩咐过她,前往提利亚之后再看那封信,因此凯莉丝一直将东西放在背包最里面,收在换洗衣服、备用护目镜、厨具、几条喇叭裤和手雷下面——感谢奥赫拉姆神,那些东西没在她摔倒的时候起火。虽然危险,但手雷的价值绝对值得她冒险携带。她掏出折叠的信封。越是机密的东西看上去往往越简单,这封信使用的或许是最薄的纸张,但由于外封上写满潦草的字,所以就算是这样半透明的纸,也不能单凭太阳透过就读出里面的内容。

信封印鉴上只有一句非常简单的话:一旦撕破印鉴,便会引燃上面的拉克辛触点,届时这封信将立即起火。当然,这可算不上什么安全的防御设置,任何一位细心的御光者都能把它破解,就连不是御光者的人也可以绕过印鉴把信剪开,但有时候,简单的防范措施往往比精妙复杂的方案更为有效。

凯莉丝探头看了眼加文。还在说话。非常好。

她用身下的草地制出一点绿色拉克辛,解开印鉴上的陷阱。加文曾经说过,不要相信上面写的内容,但这确实是白袍使亲笔所写。所以说,谁更有可能对她撒谎?答案是加文,百分之百是他。这个念头让凯莉丝忽然感到胃里有些恶心。不,她已经不再是过去的自己了。凯莉丝将信放下——她可以过后再看。

但她还有不得不在提利亚完成的使命,或许信上的内容与郡首格拉多有关。现在,那位郡首就站在她的视线里。假如她接到的命令是杀了他——或是确保没有其他人杀了他——凯莉丝忽然又觉得,自己必须马上知道答案。

她打开信封。白袍使的字迹虽然有些潦草,但依旧优雅动人。凯莉丝在心里将上面简单的密码文字自动翻译过来:"由于紫色或许将成为时下的新色彩,因此我认为,我们都应抱着愉快的心态去了解当今的新潮流"意为"潜入并查明郡首的意图,七大郡与光明利亚对新郡首和他的意图都感到紧张不已"。

信上最后一个字旁边的花饰告诉凯莉丝,正式内容到这里就结束了,但下面还有别的事情:"我听说在一座名叫莱克顿的小镇上有一名十五岁的少年,他的母亲声称,他是加之子。所以如果有机会的话,找到他们,我想见见他们。"——加文在莱克顿有个私生子,把孩子母亲和孩子一起带回到光明利亚。

凯莉丝呆呆地看向加文,正好瞧见后者用魔法制出一根棍子,敲上那名少年的后脑勺。这本该是件让人感到好笑或担忧的事情,可现在她只觉得自己也被加文用同样的方式打了一棍。她心烦意乱地看向下面,只见加文扔出一道拉克辛护墙,制止了少年的进攻,接着又开始讲话——直到最后一刻都十分冷静。

她太过震惊,甚至觉得自己不该把弓拿出来,也不该拉紧弓弦。这里就是莱克顿,那名少年会使用御光术。太多巧合聚到一起。她之前居然还坚持让加文调转兀鹰,飞来这里。凯莉丝不禁打个冷颤,这一路走来,除了奥赫拉姆神的命运之手,还有什么能让事情发展至此?凯莉丝知道奥赫拉姆神不在乎她,她毫不重要,那这算什么?对加文的考验?

十五岁。贱人的种。那孩子是加文与她订婚后和别的女人搞出来的。

加文拉起少年,确切说是拽起——那孩子长得又高又胖——然后将他扛到肩上,朝河边走去,仿佛世上再没有什么值得让他关心的事情。那个男人居然真的从一个郡首面前径直走开,把三十个士兵尸体肆意丢在身后。加文一如既往、无所畏惧、不可阻挡、从容不迫,普通人的规矩根本不适合他。

也从未适合过。

忽然,就在某一瞬间,凯莉丝觉得自己仿佛又回到她十六岁的时候,那时她还拥有曾经所熟悉的一切,然而所有她深爱的人最后都走了。那一天，她号啕大哭，哭到最后才意识到，根本不会有人过来安慰她。她制出红色，想通过红拉克辛的热量与愤怒来让自己感觉好受一些，结果她制出了过多的红色，差点把自己给害死。但今天，即使不使用魔法，那份愤怒也已涌上她心头。"那封信上的内容……都不是真的。"加文曾经如是说。他当然会这么说，那个骗子，那个混蛋！

原来这就是白袍使告诉她不要立即拆开信封的原因：她想让凯莉丝在见到加文之前冷静下来。

能在同一天意识到生命中最重要的两个人都在操纵自己，还真是件让人高兴的事。

加文走到河边用魔法制出一条小舟，然后把少年放进去。他走得不慌不忙，只是顺流而下，完全没有要回头的意思。

这样做可以说极为危险。他正像对待狗一样对待郡首格拉多。一旦眼神接触，加文就有可能激怒对方。被当成狗来对待，好吧，凯莉丝对那种事再清楚不过了，不是吗？

她站起来，跨步回到河边。鼻梁上的护目镜令她瞬间找到了他们的位置。若不是郡首格拉多现在就站在两百步外，凯莉丝真觉得自己肯定会朝加文脑袋丢出几个火球。加文转过拐角，见到凯莉丝，也见到她此时此刻的表情。

他的脸色瞬间变得惨白。加文第一次什么都没说。

凯莉丝站在河边上，见他离自己越来越近，不禁气得浑身发抖。

加文没问她是不是已经看过那封信，他看得出来。"上船，"他说，"如果你带了那条斗篷，披上，把自己遮好。最好别让他们看见你的长相。"

"见鬼去吧。我自己会走。"凯莉丝回道。

加文一伸手，在凯莉丝用绿色拉克辛做出的小船上炸出一个拳头大小的洞。"上来！"他命令道，"格拉多王的手下随时都会过来。"

"王？"凯莉丝将洞补上，对自己的行为哑口无言。她觉得自己太过于小气,并从心底里诅咒让她变得如此不可理喻的加文。她恨他,也恨他那让全世界都黯然失色的光芒,就让那些骑士现在朝她冲过来吧。

"他背叛了光明利亚、光明王、七大郡,还有奥赫拉姆神。他已经自立为王。"加文朝她的小船一挥,数百个小炮弹瞬间从他手上飞出,射到眼前的木头横梁与小船上。下一秒,整艘船顷刻被炸飞,木片榴弹与木屑落得两个人身上到处都是。加文开口说道:"想抽我就上船,不过现在给我老实地坐好。"

他说得对。凯莉丝跳上船。现在不是发火的时候。她从背包里翻出斗篷,披到身上。尽管天气很热,但她还是戴上了头巾。少年依旧没有恢复意识。加文不想多等,凯莉丝一上船便立即制出船桨与抽送皮带。船桨拍上水面,带动小舟向前飞速奔驰。凯莉丝回头望去,一大队骑兵不出意外地出现在不远处的山顶上。

不过他们就算想追上来也不可能。河流沿途并不平坦,而且加文的小舟速度十分快。他与凯莉丝都没有说话,就连进入一段很长的急流区都没说。凯莉丝帮忙用灵巧的红拉克辛与坚硬的绿拉克辛拓宽了小舟的防水台,还做了一个又宽又高的船舷。加文将光滑的橙色附到船底,这样当他们撞上石头时,小舟就可以直接从上面滑过去。

不到半个小时,他们已经划到了安全的地方。凯莉丝依旧一言不发。一个男人究竟能这样伤害你几次?她连看都不想看见加文。她在生自己的气。战争结束后,加文整个人都变了,他打破了他们的婚约,让她彻底变得一无所有。之后凯莉丝外出游历一年,当她再回来时,加文喜出望外。他尊重凯莉丝对自己的疏远。为了将加文从自己的脑海中赶出,凯莉丝曾试图去给自己找些风流韵事。加文对此没有发表任何意见,不知怎么地,这反而更加激怒了凯莉丝。可最终,她还是回到他身边,慢慢被这个男人征服,哪怕战争让他几乎完全变了个人。

多少男人从战场回来后反而感觉更好了?很显然,没有。

多少女人从战场回来后反而更聪明了?至少眼前这位没有。

另一条支流并入进来,河道也随之变宽。凯莉丝坐在船头,原本还需要她帮忙注意一下河里的石头,但这会儿已经完全没必要了。今天是个晴朗的日子,她摘掉斗篷,享受阳光——那是来自奥赫拉姆神的爱抚。当她还是个小女孩的时候,母亲曾经这样告诉她。一点没错。

"他们说这条河上有强盗,会打劫所有经过这里的人,"加文轻声说,"这样,我们或许能找到几个愿意上门来给你送死的家伙。"

"我不想杀人。"凯莉丝轻声回道,不理会他的视线。

"哦,但你的眼神说——"

凯莉丝抬起头,甜甜地笑了:"我不想杀人,我只想杀你。"

CHAPTER
— 19 —

"咳。"加文清了清嗓子。

少年被吓得一哆嗦,立即坐得笔直。对一个刚被屠镇的人用"我要杀了你"这种方法叫醒,或许不是什么好主意。加文扬起一边眉毛,看向凯莉丝:你真打算现在就这么干?

听到少年揉着脑袋发出抽泣的呻吟,凯莉丝气冲冲地转过身。少年用余光瞥了她一眼,可后者根本没有转回来的意思,一直背对着他。凯莉丝解下弓,拿出箭。没办法,少年只好将那双宝蓝色的眼睛转向加文。有意思。浅棕色的皮肤,却是一头卷发。蓝眼睛之所以呈现出蓝色是因为它们最为深邃,而且它几乎是对光感觉最敏锐、聚光能力最强的瞳色。虽然在现实生活中这不是唯一的判断标准,但在大部分能力强大的御光者中,拥有蓝眼睛的人数确实多到不成比例。他们能利用更多的光,拥有更强的控制力量。

这会儿,少年那双深蓝色的眼睛正因痛苦皱到一起。很显然,刚才加文打他那一下使他头疼得够呛。"你救了我的命。"奇普说。

加文点点头。

"你是谁?"少年问道。

一语中的,哈?凯莉丝转身朝向加文,抱臂等在一旁,看他打算怎么回答。

加文顿了片刻。"这位是凯莉丝·怀特奥克女士,虽然她的名字与肤色都和白相关①,但好笑的是她本人却是黑卫的一员。"凯莉丝的表情一动未动,仍旧怒不可遏。看来他刚才说的那种老掉牙的笑话一点都不好笑。"而我……"本以为介绍凯莉丝能给自己留出一点思考的时间,不过可惜,根本不管用。五年,五个伟大目标,加文,这或许是你最后一次机会了。

这孩子根本不知道你要说出他的身世,他还没意识到那方面,还没对方才发生的一切反应过来。他不知道,也没必要知道,而且对他而言,从各个方面而言,都最好别知道。可这话不能让凯莉丝开口告诉他,凯莉丝正处在盛怒之中。可这名少年真的不是他的儿子。如果没有加文与达森那场战争——光明王之战,或者说伪光明王之战,名字这种东西就看你站在哪边——在莱克顿,还有其他一百多个小镇,就不会有这么多没有父亲的孩子。把所有凯莉丝不知道的事情都告诉她,还原一切真相。加文再次想象了一下那个画面。凯莉丝不会相信他的。她不会相信一个片面的真相,也无法了解事情的全部。

至少这次的谎言能给这孩子一个父亲,能给一个失去全部的孩子一个寄托。尽管加文本不该在意这种事情,但他还是在意了。

"我是光明王加文·盖尔。我是……你是我的儿子。"

少年看着加文,不明白他刚刚说了什么。

"非常好,"凯莉丝说,"你怎么不把所有事情一下都倒给他?你说话前怎么不先好好想想,加文?我敢发誓你现在就和过去的达森一样冲动。"

我冲动?真是无稽之谈。加文无视凯莉丝的话,径直看向少年。许多年前,他就骗过她,之后一直在骗她,现在——就在一小时

---

① 怀特原文为 White。

前——他又骗了她。凯莉丝正压着火,现在不适合对她道出真相。她只有在暴怒的时候才是真本色。

少年又瞥了凯莉丝一眼,不明白她为什么生气,然后回看向加文。他一直在用眼角偷看。加文不知道那是因为自己打了他的后脑勺,头痛让这孩子这样,还是御光术给他造成了暂时的光疾导致这样,又或是自己迅速转变的态度令他做出这样的反应。

"我是什么?"奇普问。

"你是我的儿子。"出于某种原因,讲出后面这句话对加文来说实在太不易了,"我是你的父亲。"

"你现在来了?"奇普的脸上写满绝望,"你昨天怎么不来?你可以救活这里所有人。"

"我今天早上才知道你的事,我们已经尽最大可能赶过来了。"他们来得很快,这是真的,"如果你的镇子没着火,我们大概都不知道这儿的情况。"

"你不知道我的事?你怎么能不知道?"奇普哀伤地问道。

"够了!"加文大吼,"我现在已经到这里了!我还救了你的命,还可能为此要付出一场战争的代价,到时候就会出现成千上万的孤儿,你还想要怎样?"

奇普整个人都萎靡下去,缩成一团。

"令人难以置信,你这个混蛋。"凯莉丝说,"你有儿子之后,对他做的第一件事竟然是朝他大喊大叫。你可真勇猛,加文·盖尔。"

这其中的不公,让加文攥紧拳头。眼前的公正与不公正,还有他选择的这段疯狂的人生,所有这一切将加文脑内的温度煮至沸点。"你要来教训我什么是勇气吗?就凭你这个从贵族豪宅里跑出去给人当护卫的女人?企图借助工作或御光术来自杀的人一点儿都算不上勇敢,凯莉丝。那是懦弱。你想从我身上获得什么?想让我帮你把那几个死去的兄弟起死回生?"

凯莉丝一巴掌扇过去。"不许，"她说，"不许再——"

"提你的兄弟？他们都是群毒蛇。听到达森杀了那些家伙之后，所有人都如释重负。达森这辈子做过的最好的事就是把他们都杀了，而他们做过的最好的事就是都死了。"

凯莉丝的眼睛腾地红了。拉克辛瞬间附满她的身体，绕着她涌上来。加文忽然感到一丝恐惧——不是为他自己的安全。事实上，无论凯莉丝朝他扔什么东西过来，他都有自信能全部挡住，但对御光者来说，越是大量使用魔法，便越靠近死亡，而且颜色也会对使用者的性格造成巨大影响。第一次见到凯莉丝的时候，那双翠绿色的眼睛里还只有极少量红宝石似的星点碎屑，可现在，即使在她休息的时候，在她没有发动御光术的时候，那些红点也会在绿色的瞳仁上闪烁光芒。

然而凯莉丝没有发动进攻，她开口说道："我学习东西很慢，但终究还是学会了。这将是你最后一次背叛我，加文，"她几乎是啐出他的名字，"我——"

"你这个顽固的女人！我爱你，凯莉丝，我一直都很爱你。"

眨眼间，红色的拉克辛化作一阵清风，从她指尖流走，消失得无影无踪。正当加文以为事情出现了转机，凯莉丝的话却彻底打碎了他的幻想："你怎么说得出口？你根本毫无信用可言——你——你——加文·盖尔，除了痛苦与死亡，你什么都没给过我。我们完了！"她抓起背包，纵身跳下船。

加文愣在原地，什么都说不出口。凯莉丝的话让他太过震惊，只能眼睁睁看着她游向海岸，拖着背包走出水中。她当然可以选择不和他一起去加里斯顿，不管怎样她都会比预计的时间更早见到那名联络人。当然，路上她就得多担心一下强盗之类的问题，毕竟单独旅行的女性总会被坏人当作打劫目标。

但如果强盗们因为她是一个人就粗心大意出了手，那他们能活下来都已经算是幸运。不过每个人都有需要睡觉休息的时候，难保这时候不会被人偷袭。好在凯莉丝虽然向来做事莽撞,但应该不至于为她的人身安全担心。加文敢打包票,这件事会对凯莉丝造成一定影响,但绝对不会持续很长时间。这也是白袍使试图那样安排的原因,因为按照安排,凯莉丝找到他的私生子时,加文本应不在场。照她的脾气,加文在就只会把事情弄得更糟。

五个伟大目标。但我还是没能说出全部真相。

奇普蜷缩到小舟一侧,竭力让自己看起来小一点儿。他抬头瞥了一眼加文,正迎上对方的目光。"你看什么?"加文责问道。

CHAPTER
— 20 —

尽管凯莉丝从未使用过蓝色魔法,但她一直对名为"蓝之贤德"的礼仪钟情不已。她喜欢按计划行事,喜欢秩序、结构、等级制度。当她还是个孩子时,便对学习礼仪这种事表现得情有独钟:坐在帕里亚式正餐餐桌前,对每个小勺与敲蛋器的准确作用了如指掌;在第一道菜与第二道菜之间,用奉上的水碗洗完手后,知道弹水的时候指尖该弹多少下;熟悉有三个锯齿的乌鲁餐叉的位置,记得怎样摆放才能让侍者知道你已经吃完,以便上一些让人心情愉悦的饭后甜点;知道将高脚杯举过桌旁的分压器,表明你想再来半杯酒,垂直举起则表示想把白葡萄酒换成红葡萄酒;手势与口令;信徒的呼唤与集会的响应。她喜欢跳舞,甚至堪称七大郡跳得最棒的人。她喜欢音乐,还能演奏吉姆颂或在唱歌时用桑翠琴给自己伴奏。可过去学的那些东西眼下一件都帮不上她的忙,这里没有结构、没有等级,也没有指挥她的命令。

她现在本该待在船上,去迎接那位潜伏在加里斯顿的间谍,可她却一个人走到这个离提利亚相去甚远的地方。她本该在那人的引导下沿河而上,去探查格拉多王的军队,对方还会为她作掩护,以保她安然无恙地潜入敌人军队内部。然而现在,她一个人,浑身湿透,距离军队营地恐怕还要走将近一整天的路。没人引荐,没有地图,没有指导方针,没有作战计划。而就在五分钟前,加文与他私生子的身影消失在河流下游。

我太鲁莽了。我要被红色的力量毁了。

凯莉丝用力拧动那条厚重的黑羊毛斗篷,接着开始寻找能够露营的地方。山坡上长满了桉树,空气中到处弥漫着桉树的香味。树干更为高大的松树散布在桉树之间,遮挡住奥赫拉姆神光明之眼透下的阳光。凯莉丝没花几分钟,便找到一处不错的休息场所,那里大体掩藏在树丛下,很难被人发现。她将收集到的树枝搭成金字塔形。过去,凯莉丝从没为点火的事情烦过心,这就是身为红色御光者的好处。但这会儿,她小心翼翼地看了看四周,观察好几分钟才从袖筒的小口袋里掏出护目镜。现在孤身一人,必须谨慎行事。她制出一丝红色的拉克辛,注入柴堆底层。

哪怕只有一丁点儿拉克辛,都足以点燃凯莉丝体内压抑的怒火。她将红绿透镜藏好,再次想起加文那张得意洋洋的嘴脸。"我爱你"?他怎么好意思说得出口?

凯莉丝摇摇头,甩动手指,挥开那些让人容易变得偏激的红色拉克辛。她必须避免过度使用魔法。与所有半成品拉克辛一样,那些红色粉末也迅速消失得不见踪影,并释放出相应的气味:所有拉克辛都会散发出的树脂香味。不过奇怪的是,干茶叶与干烟叶的味道与红色拉克辛尤其相似。

她没有用薄红色直接打出火星,而是掏出了打火石与小刀。太冷了,她也只好像普通人一样用道具生活。

"我爱你"。那个混蛋。

烘干衣服的时候,凯莉丝换上了事先装在防水背包里的替换衣物。在过去的十五年里,提利亚人的服饰设计已转向以实用为主,尽管联谊会上或城里的女人依旧会穿那种长至小腿或脚踝的长裙,晚上多披一条披肩或多穿一件长外套,但在山间小路上或在乡下的妇女们,仍和男人一样穿着亚麻布的裤子。不过她们穿的衬衫比男人穿的长,而且扎着腰带,不像男式那种是分开的,有点像束腰外衣。指挥官铁拳对此的解释是,伪光明王之战结束后,帮忙收获橘子与其他水果的男人与男孩都不在了,于是年轻的妇女们只好也加入到秋收的队伍中,她们改短自己的衬衫,好让爬梯子时行动起来轻便一些。当然也有人对此提出反对,不过肯定不是那些拿梯子干活的年轻男子就是了。

就这样,当地的女人也穿起了裤子。

凯莉丝喜欢这种衣服。过去她和黑卫一起接受训练时也经常穿男式衣服,不过,这种宽松的亚麻布衣服可不像黑卫制服那样柔软贴身、富有弹性,还可以往里面灌入拉克辛,但穿起来给人感觉依然很酷,而且这种衣服比黑卫的紧身衣更适合遮掩她的身体曲线。尽管没有哪个男的敢朝黑卫旗下的女性吹口哨,但一个女人独自在一个遥远的国家旅行,除非必须,尽量不要以身犯险。

面前的小火堆烧得暖融融的,心烦意乱的凯莉丝开始谨慎地检查起自己的身体状况。她将那把维切波罗剑收起放到背包旁边。等一会儿斗篷干了,她就会把斗篷卷好一起放包里。比奇连指刀——那是一把毒蝎短刀——被绑在她的裤子下面其中一条大腿上,那是一种带钢圈的武器,使用时套到手指上,然后用四根手指对敌人发动猛攻。连指刀上还有一把匕首——蝎子尾巴——用来刺穿敌人。其实这个东西不太好用,但凯莉丝总觉得,比起明面上的武器,多带些暗器在身上会比较放心。接着,她将另一把长刀收到腰带上。双色护目镜被放进背包,由于现在这身衣服袖筒宽松,如果把护目镜藏进去,就只会让眼镜变得更加显眼,因此凯莉丝改戴上眼罩。这种眼罩上画有透明的红绿色水平条纹,每个罩片都正好卡在一只眼睛上,尽可能地紧贴使用者的眼眶。富有黏性的红拉克辛可以确保这组透镜眼罩一直固定在她的脸上——但假如她稍有疏忽,就会在摘掉眼罩时顺势扯掉自己半条眉毛,所以她又用了一点黄色固态拉克辛将黏稠的红色拉克辛与皮肤隔开。这样,她就能在眼罩戳进眼睛前,避免脸被撕破。

尽管这个眼罩曾救过凯莉丝两三次,但她依然很不喜欢它们。天生的长睫毛在御光使舞会上可说是一对美丽的配件,但在戴一副离眼睛不到一指宽的透镜时就不是什么好东西了。

凯莉丝将眼罩藏在近在眼前却又不会被人发现的地方——一串用五彩石做成的项链里。这东西既不晶莹剔透,也不可爱,除了价值不菲以外简直一无是处。她把眼罩穿到绳上,和其他石头混在一起,然后将备用眼罩收到腰间的皮带搭扣里。

我已经开始冷静下来了,凯莉丝想。

既然都走到这儿了,便只剩下两个选择:沿河朝南走,去加里斯顿与联系人碰头,然后再沿河北上;或者自己找机会潜入格拉多王的军队,毕竟沿河南下会浪费她很多时间。她来得太早了,而且路上还可能遇到强盗。就算联系人知道一些能够绕过强盗的路线,在她往下游去的途中也一点儿都帮不上忙。但独自行动意味着她必须在对这里一无所知的情况下潜入敌营,不仅如此,格拉多王已经与加文产生冲突,他也知道光明利亚肯定会派一名御光者前往这里,那他必然会对突然出现的可疑人物加倍进行提防。

事实上,加文在莱克顿做的那些事已经让她这次的任务变成一项不可能完成的工作。就算有些提利亚人长得和凯莉丝一样白,但她的口音也不对,而且她还是一名御光者。对多疑的敌人来说,她的一切都能让间谍紧张得大叫。白袍使过去布置的任务从没遇到过现在这样的状况:那感觉就像去餐馆吃饭时,你以为自己是在井然有序的帕里亚式高级餐厅,但实际上却是态度粗鲁的伊利塔海盗在喂你吃河豚。一个地方有一个地方的规矩,如果你打破规矩,就会吃到一口带毒的鱼肉,你将在十分钟内体验到什么是痛不欲生,等积累到一定程度,你就会毒发身亡。

凯莉丝还不了解这地方的规矩。

当然，如果是加文的话，完全可以吃掉一整条见鬼的臭鱼——而且不知道为什么，那东西奇迹般地对他完全不起作用。反正对加文来说，任何事都像抬手那么简单，任何事都不会让他劳心伤神。他继承了他父亲的智慧，就是那个诡计多端又非常富有的老家伙。即使在他成为光明王之后，规矩也无法束缚他——他在七大郡到处游历，视黑卫于无物，现在，他更是能在几个小时内跨越整个碧穹海。看在奥赫拉姆神的分上，他都能飞了。

从我脑袋里滚出去，骗子。我跟你玩完了。

找不到合适的前进路线。小勺丢了，乌鲁叉上没有三个齿，而是有一千个。很好，凯莉丝不会就这么回去的，她才不会去等某个男人过来握住她的手，将她带进格拉多的军营。她不想认输。调查出格拉多王阴谋的方法肯定不会只有一个。

只是她还不知道那些方法是什么，但她迟早会都弄明白。至于现在，她想起哥哥科欧斯在被大火烧死之前曾说过的一句话："当你不知道自己该去做些什么的时候，就做你觉得正确的事，做摆在你眼前的事情。虽然它们往往并不都是对的。"

莱克顿镇虽然被烧成了平地，但她已经找到了一名幸存者，所以可能还会有其他人活下来。假如真的有，那他们肯定十分需要别人的帮助和保护，这个，凯莉丝办得到。

而且，如果到时候还需要用房子大的火球来照亮一些蠢货的脑袋的话，就更好了。

CHAPTER
— 21 —

他们几乎是在河面上飞。奇普觉得自己这辈子大概从来没这么快过。光明王一言不发,仍旧沉浸在先前的消极情绪之中。整个下午,加文·盖尔都在船桨装置旁边划船——那东西一会儿看起来像梯子,一会儿又像熔炉风箱,之后又变成转筒。加文不断变换船桨装置的外形,直到精疲力竭、肌肉痉挛、满身大汗才停下来。然而过了一会儿,他又重新开始炼制拉克辛,把船桨变成一个新形状,全身早已倍感疲惫的肌肉稍事休息,又接着继续下去。

等奇普总算能发出声,他开口问道:"先生,嗯,他把那个箱子拿走了?"他不打算问与凯莉丝·怀特奥克有关的事情,也不打算问加文之前说的那些话是什么意思。现在不会问,以后也不会问。

加文抬眼看向奇普,嘴唇紧抿。奇普立刻后悔了。"不给那个,就得给你的命。"

奇普顿了顿,说:"谢谢您,先生。谢谢您救了我。"与聊天相比,光道谢的话,事情就简单多了。但那是我的!奇普心想,那是妈妈给我的最后一件,也是唯一一件东西!

"你可真受欢迎。"加文说着瞥了一眼身后的河水。很显然,他的心思正在别处。

"那个男人杀了我妈妈是吗?"奇普问。

"是的。"

"我以为您会杀了他。但您停手了。"

加文瞄了他一眼,上下打量一番。他的语气变得十分冰冷:"我不会伤害无辜的人,我只杀罪犯。"

"他们才不无辜!他们杀害了所有我认识的人!"泪水顺着奇普的脸颊滑落。一股莫名的情愫抓挠着他的心,让他感到精疲力竭。

"我在说你。"

这句话说得奇普一愣,可他依旧十分混乱。因为他,加文才没去杀掉格拉多王?他不知道有什么词能表达他这一刻的心情。他又一次让母亲失望了。他甚至因为自己的无能,阻碍了替母亲复仇。

我以后会弥补你的,妈妈。用我的灵魂。我会杀了他。我发誓。

小舟驶过六座村庄,数十条小船。接着,又一条支流并入河水,河面变得更加宽阔。但加文只停过一次船,去买了些烤鸡、面包与葡萄酒。他把吃的东西扔给奇普,说了句"吃",然后便结束了他们之间的对话。加文一口没动,就算遇到渔船,知道那些渔民正一脸惊讶地看着他们,他也不说话,也不放慢船速。

他一直在那守着船桨装置,直到太阳落山,才让自己歇口气。奇普也总算等到再次和他说话的机会:"我能帮您的忙吗⋯⋯先生?"

光明王打量他一眼,似乎根本没想过让他帮忙这种事。加文说:"谢谢你的好意。这里,站到这上面,原地踏步就行。"他之前一直在这东西上面跑来着。"如果你不习惯用船桨,可以用那几个手动桨。往你喜欢的那侧划水,然后来回交替。左舷用左舵,右舷用右舵,明白了吗?"

"左舷是指左边?""啊?"奇普眨巴眨巴眼睛:"呃⋯⋯还是指右边?""当你面朝船尾的时候是。"

他脸上的惊慌失措肯定都被对方看去了,因为奇普听见了加文的轻笑声。"没关系。划累了就歇会儿。遇上湍流或强盗就叫我。我先休息一会儿。"加文坐到奇普刚才坐着的位子,把剩下的鸡肉与面包撕成碎块。奇普开始奋力划船,试着让小舟以一个得体的速度前进。他回头瞧了一两次——这反应很正常——他想确定加文是不是满意,但光明王已经睡着了。

夜幕降临,月亮挂上头顶正空,只露出了四分之一的月牙。奇普放下船桨,改成原地踏步。即使单凭走路产生的动力,小舟也能快速向前挺进。凯莉丝离开后,加文将船身进一步缩窄,这样一来,小舟便不用继续蹚水破浪,可以悬浮水面而飞速前进。最初几分钟,奇普总会禁不住焦虑担忧,每每回头,他总觉得他们马上就要碰到强盗,而光明王却没有及时醒来。然而没过多久,他便平静下来,逐渐融入到小船、水波与夜色徜徉的韵律之中。

一只猫头鹰在远处鸣叫。几只小蝙蝠从天上俯冲向河面,捕食那些高高飞在水面上的昆虫。鳟鱼一跃而起,将临近水面的小虫吞入口中。漂来的小舟惊起一只正在河边休息的苍鹭,后者挥动巨大的蓝翅膀,飞入茫茫夜色。

慢慢地,奇普也被宁静的夜色所影响。河面变得如镜子般平滑,群星在他脚下熠熠生辉。他看见鸭群散乱地栖息在岸边,每一只都将头收到翅膀之下。接着,奇普再次回头看向那个可能是他父亲的男人。

加文·盖尔是个肌肉结实的男人。他肩膀宽阔,身材瘦长,而奇普则很胖。他完全找不到他们之间的相似之处,找不到任何能让他觉得这件事比较真实的线索。加文的肤色很白,他的则像是卢斯格尔人与血森林人的混血。卢斯格尔人往往拥有一双绿色或棕色的眼睛,深色的头发与橄榄色的皮肤;血森林人则有一双矢车菊般的蓝眼睛,火焰似的红头发与惨白的皮肤。加文的头发是锃亮的黄铜色,至于他的眼睛,当然是一双专属于光明王的眼睛。当他使用御光术时,他用什

携光者
卷一 光明王

么颜色,那双眸子就会瞬间变成什么颜色。当他不使用御光术时,眼睛则微微闪烁出光芒,仿佛那就是光芒本身。任何一丝微弱的光线都能透过他的虹膜闪现出多种不同的颜色。那是奇普见过的最令人紧张的眼睛,那是被奥赫拉姆神选中的眼睛。

奇普的眼睛是淡蓝色的,除了告诉别人他是个杂种之外,什么用都没有。或许他体内真的有部分血森林人的血统。提利亚人和大多数其他地方的人一样,都有一双黑眼睛。奇普虽然长了一头提利亚人特有的黑发,但发丝却像帕里亚人或伊利塔人一样打成了细卷。说真的,与其这样还不如长成直发或波浪发。单凭这些外貌特征就足以知道他长得有多奇怪了,根本没有什么决定性的证据能够证明他是光明王的儿子。当然,他母亲长得也不像提利亚人,可这就让情况变得更加复杂。肤色比双亲的都要深,长了一头卷发,还有一双淡褐色的眼睛。奇普试着想象了一下母亲与加文的孩子本该有的模样……想象不出。他俩身上混合了太多血统,谁能知道最后会生出来什么样的孩子?或许,如果他不像现在这么胖,说不定能看出点眉目。又或许,这一切仅仅只是一个单纯的玩笑、一个谎言。

光明王,光明王本人?这样一位大人物怎么会是他的父亲?他还说他甚至不知道世上还有奇普这个人,这怎么可能?

答案似乎已经很明显了。那时候他们正在打仗,加文的军队在离莱克顿不远的地方遇上达森的军队。当加文穿过小镇时,遇到了莉娜。他是光明王,即将迎接他的或许是死亡。她是个年轻漂亮的姑娘,自己生活的小镇马上就要毁于一旦。于是,她与他共度一夜,然后加文奔赴战场,去迎战他的兄弟——或许就在事后第二天,在处理战后余波的时候,在重建家园,镇压反叛余孽,重建外交,治理国家的过程中,加文就已遗忘了莉娜这个人。即使他想到了,对当时的光明王来说,提利亚也不是一个友好安全的地方。这里曾站在达森那边,支持他那位邪恶的兄弟,作为代价,提利亚受到了十分残酷的对待。

又或许，那时候是加文强暴了莉娜，不过这不现实。强奸犯为什么要与奇普相认？特别是这件事明显让加文付出了很大代价。

奇普几乎能够想象得到当时的情况。他的母亲未婚先孕，一个人被留在沦为废墟的莱克顿。当然，她曾想要逃跑。奇普是她唯一的希望，不然她还能有什么？她独自一人踏上旅程，步行去加里斯顿，可当地的胜利者哪会管提利亚人的死活？他完全想象得出来，她的母亲去找那些行政官，希望能见加文·盖尔一面，因为她怀了他的私生子。假如她真能带着她的故事，见到一位长官，那恐怕就是天大的幸运了，可最终她还是回到了莱克顿，她一度妄想的美梦就这样破灭了。

然而任何时候莉娜看到奇普，都觉得当初做错的人不是自己，是加文"背叛"了她，让她失望透顶。奇普就是她破灭的美梦。

踏步不到半个小时，奇普已经累得气喘吁吁，两条胳膊也都变得滚烫。但一想到加文已经全速划船几个小时，他便不好意思过去叫醒光明王，并为自己先前的想法感到羞愧不已。事实上，不管做什么奇普总是很快便累到不行。不过，只要他能克服最初的疲劳感，就能坚持很长一段时间。

奇普不打算叫醒光明王，完全不。让那个男人先歇一会儿吧，他已经为奇普做了太多。奇普打算在加文睡醒之前一个人划船，哪怕那会把他累死。他发誓。

立誓的感觉让奇普的心情一下子舒畅起来。他只是个无名小卒，什么都算不上，但他能让光明王有一夜好眠。他也能做出成果，能在小事上起到作用，而那已经比他这辈子做过的任何一件事都要了不起。

奇普继续划船。今天，光明王救了他的命。光明王本人！光明王还制服了格拉多王，杀了他手下几十名镜光骑士——然后安然无恙地

携光者
卷一 光明王

离开。回想当时，奇普很可能因袭击国王而遇到生命危险。他究竟有多蠢？格拉多身边站了那么多御光者，他竟然以为自己能取国王的性命？愚蠢！

尽管夜晚的气温很低，但没跑一会儿，奇普已经累得满身大汗。在船桨装置上进行的徒步运动已经逐渐演变成一次漫长的跋涉，唯一不同的是这次跋涉能让小舟走得像慢跑的马一样快。

由于太过专注脚下，等奇普注意到时，小舟已经行到一座帐篷附近。看情况，那里似乎坐着几个正围在火堆旁聊天喝酒的人。他们大口喝酒，又说又笑，其中一个人还漫不经心地弹起琵琶，演奏不成曲的小调。奇普的反应一眨眼间缓和下来，他继续踏动划船装置，丝毫没意识到那群家伙是什么人。他们全副武装，有一个似乎正在边上站岗——他举着弩，将后座抵在肩头，随时准备射击。

奇普想去轻声叫醒加文，可他们离那群人实在太近了。任何能叫醒光明王的声音都很可能会让河流下游那个站在火光边缘处的弩手听到。对方的身体朝向河面，不过脑袋却对着自己的同伴。

小舟划过河面，发出十分细小的嘶嘶声。与充斥在火堆旁的欢声笑语相比，这点声音根本无足轻重。强盗们控制了河道，他们在河里堆放岩石，从两侧缩短河道的宽度，然后将木板搭在石头中间，做出一条狭窄的通道，任何试图通过这里的船只都将进入他们手中长矛的射程范围。

奇普可以走下划船装置叫醒加文——但加文会怎么做？现在是晚上，根本没有多少可以给光明王操纵的光。如果奇普早点叫醒他，这会儿也不至于将一切弄得太迟。他很可能会把他们两个都害死。眼下，他不得不划船冲向缺口，祈祷一切顺利。

少年最后深吸一口气，将小舟对准河道上的缺口。随着最后一缕月光划过水面，小舟终于完全暴露在强盗的陷阱之下：河道中央的小洞又矮又窄。再有几个拇指的距离，奇普的小舟就要从那里穿过去了。一旦这时候有谁发现了他们,都可以马上发动攻击,在船身上开个大洞。

拉克辛制成的船面轻轻擦着河洞,慢慢滑进去。

趁小舟穿过陷阱的空当,奇普迅速瞥一眼放哨的弩手。那人只比奇普大几岁,正在开心地笑,他的一只手指向另一名伙伴,似乎在让对方给他再来一袋葡萄酒。

接着,小舟穿过河洞,弩手转过身。后者看着奇普,摇了摇头,整个人愣在当场。在这样黑暗的夜晚,对一个夜间视力刚受到火光影响的哨兵来说,半透明的拉克辛几乎是不可视的。所以,现在他能瞧见的,就只有一个正从他面前跑过的胖男孩——还是在河面上。不可思议。

奇普笑着朝他挥挥手。

哨兵举起手,也跟着挥了挥,呆愣在原地。他回头看看火堆旁的同伴,想要喊出警告,却发不出声音。他又转回来,去看奇普。

奇普仍在简易弩的射程范围内。他很清楚这一点,不过他没有加速——就算他还有多余的力气。要知道眼下无论他做什么都可能会刺激到对方。

哨兵聚精会神凝视黑暗,仔细盯着面前即将消失的幽灵,一声不吭。早已惊慌失措的他擦擦额头上的汗,又用力晃了晃脑袋,转身看向自己的伙伴。奇普抓住机会全速狂奔。不一会儿,小舟便已在河上驶出数百步远。接着,奇普马上恢复到原先走路的速度,再次露出傻笑,好让自己看上去与先前一样蠢。他做到了,甚至没去惊扰光明王就成功了。

时间一点点过去,渐渐地,奇普也弄不清自己究竟走了多久。他竭力想去留意岸边的风吹草动,但早已深入骨髓的疲惫让他逐渐变得恍惚起来。小舟又经过几座小帐篷——不知道里面住的是强盗,还是单纯的无辜旅人。奇普看不出其中的区别,不过只要看见他们,他就

携光者
卷一 光明王

会将速度放慢到像在爬一样,直到确定营地里所有人都在睡觉才能放心前进。他还又玩了一把那个不集中视线的把戏。与集中注意力相比,这种观察方法更能让他看清不远处是否还有正在熟睡的人。幸运的是,后面奇普再没遇到别的哨兵。

天空仿佛已经有一千年没有亮过。奇普的两条腿走得滚烫,像被火烧过一般,肺也已经疼到不行。他几乎感觉不到手臂的存在。但他不愿停下。毕竟即使只靠他在上面走路,小舟的速度也有平底船的两倍多。

太阳终于爬上山丘。在它登上卡洛斯山之前,阳光也如平常一样,早早向世人宣布白昼的到来。光明王还在熟睡。奇普不敢停下来,现在不行。他已经走了一个晚上,加文知道了一定会深受感动,或许还会用全新的眼光看待他。他想让光明王知道,自己不是负担,不是耻辱,也不是令他避之不及又不得不承认的私生子。

见光明王动了动,奇普紧张得心脏都快跳出来。然而对方只是翻个身,呼吸也再次恢复平稳。奇普有些失望。他看向冉冉升起的太阳,要一直等到阳光照在光明王脸上才行吗?那他恐怕至少还要再走一个小时。奇普吞了口唾沫。他的舌头又干又胀,粗糙得像锉刀似的。从上次喝水到现在已经过去多久了?河水就在他脚下,可他却渴得要命。

奇普觉得自己必须要喝口水才行。现在不是想不想的问题了,再不喝水,他就要死了。光明王的酒囊离他甚至不到一步远。奇普停下脚步,他的腿在发抖,双脚早已麻木,随着体内的血再次回流四肢,他感到自己的腿和脚都在隐隐作痛,不过他总算把自己从船桨装置上解脱出来。奇普走过去,伸手抓起酒囊。

或者说试图抓起酒囊。刚迈步,麻木的双脚便勾到一起,奇普脚下一绊,倾身向前,勉强转身才不至于撞到光明王。然而扭转方向的肩膀却砰的一声撞上小舟船舷,原本平静的小舟顷刻间剧烈摇晃起来。事实上，这条小船之所以能穿过强盗设计的陷阱，就是因为它的吃水线很浅，但这同时也意味着船身并不稳定。水碗似的平滑船体虽然能让他们平安无事地滑过礁石，可一旦突然转向，结果将是灾难性的。

奇普眼看着河水离自己越来越近，下一秒，小舟翻倒，他也一头栽进河里。河水没过他的耳朵，惊慌之下，奇普挥动笨拙的四肢，奋力扑打。船内其他物品也纷纷落入水中。恍惚间，奇普听见一个男人惊恐的尖叫声。

好在河水很温暖。奇普倍感耻辱，他真想一死了之，来结束这一切。我刚刚把光明王给弄河里去了。我的奥赫拉姆神！

噢，他现在可真要对你印象深刻了，奇普。

转眼的工夫，奇普的肺灼烧起来。濒死的恐惧驱赶掉心头的羞耻，他不顾一切，拼命呼救。奇普用力扑打，可身体却越来越虚弱。他的腿似乎认为现在正是抽筋的好时候，完全不听他的使唤。两条腿都是，接着他的左臂也搅和进来。他像只蹩脚的鸟在水里扑腾不停，勉强吸一口气便马上又沉下去。他的身体有一部分知道他能浮起来，他昨天还在河上做过漂流，但眼前的危机令奇普完全迷失了方向。他奋力挣扎，在错误的时间吸气，然后没入水中。

头好疼。奥赫拉姆神啊，那感觉就像是有人正在用力扯他的头发。

奇普又吐又喷，可算倒光了喉咙里的水。是空气！甜美、宝贵的空气！真的有人抓着他的头发把他拎起来，奇普被那人拉出水面。他又猛咳两下，终于睁开眼睛。

光明王在朝他眨眼——不、不是眨眼。加文在躲避奇普喷到他脸上的水。

让我去死吧。

加文将奇普拖上小舟——现在船身可算宽了，还配了龙骨，比之前平稳不少。奇普埋下头,用力去搓自己的四肢,好让它们停止抽搐。光明王在旁边看着他,等他开口解释。奇普吞了口唾沫,瑟缩成一团,许久才鼓起勇气迎向面前这位大人物的怒火。他羞愧地抬起头,看过去。

"我喜欢晨泳,"加文说道,"让人精神一振。"接着,朝奇普眨了下眼睛。

CHAPTER
— 22 —

　　达森·盖尔慢慢苏醒过来，感官也随之被地牢内的蓝色淹没。伴着三声闷响与随之出现的嘶嘶声，早餐被扔到地牢的地板上。这地方能让他睡觉遮体的东西就只有一条蓝色拉克辛做的薄毯子。无视冰冷的手脚、僵硬到发疼的身体，达森抱臂坐起来。

　　活死人正倚着对面的墙坐着，嘴里吹着不成调的口哨，跟随不存在的节拍点着头。

　　蓝色带来的疯狂是一种秩序上的狂暴，因此一头吉斯特——形态变异后的破光魔——可以完全掌握加文这栋地牢内所有的细节。但每次陷入疯狂时，达森都怕自己再也清醒不过来了，最后一次那么做似乎已是许多年前的事情。打从被关进这里，他已经使用了太多蓝色御光术，一旦再用，很可能会彻底毁了他。

　　"达森，"活死人问道，"看来今早，你是达森，不是吗？"这是活死人最喜欢耍的把戏，假装达森也是个疯子。"你不会是想变成吉斯特吧，嗯？"

　　他曾经恨他的兄弟所做的一切，恨他逼迫自己选择这条路。但现在，他已经没有激情去恨了。这就是赤裸裸的现实，和他裸露在外的四肢一样，没有丝毫的神秘感。

够了。他不能让他兄弟称心如意。与其继续忍受无尽的折磨，不如按照自己的意志做出选择。

达森发动蓝色御光术。他像在做深呼吸一样，将蓝色聚集到体内。可恨的蓝色立即漫上他的指甲，随后是手掌、手臂。蓝色如同冰冷的癌细胞，蔓延到他的胸口，令他浑身发寒。心中的仇恨也随之变成一种莫名的情愫，一个道不清的谜。它是那样的不合常理，却又异常强烈，无法被计算或理解，只能揣测。蓝色充斥他全身。

"烂主意，"活死人说道，"我可不觉得这次你能逃出去。"说着，那人玩起了蓝色拉克辛小球。现在他已经能同时耍五个。达森第一次见到他时，他连三个都玩不好。

如若不考虑自身情感，达森或许会赞赏这间牢房。他兄弟向来聪明。被囚禁起来那天对方说过什么来着？"我花了一个月的时间才造好这座地牢，想越狱，你就得付出同样的精力，就把这当作一次考验吧。"每当他想放弃时，他就会回想起这句话。那句话证明这座地牢是不完美的，是可以逃脱的，这地方肯定有它的弱点，他只需要找到那个弱点。

"地狱石可不是弱点，"活死人说，"我没告诉你吗？他那么看重你，那石头肯定不可能只有几个手指头深，怎么也得有两步厚。"

他清楚地意识到，自己对事物的概念里几乎早已没有常人的感情。他失去了愤怒——对自己这么多年不得不打磨小便与油污的愤怒，对这些年所受的侮辱的愤怒，所有这些都已消失殆尽。他的兄弟对侮辱别人人格这种事向来不感兴趣，那不是他的风格。达森付出的所有努力都是徒劳。他像把玩奇石一样，在手中翻转内心的感受，然后把它们丢到一边。那些感情只会蒙蔽他的双眼。

有什么东西挡在他的面前，他只是没有看见。那一定是某种十分显而易见的东西，他只需换个角度，就能把问题看得一清二楚。他的兄弟以前一直特别擅长这种思考方式。

"或许唯一的问题在于,你是要用加文的方式行动,还是用达森的?"活死人笑着问道,言语间无不流露出优越与嘲讽。这家伙一像那样咧嘴笑,达森就想打烂他的脸。

不过,也许他说得对。那是一个陷阱:试着从加文的角度想。如果他按照他兄弟的方式行动,或许只会让自己陷得更深。

他将充满拉克辛的手按上地面,去感受整个牢房的结构轮廓。牢房是密闭的,当然,还进行了加固与防范处理,以防止简单的魔法对其造成干预。不过,和之前一样,他能感觉到南部存在异常。其实,他无法确定哪边是南向,他只是觉得从他自己的磁石来看,有异常的位置应该在南部。他兄弟每次来看他的时候都会站在那里,而且就是不久之前的事情。蓝色拉克辛牢墙外肯定有个房间,当加文想看他兄弟的时候就会去那里。他过来就只是为了检查,为了确认他还是个阶下囚,依然与世隔绝,依然承受着他所期待的那些折磨。

那地方应该就是这里的薄弱之处。那个位置的拉克辛应该会薄一些,结构也简单一些,这样加文才能操控那里,透过那里对他进行观察。当然,他肯定会派人守备。不过加文总不可能每次都考虑得面面俱到,毕竟建造这座牢房他只花了一个月的时间。

可每次达森试图用拉克辛制造火焰,最后却都以失败告终。红色拉克辛十分易燃,所以他觉得如果割伤自己,就能制出红色的拉克辛。事实上,他确实能制出一点,但除非他能让其燃烧起来,否则根本一点儿用都没有。火焰能够向他提供光谱里蕴含的所有颜色,这样他就能顺利逃出去,但他却无法点着半颗火星。他曾试过让身体自己渗出热量,这个方法几近奏效——或者说他自己觉得差点就成功了——然而最后一次尝试的时候,他因为流失太多热量差点把自己弄死。

他不可能做得到。他将死在这里。无计可施。

达森制出一把大锤,嘶喊着砸向墙壁。不出意外,锤子碎成碎屑，没留一丝痕迹。

  他揉揉脸。不能这样，绝望是敌人。他必须保存体力。明天他准备多磨一会儿小碗，或许明天就是他成功的日子。

  他知道那不可能，但他仍然坚信着那个谎言。

  墙内，活死人发出了咯咯的笑声。

CHAPTER
— 23 —

"我们需要谈谈你的将来,"加文说道,"你有几个选择。"

奇普透过火堆看向光明王。夜晚很快降临到他们留宿的小岛上,来的路上奇普睡了几个小时,途中不出意外地错过了加里斯顿,直到夜幕来临,他才在小船的摇晃与砂子的撞击声中醒来。

"我还能活多久?"奇普问。他又焦又躁,肚子饿到不行,这会儿才开始消化过去两天发生的那些事情。

"只有奥赫拉姆神才能回答这个问题,我只是他手下不成器的光明王。"加文苦笑着抿了抿嘴唇。他看向漆黑的夜空,说道:"你明白我的意思。"这句话的内涵比奇普心下所想更为深刻。所有他认识的人都死了,而他也变成了一名绿色御光者,他甚至已经看到自己成为破光魔的未来:死去,或者疯了,然后再死。

加文将目光落回到奇普身上。他刚要开口,又停下来,想了想才说道:"使用御光术时,颜色会对身体造成改变,而身体通常会将这种改变视作一种破坏——人体可以自我修复,但结果总是敌不过对手,例如人的年龄。大多数男性御光者只能活到四十岁,女性则平均可以活到五十岁。"

"然后光明利亚就会杀掉我们,或是我们自己疯掉?"

加文的表情一下子严肃起来:"你越来越情绪化了,我觉得你对这件事还没有做好准备。"

"没做好准备?"奇普说道。加文说的是对的,奇普自己心里也很清楚。他现在山穷水尽,应该老老实实把嘴闭上,可他就是忍不住:"所有我认识的人都被害死了,我是没做好接受这个现实的准备。我还没准备好该怎么刺死一些骑兵,然后和他们一起掉进瀑布同归于尽。人说的话根本什么都不是。这能算什么?一旦没用了,我们就得自杀了结自己?"他为什么忽然大喊大叫?又为什么浑身发抖?奥赫拉姆神,他还以自己的灵魂发誓去杀死一个国王,他是做好发疯的准备了吗?

"差不多就是这样。"

"自我了结,不然就变成破光魔?"奇普问。

"没错。"

"好吧,我想那大概就是我的未来了。"奇普痛苦地回道。他知道自己这么说是在自暴自弃,可他控制不住。

"我不是那个意思,你知道的。"加文说。

"你怎么知道我知道,父亲?"

那感觉就像在看一枚发射的弹簧。前一秒,光明王还隔着火堆坐在奇普对面,后一秒,他已经扬起手站到奇普面前。接着,奇普啪地摔到沙土地上,脑袋被加文打得嗡嗡作响,他的屁股擦着小船飞出去,几乎带起一阵风。

"你刚历经地狱般的磨难,所以我对你比对别人纵容不少。想知道我的底线?现在懂了吧。"

奇普屏住呼吸,从沙土中仰起头。一粒沙子粘在他湿润的嘴角上,他擦了擦,只是口水,不是血。"全能的奥赫拉姆神!"他开口说道,"猜猜我找到了什么?光明王的底线!我成了航海家阿利斯以来最伟大的发现者!"

加文气得浑身发抖，神情也冷得像面具一样。他转转肩膀，左右扭扭脖子。尽管背对火光，但奇普依然看得出红色拉克辛正在加文眼中旋转。

"你想做什么？打我？"奇普质问他。反正挨打就只会痛而已。

有时候奇普很讨厌自己这份洞悉事物弱点的本领。光明王威胁他，他首先看到的却是威胁中的破绽。加文不会真的动手打他，因为加文是个好人，而奇普手无寸铁。

有一瞬间，加文的神情因杀意黯淡下去，但马上又恢复原状。只有极短一瞬的放纵。"深吸一口气。"他平静地说道。

"什么？"

光明王像在赶苍蝇似的挥了挥手背，一块红色拉克辛顷刻从他手心飞出，溅到奇普嘴上。少年在拉克辛溅上鼻子之前用力深吸一大口气。接着，拉克辛迅速缠上他的后脑，一路蔓延到头顶，凝固成一个面具。奇普只剩下眼睛没有被覆盖，鼻子与嘴都被封得死死的。他无法呼吸了。

加文说道："你让我想起我的兄弟。我从没战胜过他。即使在我成功的时候，他给我的称赞也显得不可一世，让我怀疑他是不是故意输给我。你能洞悉事物的弱点，很好，这充分证明你是我们盖尔家的人。我们全家都有这个本事，我也有。奇普，想想看，假如我一直让你带着这个面罩直到你死，我就能省去很多麻烦。在利用他人的良心时，你或许应该三思而后行，因为那个人很可能根本没有良心。"

奇普在一旁听着，保存体力以对抗心头不断涌起的恐惧。他相信等加文说完这些话，就会将自己从拉克辛中释放出来。然而加文收了声，并没有取下面具。奇普感到体内的横膈膜在拼命挤压他的肺，想要吸取更多的空气，排出废气，他的胃因此变得一阵翻滚。但是没用。

他将手伸向脖子，试图寻找拉克辛与皮肤之间的缝隙，可面具的边缘十分光滑，紧贴着皮肤，根本无从下手。他又将手移到头部，去摸自己的眼睛，如果指甲能够刺入眼睛边缘柔软的皮肤，或许就能把面具揭下来。但他的视线开始变得模糊。他看向加文，恳求他，认定他马上会来帮他。

加文面无表情地看着他："如果以后你唯一尊敬的事物是力量的话，奇普，那么首先，你是个不折不扣的笨蛋，其次，你找对人了。"

恐惧袭来。他早该知道如此。奇普拼命挣扎，试图大叫，伸手摸上眼睛四周薄薄的拉克辛——然而就在碰到之前的那一瞬间，他的手垂下来。他本该明白他不能信任……

CHAPTER
– 24 –

　　凯莉丝走了一整天。她一直在森林里摸索前进，直到入夜之后才注意到远处莱克顿闪烁的灯火。夜色已深，树林间的气温逐渐降低，好在四周还有足够的薄红色可以让凯莉丝使用夜间视力，不过并不能运用自如。在今晚这样的月夜里，她必须不断在正常视力与夜间视力之间来回切换，才能保证自己的安全。可见光谱下的光比较单一，无法将其精确划分，即使人的面部看上去很像温暖的斑点，到处都在发光，但却很难分辨对方具体的表情与细微的动作——从远处看的时候甚至连面部都无法分辨。

　　闪光意味着莱克顿可能还在燃烧。凯莉丝盘旋而上，慢慢爬上最后一个山头。她离开小路，欣赏起银色月光下位于小镇正下方的瀑布美景。她感到有些奇怪，今天一整天，她都没在路上看到任何人影，假如没人往莱克顿下游逃命，很可能意味着镇上无人生还。不仅如此，沿着河流穿过耕地，朝小镇前进的路上，凯莉丝也没见到任何其他的村庄。太奇怪了。因战争变得无人看管的橘子园如今依旧在结果，可惜果实稀疏，枝叶杂乱，和凯莉丝在画中看见的橘子园丰收盛况相去甚远。但这些橘子园一直都在，没有被砍伐。事实上，提利亚的橘子价钱总是贵到让她咂舌。这地方的橘子虽然小，但比阿泰什的甜得多，汁水也更丰富，与帕里亚的更是天壤之别。战争结束之后，就没人回来吗？

还是说，裂岩山之战真的死了那么多人，即使在十六年后的今天，这片土地依旧如此破败，只能把这些果子留给鹿和熊去吃？

凯莉丝连一具尸体都没看见，直到她悄悄潜进那座仍在燃烧的小镇。她用黑色的连帽斗篷裹住全身，沿着铺满鹅卵石的大路一直向前。这条路被保养得非常好，在凯莉丝心中这象征着完善的治理。突然，她看见一具被烧焦的尸体横在马路中间，面朝下，一只手臂伸开，指尖朝向小镇深处。这个人只有手和手指没被烧焦，头已经不见了。

自打从战争结束之后，她已经很久没见到这种程度的烧伤了。战争期间，两支军队曾多次发生冲突，人们没地方给尸体下葬，也找不到足够多的燃料来对其进行火葬，为了避免更多士兵染病，大家只得弃尸荒野。红色御光者通常会迅速在尸体表面喷一层凝胶，做出一个速燃涂层，就算御光者干得再敷衍，那东西也能迅速燃烧起来，于是问题就解决了——虽然那根本算不上火化，如果尸体被单独焚烧而不是成堆焚烧，那人的尸骨便会被留下来。而且，如果御光者做得不彻底，尸体的某些部位会无法完全化成骨头，胸腔与头骨内侧将塞满熏肉——为避免尸体传播疾病，因此不得不对其作出处理。对待敌人时这么干还可以，但对自己的同胞，就有失妥当了。

格拉多王并没参加过那场战争，但他却效仿了当时最糟糕的行为——对自己的人民。

和凯莉丝怀疑的一样，手指的方向将她引到更多的尸体前。起初，这些尸体还零零散散地出现在各个地方，之后每隔三十步、二十步、十步，到处都是无头尸。道路两侧满是成堆的尸体、消散不去的烟雾，以及变成废墟的房屋与商店。漂亮的鹅卵石被火苗烤裂，路面上不时出现一道道的污痕。起初凯莉丝还弄不清这是什么，等她走近一看,才清楚地意识到:那是拖痕,有人将尸体从广场拖到这里。从血迹的凝固状态判断,大概是一天前的事情。

她在滚滚浓烟与血泊之间停住脚步。再转一个弯,就能通向市镇广场,如果敌人打算设置陷阱,那肯定就在前面这个地方。凯莉丝抽出短剑,不过没有戴上护目镜,反正就算需要动手,周遭的红色与热量足够支撑她用魔法与敌人战斗。虽然她不打算径直潜入进去,但也没必要大张旗鼓地告诉对方她是一名御光者,等到时机成熟,她自然可以用火焰表明身份。

凯莉丝转过拐角。我的奥赫拉姆神啊。

那群人没有把尸体的头烧掉。他们将尸体的头全部密封到一个蓝绿拉克辛做成的巨型罐子里,堆放在广场中心。直勾勾的眼睛、扭曲的面庞,鲜血像御光使舞会上摆放的香槟金字塔一样从顶端一直流到最底下。凯莉丝知道那些被砍掉的尸首肯定被拿去做了什么,但她没想到竟然会是眼前这个样子。凯莉丝的胃一阵痉挛,几乎要吐出来。她转身收紧下巴,快速眨了眨眼,仿佛这样眼皮就能将这恐怖的画面从她脑海中抹去。她环视广场其他角落,好让胃有时间缓一缓。

要是让加文看见这个,他肯定会杀了格拉多王。如海洋般沉稳,如奥赫拉姆神般公正,加文就是这样的人。哪怕追到天涯海角,他也会将那群禽兽一网打尽。无论他在战争期间曾做过什么,无论他以前曾做过什么——无论他曾对她做过什么——但从伪光明王之战结束起,加文便一直在七大郡四处游历,伸张正义。他曾两次击沉伊利塔海盗的舰队,杀死蓝眼邪魔组织的强盗头子,还在卢斯格尔与血森林之间开战后带去和平,为卢城的布切主持公道。除了提利亚,所有地方的人民都爱戴他。他本可以对这个地方的人展开大规模复仇,对在这里生活的人复仇,但他从没么做过。

镇上大部分建筑都已被烧成瓦砾,滚滚浓烟飘向黎明前灰暗的天空。到处是残垣断壁,被烧焦烧黑的墙壁早已与棚顶分处两地,就连

携光者
卷一 光明王

女镇长的宅邸也变成这般模样——这是凯莉丝在这地方见过的最大一栋建筑,楼内的台阶直通市镇广场——现在全部毁于一旦,士兵将那里彻底铲平,连块石头都没剩下。

不过广场本身却被完好地保存下来。那些烧焦的残骸不是被拖到通往这里的街道,就是直接被扔到广场西面的河里。格拉多王不想让看见此景的人被其他东西分散注意力,他希望让他们完全被自己创造的可怕战利品俘获。凯莉丝振作精神,再次看向那座人头金字塔,所有拖拽痕迹与血痕最终都指向那个地方。他们将尸体——她只求那些人被带过来时,已经都是尸体了——在这里斩首,好让金字塔被鲜血充分浸染。这当真称得上是幅壮景。格拉多王一定是想让所有见到它的人,在看到的瞬间领悟到什么是真正的恐怖。

金字塔比凯莉丝还高,顶端仿佛加冕王冠一样,几个人头都是小孩的脑袋:圆脸的小男孩与头上系着丝带、蝴蝶结的小女孩。

凯莉丝没有吐。这其中暗藏的险恶只给她带来冰冷的愤怒。想想这些孩子与她自己的年纪,如果她有小孩的话,大概正是这么大。金字塔的宽度几乎与高度一样,简单算算便能得出底层大约摆了四十五个人头。当然,小孩子的头要相对小一些。但眼下凯莉丝也无法判断这东西究竟是全由人头组成,还是说他们将人头摆在一座已有的小金字塔上。她的手指随着心下不断拨动计算的珠子左右攒动,计算着死亡人数。

假如金字塔完全由人头组成,那这里堆了将近一千个。

寒颤刺痛凯莉丝的皮肤,刺激得她一阵恶心。她看向别处。你是一名间谍,凯莉丝。你必须查明问题的关键所在。多花点时间冷静下来,深呼吸。她走到金字塔一角,看向塔面边缘,细心检查那里的情况。这东西是用多层不同颜色的拉克辛做出来的,格拉多想让它持续数年之久,就算有人用锤子敲打金字塔,也只能把它敲裂,无法将其打破。没人能埋葬这些人头,也无法搬走这座恐怖的丰碑。

这东西还证明格拉多王已经聚集了相当一部分——或者很大一部分——本领出众、技术娴熟的御光者。坏消息。先前她已经听加文说过,格拉多有意组建自己的伪光明利亚政权,私自训练那些不受光明利亚监管的御光者。现在这一切绝对足以证明加文的猜测是正确的。

"畜生。"凯莉丝骂道,却不明白自己是在骂格拉多还是在骂加文。这是有多滑稽?她正盯着一堆人头,然后却对加文发火,难道说在她心里加文和干出这种事情的禽兽没两样?就因为他在战争期间和一个妓女睡过?

无法挽回了,当年那场大火发生之后,凯莉丝生命中的一切都被毁了,她的几个哥哥也被人害死,她甚至冲动地想要直接去找达森算账。要是那时候她能知道那边究竟发生了什么事情就好了。或许当时,加文早已知道。

又或许导致加文战后毁约的原因,就是那次出轨后的愧疚。

这么说来,是他对自己不忠。一旦女人爱上伟大的男人,她们的命运便总是如此,欢迎加入其中!事实上,据你所知,松懈的时候就只有最终决战前那一个晚上。某个漂亮美人委身于他,而他也没拒绝,仅此一次。

没错。但据我所知,对男人而言每晚都是松懈的夜晚。

事情已经过去这么多年,凯莉丝。这么多年!战争结束后这些年加文怎么敢一直在那假惺惺地装模作样?

他除了破坏掉我们的婚约还给我留下什么?

过去十五年他怎么能一直在你面前演戏?

演得真好,该死的。除了谎言和秘密。他还说过什么?"那封信上的内容……都不是真的。我不指望你能理解,甚至相信我,但我发誓那不是真的。"这话现在简直就是在找她的不痛快。他怎么能随口撒谎?

风向变了,浓烟被刮向空旷的广场。凯莉丝猛咳起来,眼睛也疼得流出眼泪。然而就在她平复下来的瞬间,她听到一声脆响。

又是一声。接着,仅一个街区外,一座烟囱轰然倒向旁边烧剩的建筑残骸。天空被染成红色——烟雾与光谱反射的杰作,并非天空对这片血流之地的映射。

凯莉丝在镇上四处搜索,一边寻找幸存者,一边估测小镇的毁坏程度。做正确的事,做你觉得正确的事,做摆在你面前的事。这地方不会那么轻易被烧光的。虽然房屋会用木料作支撑,但主体用料依然以石头为主。镇上树木绿意盎然,大概不是手动灌溉的成果——毕竟河流径直穿过小镇——就是树根自己从地下深处汲取的水分。只是市镇中心的房屋全被烧光了,看样子应该是红色御光者所为。

凯莉丝找了整整两个小时。她走过铺满鹅卵石的街道,有时还不得不在整片街区里来回走动。尽管已经用湿布裹住脸,但四周的浓烟仍旧熏得她头昏眼花、咳嗽不止。除了尸体和几条可怜的狗,这地方已经什么都没有了。所有家畜都已被带走。小镇教堂那里似乎还曾发生过一次小规模的激斗,一具僧侣的无头尸正躺在教堂门口。凯莉丝想象得出,这个人当时如何在这里谴责士兵们的所作所为,试图保护在教堂内寻求庇护的信徒。她在教堂里面找到几把修枝剪刀、一把斧子、几把小刀,还有一对切肉刀、一柄损坏的宝剑和几具被砍掉头的尸体,到处都是早已干掉的血渍。这地方的横梁虽然被烤焦,但并没有引发大火。不知道这是因为御光者的技术不够好,还是他对宗教抱有的畏惧,也有可能只因这些铁木横梁是从阿泰什南部沙漠进口来的木料。

然而教堂内的座椅和躲在里面的人都被火烧焦了。凯莉丝一阵恍惚,也不知是因为呛人的浓烟,还是已经适应了这些死亡与受难的画面。在教堂台阶后面的角落里她发现一户年轻的家庭,父亲环抱着母亲,而母亲试图遮掩下面的孩子。士兵没发现他们,这一家人在彼此的怀抱中被浓烟呛死了。凯莉丝仔细检查了他们每一个人,确认脖子那里是否还有微弱的脉搏。父亲死了；母亲，大概也就是个十来岁的少女，也死了。凯莉丝抱起她怀中还在襁褓里的孩子，是个男孩。她虔诚祈祷，可奥赫拉姆神却对此充耳不闻，谁都没能活下来。

凯莉丝踉跄着退回去，她不得不离开这里。她想将死去的婴儿放到最近一张桌子上，然而找到的就只有最前面的祭坛。凯莉丝检查了教堂内的主通道，走过两侧仍在闷烧的座椅，接着又一具婴儿尸体映入她的眼帘。

忽然，地板崩塌，只差一步，凯莉丝就能逃出去了。

CHAPTER
— 25 —

"你得做出几个决定,奇普。"加文说。

他刚刚讲了这么多,奇普一直听得很认真,走神的地方只有几个瞬间。天还未亮,头顶的繁星无言地灼烧着冷光。大火没点燃他的外衣,除了摔倒的地方,其他一切都还算好。尽管脸上还留有一层薄灰,沙印与刺痛感也尚未退去,但好在一度勒紧他的红色拉克辛面具已经消失了。

"我要杀了你!"奇普大喊。他已经不再相信任何人。所有人都是骗子,所有人都只顾他们自己!恐惧在心中蔓延,就像其有时会导致的那样,令人怒火中烧、头脑发热、暴躁、难以自制。少年坐起身,视线紧锁着光明王的面庞。男人冷冷地看着他,毫无悔意,不仅对他刚才那番话毫不在意,就连表现出的态度,也只有对他下一步行动的好奇而已。奇普忽然很想知道,自己能否从火焰中提炼出几根绿色的巨钉,将眼前这个男人用力刺穿。

真聪明,奇普。在奥赫拉姆神心里,他会怎么想?你杀了你的向导?为什么?只因为对方没能容忍你的臭脾气?

不能背叛他,奇普,这是教训。奇普浑身发抖。之前,他真的以为加文会杀了他,而这正是问题的关键。他让加文没有选择的余地,但加文不会被任何人摆布，更别说是一个孩子。他不仅比奇普年长，还更聪明，更强大，更有经验，他需要尊重。

而那要求……合情合理。

但这依旧无法让奇普停止发抖。即使只有那么一瞬间，奇普也曾觉得，自己真的快要死了——他对此根本毫无反击之力。而眼前这位，则是唯一一个能够教会他如何不再继续无能下去的人。这个人可以教他如何替母亲与莱克顿报仇。所以奇普决定，就这么倔强地静坐下去。

拿出他所能鼓起的全部勇气，奇普重新坐回到木头上。他的膝盖在发抖，但他已经可以让自己回到座位上，不再让自己更加丢脸了。"对不起。"少年咕哝着看向别处，费力地清了清嗓子，好让自己的声音听上去没那么尖锐，"什么选择？"

奇普看得出来，加文似乎对他的反应感到有些惊讶，并因此显得很高兴。但男人没去理会那些情绪。"你是我的亲生儿子，奇普。那会造成影响。对你。"奇普仔细打量着加文的面庞，当男人说出"亲生儿子"几个字时，脸上没有表现出任何痛苦的神色，甚至连眼睛都没眨一下。奇普忽然想知道这个人是不是事先练习过这段话，好让自己看起来比较轻松，他知道，承认自己过去犯下的错，对这个男人来说肯定需要付出某些代价，然而面对奇普这个本会令他感到痛苦的存在，加文却能不带一丝为难地表明自己的态度。他肯定是在装腔作势——谁会高兴自己突然冒出来个私生子呢？——但那也是为了照顾奇普的感情而付诸的演技。

或许加文比奇普想象的还要好。"当我的私生子是要付出代价的，"加文继续说道，"你虽然没在特权环境里长大，但那些怨恨特权阶级的人也会怨恨你。你没有受过教育，如果那些受过教育的人知道你比他们懂得少，他们便会蔑视你。如果我公开承认你的存在，你就会引来一群坏朋友。那些恨我怨我的人不能经常将气出在我身上，奇普。我太过强大,太过危险,但他们会找你撒气。这不公平,但现实就是如此。你将永远生活在人们的监视之中,无论你成功还是失败,那都会对你造成你现在甚至无法想象的影响。我的父亲或许会选择不承认你;其他人或许会找证据证明你是骗子;还有一些人会想成为你的朋友,只因为他们觉得那能够帮助他们取悦我。虚伪的友谊是一剂毒药,所以我想保护你免受其害。"

太迟了。奇普想起了芮米尔:芮米尔总是掌控一切,总是喜欢用他卑鄙的手段弄脏奇普的脸,还声称那是善意的戏弄。芮米尔,那个伊莎曾喜欢过的人。芮米尔死了,倒下时一支箭插在他背后。"我的选项是什么?"奇普问,"可我就是我。"

加文伸手蹭了下他的鼻梁:"你可以暂时以学生的身份跟在我身边。然后,在你愿意的时候,我会对外公开承认你的身份。不过你需要忍耐一阵子,去了解哪些人才是你真正的朋友。"

"通过向他们撒谎?"

"有时候,对我的朋友来说谎言是非常必要的。"加文厉声说道,他顿了顿,"你瞧,我只是把选项给你列出来——"

"不,对不起,我不——不是在对你生气。我妈妈……你还记得她长什么样子吗?我是说,在遇到我之前?"奇普问。

加文的嘴唇微微动了动。他上下舔了舔唇瓣,然后摇了摇头:"我不记得她了,奇普。一点都不记得。"

所以说,当年也不完全算是一场风流韵事。奇普忽然感受到加倍的空虚。这世上根本没有属于他的家。"你是光明王,我猜一定有很多女人想跟你在一起。"奇普开口说。

"那时候正在打仗。当你一心赴死时,你根本不会考虑自己的行为会对十年后的人造成什么影响。和女人在一起会让你觉得自己是活着的。那天我喝了太多酒,酒后乱性的人根本不会想什么后果,即使这个人不幸是这个国家的光明王。但那都不是借口,我很抱歉,奇普。我为我欠考虑的行为对你造成的伤害表示抱歉。"

所以说我妈妈和你有过一个晚上,而她还将自己全部的希望都寄托在上面。毫无疑问,奇普几乎能够想象得到,当时她是怎样强推硬挤地将其他十几个想要爬上光明王床的女人全部弄走,然后为自己一时的冲动,在接下来的十几年里终日自食苦果?

奇普强挤出一个微笑。他的心碎了。过去,他曾幻想过父亲会是一个什么样的人,但他从不敢奢望那个人会是光明王。在他的梦里,父亲是因为某些紧急情况被迫离开家的,他之所以会离开他们母子,只是因为他不得不这样做,但他依旧很爱奇普的母亲和奇普,他想念他们,想要回到他们身边,并终有一天会回来。加文是个好人,但他并不在乎莉娜,也不在乎奇普。他会照顾奇普只因为他是一个负责任的男人,一个好人。但那里面没有爱,也没有家。奇普忽然发现自己已孑然一身,他凝视着旁边带铁栅的窗户,出神地看向那些他永远无法拥有的东西。

那感觉就像是别人给了你一件极具异国风情的礼物,但你想要的不过是最普通的东西。忘恩负义?抱怨?对自身感到抱歉——就因为他的父亲是光明王?

"对不起。"奇普说道。他低头看向自己的指甲,那双手现在依旧无法使用拉克辛。"那是不对的。我妈妈……她有问题。我猜她是想利用我来设计你。"奇普不敢直视对方,他太羞愧了。你怎么能这么蠢,妈妈?这么卑鄙?"你不该承受这些,你救了我的命,我还那么……糟。"奇普眨了眨眼,却止不住眼中的泪水,"你可以把我随便扔在什么地方——嗯,最好别扔在荒岛上。"

加文忍不住傻笑起来,但很快又恢复严肃。"奇普,你母亲和我确实有过一段,你愿意包庇由我的过失导致的后果,我很感激,但你没有让我陷入任何麻烦。人们或许会对我说三道四,但我不在乎。明白吗?"他长出一口气,"不管怎么说,我唯一在意的事其实已经发生了。"

一瞬间，奇普有些没听明白他的话。已经发生了？可现在根本没人知道奇普还活着。

除了凯莉丝。那就是加文所指的事情。奇普的存在，导致加文与他在世上唯一在乎的人之间出现了嫌隙。之前原本让奇普觉得好过一些的事情，如今反倒击中了他最软弱的地方。打从他记事以来，因为母亲，奇普总是觉得哪怕自己只是活着，都是一种耻辱。他的出生毁了母亲的人生。他那太多的要求毁了她的生活。他让人们看不起她。他从她手上收回了所有本该属于她的东西。精神上，他可以对她所说的话置之不理，但她不是故意将一切弄成这样的。她爱奇普，即使她从未说过。即使她不知道，她一直在伤害他。

但加文是个好人，他不该受到这样的对待。

"奇普。奇普。"直到少年抬起头，加文才开口说话，"我不会遗弃你。"

恍惚间，奇普的眼前突然浮现一个紧锁的橱柜，他的心尖叫——尖叫——但是无人应答。"有什么吃的东西吗？"奇普眨着眼睛问，"我觉得我好像一周都没吃东西了。"他戳戳自己的胸口，感觉肋骨都快从里面突出来。

加文从包里拿出一串香肠，切下一根——只有一根？——扔给奇普。"明天，你就要在光明利亚开始新生活。"

"哦哦哦噢噢？"奇普把嘴塞得满满当当。

"另外，我打算和你分享一个秘密，"加文说，"其实我前进的速度，比任何人想象的都要快。"

"你能凭空消失，再凭空出现在其他地方？我听人说过！"奇普喊道。

"呃，不。但我可以做一艘跑得非常快的船。"

"噢，那可真令人……吃惊。一艘船。"

加文看起来有些为难："问题是，我不想让任何人知道我能有多快。战争就要开始了，如果我需要暴露自己的身份，就必须以出人意料的形式登场。你明白吗？"

"当然。"奇普回道。

"所以，我需要你告诉我，你想要什么。我打算在你接受启蒙教育期间去摆平一些事情。"

"启蒙教育？"

"就是一些决定你今后人生的小测试。你起步太晚，其他所有学生都已经开始接受训练了。我们不得不让你快点赶上他们。启蒙教育结束后，你就可以在光明利亚接受训练。"

奇普的喉咙猛地缩紧。独自被丢在陌生的岛屿上，一个人都不认识，还要接受一个可能会决定他下半辈子的考试，而且没有多少准备时间？不过换句话说，他可以在光明利亚学习魔法，这样日后就能去找格拉多王报仇雪恨。"其他选项是什么？"

"和我一起行动。"

这句回答简直就像隧道尽头的阳光。奇普的心紧张得扑通直跳："那你要去做什么？"

"去做我擅长的事，奇普。"加文抬头凝视，他的虹膜如彩虹般飞速旋转。接着，男人浅浅地笑了，但那笑意却没有融入眼帘。当加文再次开口时，他的声音变得犹如月亮般遥远而冰冷。"去制造战争。"

奇普吞了口唾沫。有时候，当他看着加文，他会觉得像在透过一片茂密的树林，瞥见一个吱呀作响、辗压沿途一切的巨兽。

加文转头看向奇普，他的表情柔和下来。"大部分都是一些无聊的会面，用来劝那些懦夫去把钱花在舞会和漂亮衣服以外的地方，"男人咧嘴笑道，"恐怕你这两天见我使用过的魔法，已经比我手下大部分士兵看过的还要多。"他的眼神一黯。"好吧，也不完全是。你看起来好像有些困惑。"

携光者
卷一 光明王

"不是因为你刚才说的那些,只是——"奇普停下了,他想说的似乎是个相当冒犯的问题,既然他已经说出一半了,"你都要做些什么?"

"作为光明王?"

"是的,嗯,先生。我是说,我知道你是一国之君,但似乎并不是……"

"并不是所有人都听我的话?"加文大笑起来,"在我看来似乎也是这样。事实上光明王总是轮流执政,通常每七年就会换一次。少数人拥有的缺点,光明王全部都有。每隔七年,那份巨大的力量就会给他带来毁灭性的灾难。如果光明王安排自己的家族成员去管理每个郡,那么等到下一届光明王继任时,便又会试图部署自己的手下,这样一来管理者的变动就会变得非常快。而彩袍使,也就是光谱七政使的七名成员,通常都能任职数十年。他们本身也都十分聪明。于是随着时间的流逝,人们加在光明王身上的限制越来越多,最终,在光明王任职期间,他就只需要担负宗教方面的职责。光谱七政使通常会和各郡郡首共同进行管理,每个郡都会有一名光谱七政使的彩袍使。每位彩袍使都需要听从所在郡郡首的命令。事实上,彩袍使往往只是名义上的合作郡首。彩袍使与郡首之间的明争暗斗,所有彩袍使与白袍使之间的尔虞我诈,还有所有彩袍使与白袍使联手针对光明王制定的种种伎俩,大致上维持着国家的秩序。每位郡首都可以在自己郡内为所欲为,只要那不触犯其他郡的利益,并保证各郡之间贸易畅通。所以所有人都对控制其他人兴致勃勃。当然,现实没有我说的那么简单,但概括起来就是这样。"

听起来已经够复杂的了。"但在战争期间……?"

"我曾被指定为守护圣使,战争期间拥有绝对权限。那一度让所有人紧张不已,因为担心守护圣使会将'战争'永远持续下去。"

"但你放弃了?"说完,奇普便意识到自己问了个蠢问题。

但加文只是笑笑:"不幸中的万幸,我没有被人刺杀致死。黑卫可不只负责保护光明王,奇普。他们保护的是我们生活的世界。"

奥赫拉姆神,加文生活的世界简直比奇普刚刚摆脱的那个还要可怕危险。"所以你会教我使用御光术?"他问。这简直是世上最棒的事情,能学自己想学的东西,还不用被一个人扔在陌生的岛屿上。更重要的是,还有谁的御光术能比光明王本人教得更好?

"当然。不过首先,我们必须先做完几件事才行。"

奇普热切地看向加文手上那串香肠:"像是再多吃点儿?"

CHAPTER
- 26 -

第二天中午，奇普不得不将自己先前对那艘快船的嘲笑尽数吞下。这会儿，他们正以一个令人难以置信的速度在波涛间飞行，加文用拉克辛将船罩起来，小声发着牢骚，当然大多与那个女人还有她的想法有关。现在，他们无视行驶速度，照常聊天。

"这么说你能使用绿色的拉克辛。"加文问道。他的语气给人一种"对他来说，努力发奋学习什么的似乎只是一件稀松平常的事情"的感觉。眼下，他的皮肤全部被红色包裹起来，双脚也被固定在船板上，满头大汗，肌肉紧绷，双手紧握着两个蓝色的透明操纵杆，同时向水中释放出大量红色的拉克辛。"那是个不错的颜色。大家都很需要绿色御光者。"

"我想我还能看见热量。而且戴纳维斯大师说，我是个越识者。"

"谁？"

"戴纳维斯大师是镇上的染色工，有时我会去给他帮忙。他和女镇长的丈夫一样，在匹配红色方面有些困难。"

"柯尔文·戴纳维斯？柯尔文·戴纳维斯在莱克顿？"

"是，是的。"

"很瘦，四十来岁，留着胡子，满脸雀斑，头发里还夹带红色的家伙?"

"没有胡子,"奇普回答说,"但是,其他方面都一样。"加文暗骂一声。

"你认识我们镇的染色工?"奇普有些难以置信。

"可以这么说。过去打仗的时候,他曾是我的敌人。不过我更好奇你刚才说的那件事,你能看见热量?告诉我,你是怎么做的。"

"戴纳维斯大师曾经教我用眼角余光去看东西。有时候,只要我照他说的那么做,就会看见视线里的人都在发光,尤其是裸露在外的皮肤,或是胳肢窝,还有……你懂的。"

"股沟?"

"嗯。"奇普尴尬地清了清嗓子。

"把我眼睛蒙上。"加文轻笑着说道。

"什么?什么意思?"

"一会儿我们就知道了。"

"一会儿?那是多久,一年还是两年?为什么所有大人跟我说话的时候都喜欢把我当傻子看?"

"说得好。不过,除非你真的天赋异禀,不然你很可能只是一名尚未成型的双色御光者。"

奇普眨眨眼。一名什么?"我想说的是,我不是傻子,无知和傻可不一样。"

"我是指今天过会儿。"加文回道。

"哦。"

"在御光术领域有两个特例——好吧,应该说有很多特例,奥赫拉姆神真他妈太伟大了——不过我从没教过基础课程。这么说吧,你有没有想过其实这世上只有你一个是真实存在的人,其他所有人、所有事都是你想象出来的?"

奇普的脸腾地红了。以前回到家,他总会试着不去想芮米尔的事情,并希望那个人从未活在这个世上。"我想过。"

"很好。这正是尚未成熟的思想,对自我意识产生时所抱有的最初理解。我这么说,你别见怪。"

"没事。"其实我根本没听懂你刚才说的那段话是什么意思。

"那种想法很有吸引力,因为它让你确认了自身存在的重要性,让你去做任何你想做的事情。没人能驳倒这个概念。教授御光术也是同一个道理。下面,我要假设你承认这里还有另一个人存在。"

"好。说服我自己其实还挺容易的。"奇普说着咧嘴笑了。

加文眯起眼睛,看向海平面。造船的时候,他曾在拉克辛做的棚顶上安装了两个潜望镜,正好在离他一臂远的地方,如此一来,他就能扫视海面上的情况。这会儿加文肯定是看见了什么东西,因为他在奋力扳动拉杆,向左转舵。

等他再转回身,显然已经错过了奇普刚才的自嘲。"不管怎样,我们讲到哪儿了?对了,教授御光术的麻烦在于,颜色的存在和我们本身是分开的,我们只能通过对颜色的感受来了解它。虽然不知道为什么,但是有的人——落识者——无法区分红色和绿色,还有一些落识者无法区分蓝色和黄色。很显然,当你告诉一个人世上有一种他从未见过颜色时,他绝对不会相信你所说的话。即使其他所有人都告诉他红色和绿色是两种不同的颜色,在他看来或许那只是别人对他开的一个残酷玩笑。也可以说,他必须接受某种他从未见过的东西存在。这里有神学上的寓意,但为了让事情听起来简单些,我先跳过这段。既然世上有在分辨颜色的问题上存在缺陷的人——顺便一提,那些人通常都是男性——那么怎么可能没有在这方面极为强势的人?这些人就是越识者。结果证明他们也确实存在。不过这些人通常大部分都是女性。事实上,几乎半数以上的女性在分辨颜色方面都能达到一个极高的水平,而男性,几万人里通常只有一个可以。"

"等一下,这么说男的处于劣势,更容易分不清颜色,真正擅长分辨的又格外少？这不公平。"

"但我们有力气。"

奇普不满地嘟囔起来："还能站着撒尿，是吗？"

"那在长满毒藤的地方还是很有用的。曾经有一次，我和凯莉丝一起出任务……"加文说着吹了声口哨。

"她不会那么做的。"奇普惊恐地说道。

"你以为她会在回到河边后跟我发火？虽然不知怎么搞的，不过那次也是我的错。"加文咧嘴笑了，"先不管那个，回到我要说的问题上。大部分人都能看到正常范围内的颜色。嗯——这是肯定的。"

"什么？"奇普问。

"那是个题外话。你能看见一种颜色，并不等于你就能使用。但如果你看不见，那你几乎不可能使用它。所以，在使用特定颜色的御光术时，大约半数的男人都不能像拥有越识能力的女人那样精准地提炼出颜色。尽管意志力可以弥补大部分失误，但是如果能从一开始就不出现失误，御光术的效果当然也会更好。假如你打算用拉克辛建一座不会倒塌的房子，这一点无疑至关重要。"

"他们还能用拉克辛建房子？"

加文不理奇普，继续往下说："我跟你讲这些特例，是因为接下来我要介绍薄红色与幻紫色。如果你能看见热量，奇普，你将很有可能用这两种颜色。"

"你是说我能造出嘶嘶飞的火球？"奇普说着做出一个横扫的手势。

"只要你在炼制的时候，把'嘶嘶'说出来就行。"加文大笑。

奇普又涨红了脸，他知道加文不是在嘲笑他。他也不会觉得自己很蠢，只是有点冒傻气。尽管心里对这个男人还是十分畏惧，就像以前有时候，他也会觉得戴纳维斯大师有点吓人，但他们都不会让人认为他们卑鄙，也不会让人感到邪恶。

"可那么一来，事情就变得很怪，"加文说，"因为你已经能使用绿色了。"看样子，他正在试图弄明白接下来的东西该怎么教，"你见过彩虹吗？"

"彩什么？"奇普看着他，天真地问道。

"这是个反问句，很聪明的回答。颜色的排列顺序是幻紫、蓝、绿、黄、橙、红、薄红。通常双色御光者对颜色的适应性更广一些，因此他们能使用幻紫色与蓝色，或是蓝色与绿色，又或是绿色与黄色。多色御光者——数量更为稀少——可以使用绿色、黄色和橙色。御光者使用不相邻颜色的情况很少见，凯莉丝就是其中之一。她能使用绿色，但另一个颜色不是黄色，也不是橙色，而是绝大多数红色，和一点薄红。"

"这么说她是多色御光者。"

"差不多。但凯莉丝无法制出可持续的薄红——就是被人们称作火水晶的东西。火水晶无法长时间保留，因为它们会与空气反应，但是——别管这个了，重点在于，作为一名多色御光者，她的能力存在不足，这才是问题的关键。"

"我敢打赌听你这么说她一定高兴。"奇普说道。

"往好的方面想想，如果她是多色御光者，那群人肯定不会让她成为黑卫——多色御光者实在太稀有了——到时候施加在她身上的生育压力就会增加。不管怎么说，她的情况也很罕见，可以被称为不稳定的双色御光者，不稳定是因为颜色的弧度没有连接在一起。双色御光者之所以被称为双色，就是因为他们能使用两种颜色，明白吗？在御光术领域，一切都必须有理可循。除了那些特殊情况，像是：能够看见薄红就意味着能看见高温，能看见幻紫就意味着能看见低温，对吧？"

"是的。"

"但其实不是。"

"噢,"奇普说,"好吧,那也可以理解,我猜。"可惜他在心里并不是这么想。

"我第一次这么想把你的头发揉乱。"加文回道。

奇普咕哝着问:"所以接下来有什么安排?"

"有一座被我们拿来当炮兵营的小岛,小岛与光明利亚之间暗藏着一条隧道。这是军事机密,所以,如果你敢告诉其他人,光明利亚会立即通缉你,找到后还会处以死刑。"加文说得兴高采烈,但奇普可以确定他绝对是认真的。

"那你为什么还要告诉我?"奇普问,"我可以不听这段。"

"因为我已经和你分享了一个我觉得更重要的秘密——水上滑翔机。假如你将那个秘密出卖给我们的敌人,光明利亚或许不会有任何行动,但如果你有意背叛,你肯定也会把隧道的事情透露给他们。所以,如果你现在背叛我,就意味着你背叛了整个光明利亚。这样,他们就会追捕你,然后杀了你。"

奇普猛地感到一阵战栗。这个男人本身是温柔的,奇普毫不怀疑,加文很中意他。但在加文生活的圈子里,可能你喜欢一个人,却还是要杀了他。加文为奇普可能发生的背叛准备了充分的理由,这无疑是在告诉奇普,他以前曾被人背叛过,并无意再为此所累——毕竟加文可不是那种会在同一个地方跌倒两次的男人。

"我就要在岛上靠岸了。之后你要去搭乘另一艘开往主岛的船,我会派一名黑卫带你去幻测仪。过几天你再和我一起行动。不管我接下来决定我们会去什么地方,我都会开始教你学习御光术。"

奇普差点把最后那部分听漏:"幻测仪?"

CHAPTER
– 27 –

凯莉丝摔倒在地板下几英尺的地方，接着撞上一件软软的东西。她的左脚别到一边，身体的其他部分还在朝地下室方向下沉。那个黏糊糊不知是什么的东西在她跌落过程中黏住她的腿，现在她整个都倒挂在半空中晃来晃去，身体也被撞到一个巨型红鸡蛋似的东西的一侧。凯莉丝发现，一层薄薄的外壳正包裹那些黏糊的液体，于是她用力砸上去，打破鸡蛋的边缘。只听啪啦一声，那东西瞬间变成了红色的拉克辛，凯莉丝也重获自由，摔在下面的石板上。

好在她受过训练，在落地的瞬间便迅速用右手撑住身体。地板的反作用力挫伤了她的手腕——那里经常受伤——但是这至少护住了身上其他地方，并让她得以在最终落地前控制住身体的情况。翻身的动作也避免了她的头部先着地。

她立即抬起脚，抽出藏在一侧的阿塔根短剑。除了她从天花板上掉下来的那个洞向内透出些许光线，密室没有照明的灯光。木块还在不断从洞口向下跌落。那个巨大的红鸡蛋忽然亮起来，接着冒出烟雾。受凯莉丝跌落的影响，一道光柱出现在鸡蛋四周。整个房间大概只有二十乘三十英尺大，到处散发着烟雾和烧焦的红色拉克辛。这太奇怪了，要知道红色拉克辛通常都能燃烧殆尽，就这点来说，被这种微光照亮的地方，表面都该有被熏黑的拉克辛才对。

但眼下，凯莉丝的注意力已经全部集中到那个巨型鸡蛋身上。这东西至少有七英尺高，除了被她打破的地方，其余全部呈现为黑色。这会儿，红色拉克辛正像焦油一样从里面渗出来，还有六个管子从"鸡蛋"里面向各个方向伸出，直通到天花板上，这些管子也都是黑色的。除此之外，还有六具被烧焦的尸体躺在屋内，他们都是格拉多王手下的士兵。

"什么鬼地方？"凯莉丝喃喃自语道。她举起剑，将蛋砸开。

然而没等她碰到，"鸡蛋"便整个爆炸开来，位于面前的一大块正好飞向她，熏黑的蛋壳击中她勉强举起的左臂，接着是胸口、腹部与双腿。她踉跄几步，瞬间失去平衡。然而就在蛋壳飞向她的同时，她注意到有什么东西从鸡蛋后面喷射出来。

凯莉丝没能稳住身体，再次摔倒在地。她向前翻滚，将阿塔根短剑刺出去，这样便能在不伤到自己的同时发动攻击。这么多年，铁拳早已教会她：受到攻击，就要立刻做出反击，回击速度往往是你唯一的优势，尤其是你的体型娇小，尤其是你身为女人，特别是你没戴护目镜，而其他御光者戴着时。

攻击凯莉丝的人堵住了所有往上去的路。他一动不动站在那里，红色的拉克辛光圈像巨大绳结一般缠绕在他的手上。凯莉丝知道这种魔法。如果你知道你正在做什么，你就能掌控存在于自身体外的拉克辛，那些拉克辛绳结可以转化成任何你需要的东西，出现在你的手里。无论你想要怎样，都可以从根本上对其展开控制。从这个男人的站姿来看，他应该也是一名受过训练的战士：他将左侧身体迎向凯莉丝，举起左手进行防御的同时为自己留出攻击的空间。他的右手向后高举，右膝深深弯曲，以支撑身体绝大部分重量。即使在御光术方面凯莉丝的速度很快，这里的红色拉克辛的数量也为她的眼睛提供了足够多的红光，但想要展开进攻，仍需一些准备时间。而且，对方现在占据上风。所以她活下去唯一的希望,就是在他杀掉自己之前缩短两人间的距离。

对方猛地挥动左手,从右向左,向下猛挥。为了减慢她的速度,他还将红色拉克辛滴到地板上。凯莉丝已经猜到了。她踮脚后退,顿步越过那些黏糊糊的斑点。男人顺势右手向前,连挥三下。三个拳头大小的火球,随即扫向左边。凯莉丝躲开第一个、第二个,可第三个,在她顿步躲避地板上的黏液时击中了她的身体。火球猛地砸上她的左侧肋骨,飞溅开来。凯莉丝连滚几下躲到射程之外,并用阿塔根剑将其劈开。

红色御光者使出一层又一层红色拉克辛,以阻挡她向下刺来的宝剑。控制拉克辛,即使是红色拉克辛,也可以为御光者提供一定程度的保护,用得越多就越坚固。但红色拉克辛永远无法抵挡钢铁,那就像用矿井水来对抗宝剑。

但眼下挡在她面前的可不是一点半点的红色拉克辛。这不像用剑击刺入静止的水中,而像是站在水闸的大坝下。尽管只是水,但是其速度与容量绝对可以将一个人掀翻。同理,面前的红色拉克辛不停冲击着凯莉丝,令她的速度越来越慢,最终完全停下来。

随着拉克辛不断向外涌出,红色御光者的脸色也越发苍白。接着,他的脖子与胸口,他肌肉发达的肩膀,也都变回了原来的肤色。他开始将拉克辛缓慢排出体外,从眼睛到四肢。两人都同时意识到,他已经把拉克辛用没了。

凯莉丝也在他停止攻击的同时停下来。她佯装攻击他的右边,以为会在那边遇到更多红色拉克辛,然后对其造成致命一击。然而,她的剑却呛啷一声碰上某种坚硬的东西。他不可能在她看不见的时候抽出一把剑来,就算在黑暗之中也不可能。

她毫不犹豫地举起阿塔根剑,从他头上用力砍下。男人举起双手合成 V 字,接住刀刃。

他猛地将她往后推,步步紧逼。光线照进昏暗的房间,照亮他的手和他手上的刀刃。男人大喊道:"够了!该死的,就不能歇一下吗!"

御光者双手各持一把手枪,交叉枪管擎住凯莉丝的阿塔根剑。他将右手手枪对准凯莉丝的右眼,左手手枪对准她的左眼。当然,凯莉丝身上还有几把小刀与比奇刀,但在对方扣动扳机之前,她根本没可能将那些利刃抽出。

这种手枪是伊利塔人设计的。拒绝使用魔法的伊利塔人生产的零部件往往都是质量最好的,但在手枪的问题上,依旧会有风险。这名御光者手上拿的是带轮手枪,这种枪不用保持引线燃烧也可以开膛,只是燧石有可能会点不着里面的黑火药,至少每四次就有一次会失败。

不幸的是,凯莉丝面对的这两把枪都是双管枪。四个撞针全都处于待发状态。凯莉丝试着盘算了一下,对方扣动扳机后四个枪管同时哑火的可能究竟有多大——十六分之一或者还是二百五十六分之一?她绝望了。她可不想把宝压在这种概率上,就算有十六分之一也不行。

所以……和他谈谈。

"你是什么御光者?"男子质问道。他的声音听上去有些紧张。

"我听不懂你在说什么——"

"什!么!御!光!者!"他厉声大喊,并将她的阿塔根剑扔到一边,将其中一把枪的枪口直接对准她的额头。这里太暗了,虽然现在他看不清她的眼睛,但他很快就会弄明白。管不了那么多了,凯莉丝回道:"绿色。绿色和红色。"

"那就做个梯子出来,然后赶紧滚。马上!"

事后,凯莉丝或许会为自己当时如此迅速屈服感到恼火,但眼下护目镜还架在她鼻梁上,于是她转身看向有光的地方。但这屋子里所有的东西上面都盖着一层拉克辛,不是红色的,就是已经变黑、发焦、密闭的红色拉克辛。最终,她总算找到一根教堂常用的硬木,利

携光者
卷一 光明王

用木头反射出的白光才得以制成稳定的绿色拉克辛。

就在凯莉丝体内逐渐充满绿色拉克辛的时候,她终于弄明白为什么那个御光者刚才会表现得如此着急。这间密室里到处是红色拉克辛,她当初真不该反应那么慢,迟迟才把它们聚到一起。密室里有两个入口。死掉的士兵应该已经被烧焦了,但他们却不是被烧死的——红色拉克辛依旧存在,它们覆盖在所有东西上面,而没有像通常那样燃烧起来。

密室里充满了红色拉克辛,旧的、新的都有,他们无疑正身处在一个火药桶之中。

一张燃烧的长椅倒了,火星、煤渣四溅,给洞口留下火焰的烙印。这时候如果有人正在洞边徘徊,就意味着肯定会丧命。

凯莉丝猛地冲向前,往身后抛下一层厚厚的绿色拉克辛,立在地上。她将能利用的颜色迅速制成一排窄到不能再窄的台阶,那东西看起来只能勉强容纳她的双脚,如果她的注意力足够集中的话,应该也能勉强支撑她一个人的重量。但在她全速冲刺的时候,这个梯子只要能维持两秒就够了——而事实也确实如此。凯莉丝向上、向上、向上,像头小鹿一样快步向上跑,最后轻轻一跃,回到教堂里。接着,她忽然感觉到脚下的地板似乎有下坠的趋势,于是她连忙一个打滚挺身,继续朝前面敞开的大门跑去。想到地下室里有那么多红色拉克辛,大概整个密室都有可能——"轰"!

气浪把凯莉丝脚下的地板整个掀起来。就在她出门的后一秒,来自下方的冲击力顷刻像喷泉一样将地板卷到一边,教堂原本大敞的几道门顿时撑得更大。凯莉丝一下被举了起来,顺势被抛向前方。一时间,她还以为自己能顺利从门口穿过去,毫发无伤地冲到外面,但她被气浪掀得太高太高了。门口的硬木门框忽隐忽现,她的身体猛撞在门框上,破墙而出。尽管已经被烧到变脆的硬木很快为她让出一条通路,但就是这一会儿的工夫,对她来说也够长的了。她上下连续翻滚，速度快到连她自己也弄不清究竟翻了几个来回。

直到她滑落到鹅卵石与砂砾上，都没弄清自己究竟是暂时失去了意识，还是真的回到了地面上。

凯莉丝翻过身，无视身上各处现在才开始惨叫的伤口，抬头看向已经乱成一团的教堂正门。

一条巨大的赤链蛇全身冒着火苗从正门钻出头来。不，不是蛇，是一道纯红色的拉克辛。那上面燃着火，足有一人肩膀宽。大蛇开始呕吐，速度只比火焰点燃拉克辛稍快一点点。看来那名御光者也不清楚这座教堂的情况，更不知道里面的火焰与拉克辛。

男人落在凯莉丝不远处，但动作可要优雅许多。他连续向前翻滚身体，缓冲速度，最终稳稳地站起身。他扫视四周的街道，确定没有人，这才稍稍松了一口气。

在他松懈的瞬间，凯莉丝忽然发现那份深入骨髓的疲惫此刻正在悄然占据他的身体。正如她刚才所见，他使用了那么多御光术，现在他的感觉肯定和她一样糟。男人面色惨白，脚下的步伐也有些蹒跚。

"过来，"那名御光者说，"我想格拉多的手下应该已经走了。但万一没有，看到你干的好事，他们肯定会马上过来。我们得赶紧走。"

凯莉丝颤颤巍巍地站起来，要不是他拉着她，她肯定会再次倒下。"你是谁？"

"柯尔文·戴纳维斯，"那名御光者说，"如果我没记错的话，你是凯莉丝·怀特奥克，不是吗？"

"戴纳维斯？"她说。奥赫拉姆神怎么能这样伤害她。"你是达森的手下。叛徒。我自己能搞定，谢谢。"凯莉丝一把推开他的手，接着费力倒向两边，左摇右晃。戴纳维斯只是看着她，环抱双臂，丝毫没有要扶的意思。就这样，凯莉丝的肩膀重新撞在地上。

凯莉丝趴在地上，看着柯尔文的靴子一步步靠过来。他大概会把她扔在这地方留给那些士兵。是她活该，愚蠢、固执的傻丫头。

CHAPTER
— 28 —

距离小杰斯波岛依旧还有五里格。加文制成的这艘平底小船原型出自他曾见过的阿波尼亚御光者用的小渔船。小船船舷高耸，底部平坦，船头突起，船艏外板光洁齐整。与加文偏爱的小舟相比，这种船虽然效率低一些，但安全性更高。而这正是问题关键。很少有御光者敢在海上搭乘小舟，因为一旦那么做，就意味着你愿意掉到水里，意味着在你落入水中之后可以凭御光术跃出水面。试想在波涛汹涌的海里游泳的同时还要使用御光术，可没有多少御光者有那个技术或意愿。

加文的技术——或者说鲁莽——意味着在开阔海域他会很容易被人认出来。他可不想那样。所以才有了这艘平底船。

奇普在生闷气。幻测仪的事情让他十分紧张，但加文拒绝向他透露任何相关信息。

又行进了几里格，两艘商用桨帆船和一艘加莱赛战船从他们旁边驶过。每次都会有船员举着小望远镜观察他们。加文身上的衣服破破烂烂，但他的船上却没有竖起遇难的旗帜。最终，他们就在船员的注视下一言不发地划走了。今天几乎没有风，于是苦工顶上了划桨的差事，水手们难得得了清闲。一有船路过，但凡看到船上有人拿着望远

镜往这边看，加文便会大大方方地朝他们挥手，然后再继续划自己的
船桨。

　　被称作光明利亚的地方实际上有两个岛：小杰斯波岛和大杰斯波
岛。大杰斯波岛上设有大使馆、商业区、百货、杂货摊、酒馆、妓
院、监狱、贫民窟、住宅区、仓库、绳索制造坊、帆船制造厂、船桨
坊，居住在那里的多半是渔民、戴罪奴隶、暴力投机者、阴谋家与梦
想家。另外还有两个天然港口，一个位于东岸，是黑暗时期的天然屏
障；另一个位于西岸，当暴风雨从东面袭来时，人们就会改用这座港
口。随着岛屿的重要性和人口密度与日俱增，为了能够全年使用港
口，海港两边都兴建防浪堤。虽然光明利亚的中心从未被动摇，但经
过几次变革，如今的大杰斯波岛终于从战火与血腥中净化重生，人们
甚至还在整座岛的四周修建了抵御进攻的高墙。不过现在，这座厚三
十步、高二十步的城墙主要用于城市巡逻者站岗，以及阻隔街道间的
犯罪行为。

　　加文的目的地是小杰斯波岛。可是，想要躲过七大郡首派出的耳
目，不被察觉地进入小杰斯波岛唯一的小港口几乎是不可能的。就算
是在提利亚，也有人监视那些直接靠近港口的大人物。所以，加文将
船划到两岛之间，一座位于小杰斯波岛的U形港口处的炮弹岛上。

　　由于岛上的码头设有很多障碍，平日里基本上风平浪静，所以通
常驻扎在那里的士兵只有二十个人，值班的也只有两名御光者。这显
然是个让人讨厌的职位，就算是黑卫的人也对这里避之不及。据说，
为了让特权阶层那些过于傲慢的男男女女学会谦卑的美德，白袍使会
把光明利亚位居高阶的士兵轮流安排在这里。

　　事实上，白袍使与黑袍使确实会把安排在炮弹岛当值作为一种惩
罚，但那只针对信任的手下。半真半假的传言往往最让人信服。如果
有其他士兵私下交换岗位——这周末你能替我值班，下周我就替你到
炮弹岛站岗——守卫指挥官便会记下两人的名字，之后当值的时候，

便会仔细留意那些换岗的人,未来也会更加留心。考虑到炮弹岛的战略重要性,间谍肯定已经渗透到岛上,但现在还没有人知道——白袍使坚信——没有人真正明白炮弹岛的重要性。

加文行驶在涨潮的海浪中间,将小船绕到小岛的背面。凭借用御光术制成的多功能船桨,他这艘船比普通的小船更好控制一些,但想把船划得与席卷而来的波浪齐平依旧不是件容易的事。等加文好不容易闯过波涛汹涌的海浪区之后,奇普注意到两个黑卫——黑卫的任务通常都是检查船只。那两个人肯定也看见了他们,还朝他们打了招呼。

这是一对仪表堂堂、皮肤黝黑的兄弟。他们几乎一眼就认出了加文,然后举起一只手——并不是在打招呼,而是在告诉加文一个准确的登岸地点。加文瞄准对方的两只手,将幻紫色拉克辛扔过去,接着挥动绿色拉克辛线圈,沿稳定的线路朝岸边前进。拉克辛像绳子一样飞出去,黏在两个男人的手上,加文将另一头用两滴红色拉克辛固定在船头,守卫们非常专业地将加文的小船拉向岸边。小船吱嘎响着,摇摇晃晃地从海浪中朝岸边移过去,然后被平稳地拉上斜坡。

年长的那名守卫,指挥官铁拳,一如既往率先开口道:"长官。"他的眼睛下意识地扫了一眼加文那身烂衣服。"长官"这个称呼无异于在说,我当然认识你,但当下还是不挑明比较好,我这么聪明当然不会把事情搞糟,您今天想让我们称呼您为什么?

"指挥官,我需要一名黑卫带奇普去光明利亚。我和他说过通道的事儿了,以后帮我多看着他。"

两人顿时沉默下来,明显对此感到不悦。

"我们要等退潮后才……"另一名守卫颤腕话未说完。"马上。"加文打断他的话,但并没有提高自己的音量,"他要去接受幻测仪的测试。不用太着急,明天就行。把结果告诉白袍使。告诉她奇普是我……侄子。"

铁拳的眉毛抽了一下，旁边的颤腕瞪大眼睛。另一边的奇普，看起来似乎也受到巨大的冲击。

加文看向少年，奇普似乎马上又害羞起来。

"明天见，"加文说，"你会做得很好的。毕竟，你身体里有我的血统。"他讪笑道。奇普有些迷糊了："您是说您不是……我不是您的……嗯，私生子？"刚才的否定让他有些费解。

"不不不，我不是要抵赖。当我说'侄子'的时候，所有人都自然会明白'侄子'是什么意思。这只是更含蓄的说法。见到白袍使之后，记得多注意礼节。"

加文回头看向铁拳，目光犀利。铁拳正了正自己的头盔，又弄了弄他的帕里亚式头巾，仿佛完全没听到刚才的话。

"但他们怎么会知道我不是您的侄子？"奇普问道，一只手依然紧紧地抓着加文做的拉克辛船桨。

"因为一说到这个，他们就会像提到敏感话题一样停下来，然后避免去提你的家族名。他们会说'这位是奇普，光明王陛下的……侄子'，而不是'奇普·盖尔，光明王陛下的侄子'。这样你明白了吗？"奇普吞了口唾沫："明白了，先生。"

加文望向海对面的光明王之塔。他讨厌在外面过夜。他的奴隶玛丽希亚会将染色面包顺着滑道丢给那个犯人，加文也知道他可以相信玛丽希亚，但那和他自己亲自动手还是略有不同。他回头看向还有些担惊受怕的少年。

"让我以你为荣，奇普。"

CHAPTER
— 29 —

见光明王朝海另一边驶去,奇普眼中闪过某种类似恐慌的情感。先前凡事都有加文做主,没什么好怕的,可现在他把自己扔下了,还要和两个不太友好的巨人在一起。

加文的身影最终消失在奇普的视线之外。少年转头看向那两个人,面相更凶的是铁拳,他戴了一副大号椭圆形护目镜。奇普看过去的时候,蓝色拉克辛已经填满他的身体,不过由于他的皮肤几乎漆黑如炭,所以很难看得出来。但如果你看到那双藏在蓝护目镜后的眼睛,就会发现他的眼白早已变成蓝色。于是,不等对方指甲下的皮肤也变成冰蓝色,奇普便已确定面前这个黑卫正在使用御光术。

"去拿绳子,"铁拳对他兄弟说,"带浮标的那些。"颤腕走了。现在只剩下奇普铁拳两个人。

"我不知道他为什么会告诉你这个岛的秘密,"铁拳说,"但即使你是他的……侄子,你要知道,你现在也和其他人一样,是这个秘密的守护者,你明白吗?"

"他这么做是为了在我背叛他的时候,能有像你这样的人来杀了我。"奇普回道。他是不是永远不能把嘴闭上?

铁拳的脸上闪过一丝惊讶,但那很快被一丝玩味的笑容替代了。

"老谋深算，我们那位朋友，"他说，"冷血的年轻人。听着多合适！"

听到"我们那位朋友"这句话，奇普这才意识到他们甚至不能在这地方提起光明王的名字。就算是现在，海风轻拂，四周也可能藏有窃听器。而他们面对的就是这样一个丝毫不能泄漏的秘密。

"我这么讲，你和你的主人，一个作家，之前一起搭上一艘朋友的船，准备去……嗯……"

"去研究当地的鱼？"奇普问。

"很好，"铁拳说，"他不了解大海，也不会驾船，后来他试图带你来这里避难。但你们的船翻了，他则失踪了，之后我们把你从海里救上来。"

"哦，那就解释了为什么其他人都看见我们来了，但他现在却不在这儿。"

"没错。现在抓紧了。"

奇普手上正拿着先前的拉克辛船桨，然而当他明白对方是什么意思之后，已经太迟了。铁拳照着船桨猛地就是一拳。他的手径直穿过去，停在奇普面前。少年忽然感到有些尿急，甚至都没注意手上的船桨马上就要碎了。

"我不知道你有什么原因让他防备你，"铁拳说，"但是如果你背叛他，我会把你的胳膊都拧下来，然后用它们把你揍到死。"

"真好，我这么胖。"奇普反击道，他不相信他的话。

"你说什么？"

"胖胳膊。"奇普咧嘴笑了，以为铁拳在开玩笑。可对方脸上平静、嗜血的表情却打碎了奇普的笑容，就像打碎那个拉克辛船桨一样。

"这身肥肉还能让你在水里浮起来。"一个冰冷的声音从他身后传来。

奇普吓了一跳，他根本没听见颤腕接近的脚步声。后者扛了一根中空的木头，上面捆满了带绳结的绳子，木头上还刻了几个把手，这样他们就可以轻松将其扔进海里，游泳的人可抓着它选取任意自己想要的长度。

颤腕将木头递给奇普，铁拳则拉响震耳的铃声。"有人落水了！"铁拳大喊，"我们救上来两个人！"

"挪开，"颤腕说道，"你最好把自己全身弄湿！快点！帮忙的人马上就到了！"

奇普抓紧木头，爬上波涛之间的斜坡。一波巨浪拍上他的脚，他的头一下子撞到木头滚轴上，被摔得眼冒金星。

海水很快淹没了他的身体。起初，他感到周身的海水异常冰冷。虽然碧穹海的水很冷，但平日里应该很快就能适应这里的水温——可惜奇普没那个时间了。又一波海浪袭来，少年被海水灌得够呛。他一边挣扎一边试图咳出肺里的海水，但他马上就要被海水卷走了。木头呢？他弄丢了，木头不见了。

他听见有人在喊，但在巨浪之中，他根本听不清他们在喊什么。海浪明明只有一步高，却彻底挡住了奇普的视线。他打了个旋儿。

铃声一直在响。奇普转向声音的方向，尽管有海浪的阻挡，但他依然能隐约看见漆黑的炮弹岛。他正离岛越来越远。奇普开始朝岛上游，一个海浪打在他身上，打得他晕头转向，将他拖下海底。他用力地蹬腿，蹬腿，试着让自己不要惊慌，但他依旧在下沉。他要喘不过气了。奥赫拉姆神啊！他就要死了！他奋力蹬腿，绝望不已。

他像一个软木塞一样浮上水面，却再次迷失了方向。但这次他没那么慌张了，不管怎样，他竭力在汹涌波涛里挣扎。现在，海浪开始把他往炮弹岛的方向推送，而非小船那边，他在朝岩石那边前进，拼命游向响铃的地方。

接着，奇普被一股海浪举了起来。他简直不敢相信自己的眼睛：铁拳在胸口上绑了一根绳子，正朝这边腾空跑来。他戴着蓝色的护目镜,双手朝下,一路将蓝色拉克辛扔到自己脚下。他跑得飞快,几乎是在跑动的途中造出一个可以立足的平台。

奇普眼看着那个拉克辛做成的蓝色平台——正位于炮弹岛背面某个地方——喀喇一声裂开,开始落入海中,接着,就在平台消失、拉克辛溶解的瞬间,铁拳以完美的姿势潜入水里。

他在奇普右边探出头,护目镜和格特拉头巾都被浪涛卷走了,他伸出一只手抓住奇普,岸上的人则拼命拉动木头。不一会儿,奇普和铁拳便步履蹒跚地爬上了斜坡。好吧,铁拳是大跨步走上去的,为防止他掉下去,一只手还抓着奇普的衣服。至于奇普,光着腿,落汤鸡似的走路摇摇晃晃。

"我们救不了你的主人,孩子。我很抱歉。"铁拳说道。现在在炮弹岛这条回廊里,起码挤了一打士兵,其中一个往奇普的肩上搭了一块毯子。"带他进去,好好照顾他。"铁拳下令道,"我还有事要去大杰斯波岛办,我会带他和我一起走的,到时再通知他的家人。十分钟后出发。"

就在奇普被士兵们带进屋的时候,他听到铁拳轻声咒骂。

"该死的!那是我最好的蓝色护目镜。"

CHAPTER
— 30 —

丽维·戴纳维斯轻快地走过小杰斯波岛与大杰斯波岛之间的通行桥，尽量不去理会肩膀上传来的紧绷感。这座桥名为百合之茎，由拉克辛构成，负责连接小岛上的光明利亚与大岛上的商业区和住宅区。她将一头黑发扎成马尾，下面则穿了一条粗制亚麻长裤，为了抵御清晨凛冽的寒风，还披了一件斗篷。脚下的鞋子是她十四岁那年初次进入光明利亚时穿的那双耐用低统皮靴，当年诚惶诚恐的她，就是踩着这双鞋离开了故乡。每次被上层召见的时候，丽维都会忍不住想要盛装打扮一番，但最后还是忍下来。事实上，无论她作何打扮，那位富有而傲慢的教练总会让她感到一阵莫名的自卑。所以，她还是随意些好，表现得狂妄一点。假如当初达森·盖尔赢得了光明王之战，丽维便会成为奥丽维安娜·戴纳维斯小姐，名扬四海的柯尔文·戴纳维斯将军的女儿，身为提利亚人也将是一件光荣的事。

她本来就没亏欠任何人任何事。然而达森死了，他的支持者也因此遭到贬黜，就连她那比双方任何一位将军都更加德高望重的父亲也仅仅只是免于遭到处决。因此现在，她只是平凡的丽维·戴纳维斯，一位莱克顿出身的染色工的女儿，卢斯格尔城还握着她的契约。可那又怎样？她一点儿不怕被召见。

不是非常怕。

尽管过去三年丽维一直生活在杰斯波双子岛上，但她其实很少去大杰斯波岛。其他女孩子每周都会去那里听吟游诗人唱歌，品尝光明利亚以外的厨艺，邂逅御光者以外的男孩，购物，在考试结束后纵情欢饮。丽维负担不起那样的生活，也不想向任何人摇尾乞怜，所以，她总是找借口推脱，要么是练习，要么是学习。

这样一来的好处是，直到现在她都没看腻大杰斯波上的美景。岛上建筑林立，却没有像她家乡或加里斯顿那样看起来杂乱无章。房屋沿地面走势层层向上、依次排开，被刷成白色的墙壁在太阳的照射下熠熠生辉。这里的建筑大多呈几何形：圆顶的六角形或八角形。每一栋房子都配有一个——这可不是多数建筑能做到的——大圆屋顶，而且每个屋顶的颜色都各不相同：碧穹海一样的蓝屋顶，有钱人偏爱的镀金圆顶，已经锈成绿色的铜屋顶，不过为了在太阳日那天重放光彩，人们每年那个时候都会将其擦出本色。另外还有血红色的圆屋顶与镜子一般的亮顶。就连圆顶下的门，也都非常漂亮。

然而这种整齐划一的白墙与形状不尽相同的住宅，似乎明显与杰斯波岛人桀骜不驯的个性格格不入。唯独门廊上的装饰与设计，依旧能让人深刻感受到只属于杰斯波人的风情——采用异域木料，挑选来自七大郡与海外地区各个角落的雕凿花样，这里不仅有森族人培育出的带叶活体木雕门，提利亚风格的马蹄拱门，帕里亚风格的棋盘图案门，还有镶嵌在小建筑上的巨门与高楼大厦上的锁眼门。

不过其中最有彩顶、白墙特色，最能代表大杰斯波岛的地方，莫过于繁星之地。每一条街道都成直线镶嵌铺开，每一个十字路口都立着一对对狭窄细长的拱门，每一根门廊都细到令人难以置信，而且至少有十层楼那么高，向上一直延伸到穹顶，并在那里交汇到一起。在拱顶最高处的转环上立着一面等身长的圆镜，经过工人的细致打磨，镜面光亮无瑕。每当太阳跃上地平线时，这面镜子便能通过街道的特

携光者
卷一 光明王

殊布局，将光线反射到任何一个方向。

很久以前，建造者们就曾说过，这座城市永远不会有奥赫拉姆神之眼无法触及的地方。事实上，大杰斯波岛的白昼确实比世上其他任何地方的都要长。

最初建造繁星之地的目的，与丽维能想象的差不多，是为了拓展岛上御光者们的能力。在其他人口密集的城市里，拥挤的建筑物往往会彻底遮蔽天上的太阳，那不仅将让城市陷入黑暗，更意味着走在这种街道上的御光者将变得不堪一击。为了避免这种情况发生，过去人们都是根据高度与宽度把建筑物小心隔开，并安置天井。如今有了繁星之地的协助，相比其他地方的御光者，杰斯波岛上的不仅能够获取到更充足的能量，还能更长久地使用御光术。

太阳日那天，繁星之地的所有居民都将化身为光明王的仆从，他走到哪儿，镜面就转到哪儿，以照亮他的身影。当然，总会有几栋挡住光线的建筑，可无论他去往何处——即使是最贫穷的地方——至少也会有一部分空地。事实上，任何建筑在开始施工之前，人们都要对其进行审查，确保施工计划不会干扰到繁星之地的光线，只有极少一部分建筑可以例外，例如盖尔宅邸。

当然，丽维心想，同样的规则对可憎的富人来说总是不起作用。永远不，在这里不。

城内每个公国的使馆都可以随心所欲地使用繁星之地的星星——一种采光镜。当然，只有在他们不需要开展防御、执法或宗教义务的时候。部分使馆还可以按照严格的时间表移动这些星星，来制造区域内所有人都能方便看见的光钟。

丽维穿过第一个公国使馆区的时候，那里正在举办活动，今天是他们的集市日。半数以上的星星被装上黄色透镜，散射出璀璨的光芒，照亮整座广场。宽阔的广场上，到处满溢着人们的欢声笑语。为这个场合，大家特别聘请了六名黄色御光者，在不戴护目镜的情况下用水光———一种液态的黄色拉克辛——变戏法。龙在空中被分解,闪闪发光的大型黄色拉克辛喷泉向空中喷出水柱,引得大量游人纷纷朝市集的方向涌去。剩下的一半星星则被装上其他颜色的透镜,绕着整个市集来回旋转,发出令人眼花缭乱的光芒。

丽维很同情塔猿——小个子奴隶,通常都是小孩——今天他们不得不在这里牵一整天绳子。不过在奴隶之中,他们的待遇算是不错的了,甚至还能领到薪水。在星星所有者看来,他们做的工作很重要,很有技术难度,甚至非常神圣。奴隶们两人一组,连续几天都要在这些狭窄的轴承间不断作业,一个人负责固定,另一个人用双手熟练地操作绳子。通常他们都要从第一缕阳光出现在黎明开始,一直工作到暮色降临。除非换岗,否则中途绝对不可以休息。这样一来,当光明王或幻紫御光者途经这里需要使用星星时,他们便能直接将魔法投入到使用之中。只不过,这中间每一件不起眼的小事,都需要靠塔猿的努力来实现。

丽维漫无目的地在街上闲晃,正好发现一条可以使用幻紫光的线路。她立刻占住一颗星星,发动魔法,为的就只是朝那户有钱人家的舞会泄愤。这就是身为幻紫御光者的美妙之处,人们看不见幻紫御光者的魔法,也看不见幻紫色的光。

当然,她可不是第一个干这种事的学生。学校对这种恶作剧的惩罚可是又快又狠。

丽维的胃开始翻腾起来。无论是清晨人群的嘈杂、商人的吆喝、吟游诗人的歌声,还是水光烟火的噼啪声,这些都无法扰乱她对稍后这次会面专注的精神。

十字路商城是一栋十分繁华的商业大厦。里面不仅有咖啡馆、餐馆、酒馆,更有杰斯波双子岛上价格最贵的旅馆。据说,这家旅馆同样也是一家价格不菲的妓院。那地方坐落在使馆区的中心,正位于前使馆大楼的领地内,因此接待的客人多为各国大使、间谍、左右逢源的商人,以及刚刚穿过百合之茎的御光者。确切地说,那里其实位于提利亚旧大使馆内。丽维一直想知道,她的教官是不是故意和她约在这个地方,还是说她知道丽维根本负担不起这里高昂的费用,才选择这儿作为见面的地点。

丽维沿着宽敞的阶梯走进二楼的咖啡馆,一位美丽的迎宾员带着明媚的微笑接待了她。十字路商城拥有全市最优秀的服务生:这里的每位男性、女性甚至桌陪都极具魅力,他们一个个打扮体面,举手投足十分专业可靠。丽维一直怀疑这地方的奴隶或许都比她挣得多。再说那又不是什么难事。实际上,这是丽维第一次到这里面来。

"请问有什么我们可以帮您的吗?"迎宾员问道,"我们这里靠南面窗户的位置不错。"她继续介绍,并没有失礼地打量丽维身上廉价的衣服。

"可以的话,给我找一个隐蔽的位置。我要见一个从卢斯格尔大使馆来的……朋友,名叫阿格莱雅·克拉索斯。"

"好的,我会领她过来。"这里的侍者单凭名字就能分清谁是谁,"您是否需要为桌子设置隔音?"

隔音?噢。丽维眯紧眼睛,果然看到了幻紫光。她差点忘了自己以前听说过这种魔法。店内有三分之一的桌子正笼罩在幻紫光球下,光球上有换气的小洞,这样待在球里的客人就不会感到窒息。虽然小洞的存在导致声音无法被彻底隔绝,但也大大降低了谈话被偷听的可能性。还有一些幻紫光球上甚至还附有专门用来换气的幻紫光小风扇。在丽维看来,这些风扇是非常实用的,只是那些定了幻紫光球却没注意到风扇的客人们,看上去倒是觉得不太舒服的样子。

丽维打算冒险尝试一下。尽管那些风扇恐怕需要她额外多花一些小钱,但终究还是值得的。

找座位的时候,丽维才发现迎宾员本身也是一名幻紫御光者。后者的瞳孔被虹膜缩成一个光圈,大约只占整个瞳仁的三分之一。这也不能怪她没早些发现，毕竟只有在进一步使用魔法时，人们才能看见幻紫御光者眼睛缓慢往外流动的颜色。轻度的幻紫色在棕色的眼睛里一般很难被人察觉，不过在蓝色的眼睛里会瞬间令眼睛变得格外漂亮。若不是这样，丽维那双淡棕色眼睛也不可能注意到这点。

"事实上……"丽维说着掀起斗篷，想让侍者能看到她的后背。幻紫御光者通常会把自己的名字用幻紫光绘成图案，编织到衣服里去，好方便其他同伴来辨认彼此。

接待员扫了一眼丽维的斗篷，她的瞳孔瞬间缩成针孔般大小。"看清楚了，"她说，"为防我们服务不当，当您需要隔音时，请再通知我们。幻紫御光者随时愿意为您效劳。"

迎宾员将丽维带到一个靠南边窗户的桌子旁边。这个位置不仅能透过敞开的窗户享受从外照进来的阳光，还能收到从天窗那边来的充足光线——拱门与高耸的扶壁轻松撑起整座屋顶，因此第二层楼从下到上都被做成了玻璃窗。不过，对坐在楼下的幻紫御光者来说有一点不太好，不透光的幻紫光墙会妨碍到光线收集，尽管对技术熟练的御光者来说依旧可以继续使用魔法，但对新手们而言，光是收集光线就足够让人头疼了。

丽维坐下来，看着那些工作人员在桌子间来回穿梭，奔走服务。他们一边工作，一边灵活地避开那些幻紫光球。一位年轻的男服务员朝她走过来，他身材清瘦，头发卷翘，脸上挂着迷人的微笑。由于另一位客人还没到，所以服务员还没有过来炼制幻紫光球，不然他现在站的地方就是光球的所在地了。他看上去似乎只比丽维大几岁，模样十分俊美，身上的夹克巧妙地贴合在结实的肌肉上，勾勒出清晰的身体曲线。

不知道为什么，丽维总觉得应该让他帮自己上点儿什么，不过最后只要了一杯咖啡。毫无疑问，光这就将花去她一整块达纳，然而当他端着一杯地狱石般冒着热气的黑咖啡款款走来，向她投来一抹笑容时,丽维忽然觉得花一达纳点杯咖啡实在是太值了,简直物超所值。

可惜她的好心情在阿格莱雅·克拉索斯撅着屁股走上楼梯的瞬间化为乌有。丽维猜测她也就只有二十岁左右。作为显赫的卢斯格尔家最小的女儿,她唯一与众不同的地方就只有那头遗传自家族的罕见金发。阿格莱雅本身根本算不上是美人,瘦长的马脸上除了那双在御光术方面不会让人觉得浪费掉的蓝眼睛外,就只有一个巨丑无比的大鼻子。据说,这人为了获取一些政治筹码,先在卢斯格尔大使馆混了个职位,后来又在回拉斯省亲的时候嫁给了某个遇到的男人。她总是摆出一副可以随意使唤丽维的架子,甚至还说摊上丽维这个大麻烦是上面在惩治她,就因为有一次她对阿泰什大使的儿子出言不逊。大部分情况下,她的手下都是双色御光者、多色御光者,还有一些货真价实的间谍。

注意到丽维投过来的目光,阿格莱雅径直走向她,同时不忘朝几个客人招手,甚至还向其中一位抛了个媚眼。

"奥丽维安娜,"阿格莱雅说着走到桌前,"你今天早上看起来还……挺精神的。"那个停顿说明了一切。佯装在想词儿的模样,好像她真会说出什么好话来似的。放在一般女性身上或许只是一个停顿,但在阿格莱雅这儿事情就绝非偶然。

想跟我耍心眼儿。很好。丽维回敬道:"看到你很高兴,阿格莱雅。那一点点小刻薄很适合你。"噗。

阿格莱雅瞬间瞪大双眼,但是很快便用假笑掩过去了。"总喜欢当小刺儿头,不是吗,丽维?我就喜欢你这点。"她在丽维对面坐下,"还是说你蠢到根本没弄清自己的处境?"

父亲告诉过我,不要到这儿来,他说这里有鲨鱼和海怪。我真该听他的话,因为我现在就在和掌握我命运的女人对着干。

"我……"丽维舔了舔干燥的嘴唇,似乎在期盼这点润滑能帮她把顺从的话说出来。"我很抱歉。我能为您效劳吗,夫人?"

阿格莱雅眼睛亮起来:"再说一遍。"

丽维犹豫片刻,咬紧牙关,强迫自己冷静下来:"我能为您效劳吗,夫人?"

"制个光球出来。"

丽维用魔法变出消音球,还在上面做了个风扇。

"多自负的姑娘,丽维·戴纳维斯。下次聚会的时候我一定会记得让你过来这儿端盘子,或是帮忙清洗便壶。"

"噢,我喜欢刷便壶。我还很乐意去告诉我那些没签合同的朋友们卢斯格尔家是怎么对待他们手下的御光者。"丽维再次回击道。

阿格莱雅笑了,笑声着实令人不快。"干得漂亮,丽维。不过你那只是虚张声势。我今天来另有目的。你是从莱克顿来的,对吗?"

丽维立刻警惕起来。阿格莱雅竟然不追究自己对她的冒犯?她早该料到的,在自己明目张胆的挑衅之后,对方肯定会亮出一个货真价实的威胁——而且以她的身份她完全可以想到好几种方法。然而阿格莱雅什么都没做。这本该让丽维心里轻松一点,但她并没有。

"是的。"丽维承认了,她没理由撒谎。莱克顿本身没问题,况且阿格莱雅迟早会拿到丽维的背景资料,契约都写着呢。"小镇子,不值一提。"

"莉娜是什么人?"

"什么?她是个女佣,全名叫卡塔莉娜·德劳利亚。打零工的。"还是个瘾君子,家门之耻,母亲的噩梦。但阿格莱雅没必要知道这些,丽维也不会在外面说同乡一句坏话。

"有家人吗?"

"没有,"丽维说谎了,"战争结束后她才在莱克顿定居下来,和我父亲一样。"

"这么说她不是提利亚人?"

"你是指出身?我不知道。也许有一部分帕里亚人或者伊利塔人的血统吧。"丽维问道,"她怎么了?"

"她长什么样?"

瘦骨嶙峋,满眼血丝,因为抽烟的缘故,她的牙被熏得黑黄。"高挑,短卷发,褐色皮肤,漂亮的浅棕色眼睛。"丽维说着想到,或许莉娜曾经是个货真价实的美人。

"那奇普呢?奇普是什么人?"

噢,见鬼,被戳穿了。"呃,是她儿子。""噢,看来她有家人。""我以为你问我她在莱克顿一带有没有家人。""好吧,"阿格莱雅继续问道,"奇普多大了?"

"现在大概十五岁。"奇普人很好。虽然上次丽维回家的时候那小子明显已经彻底迷上她了。

"他长什么样子?"

"你为什么问这些?"丽维反问。

"回答我的问题。"

"我有三年没见过他了,现在他可能完全变了个样。"丽维挥挥手,但阿格莱雅完全不为所动。"有点儿胖。比我稍微矮一点儿,上次我见到他——"

"看在奥赫拉姆神的分上,丫头,我问的是眼睛、肤色、头发!""我又不知道你想问这些!"

"现在你知道了。"阿格莱雅说。

"蓝眼睛,浅棕色皮肤,肤色没有他母亲那么深。也是卷发。"

"杂种?"

"我猜是。"但丽维也看不出奇普是哪两国的混血。帕里亚人和阿泰什人?伊利塔人和血森林人?还是别的什么族?或许不只两种混血,他是什么地方的人都有可能。不过"杂种"这词太具贬义了,一点儿都不公平。七大郡上流家族之间的通婚比平民多得多,但他们从来不叫自己的孩子杂种。

"蓝眼睛。真有意思,你们那儿没多少人有蓝眼睛,对吧?"

"我父亲就有蓝眼睛。战后有几个长着蓝眼睛的人定居在那里,不过,我们和其他提利亚人也没什么区别。"

"他是御光者吗?"

"当然是,我父亲可是最有名的红色……""没问你父亲,蠢丫头。我问的是奇普。"

"奇普?不是!好吧,我上次见他的时候他还不是,那时候他也就十二三岁。"

阿格莱雅靠回到椅背上。"介于你今天的态度,我本来不该向你解释什么的,不过那样一来你肯定会把事情搞得比现在还糟。有任务交给你,丽维·戴纳维斯。看来让我负责管理你这件事其实是奥赫拉姆神的恩赐。我们拦截到一封莉娜写给光明王陛下的信。"

"她写了什么?"

"她说奇普是光明王陛下的私生子。"

丽维忍不住笑出来,太荒谬了。但阿格莱雅的表情说明这不是玩笑。

"怎么会?!"丽维惊问。

"她说她快要死了,想让加文见见他的儿子奇普。我们不知道他们两个人是不是第一次通信。但对方没提什么要求,也没有威胁他。奇普的年龄没问题,而且加文在成为光明王之前也是蓝眼睛。其他方面目前无法定论,不过那封信写得那么肯定,好像加文认识她似的。"阿格莱雅微笑着勾起嘴角,"丽维,我给你一个机会,你可以借此争取到更好的生活。而且我希望你能明白,只要我想,我可以让你过得比现在还要糟。你的测验结果是幻紫与黄色御光者,不过由于一些众所周知的原因,你的资助人选择不让你接受双色御光者的培训。"

是的,丽维很清楚。人们期望双色御光者使用的是某两种常见的颜色,否则就会对资助人与出资的国家造成负担。由于黄色非常难以驾驭，接受黄色御光者培训以后又通过最终的考试的人寥寥无几。因此对资助人来说，支持带有黄色的双色御光者将是一笔非常巨大的开销，而得到回报的可能又微乎其微。于是，为了省钱，丽维的资助人只当她不是双色御光者。这不公平，但没人会为提利亚人出头。

"听好你的任务，丫头。我已经安排好了，你所在的班会成为下一个光明王陛下亲自授课的班级。接近他——"

"你要我去监视光明王陛下？"丽维问道。这个主意简直是……是亵渎神明。

"我们必须得这么干。他可能会向你询问关于他儿子和莉娜的事情，抓住这个机会，让他离不开你。你要做他的情人，不择手段地——"

"什么？他的岁数比我大一倍！"

"要是你也四十岁，那才可怕呢。但你不是。我们现在说的这位也不是什么老掉牙的家伙。说实话，你做梦都想被他撕掉衣服，不是吗？"

"不，绝对不是！"真的，她只是仰慕他，所有女孩都仰慕他。但对丽维来说，那完全是精神上的，柏拉图式的。

"啊，你是僧侣吗，还是骗子？我保证除了你之外光明利亚所有女孩都会做这种梦。不过没关系，你可以从现在开始考虑。"

"你想让我去勾引他？"

"想在男人睡觉的时候进他的房间，最简单的方法就是做他的情人。假如他中途醒来发现你在看他的信，你可以装作是在嫉妒，说你要找找看有没有别的女人在给他写信。其实我们根本不在乎你用什么方法接近他，但实话实说，你有什么可向光明王陛下展现的资本？言谈风趣？远见卓识？根本不够。但从另一方面来说，作为一名提利亚人，你很漂亮，年轻，不太聪明，也没有文化，又柔弱，也不是学者、诗人、或歌手，如果你能找到其他方式接近他就更好了。我只是举几个例子。"

这简直是丽维听过的最伤人的夸人方式。"别想了。我不会去卖身的。"

"你的虔敬令我感动,但如果你心甘情愿,那就不算卖身,对吧?你见过他,他那么有魅力,所以你也能得到额外的福利。你可以拥有他,享受其他女人投来的嫉妒,还有我们提供的一切——"

"我不想从你们那里得到任何东西。"

"那你应该在签订契约之前想到这一点。不过已经晚了。丽维,只要你能在私底下与加文·盖尔见上一面,我们就会升你为双色御光者。更进一步,我们便会给你更丰厚的回报。但如果你非要自命清高,你的生活将可能就此跌落谷底。我会根据你签下的那份契约充分行使我的权力。"

只要跟光明王陛下见一次面就能升为双色御光者,这个提议看上去简直慷慨至极。但丽维知道他们背后的意图,光明王可以做任何他想做的事,不过和一个提利亚出身的单色御光者睡觉就显得有点儿问题了,这有失身份,双色御光者就不同了,至少算得上是有地位的人。事实上,这个提议还是有些好处的,或许会让加文对这群人起疑,但在光明王身边安插一名间谍,其价值对卢斯格尔来说还是值得一冒风险的,现在他们只需要丽维点头。

"不仅如此,"阿格莱雅说道,"如果你比我想象中的聪明,你也可以自己查出当年下令将加里斯顿夷为平地的人是谁。这样你就能找到那个该为你母亲的死负责的人。"

CHAPTER
— 31 —

加文追捕过上百头破光魔，可这一个给人的感觉却不太对劲儿。

令破光魔疯狂的原因通常各不相同，但蓝光魔往往都会变得痴迷于秩序。他们喜欢蓝拉克辛的硬度，因此大部分最后都会试着用其重塑自己的躯体。他们每一个都坚信只要自己足够小心、足够聪明，做到每一步都深思熟虑，就一定可以躲避疯狂的命运。可一个蓝光魔为什么会横穿七大郡的至红沙漠？

在卢斯格尔一座小规模沿海城市里，荣达·威特一直占有一席之地。结婚后，他和妻子一起养育了四个孩子，还和自己的主要资助人相处十分融洽。荣达失踪后，资助人等了足足两周才向上级汇报他已失踪——毕竟没人愿意相信自己的朋友已经疯了。

加文徒步走进沙漠，在其中一位沿海情报员那里稍作停留，便马上再次动身。他全副武装，将身上的衣物全部换成红色。尽管耽误了些许时间，可他依然觉得自己应该能在天黑前追上那头破光魔。当然，他现在非常累。滑翔机的前进速度确实很快，但他的手臂、肩膀、胃还有腿都在疼，他觉得自己快被榨干了。虽然他从未因过度使用御光术而感染光疾，但疲惫感确实存在。

走近沙丘顶端，加文早早停住脚步，以确保自己的身影不会暴露在外。他制出一对长焦镜片,开始观察远处的情况。追踪蓝破光魔的方法往往非常简单,因为无论他们有多聪明,大部分都无法忍受自己的行为没有逻辑,所以只要弄清他们想去哪里,就能猜到他们会选择的最具效率的前进路线。不过,加文不知道这头想去什么地方,但既然他正在沿海岸线活动,那么除非目标就在附近,不然加文可以假定这头吉斯特会继续沿海岸线往南走。为了避免碰上农场与市镇,它会尽可能远离海边。当然,这头破光魔犯了一个错,由于他的行进路线在沙漠与海岸之间,移动速度又不够快,结果,他被一个放牧的男孩看到了。当地牧民经常会在这一带放养一些又高又瘦的荒原牛。男孩回家告诉父亲,他的父亲又告诉给所有人,其中就包括加文的情报员。

之后连续几天的时间,破光魔都有意令自己与牧民之间尽可能保持一定距离。

于是,加文做出了推测。他还特别用蓝御光术来帮助自己像破光魔一样思考。假设这头蓝破光魔并不像那名少年看到的那样正在骑马前进——因为马匹通常都很厌恶破光魔——那么一头在沙漠里艰难跋涉的家伙,大概也就只能跑那么快。加文以前横穿过这里。尽管不是非常熟悉,但至少知道这里有几个落脚的站点,人们可以在那里决定是要继续沿海岸公路前进,还是改走商旅通路去穿越大裂地。大裂地不仅地势崎岖,更要命的是那里根本没有能让人一眼识别出来的商道。这两条路加文都不准备选,他挑了一个站点,道路再次汇合又再次分开,然后耐心等待。

他解开衬衫,扯歪之后,再把扣子错扣上,然后将衬衫塞回去。接续等待。为了排出体内的热量,他将薄红制成火水晶。火水晶一个个缓缓成型,发出沙沙的声响,接着一下蹿成火苗。每隔十分钟,他便回到大沙丘上探头巡视沙漠上的情况。

太阳即将落山,这时他注意到远处出现一道闪光。所有的疼痛瞬间被抛到脑后,加文又像一只盘旋的兀鹰,开始等待土拨鼠探出洞穴,露出马脚。每到这种时候,黑暗的愤怒都会在他体内掀起一阵痉挛。他要杀了它,马上杀了它,不听它的谎言,它的辩解,还有那傲慢的疯狂。

不,这次,他需要先听一听。

吉斯特的皮肤表面覆盖着一层蓝色拉克辛。那不是装甲,而是一层壳。御光术可以改变所有人,而蓝破光魔总是会受到完美魔术的诱惑,力争用拉克辛取代肉体。在这方面,这头比过去绝大多数都取得了长足的进展。谨小慎微,且才华横溢。它身上的蓝短裤与衬衫都已经很脏了,而且一反常态地破破烂烂,可是它仍然穿着它们。看样子它是觉得在穿衣方面,这样就基本足够了。但无论从在沙漠里赤裸带来的危险程度考虑,还是从在这地方需要一点蓝色来御光考虑,这头怪物都确信应该让衣服在身上多留一段时间。至于它的脸,是真正的奇观,或是恐怖的象征,那取决于你怎么看它。

吉斯特的外貌暗示加文它皮下覆盖着一层蓝色拉克辛。加文以前遇到过这种情况。覆盖的整个过程十分缓慢,而且需要非常谨慎,不然就会引起身体感染或排斥。可一旦开始,就必须迅速完成全套魔法,皮肤最初会失去知觉,之后在离开肉体的瞬间迅速死去,接着,破光魔便可以顺利抛掉腐烂的皮肤。这头吉斯特的前额裂开,被剥掉坏死的皮肤下露出知更鸟蛋般的蓝色。它在眼睛上也制出了蓝壳,两道坚硬的弧线从眉毛那里弯下来,扣在颧骨上,这样它就能像一直戴着蓝色护目镜一样有效利用视线范围内的蓝色,不过从外观上看就像肿胀的蓝眼睛出了问题似的。加文总会禁不住想,这大概是吉斯特在试图重塑自己身体过程中做出的最糟糕的改造,一旦全身的皮肤都坏死了,那眼皮肯定也没了,即使每次清洁眼球的时候可以制出一层蓝色薄膜来擦拭——那也必定是蓝色拉克辛,但一辈子用蓝玻璃去擦眼球显然不会是什么好主意——就算它连这点都能做到,也永远都无法闭眼睛睡觉了。哪怕是破光魔，也需要时间来睡觉休息。

一小时后，太阳即将落入地平线。灼烧的晚霞将沙漠染上一层瑰丽的色彩。加文戴上借来的红色护目镜，在自己四周汇聚出一条红斗篷，然后敲燃一个魔法照明棒，迈步走到吉斯特跟前。

蓝破光魔似乎为他的出现惊讶不已。它们向来讨厌意外，讨厌无法预知的事情，讨厌计划被扰乱。但它们同时也叫人难以捉摸，拉克辛壳完美地隔断了吉斯特因内部情绪而产生的面部表情，静脉中的魔法也一点点去除了它的感知能力。

片刻过后，吉斯特才缓缓恢复平静。它径直冲向加文，皮肤腾地燃起蓝色火焰，眼睛毫不迟疑地放出光芒，利用折射出的蓝光将自己从内部点亮。加文把照明棒甩到面前的沙地上，猛地张开那条红斗篷，并在吉斯特冲上来的瞬间叉开双腿站上沙丘一侧。

加文伸手横扫过武装甲胄，汇聚了红拉克辛的小手指即刻从刀鞘里抽出数把小匕首。他左脚向前迈出一步，手臂上顿时出现十二枚小枪筒。加文向前挥动右臂，用意志力将积蓄在体内的能量猛地填满枪筒。十二枚枪筒在他挥手的瞬间变成导弹飞了出去，导弹以快到令人难以置信的速度，接二连三击中破光魔。

吉斯特立刻用左臂张开蓝色护盾，迎上接连而至的大爆炸。注意到飞溅起的照明棒火苗颜色，破光魔推测对手应该是一名红色御光者。另一边，钢枪筒放出的导弹像打在锡屋顶上的冰雹一样乒乓作响，防护盾很快被打得坑洼洼，咔啦咔啦响个不停，上面的裂隙也渐渐扩大，最后啪地一下碎成几块。不等对方反应，加文立即干脆利落地将最后三把匕首射了出去，第一把刺中吉斯特的脸颊，打掉了上面的保护壳；第二把擦着它的脖子飞过，可惜只划到空气；最后一把扎在破光魔的肩膀上，燃烧起来。

当然吉斯特也对此展开了反击。它向前挥动右拳，手边顿时出现五枚巨钉，成排刺向加文的腹部。如此一来，无论加文如何躲闪，身

携光者
卷一 光明王

体都会被串成肉串。

加文自然早有准备。他一早在沙子下面做了一个固体平台,以此为踏板轻轻跳起,稳稳着地,落到向下滑的沙丘侧坡面。

吉斯特左右横扫,丢下手上的拉克辛巨钉,制出一柄巨大的蓝拉克辛宝剑。在加文下滑的时候,注意到对手弄丢了护目镜,吉斯特露出一个扭曲的微笑。它的脸颊被加文的匕首划破,显出一块裸露的皮肤,朝地面垂下,里面血管脉络的暗影与蓝色的拉克辛清晰可见。由于中弹的地方拉克辛已经被敲裂破碎,毛细血管开始向外渗血。击中左肩的匕首似乎也影响了吉斯特的动作,但并不致命。

"你们红光者,"吉斯特说道,它的声音很粗,嗓子似乎一度破损过,"太冲动。你以为,在沙漠夕阳下,你就能凭一己之力拿下我?"

加文瞥了一眼那副掉在他前面沙地上的护目镜。吉斯特也注意到了。它挥动巨剑,剑刃在空中变长,伸出足有五步远,猛地将红色护目镜砸得粉碎,然后再缩短到原来的长度。

"你应该将杀死解封者的工作留给光明王。"吉斯特说道。

解封者?

加文说:"他们告诉我们,用光明王对付你是大材小用,说我们完全可以在沙漠中间制服一头蓝破光魔。他们说,荣达·威特根本没那么有天赋。"

吉斯特笑了:"你是在激怒我吗?我已经不再是荣达了。光明王的统治碾碎了你的脑袋,奴隶。加入我们,你会看到什么才是真正的自由。你还剩⋯⋯大概五年的寿命?不是很久,即使在他们的世界里,对御光者来说这余下的时间也算不上久。你为什么要为他们的伪神去送死?为什么要为他们的谎言去送死?为什么必须送死?"

这头吉斯特在游说他?太奇怪了。加文斜眼瞥过去,尽量不让吉斯特注意到他的眼睛,发现它们的奇怪之处。"伪神?"加文问道。永生神?

黏稠的拉克辛沿着吉斯特那对诡异的眼睛猛扫向两边，从内眼角到外眼角，他在眨眼。"你确定自己不信奥赫拉姆神吗？你们到底是自甘堕落，还是生性愚蠢？如果奥赫拉姆神真的像光明利亚宣扬的那样，从卢希多尼斯开始自行选择光明王，那一代里又怎么会出现两位光明王？还是说你根本也是一个懦夫，只会耸肩说这一切不过是个谜，奥赫拉姆神的做法总是让人捉摸不透？"

破光魔都会考虑这件事：就算不是蓝光魔，其他的也不会受到懦弱意志的影响，但攻击奥赫拉姆神这个行为本身无疑是动摇整个世界根基的异端邪说。如果你称奥赫拉姆神为骗子，还说掌权者全都清楚这一点，那光明利亚就成了谎言的承包商，偷取你钱财的压迫者，而非需要你帮忙维持和平，并为之奉献的朋友。"我好多年前就不相信奥赫拉姆神了，"加文实话实说，"但为什么又要去迷信另外一个神？"

吉斯特瞥了一眼加文的衬衫，现在是注意到上面的扣子没有扣好。很好。只要它看向他的扣子，就不会注意到他的眼睛。"停止相信谎言，才能开始相信真理，而不是什么都不信。格拉多王已经……"他越说声音越小，狐疑地看向加文，似乎在将什么线索关联到一起。

"格拉多王，他是解封者的头儿？"加文问道。

"你是谁？"吉斯特责问道，"你本该对我感到紧张才对，但你一点都没有。"它扯下肩膀上的匕首，封住伤口，将刀扔向一边。接着，他用身上那件破烂的蓝衣服，制出一把带柄的长筒火绳枪。它上膛的动作很精准，但神情却和其他蓝光魔偶尔会露出的表情一样，怪异、灵活、心不在焉。它轻松自如地操控着蓝色拉克辛，扳动拉克辛制出的推弹杆，用蓝拉克辛手指握住火绳，拉下火药筒，放入子弹。吉斯特抓起还在沙地上燃烧的照明棒，点燃火药筒。"蠢货，鲁莽的红色御光者，"吉斯特说着，再次低头看向加文身上被扣错的纽扣，"你肯定总要花冤枉钱才能买到自己那个颜色的照明棒。"

"确实。"加文回道。

吉斯特的眼睛猛地从照明棒扫上加文的眼睛。尽管那双诡异的眼睛被东西罩着,它那盖满拉克辛的脸上也没有任何表情,但加文依旧能够通过吉斯特身体上的每一道纹理判断它的反应。

于是,在对方行动前,加文咆哮着向前一跃,先发制人。吉斯特一时大意,握紧的拉克辛手碎成几块,松开了还在燃烧的照明棒。但它没忘记手上的大剑与火枪。它举起利刃刺向加文,又扬起火枪。

加文双手各制出一根蓝色的拉克辛格挡棍,用力拍上刀身一侧,借此挥开吉斯特的手,接着在让格挡棍瓦解消散的瞬间,在掌心凝聚一叶狭长的蓝色刀刃。他迈步上前,突入蓝光魔怀中,无视正在咔哒作响的火绳枪枪筒和已然被拉下的火绳,猛挥刀刃,刺入吉斯特的胸膛。伴着一声爆裂的声响,破光魔皮肤表面的硬壳碎裂开来。加文轻轻一抖手臂,释放掉余下的拉克辛,以双手所能承受的最大限度,把炙热的薄红拉克辛注入怪物体内。火焰在他握紧双拳的同时,开始在他手边旋转。

火绳枪咆哮着打着转儿飞出吉斯特的手心。

它踉跄后退,可加文却进一步上前,双拳挥出,左手打中吉斯特的右眼,右手打中左眼。罩在破光魔眼前的蓝眼壳顿时被砸碎,溶解成粉末,释放出一阵扑面而来的松香味。一切发生得太快,蓝色破光魔根本毫无招架之力,一旦事出突然,他们要半天才反应过来。

被击破的吉斯特跪倒在地,它试图撑住自己,却还是倒向沙地。在加文看来,如果不去在意那没有眼皮的蓝眼珠,以及那燃烧的皮肤与面部伤口下蓝色拉克辛勾勒出的暗影,它看上去忽然又像人了。

冲破瞳晕的眼眸里露出惊讶的神色,鲜红的血液从胸口溢出。

与加文这么多年在七大郡见到的那些怪物相比,眼前这头破光魔的模样看起来更加像是个人。它体内的玻璃盔甲四分五裂,蓝皮肤与红色鲜血下闪烁出光芒。

加文深吸一口气，但气息并不平稳。这次他也成功阻止了破光魔，没有让无辜的人枉死。现在他只需再举行一个体面的仪式，不是因为荣达·威特值得那么做，而是不管怎样他都必须给自己一个交代。

"你尽全力了，荣达·威特。人们不会忘记你的贡献，你的失败会被清除、忘却、抹去。我在此赐予你宽恕，我赐予你自由，我——"

"达森！"吉斯特大喊着用手捂住伤口，疼得满地打滚。由于太过震惊，加文一时间忘记自己的立场，停下手上的送葬仪式。

"达森领导我们，彩光王子是他强大的右手！"吉斯特放声大笑，点点血丝渗上那断裂的蓝嘴唇。

"达森已经死了。"加文说着，感到胃内一阵痉挛。

"光不可缚，光明王。就算是你，也不能阻止。你们才是异端……"最终死亡的阴霾淹没了吉斯特。

CHAPTER
- 32 -

    还没来得及用毛巾把身上擦干，奇普已经被套上一条士兵短裤和一件脏衬衫，还有一双沉重的靴子——令他吃惊的是，这双鞋穿起来居然刚刚好，肯定是以前哪个大块头士兵留在这地方的——接着便被扑通一下扔到火堆前。这时，铁拳出现了。他那头细卷发还湿乎乎的，但除此之外已经完全看不出他之前有跳进海里过。他穿了一身与奇普这件看上去差不多的灰色制服，不过翻领上有一枚金色的七角星和两道杠，而奇普的制服那里什么都没有。

    "立正。"铁拳说道。

    奇普站起身，抬手搓动胳膊试图让自己暖和起来，但似乎只是徒劳。"我以为您是黑卫指挥官，可您怎么穿着上尉的制服？"

    铁拳的眉毛几乎没动："你知道光明利亚的军衔制度？"

    "戴纳维斯大师教过我七大郡所有地方的军衔制度，他认为——"

    "很好。东西都带上了吗？"铁拳说道。

    奇普的脸色顿时沉下来。说话被打断，本身遭摒弃，再想想那曾属于自己的一切……"我已经一无所有了，也没有什么能让我重新开始的东西，我——"

"所以说，回答是'是的'。"铁拳说。

这就是现实。"是的，"奇普回道，"先生。"他想用先生这一称呼来当作一个小小的讽刺，但铁拳根本不吃这套。他严肃地看着奇普，扬起一条眉毛，看不出一丝幽默。奇普这才意识到铁拳的身材真的十分魁梧，不仅高大——不仅只是纯粹的高大——就连全身的肌肉都在颤抖。太可怕了。奇普看向别处，他尴尬地清了下嗓子："很抱歉刚才害您潜水去救我。很抱歉把您的护目镜弄丢了。我会赔偿您的，我保证。"

忽然，莫名的情愫涌上奇普心头，眼泪就那么流下来，令他惶恐万分。奥赫拉姆神啊，不！可那涌出的泪水却像洪水一般止也止不住。他试着忍住抽泣，胃却开始痉挛起来，眼泪依旧不停地往外流。他厌恶自己的软弱。他是个连别人给他放到手中的绳子都握不住的孩子。他在伊莎需要他的时候，没能救活她。他没救活母亲，也没救活桑松。他软弱无力、蠢钝笨拙。一旦困难出现在他面前，他只会感到恐慌。母亲过去对他的看法是对的。

一系列复杂的表情接连在铁拳脸上闪过。他笨拙地举起一只手，放下，又举起来，轻轻拍拍奇普的肩膀，然后清清嗓子说："我可以再申请一副。"

奇普破涕为笑，脸上还挂着泪水。不是因为铁拳很幽默，而是因为这个大块头男人以为奇普在为他的护目镜而哭。

"出发。"铁拳说着用另一只拳头重重敲了一下奇普的肩头。少年觉得这大概是他用来表示友好的一种方式——虽然真的很疼。奇普揉揉肩膀，又哭又笑得更厉害了。

"走吧。"说完，奇普下意识向后微缩，担心铁拳会出于好意朝他肩膀再来一下。那可真够呛的。

铁拳眉毛微动，闪过一丝安慰的神色。

"糟到像在和女人打交道，是吗？"奇普问。

铁拳不再惊讶。"你怎么……"他越说声越小,"你是盖尔家的一员,不是吗?"

"那是什么意思?"奇普问。

"出发吧。"听语气,铁拳似乎在强压心头的怒火。奇普不敢迟疑。他不知道如果自己不听话,铁拳具体会对他做出些什么,但他知道这是人的正常反应,毕竟恐惧总是比其他情绪来得更快。

来到屋外,奇普在港口斜坡看到另一艘停泊的小船。他揉揉湿冷的胳膊,凝望海面。潮汐已经涌上半坡腰,并有愈演愈烈的趋势。海浪重重拍打在炮弹岛四周的石头上。这是一艘小风帆,看上去甚至还不如平底小渔船来得稳当,而且船身更小。奇普的胃又翻腾起来。

"指挥官?"其中一名士兵说道,"您确定?就算和有经验的水手一起,我也不想搭这个出海。尤其是你们接下来还要走很远一段路。"

奇普看不到他们的脸,但听到那个士兵又迅速回话道:"是的,长官。"

炮弹岛位于大杰斯波岛与小杰斯波岛之间的激流中心。小杰斯波湾受海堤防护,海浪平静,不过奇普与铁拳要走的是相反方向的路线,绕大杰斯波岛四分之三周,然后进入海湾。

"我们不是要去光明利亚吗?"奇普问。尽管部分彩晶塔被炮弹岛的礁石挡住,他还是可以从这里看到好几座塔的塔顶。"为什么不直接进海湾?那样能近点儿。"

"因为我们不是直接去那里。"铁拳回道。他示意奇普上船,并递给他一支船桨。

几名士兵过来帮他们把船推入海中。铁拳开始用力划桨,奇普也拼尽全力试着跟上大块头男人的速度,然而几乎就在出发的瞬间,船开始向奇普这边掉转。铁拳没说话,调换方向,在奇普那边用力划几分钟将船体拨正,然后又换回到自己那边,以此来将他们稳定在波涛中。海潮一浪高过一浪,奇普的心脏几乎跳到嗓子眼。

铁拳将小船上的风帆落下三分之一。"保持直行!"他一边控制航线,一边大喊。奇普觉得自己像一只无头公鸡,笨拙地从小船一侧晃到另一侧,尽力保持船头向前。每一波海浪涌上来时,他们都会先向上倾斜,然后再向下俯冲。

"趴下!趴下!"铁拳大喊。奇普随即趴在甲板上。由于海风突然转向,风帆从船一侧转至另一侧,在奇普头顶隆隆作响。船帆下落得太快,将绳子瞬间绷紧,奇普甚至觉得那有可能把绳子扯断或撕裂。

奥赫拉姆神啊,被扯断的也可能是我的脑袋。

小船艰难前行。尽管才张开三分之一的风帆,船身已经在乘着海浪向前跳跃。突如其来的一跃让奇普猛地跌到前面,他差点双膝跪倒,船底也溅入了又冷又脏的海水。

"船舵!握住船舵!"铁拳命令道。

奇普一把抓住船舵。尽管小船已经被风带出好远,但他一直紧紧握着没有松手。海浪几乎都集中在船身一侧,他眨眨眼,用力挤出眼中的海水,然后将船舵转向一边,小船的回转轴随之转动方向……他成功了。

奇普用力转动船舵,朝海湾出发。眼下搅乱船舷的就只有部分海浪而已。就在这时,一阵狂风差点将小船掀翻。他们两人避开几乎将桅杆折断的海浪,蹿出水面。

小船向前直冲,奇普乘上海浪,放声大喊。虽然他们仍偶尔有颠簸,但刚刚能化险为夷也算是一种上天的仁慈。可惜铁拳丝毫没有分享到奇普的快乐,他一直凝望天空,然后将船帆稍稍向上升起。小船的速度顿时变得更快,船身也用力朝港口一侧倾斜,奇普甚至觉得他们要翻船了。

当他们抵达大杰斯波岛西侧时,小船几乎跑在风的前面。简直像在飞。

铁拳还在凝视南方的天空,不过那里的黑云似乎已经开始消散,没有继续聚集。当他们掉头进入大杰斯波岛的风幕①时,奇普从铁拳脸上的神色看出,他们已经脱离危险了。

"这里有个我们可以靠岸的小码头,直走。"铁拳说完,一路扬起帆。

于是奇普将船头对准路过的桨帆船与三桅战船驶来的方向。轻型洋舰大多会在转向口上装配单口炮座,大帆船则会在船身两侧各置十五门大炮。这些大船在进出海港时会掀起海浪,因此大船一般会在离海港很远的地方停下来,以免对港湾的船只造成影响,然后再派小船将工人送上岸。

"这地方总这么挤?"奇普问。

"总是,"铁拳回道,"海湾太小,为了容纳大量商船,海港有一套精心设计的系统来决定进出的顺序,运作起来……"他瞥了旁边一艘船一眼,一位船长正在甲板上大声咒骂一名手拿算盘的码头工,码头工看上去少见的毫无反应,"……大部分时候很管用。"

奇普不停地改变小船行进的方向,避开其他船只,以防对方行使一些他看不懂的船舶礼节。光顾着忙手上的工作,他甚至来不及对眼前这座坐落在大杰斯波岛上的城市多看几眼。据他所见,城市几乎占据了整座大杰斯波岛,离岸边不远处立着一道围墙,整个岛屿都被墙围在里面——围墙连绵不绝,可即便是这样也挡不住两山之间耸立的城市。除了几处不知道是花园、公园还是私人领域的绿地,到处都是林立的房屋。五颜六色的圆形屋顶琳琅满目,鳞次栉比。还有人群,奇普从没有见过这么多人。

"奇普,奇普!港口到了!一会儿再发呆。"

奇普将目光从岛上移回到码头。他小心翼翼地控制着小船,以免

---

① 岛四周由于空气对流形成的天然屏障,可以隔绝外部空气,作用是减缓空气流动、防尘等。

撞上即将驶过来的那艘三桅战舰。束发的大副虎视眈眈地望着他们，像要在冲过来的瞬间朝他们吐唾沫。然而，注意到两人身上的制服，他只得将那口唾沫吐到自己的甲板上。

他们继续向开放水域前进，最终抵达岛屿东岸。"往那边拐。"铁拳指示道。奇普驶进一个小码头，旁边停着几艘渔船。靠岸后，两人走向围墙。奇普竭力不让自己看傻眼，尽管那围墙本身毫无疑问是他见过的最宏伟的人工建筑。

铁拳大步走向大门。门外的守卫似乎为他的穿着感到费解。"上尉？"看清来人后，士兵顿时将眼睛睁得老大，毕恭毕敬地行礼道，"指挥官！"

他们将嵌在大门上的小门打开，铁拳一边走一边向他们点头示意。城内热闹非凡，甚至让奇普有些手足无措，但最先让他感到震惊的是这里的气味。

想必是留意到他脸上的表情，铁拳开口说道："有这么糟吗？你应该体验一下没有下水道的城市是什么样。"

"不是的。"奇普看向街道上成百上千的路人。三四层的建筑在这里似乎十分常见，道路千疮百孔，其中一条石路上还有一道一掌宽的车轨压痕。"只是有点太过了。"确实如此。煮肉的香气，奇普不熟悉的呛辣味，鲜鱼的海腥味、死鱼的腐烂味，人排泄物的臭味夹杂着浓厚的马屎牛粪臭味，而掩盖这一切的，竟然是没洗澡的男男女女身上的味道。

人群自发地涌到铁拳身边，奇普打起精神跟在他身后，极力避免在盯着人看的时候撞上任何其他人。有些男性与铁拳一样戴着格特拉头巾，但还穿着色彩艳丽的格子长袍。这里还有一些阿泰什人，他们蓄着十分引人注目的胡子，每条胡子都用珠子辫成小辫儿。伊利塔妇女则穿着层层叠叠的衣裙，和像在踩高跷一样的高跟鞋，这令她们看起来比常人高出足足一个头。颜色在这里泛滥成灾，每种来自彩虹的颜色，都在这里组合变化出种种可能的色彩。铁拳回头看向奇普，心情似乎不错。

"那些门卫，"知道此刻对方正把自己当土包子看，奇普试着提问以转移铁拳的注意力，"不是你的手下？"

"不是。"铁拳回道。

"但他们认得你，虽然你不认识他们。他们瞧见你的时候真的很兴奋。"

铁拳皱起眉，再次扭头看向奇普："你说你几岁来着？"

"我十五——"

"我是指挥官。"铁拳说道。仿佛这一句话已经解释了奇普的所有问题。看着奇普匆匆赶上他的脚步，铁拳笑了。"你真是天才。说说其他的。"他说。

天才？我从没么想过，也没么表现过，那不过是一个分散别人注意力的伎俩。原来这是一个测试，奇普现在明白了，原来在过去这段时间里铁拳一直在试探他，让他去尾舵也是一次测试。他想知道他会如何应对，反应能有多快，当然他也有可能彻底被难住。事实上直到现在奇普也不清楚自己当时究竟做得怎么样。

铁拳是指挥官。一名指挥官，那种指挥官。指挥官，噢，天啊。

"这里只有一个叫黑卫的组织，对吧？"奇普问。

和众多铁拳式的表情一样，这次他的情绪也是一闪而逝：在他环绕一圈黑色虹膜的眼睛里，奇普几乎捕捉不到任何情感。接着，他带过一抹假笑说道："差不多吧，我觉得提示已经很明显了。"

"所以你是光明利亚最杰出的组织里唯一一位指挥官。那你是将军，还是别的什么？"

"别的什么？"

"噢，"奇普说，"也就是说，我其实应该比现在更害怕你才对，嗯？"

铁拳咧嘴一笑:"不,我觉得你一直将分寸掌握得刚刚好。"

"为什么会安排你去那块石头上值勤?"

"那不是一般的石头。"

这么说的话,好像有点道理。黑卫必须保护对光明利亚而言至关重要的人,因此一条秘密通道无疑是你所能想到的必要存在。"这样啊。"奇普说道。

两人走上一条更为宽敞的马路。铁拳——指挥官铁拳——走过去,调头向西,几乎与所有车辆相反的方向。他感叹道:"并不是所有人都愿意去那里,有时候也会被用作惩罚手段。换句话说,我最近得罪了白袍使。"

奇普不动声色回道:"或者那只是一个幌子,想让你趁机检查一下通道有无异常。"

"除非那条通道……那只是一条通道。别把事情想得太复杂,小鬼。"

"嗯?噢。"铁拳完全可以在光明利亚那边检查通道是否可用,没有必要大费周章亲自坐船到岛上去。我还是有点小聪明的吧。奇普脑袋里忽然又蹦出另一个问题,这让他感到有些窘迫,他怎么专挑那些他不该问的。"所以你怎么激怒他了?我是说白袍使。"

"他?"铁拳反问,"还是她?"

大块头男人转身走进一栋小房子。房子的铜圆顶锈迹斑斑。铁拳打开门锁,示意奇普进去:"厨房里有硬面包、芝士和橄榄。厕所在左边,床在大厅里面。明天天亮以后我会过来接你,在那之前别到处乱跑。"

"我们才刚乘风破浪过不是吗?现在居然要等待。我、我还以为我们会直接去光明利亚。"

"我是打算直接去光明利亚。"

"那我就在这儿坐一整天?"

"当你知道你明天要做的事情之后,你会庆幸你今天休息好了。"铁拳转身离开。

"可是,你要、要做什么?"

"我准备去白袍使那里挽回一点我在她心中的形象。"

看到门被关上,奇普皱紧眉头,接着他便听到门被反锁的声音。他被关了起来。"再好不过,"他对着门说,"我就老实待在这里,修炼我的弹指大法。"奇普一边碎碎念,一边吃了些橄榄和芝士。十分钟后,便睡熟了。

CHAPTER
- 33 -

凯莉丝醒来时正躺在树下，身上披着一条男式披风。天灰蒙蒙的，看不出是黄昏还是黎明。注意到地面上的露水，她猜测现在应该刚刚天亮。作为一名军人，凯莉丝迅速检查了自己的身体状况，她先试探性地挪动手脚，估算了一下残存的行动力，判断负伤的严重程度。手指脚趾都能正常活动，不过左半边身子已经完全肿起来了。除了穿破门框那次，她肯定还在别的时候撞到过什么东西，真要命，落地时她是左半身先着地。她的胫骨在疼，膝盖也在疼，屁股上还有不少砂砾造成的划痕，胸口像被人当沙包打了一个小时，肩膀也——奥赫拉姆神，她的肩膀。凯莉丝疼得几乎无法呼吸，但好在只是几乎。她只求这疼痛不代表身上哪根肋骨断了。手臂依旧可以举起，不过那差点害她疼得昏过去。

右半边身子也没能幸免于难。右胳膊与腹部都多了好几道砂砾划出的口子，估计后背肯定也有对应的伤口。脖子，怕是只有奥赫拉姆神才明白那里有多痛。凯莉丝差点把自己右脚的脚趾头全弄断——可她不记得是怎么一回事了——她的左眼肿起来，好在她还能看得很清楚，没有妨碍到视力。除了前额上的一道擦伤，她的脑袋也被撞出几个引人注目的大包,而且——真见鬼,鼻尖左侧还有一道小口子?

不,不是小伤口,是一颗痘痘。天——痘痘?这种时候?奥赫拉姆神一定很恨我。

每道割伤擦伤都被人涂上了某种药膏,闻起来有点像浆果与松针的味道。这时,有人在旁边清了清嗓子:"右边还剩下一些药膏。我只清理了……表面的伤口。"

凯莉丝觉得,柯尔文这话应该是在告诉她自己刚才没把她扒成全裸。

"谢谢,"她咕哝道,"那地方究竟发生了什么?""你是问表象之外?"柯尔文反问,语气很平淡。

"我是说教堂的地下室。我从没见过无法燃尽的红色拉克辛,假如是在御光时出了错,那它应该散掉才对,而不是形成一层硬膜。还有,你用来藏身的那个又是什么东西?"凯莉丝坐起身,疼得真咧嘴。脚踝也受伤了。噢,什么时候扭伤的?凯莉丝忽略它,试着回想自己过去对柯尔文·戴纳维斯的全部印象。他曾是反叛者,这点毋庸置疑。归顺到达森麾下之前,他是卢斯格尔一个大家族的后裔。在过去近一百年的时间里,卢斯格尔与血森林一直相安无事,甚至还是最亲密的盟国。卢斯格尔的贵族们与血森林的领袖家族也不断联姻,分别控制着滔天河两岸的土地。有人曾提及要将两岸地区统一管理,将韦尔当平原与血森林郊外合并到一起,统称为绿森林。然而,之后发生的"维森之罪"① 事件却给这份关系划上终结。在伪光明王之战以前、上一代领导人统治的时候,这一地区更名为血平原。如果说伪光明王之战结束后发生过什么好事的话,那就是加文终于果断了结了卢斯格尔与血森林之间漫长的小规模武装冲突。

过去发生的武装冲突,造就了柯尔文。他出身于一个战士家庭,

---

① 维森之罪(Vician's Sin):标志卢斯格尔与血森林联盟走向终结的事件。

有几个（八个？十个？）生性邪恶的兄弟。他，凯莉丝没记错的话，应该是唯一一个活下来的。伪光明王之战结束后，凯莉丝的记忆里几乎再没出现过他这么个人。战争开始前，他不过是个出身高贵却一文不值的卢斯格尔人，其身价恐怕只比他身上精良的武器、华美的服饰高那么一点点，更何况他还只是一名单色御光者。因此对他而言，想在别的地方再次发家致富可谓前景十分渺茫。战争开始后，柯尔文马上加入了达森的队伍。与其他众多被驱逐出去的年轻人一样，他也想借此赢回一切。

那一年凯莉丝才十五岁，柯尔文的个人事迹如今她早已一点儿都想不起来。不过这也不奇怪，谁叫她当时把注意力全都放在盖尔兄弟身上了呢。战争期间，大部分时候柯尔文都只是一名参谋，然而临近尾声，达森却突然任命他为将军。凯莉丝曾听铁拳指挥官说，光明利亚能有今天都归功于加文打了胜仗——但却没说柯尔文·戴纳维斯本人无能。他们只是立场不同罢了。铁拳指挥官说过，如果从战争一开始柯尔文·戴纳维斯便已当上将军，那加文的军队恐怕连裂岩山之战都打不到。铁拳还说，如果不是戴纳维斯将军在裂岩山之战结束后无条件投降，现在七大郡半数的土地上肯定还会有游击队在继续战斗，是柯尔文的投降让他的手下确信，是该解甲归田。

凯莉丝用指尖蘸蘸碗里的药膏，瞥了柯尔文一眼。他对此似乎有些费解。接着她掀起长衬衫，又看一眼手上的药膏。柯尔文马上明白了，他咳嗽一声，转过身。凯莉丝小心翼翼地往胸口的擦伤上涂抹药膏，也给自己留出一些思考的时间。

从过去所有事迹来看，凯莉丝原以为柯尔文·戴纳维斯已垂垂老矣。可这个男人看上去也就四十五六岁，脸上的胡楂大概有一两天没刮，肤色比大部分提利亚人白，但和肤色惨白的血森林人比又要暗一点，不过或许只是因为他脸上长了雀斑的缘故。他的眼睛是蓝色的——毫不意外，还带了点他之前使用过的红色——拉克辛瞳晕只占

携光者
卷一 光明王

据了一半的虹膜,甚至比凯莉丝还少,但他却比她年长了十二到十五岁。柯尔文的黑头发也泛着明显的红色光亮,不过发型有些怪,不是单纯的波浪发。据说柯尔文将军曾以红胡子闻名遐迩,他将胡子留到下巴以下,剃掉中间留下两边,然后串上红金相间的珠子。不过眼前这位没有,说不定他是其他名叫柯尔文·戴纳维斯的人,或是某个冒名顶替的家伙,企图利用将军的声誉。

"在我们意识到发生了什么之前,他们已经盯上了我们,"柯尔文说,"我劝过村里的人,送一两名男孩入伍,可就算是我,也没料到会有这样的报应。格拉多王来这儿是想给大家一个教训,不过不是给我们,而是其他提利亚人。我以前见过一次他的军队。"凯莉丝猜测他说的应该是德尔马塔将军,卢城的屠夫。

"你看见那个人头金字塔了吗?"凯莉丝转头看向他。柯尔文·戴纳维斯没吭声,一瞬间,他的嘴角闪过一丝狰狞。然而当他看向凯莉丝时,目光已经恢复平静,他控制住了自己的情绪,眼中没有一丝红色拉克辛上涌的痕迹。对他这个岁数的御光者而言,这可说是惊人的自控力。"我将我能聚集到的人带去教堂。"他是在期望格拉多的手下会尊重圣地吗?"那是镇上最不容易被火点燃的地方。"柯尔文回答了凯莉丝尚未说出口的问题,"我们试图抵抗,可惜失败了。德拉利亚与斯沃林两家人打不开地下室的门,而我则忙于作战。或许我根本不该抵抗,御光术似乎引来了更多的士兵。我们的人死伤殆尽。之后,我退入了地下室。"

"就你自己?"

这句问话令他感到惊讶。"其他人都死了。"他说。

除了一个年轻的家庭,就在离楼梯不到十步远的地方。柯尔文究竟是战斗到底,还是直接退进地下室,锁上身后的门,眼看着镇民被火烧死,凯莉丝不得而知。士兵搬走了镇民的尸体,大火抹灭了教堂内所有的战斗痕迹,凯莉丝无法确定。

"所以说你是在告诉我，你用大量易燃拉克辛逃离了大火。"凯莉丝说道。

"你知道人为什么在点燃篝火的时候会向火吹气吗？"卡尔文问。然而不等凯利斯回答，他抢先解释道："因为火焰需要呼吸。我是单色御光者，怀特奥克女士。我们必须比像您这样的类双色御光者更有创造力。"

"那就告诉我你都干了什么。"凯莉丝说。他怎么知道我是一个类双色者？她还在试探，判断这个人是否有可能是戴纳维斯将军。待在这么一个鬼地方，还出自一个血森林家族？他的眼睛与雀斑都是血森林人独有的遗传特征，可他的肤色又是怎么回事？对了，他在贵族家庭长大，一个专为战争培养人才的家庭。对战斗御光者来说，最完美的组合无疑是黑皮肤与蓝眼睛，就算是焦糖色的皮肤也比苍白的血森林肤色强，那能给一名战士多一秒时间，在敌人知道他们使用什么颜色前先发制人。这个理由非常说得过去，毕竟能让贵族家庭的儿女与异族通婚的原因很少。和让纯血统的御光者身处险境相比，子女长得像不像一个本地人，早就在危机名单上十步开外了。

"进入地下室后，"柯尔文继续说道，"我知道那些人就跟在我后面，所以我用红色拉克辛密封整间屋子，然后把我自己也关到拉克辛内。士兵进来之后，我关上他们身后的门，点燃拉克辛。大火迅速吞尽屋内的空气，火焰与士兵很快都死了。"这就是为什么红色拉克辛结成了硬壳而不是燃烧殆尽，因为没空气。

"那些管子呢？"掉下去的时候凯莉丝还撞翻了几根。

"管子连着外面，这样我才能呼吸。"

"那你杀了他们之后为什么不走？"

柯尔文面带难色地注视着她："如果不等屋内余烬烧光就接触空气，房间就会爆炸。你不是已经注意到了？当你带着燃烧的灰烬走进来之后，屋子就炸开了。"

哦。

"格拉多王为什么要征集军队?"她问,"为什么是现在?"

"为了维护自己的势力,我猜的。新国王想要展示他的铁腕,不然还能有什么更复杂的理由?拉斯克·格拉多一直都是个发疯的小畜生。"

"如果你真的是柯尔文·戴纳维斯,那你刚刚就对我撒谎了。"凯莉丝说。柯尔文将军的话,应该能想出数个对付拉斯克的可行战术。拥有这样显赫战功的将军,遇到这种事肯定可以拟定出十几种解决办法。

柯尔文顿了顿。如果说他的表情与先前有什么区别的话,那大概是他看上去似乎很高兴。"看来小凯莉丝·怀特奥克已经长大了,"柯尔文说,"加入黑卫,还成了光明利亚的间谍。"

"你说什么?"凯莉丝觉得自己像被人一拳打中了肚子。

"眼下唯一的问题是,想杀你的人是谁,凯莉丝?看看你的头发与白皙的肤色,且不说在提利亚你比我还显眼,你身后还代表了不少人?他们派你过来的?来这儿?"

"我为什么不能在这里?我来调查南部沙漠的红——"

"说真的,凯莉丝,我们先休战如何。最起码,我是你敌人的敌人。你想查消息,我可以告诉你,但那是在你不会对我撒谎的前提下。如果你没有在与他们对抗前做好准备,你肯定会死。"

凯莉丝这才意识到这个男人本可以在教堂就杀了她,或是把她扔下,让火烧死。柯尔文的品性确实名不虚传,即使在敌人中间也备受推崇。当然,凯莉丝也想知道他所了解的事情。她举起手表示投降,忍不住咧嘴喷了一声。噢,左臂上的伤差点要了她的命。"我为什么不能来这里?"她问。

"你知道所有为达森作战的人后来发生了什么吗?"柯尔文问。

"回老家了。"

"对败者而言，想回家可难多了。达森的军队是一支杂牌军，里面有很多坏人，还有一些被冤枉的好人。"

"例如你。"凯莉丝讽刺道。

"这不是在说我。重点是，我们很多人都无家可归。一部分人去了绿港，阿波尼亚也接收了几个小团体。伊利塔人声称愿意接收任何人，但所有去那里的人都付出了一只耳朵的代价。"

凯莉丝不禁一震。那是伊利塔人标记奴隶的方法，他们用烧红的剪刀剪掉奴隶近半个左耳，破损的组织让耳朵永远无法愈合，这样别人就能轻易辨别其奴隶身份。

"我们中的部分人很幸运，"柯尔文说，"数月里，我们的军队曾在这片土地上劫掠。说真的，这地方的人对哪方都不喜欢。我们扫荡了所有村庄，幸存下来的除了年幼的孩子、老人和妇女外，几乎再没有别人。大部分村镇上的人都排斥士兵，退伍军人只能靠武力试着留在那里。拉斯克的父亲，珀瑟斯·格拉多彻底铲除了那些想要留下来的士兵。好在有几个镇意识到，如果想重建家园，就必须要有男人，莱克顿的女镇长就是其中之一。她挑了两百名士兵，允许我们留下来。她看人很准。附近几个镇也这么干的，可那些人最后都成了强盗，就连珀瑟斯·格拉多也无法在那些村镇里逮到他们。"

"你是怎么留下来的？"凯莉丝问，"作为一名将军，你更该为这个郡发生的一切负责。"

"我妻子是提利亚人，我们在战争打响前结的婚。她住在加里斯顿，后来……后来被烧死了。她的一个随从活下来，并救了我们的女儿，把她带到我这里。因为我带着一个只有一岁大的小女儿，女镇长可怜我，就让我留下来了。重点是，住在这附近的人对战争抱有的记忆，与加文阵营中的人们并不太相同。"

这不奇怪，对此大家都有共识。

"他们觉得这是一场为了一个女人而发动的战争。"柯尔文平和地说道。

"这——这简直荒谬！"凯莉丝气急败坏地反驳道。慈悲的奥赫拉姆神，怎么能开这种玩笑？

"你是这边的演员们最喜爱的角色。不是说我们多喜欢妄想，而是一个浅肤色梳着一头红发的异国美女，不管好坏都在激发着演员们的灵感。不过大部分人都不敢相信你和故事里说的是同一个女人——故事里你通常都穿着婚纱，有时候还是被撕裂的婚纱——毫无疑问拉斯克肯定招募了不少天才画师，那些画师见过你，然后来到这里创作你的画像。"

"事情不是那样，"凯莉丝说。

"但确实编了个不错的故事。"

"不错的故事？"

"不错的悲剧。让人兴趣十足，但不是好结局。"柯尔文又清了下嗓子，"不敢相信你居然不知道这些事。"

"如今杰斯波岛上几乎没有提利亚人，也没人会跟我提过去的事。"

柯尔文似乎想要说些什么，但又忍住了。最后他开口说道："所以问题是，明知道新格拉多王会认出你，还派你来调查他的人究竟有什么目的，以及他们希望通过将你送到他手上来得到什么。"

白袍使。白袍使背叛了我？为什么？

CHAPTER
— 34 —

　　加文痛苦地从漫长的清晨中醒来。他起得很早，打算在黎明到来前赶至海边，然后借第一缕阳光制出滑翔机尽快穿过海面。虽然炮弹岛的逃生隧道阴暗又叫人难受，但至少可以从那里直接进入光明利亚。抵达炮弹岛的时候，加文已是满身大汗。他又脏又痛，还没睡好觉。可他从破光魔口中知道了如此重要的情报，所以除了尽快赶路，加文别无他法。

　　隧道入口位于炮弹岛地下一间废弃储藏室内，另一头出口则在光明利亚中心塔地下三层。人们在储藏室其中一间屋子后面立了一个大壁橱，然后将暗门藏在壁橱后面。加文从旁边的挂钩上抓起一盏提灯，扭动火石，灯即刻亮了。他化掉地板上那两支拉克辛船桨，看着船桨迅速溶解消失——这样便不用担心有人发现他曾经来过——然后钻进壁橱。

　　暗门静静闭拢。加文拉动壁橱门，却只打开一只手的宽度。门被卡住了。借着灯光，加文只能瞧见一道小缝，里面一片漆黑，搞不清究竟出了什么问题。他把手伸进缝隙，指尖摸到几根笔直而光滑的木头，接着在门正上方又摸到别的东西。是椅子。

　　好吧，将秘密入口藏在一个废弃储藏室里确实是会遇到这种问题,不是吗?有时候人们看到废弃的储藏室,就会觉得那地方肯定是用来堆东西的。

加文叹了口气,放下提灯,用肩膀拱门。他使劲推,再使劲。堆叠在里面的椅子慢慢变了形,门总算又开了大约一掌宽的距离。他瞥一眼提灯,用火光制出一根绿色拉克辛短棍,然后在棍尖融上一滴红色拉克辛,接着用薄红色点燃红色。加文将自制的小火把支进夹缝,向上举高,探头往里看。

房间里堆满家具,仿佛六个讲堂与餐饮区内的东西都被清空搬过来。亲爱的奥赫拉姆神啊,加文不禁轻声叹息。里面唯一的空隙就只有贴着地板那点儿地方,想穿过只能从桌椅腿之间爬进去。

没别的方法,除非加文放火把这地方烧了。他可以制出大量拉克辛,将屋内所有东西一扫而尽,这样他就能轻松走过去——还不用小心翼翼地爬——否则他就得用身体去拖地板。这主意棒极了。当然,最后他还是分解掉拉克辛火炬,选择往里爬。

十分钟后,加文站起身。他不打算去掸衣服上的灰,那无关紧要。他现在满身是土,地上的灰现在都在他这儿了。另外还有地板上的潮气、他身上的汗,还有他撞到桌椅时沾上的灰。加文在门口静站了足足一分钟,确定什么都没听到才放下心。

他轻盈地走进中心塔下的大厅,关上身后的暗门,轻轻吹熄提灯。大厅里很亮,不需要再拿这个。即使在海底三层,拉克辛也可以点燃樱桃灯芯(二年级至四年级的学生用红色拉克辛做的)来照明。设计者机智地将储藏室出口设置于其中一条长走廊尽头,以免引起别人的注意。加文不敢耽误,马不停蹄地赶往几步距离外的上升直梯。

直梯系统服务于整个光明利亚。由于整个系统完全要靠手工操作,这意味着必须要有足够的奴隶与苦力维持其运转,所以通常会让一些新入校的学生来干这苦差事。当有人走进直梯,天平就会立刻指示另一边需要盛放多少配重,如果一名御光者选择较轻的配重,她便不得不自己沿绳子爬上剩下的楼层，虽然只需支撑自己的重量，但也会带来不少麻烦。如果她选择的配重超过了自己的体重，则同样也很难在准确的楼层停下。搬运一次标准升降所需的重物极为费力，必须要调动一整个班的学生，相比之下，被举起的人就太轻了。此外，每个直梯间都设置了众多插槽与绳子，这样在苦力们上课的时候，想乘直梯的人才不用一直等着。

加文从第二根绳子拽起，一直拽到最后一根。照理说，出于保密起见，他不该去扯最后一根绳子，因为一旦有人看见认出他，就会好奇为什么他不去搭乘专门为他这一级别的大人物准备的直梯。事实上与这相比，那样做确实谨慎许多。他用魔法制出一个控速用手闸，然后将杠杆推至自己体重的两倍，按下按钮。

直梯马上开始以极快的速度上升。尽管出发地点在地下深处，但直梯内依旧灯火通明。直梯外每条斜槽的顶端都设置了一个通向外面的洞口，人们在那里安装了一枚从阿泰什进口的高度抛光镜，只要太阳还在天上，镜面便会尽其可能往斜槽内折射阳光。至于按分钟调整镜面角度什么的，则是苦力们工作中有趣的一部分。当然，每天晚上他们还得去将那些配重全部搬回到原本的存放地。加文现在还记得自己当年干的那些活儿，可随着回忆一点点深入，他马上又想到一件令他非常不开心的事情。

直梯没有一路通向加文靠近光明利亚顶层的房间，这是当然。那过于方便——或者，用黑卫们偏爱的说法来讲，那不安全。没理由给刺客一条直通光明王或任何要员那里的捷径。直梯一路嗖嗖地抵达终点，这速度实在太快，想必不管是学生、魔导师、侍者还是奴隶，根本没机会看清如此匆忙的人究竟是谁。加文拉下手闸，走出直梯。

这里是这条斜槽所能到达的最顶层。加文走向保护这层的士兵守卫站，那里站了四个卫兵。注意，是士兵不是黑卫。他们抬起头，手上正摆弄着象征玩忽职守的骰子。显然，这几个人都没注意到直梯那边嗖嗖作响的绳子,现在一切都太迟了。他们大张着嘴看着他,看着加文·盖尔本人,后者满身大汗、灰头土脸地站在他们面前。

"我告诉你们,"加文说着将手闸塞进皮带,"只要你们对看到的事情保持沉默,我也会对我看到的东西闭口不言。"他意味深长地看向桌子上的骰子与钱币。塔楼达到一定高度之后,守卫的工作就会变得十分无聊,不过自己手下的士兵在值班时赌博,黑袍使听到了肯定不会高兴。

见四个脑袋齐刷刷地点了点,加文转身走进下一座直梯,正位于他刚刚出来那个的右边。这才是他平常使用的。这次,他选择了一个较为人道的速度。

两名黑卫守在他目的地那层的直梯门口。这些人可没掷骰子玩。他们甚至连眼睛都没眨一下。两人手握长矛,膝盖轻曲,正对门口,眼睛上还戴了护目镜。

黑卫值班的时候,向来敬忠职守。

见来的人是加文,两人唰地敬了一个礼,啪地一下将长矛扛到肩上,转身退回到自己的岗位,整个过程干净利索。加文走出直梯,拐进自己的房间。一滴幻紫色从他手上落地成型,照亮屋内。他从桌子上抽出一联传票,然后走进浴缸。今天将会有一系列外交活动,但最重要的事,还是去查看一下他的兄弟。在确认达森没有将一切搞糟之前,他都不能放心外出,毕竟地牢的那个地方可能会被达森当成把柄抓住。加文打开水龙头,测了测水温,然后开始用薄红色加热。

他正准备脱衣服,房门开了,女奴玛丽希亚走进来。她是在卢斯格尔与血森林打仗期间被人抓到的。与大多数族人一样,她也有一头红发,脸上长着雀斑,还有一对翡翠似的绿眸子。凯莉丝也有血森林人血统。加文一直都明白,自己的房间里会被安排一个从血森林来的漂亮少女当奴隶,这绝对不是什么巧合。大概白袍使曾经期望,好吧,她肯定希望,能以此减少加文在战争前的一些需要,毕竟如果有个万一，那会给她造成不少麻烦。十年前，玛丽希亚被人送来服侍他的时候，还是个处女。这意味着比起品尝处女，那个抓住她的卢斯格尔人肯定更喜欢金子。

玛丽希亚剥去加文的脏衣服，堆到一旁准备稍后拿去洗烫。见加文走进浴室，"我带了消息给您，"她说，"您想现在听吗？"

加文举起一只手，示意她稍后再说，在身体滑入热水的同时，他长出一口气。消息，命令，一分钟都不想听。

"我打算通知光谱七政使召开会议。你觉得最早什么时候比较好，玛丽希亚？"

玛丽希亚松开裙子上的带子，扯下来，转过身，将衣服叠放在浴盆右边。如果说过去十年她练就了什么独门绝技的话，那就是在有机会和加文做爱的时候，假装除此之外世间万物尽不存在。如果加文想的话，他们还会一起来个鸳鸯浴。不过她不会把自己的头发弄湿，这样结束之后她就可以捡起旁边的裙子直接穿上，继续完成自己接下来的职责。玛丽希亚拥有众多美好的品性，但"享受当下"并不在其中。

"蓝袍使大人与黄袍使大人今天刚离开大杰斯波岛，"说着，她拿起香皂与毛巾，"黄袍使大人今天要去拜访家人，现在应该正待在哪个小酒馆里。黑袍使大人忙着分账，他说任何一个家伙胆敢走近他一里格内，他就会诅咒对方不得好死。红袍使大人很可能是在厨房。据我所知，眼下其他人应该和平常一样，待在小杰斯波岛上。"

除了美貌——很显然，白袍使之所以会选她，就是因为她长得很像凯莉丝——玛丽希亚最令人惊讶的地方，是她出色的能力。她很能干，明察秋毫，对一切事物了如指掌。因此加文意识到，在玛丽希亚面前，想要将地下室内暗藏犯人的事一直保密下去几乎是不可能的，于是他费尽心思终于赢得了她的全部忠诚——并不需要永远——事实上，他知道玛丽希亚曾是白袍使的眼线。

携光者
卷一 光明王

那个时候留给加文的选项很简单：一是让一批屋奴依次到他的房间游览一番，再把他们赶走，不给他们足够的时间发现他的秘密；二是赢得一个人完全的忠诚。凯莉丝不喜欢玛丽希亚，也没有找过她麻烦，而是选择无视她。加文现在发现，如果当初真的每个月都换一个屋奴，他敢打赌情况肯定会比现在糟十倍——因为随着时间的推移，这个选择无疑将意味着七大郡每个贵族家庭会轮流派间谍来搜查他的房间，然后巨细无遗地对他们的主子做出报告。

不仅如此，他还需要有人在他离开的时候往地牢里扔面包。

不管怎么说，在选中玛丽希亚这件事上，白袍使的品味堪称完美无缺。

经过十年的交往，加文对玛丽希亚的身体早就像对自己的一般熟悉，但看到她纤细的曲线，加文依旧会感到十分赏心悦目。她在他身后滑进浴缸，拿着香皂与毛巾，开始帮他擦后背和肩膀。

"那就今晚吧。晚餐后。告诉白袍使，我希望自己能在一个小时内见到她。"

"是的，陛下。在告诉您消息以前，还有其他什么事要吩咐吗？"

"你说吧。"

"您的父亲想和您谈谈。"

加文忍不住咬咬牙。"让他等一等。"他举起胳膊，好让玛丽希亚帮忙擦洗腋窝。

"另外，白袍使大人提醒您，您答应回来之后要为幻紫班的学生授课。"

"噢，见鬼。"她怎么知道他回来了？ "需要我为您洗头吗，陛下？"

除了享受玛丽希亚的服务，加文现在什么都不想要。他真想就这么在热水澡里一直放松到晚上。不过在他与白袍使谈过话，去见光谱七政使之前，他还有些不得不去完成的事情。当然，还得在和他父亲谈话之前。

"没时间。"他说。想到学生们对他的期待，加文试着不去理会心头涌起的愧疚，并无视胸口翻滚的烦闷。

玛丽希亚在他胸口用香皂打出泡沫。她的身体温暖而光滑，紧贴在他的背上，让人感到柔软与舒适，这就足以令他放松身心了。她吻住加文的后颈，这总会令加文感到一阵莫名的战栗。她的指尖滑过满是泡沫的胸口，越过腹部，再往下。她再次亲吻加文的脖子，然后犹豫了一下。这个停顿可以说是在提问。

加文难得带上悲痛的语气："不，没有时间。"玛丽希亚究竟有多了解他？通常，就算没时间开会或执行其他任务，他也会对两人留出时间。

通常？事实上，他几乎总是如此。

玛丽希亚将加文按入水中，再次迟疑，仿佛是在说，你嘴上说不，身体其他地方却在说是，快来！然而当她再次吻上他的脖颈，留下一枚吻痕后，便开始帮加文清洗身上的香皂泡沫。"我会非常想念您的，光明王陛下。"她轻声说道。

洗好之后，玛丽希亚走出浴室。"我先去把您的衣服摆好。"说完，她迅速擦干身体，用毛巾裹住腰间，走到衣柜前为他挑选衣服。

加文感激地看看她，然后朝身下摇了摇头。

要是这东西继续硬着，我就得给内裤系带了。

摆好衣服，玛丽希亚回到浴室。加文已经站起来，他挥手示意不用过来，今天他要自己擦身子。玛丽希亚擦干自己，穿上裙子，正好看到加文在擦干胸口的水，于是她走出了浴室。

穿好衣服，加文打开小壁橱，小心翼翼地举起架子上的画框，将其推到另一个壁橱上，接着再把整个壁橱滑至房间另一侧的角落。一个勉强及他胸口高度的洞口从壁橱后显露出来。虽然过程很费劲，但重点在于这样就没人会发现他的秘密了。即使有人趁他不在的时候进来，也只会看见一个空屋子，就算他们搜查房间，也将一无所获。虽然这样费些时间，又很麻烦，但一切准备都是值得的。

加文往脚下制出一块与肩同宽、中间留洞的蓝绿拉克辛硬板，在中间留一个洞，接着将一根魔法照明棒塞进皮带。他一手抓着板子，一边弯腰钻进壁橱，关好身后的暗门。脚下的密室地板发出咔哒咔哒的声响。为确保万无一失，他还在地板上设置了一个机关：除非暗门关着，否则绝对无法打开地板上的拉门。他弯下腰，摸索到带钩长绳，向上拉起，然后将拉钩穿过地板上的小洞，缠到自己的皮带上。准备妥当后，加文跳进洞口，滑入斜槽。这个东西与塔楼内的直梯原理类似，但设计更为简单，毕竟没人维持其运转，也没地方给加文对方配重，基本上就只有探进黑暗的绳索与位于最顶端的滑轮。

现在，最恐怖的部分来了。加文紧贴着地板滑进去——如同向黑暗中投入的石子一般开始往下落。

滑轮吱吱作响，但随着加文不断下滑，那尖锐的声音很快便消失得无影无踪。一路上畅通无阻，加文越滑越快。他抽出腰间的蓝色照明棒，戳向大腿将其点亮。眼下，他正沿着升降槽直通向光明利亚的心脏。这地方宽不到一步半大小，除了切割光滑的石头与绳索，什么都看不到。一侧的绳索嗖嗖向上，另一侧的则载着加文全速下滑。

他想去够腰带上的手闸，然而身体的倾斜瞬间导致捆在他脚下的硬板歪向一边，加文一头栽向墙壁。突如其来的摩擦力将他猛地朝一侧拉起。加文砰地一声摔倒在另一侧的石头上，手闸在他手指头上转了一圈，掉到脚下的硬板上。加文伸手去够，差一步，没碰着。他蹲下身，用背沿着光滑的墙面滑动，终于把手闸取回来。

重振精神，加文再次缓缓直起身来，抓住挂钩，将手闸装到硬板上，再将它勾上嘶嘶作响的绳索。他捏紧手闸，知道稍有迟疑就会以一个令人难以置信的速度撞上斜槽底部，可如果他太快按下手闸，则会弄断硬板与双腿。

加文一边降低滑行速度，一边试着站起来。他的腿因阻力而不住地颤抖。五道漆在墙壁上的宽白线从他旁边闪过，那是警告，告诉他马上就要到底了。过一会儿，四道白条闪过。不行，速度还是太快，三条，两条。

好了，还不算太糟，一条。

加文撞上地面，发出一声巨响。他反射性地顺着冲击力向前翻滚，可惜并不奏效。这可能是因为连着的绳索太过紧绷的缘故。翻身时，加文身后的照明棒在落地的瞬间燃起火苗，差点点燃他的衬衫。

他惨叫一声跳起来。幸运的是，衬衫并没有被烧坏。加文检查了一下被热量灼伤的肋骨，非常疼，不过并不严重，然后才把连着直梯的绳子从身上松开。

直梯底部的密室是一块只有四步宽的小空地，放眼望去什么也没有。在照明棒的蓝光下，加文走向一面蓝色的墙壁。伸手碰触的瞬间，墙壁变成了半透明的，可墙后还是什么都没有。也不是，慢慢地，极其缓慢地，一间地牢在墙壁对面旋转着浮出地表。

这是加文最伟大的杰作。他埋头苦干了一个月才把它建好，对这里的一切了如指掌。但无论何时过来，唤醒墙壁那一刻他的心都会绷得紧紧的，今天也不例外——这个旋转机关的设计可说至关重要，因为里面的人并不知道房间在旋转。

从另一方面来说，这也给了加文五分钟喘息等待的时间。难道说今天里面已经空了？我的奥赫拉姆神啊。加文的胸口被挤压到一起，几乎让他无法呼吸。但也可能是因为密室太小，空气不足。呼吸，加文，呼吸，狠下心来。

最终，半透明的墙壁上清晰地显露出一个光滑的球形地牢。一个男人站到加文对面，看起来和他十分相像，不过体型更瘦，模样更脏，肌肉没他发达，而且还有一头长发。

"你好，兄弟。"加文说道。

CHAPTER
— 35 —

"起来听好了，"铁拳说，"接下来的事关系到我们要如何把你介绍进光明利亚。"

天刚亮，铁拳便过来叫醒奇普。后者连现在是早上还是晚上都没弄清便被带出了门。过了半晌，奇普在指挥官的推搡下穿过尚未变得拥挤的街道，爬上一座小山，才慢慢搞清楚状况。"人们称这地方为玻璃百合，"铁拳说，"名字听上去比实物温柔得多，而且材料用的是钢筋，不是透明的玻璃，是吧？"

两人从山顶远远看去，整个光明利亚看起来就像一朵花。六座高塔组成一个六角形，环绕在中心塔四周。由于小杰斯波岛地势南高北低，因此更远处的几座塔看上去稍微高一些，但实际上，所有的塔都是一样高。不仅如此，这些塔的南部都是完全透明的。这一幅奇怪的花型建筑的点睛之笔，是一座位于岛屿中间的桥——如果说那可以被称之为桥的话。

桥身横穿大杰斯波岛与小杰斯波岛之间的海域，通体为绿色，犹如一根花茎，桥头一侧面朝那几座引人注目的塔楼和一面几乎与桥垂直相接的圆形围墙。这座桥不仅颜色别致，而且除了拉克辛，几乎没有使用其他任何材料。桥身坐落于海面之上，由于桥体并没有随波逐流，因此奇普可以确定那东西并不是浮在水面上。海水拍打着桥身的一侧，另一侧的海浪则相对平静许多。

"为什么是绿色的？"奇普问着，试图让脑子尽快转起来。绿色拉克辛不是很容易弯曲折断吗？

"那是用黄色强化过的蓝色拉克辛，只是看起来绿而已。"铁拳回了两句，继续往桥那边走。奇普匆忙跟上。赶路和发呆可没办法同时进行。不一会儿，早起的疲惫感已经一扫而空。

"黄色？"奇普问，"怎么做到的？光明王陛下，我是说我叔叔没和我讲过任何与黄色有关的事情。"

铁拳看向奇普，眼神沉重得像一把大锤，他没有回答。奇普闭上嘴，安静地跟在他身边，期待地看着铁拳。可直到最后，铁拳也没有回答。

终于，铁拳忍不住瞥了一眼奇普："我看起来像你的魔导师吗？"

"我只是觉得，你不戴蓝护目镜的时候，看上去不那么像一位战士。"奇普说道。住嘴，你个白痴！别——"所以不妨让你干点别的。"

黑卫指挥官唰地转头看向奇普。后者咽了口口水，心说自己活该被人打烂脑壳。他这是在自寻死路。

指挥官的脸庞扭曲了一下，接着捧腹大笑："奥赫拉姆神在给人分脑子的时候，肯定把一些人排在后面了，嗯？"

"什么？"奇普问，"哦。"

他耐心等待，以为这个笑话能为他赢来一个有关黄色拉克辛的答案，但铁拳无视了他。他反常地咧嘴笑着，很显然他知道奇普在等答案。奇普没再接话，他不想再起一个话头，铁拳也没有说出答案的意思，他不想让这个小鬼在口舌之争上尝到甜头。一段普通的对话转眼变成了强硬小胖子与顽固大块头的对决。

几分钟后，两人踏上那座名为百合之茎的绿色大桥——或者说踏进——无论奇普刚刚想问什么,眼前的景象早已让他将一切抛到脑后。这座桥是全封闭式的,附在桥体上的拉克辛非常薄,看上去几乎和玻璃一样光亮透明。在他们脚下,桥身确实是发出了微弱的光芒,奇普迅速瞥一眼铁拳。

"不管你怎么瞅我,我都不会当你的魔导师。"大块头说道。

"那向导呢?"

"没门。"

"彬彬有礼的主人呢?"

"嗯,哼。"

笨蛋呢?奇普差点张嘴把这句话也说出来。好在他再次注意到铁拳手臂的厚实,他闭上嘴,消沉起来。

"你刚才想说什么?"铁拳问。

"你的名字,"奇普说,"这名字在帕里亚人里很常见吗?"

"你说铁拳?据我所知,就我一个。"

"那我不是……"噢,他在调侃我。

铁拳得意地笑起来:"你是说我人如其名?这很常见,有的名字还是用本族语言起的。沿海居民——我的同郡人——使用的词外地人也能听懂,伊利塔人也是如此。就狭义而言,整个光明利亚都是如此。人们从不称加文·盖尔为盖尔帝王或光明王盖尔,他只是光明王。奥蕾雅·普拉尔也只是白袍使。很多人都认为毫无意义的名字才是真正的谜。"

"毫无意义的名字,你是指像'奇普'这样的?"铁拳扬起一条眉毛,耸耸肩。谢天谢地他没承认。

白天去往小杰斯波岛的人群似乎完全不在意他们脚下的奇景。大桥几乎有二十步宽,从海岸这头到那头足有三百步长。桥面带有浅浅的条纹,但除了几处污点之外,几乎对桥体的透明度没影响。奇普看到,脚下海水在流淌,甚至离他不到一英尺远。海水随着波涛上涨，在桥底碎开。他们沿着海浪汹涌的一侧前进——这里的交通规则显然是右侧通行，与奇普的家乡不同——因此海浪全部拍打在奇普右侧的拉克辛桥身上。先被人从海里拉上来，又在同样的波涛下颠簸上岸，经历过这些之后，奇普变得对海浪异常紧张，而周围其他人则完全没去注意到这些。

走到桥中间的时候，一个巨浪拍过来，眼看着就要砸上桥身，水波挨着水波，浪尖挤着浪尖，海浪越滚越高——几乎有桥一半那么高。奇普全身绷紧，下意识屏住呼吸。

没等他反应过来，身体已经自动闭紧了双眼。听到铁拳的轻笑声，奇普才把眼睛睁开。这时最后一波海浪猛地砸上桥身外侧，桥身一动未动，毫发无损，连一点声音都没有，甚至完全感觉不到刚刚全力拍上来的海浪有多强。

旁边几个路人也咧嘴笑起来。显然这种笑话还没过时。

"这是为什——"意识到自己得用对称呼才行，奇普重新问道，"这就是我叔叔让我走这条路的原因？"

"一部分是，我可以肯定。当我们不得不处置叛逆的国王、郡首、女王、女郡首，或海盗头目时，我们都会让他们在遇到大海浪时穿过这里。这是个小小的提醒，告诉他们自己在和谁打交道。"

小小的提醒？

下一波海浪冲上桥身，很快，即使是海浪的波谷也已经涨得比桥底都高。而奇普与铁拳走下桥时，那巨浪已经悄无声息地半潜入海中，令人难以置信。奇普从没在海上生活过，但即使是他也知道那么高快迅猛的海浪来得有多不寻常，这不禁令他怀疑是有人在背后用魔法操纵的结果。一路走过来，桥身纹丝不动。奇普心里再次响起铁拳的话：这是某种提醒。

临上岸前，桥身开始向上弯曲。等奇普最终走到桥头，才确实看清楚眼前的光明利亚。

携光者
卷一 光明王

首先映入眼帘的是两座高塔。只要踏上小杰斯波岛，便会注意到这两座左右屹立的塔楼。它们的间距比远处另外两座塔的窄一些，其中一座还全力靠向巨门一侧的围墙，是因为那里最有可能遭到袭击，或者——

噢，是因为阳光。

意识到这点，奇普立刻明白了岛上所有东西的设计理念：光明利亚每一栋建筑都以"最大限度地暴露在阳光下"为设计原则。建在斜坡上意味着塔楼北部位置较低的楼层与院子也能晒到太阳。一开始看见的那两座六角形塔靠得很近，这样一来它们就不会把影子投到后面的塔楼上。北面的"玻璃墙"与北侧的高塔意味着所有朝北的房间都能得到需要的阳光，而南面的房间则挑选了更为尊重个人隐私与舒适度的不透明墙。看着那高到令人窒息的塔楼，奇普在脑海中稍微想象了一下，或许光明利亚部分房间的设计也不是那么好——毕竟这种将暗影缩减至最小的理念，不仅要将所有建筑变成百合花形，还要求除了中心塔以外的所有高塔都必须向外延伸。不过楼内的地板依旧是正常的，不管建筑本身倾斜度如何，地板始终保持水平。或许这样的设计是因为光明利亚比实际所见的需要更多空间，而唯一能拥有更多空间的方法就只有让其他塔楼向外延伸。又或许，这么做只是因为他们可以这样做。

大概是结构需要，或是便利需要，各座塔之间连着一条条格子状的半透明通道，环绕在中央塔四周。一般都是建在拦腰的位置。一条条清澈透亮的通道从塔两侧伸出，连上旁边的高塔，环环相扣，奇普甚至可以看见那些在封闭通道里穿梭的行人。毫无疑问，如果有人需要在各座塔之间办公，那么直接传过去，肯定比下楼穿过中央庭院再爬上去方便快捷得多。不仅如此，这种设计还形成了一道十分亮丽的景观，从远处望去，中心塔四周宛如一朵盛开的鲜花，整齐而引人注目。

"每个颜色都有一座属于自己的塔。"铁拳说。

"我还以为你不是向导呢。"奇普不加思索脱口而出。他眨眨眼。如果他不想受皮肉之苦,就该给自己的舌头一拳让它长长记性。

铁拳只是静静地看着他,不说话。

"对不起。"奇普支支吾吾地说。他清清嗓子,正色说道:"我是说,我很抱歉。"

铁拳依旧面无表情地看着他。

"让我猜猜,"奇普难为情地拧拧身子,希望可以借此别开铁拳强烈的视线。他指向大门左侧他们正在靠近的那座塔楼,然后向右数道:"薄红、红、橙、黄、绿、蓝。"蓝色是最后一座,位于大门右边。

"猜得不错。"铁拳的语气有些无奈。

"幻紫色为什么不在其中?"奇普问。

"什么?"铁拳提高嗓音。

"你听清了。"奇普说。这不能问吗?

铁拳扬起右眉。

"想抽我了?"

"这表情可不是你想的那个意思。"铁拳说。

奇普想问那究竟是什么意思,但他看得出指挥官不会告诉他的。

"幻紫御光者的数量不够,不足以建成一整座塔。如果他们的级别越来越高,也是有其用处。光照越多越有助于人们完成各项工作。由于大多数工作都会直接交由白袍使殿下处理,因此她和光明王陛下住在光明王之塔临近顶层的地方。"

两人走进大门,迎面走来成百上千的人,或为工作,或为贸易。包裹着金箔的大门正敞开着,所以奇普一眼瞥到了门内的场景和行人。墙壁,那墙壁本身就是一个奇迹。墙体主材料是蓝色拉克辛,十分引人注目,不过拉克辛本身应该会更亮或更暗,所以里面肯定是混合了黄色拉克辛。是为了进行强化吗？肯定是这样，那座桥不也是用混合拉克辛做的？不同的是，这里每面六角形墙壁都不一样，虽然大致一看都是用蓝色、黄色与绿色组合，但塔楼主体却并非如此。为了最大程度地晒到太阳，每座塔北面都近乎半透明，其他地方则用来标识塔楼的所有者。这样一来，即使是没接受过训练的人也能看出来每栋建筑属于谁。很显然，目的在于炫耀。

蓝晶塔每一个面都被切割得像巨型蓝宝石一样，无论从什么角度看，整座塔都仿佛有一千个面在闪光。薄红塔底部为蓝、黄、绿三色交织，上方则使用了薄红色，因此看上去好像正在燃烧。火焰的幻影将拉克辛底座向下吞食了足有十到二十英尺，更高的地方偶尔还会抛下火花与火苗。塔的其他部分看起来则和火焰四周的空气一样，仿佛有涟漪在浮动。

走进中央庭院的时候，奇普不知道被什么啪地一下绊倒了。他看看自己的脚，一个巨大的沟槽以一个夸张的弧度切入地面，连到门上。可奇普刚刚通过的门并没有因此缓缓关闭。这两扇门和普通的门一样，只能用锁链来关。不明状况的奇普看向铁拳。

"玻璃花。"铁拳说道。

"哈？"

"花是用来干什么的？"

为了好看？"呃……"

见奇普被难住，铁拳似乎很高兴："为了向太阳致以问候。"

"绽放的时候吗？"

"一群建筑要怎么绽放？"

奇普想了想，投降了。

"不能。"铁拳说道。

"哦。那……"

"再想想。"

"你直接回答过别人的问题吗?"奇普问。

"只对上级。"奇普马上注意到,这其实就是个直接回答。他皱起鼻头,被铁拳吓得想不出答案。大块头男人抽搐的嘴角告诉奇普他知道自己的窘迫。"花一直跟着太阳,从早到晚。"铁拳说道,或许这是他表达歉意的方式。

奇普回头看向他与铁拳来时的路。临近大门前的路非常宽——太宽了,几乎连上两侧呈新月形的围墙。"你是说这地方的东西都会转?"这是唯一说得通的解释。奇普意识到,就算建筑北面被设计成是透明的,也只能利用到正午的阳光。但如果复合的整体在旋转的话,人们就能从黎明到黄昏,一直将阳光利用到最大限度。但是所有东西?那不可能!

"我们到了。"铁拳说。

两人在一扇银色的巨门前停下。奇普扭头看回前方。门很朴素,与其相反,这地方其他东西都很华丽。

两名卫兵各自守在大门一侧。他们穿着全套的镜甲,每个人手上握了一柄宝剑,手上还拿着几乎和奇普一样高的火绳枪。"铁拳指挥官早。"两人致敬道。

"终于到了。"铁拳说着将奇普推进门,"你就要见到幻测仪了。"

CHAPTER
— 36 —

　　与达森见面总是充满欺骗。

　　见到他并未使加文心中的不快得到缓解。其实多年前，加文就应该杀了他，那时杀掉他可说易如反掌。不过，即使是现在也绝非难事，他只需停止供应那些染了色的面包，只要这样，他的麻烦便会消失。每天清晨，经过一个不眠的夜晚，他都会想象这样的画面。但那是他的兄弟，在激战中尚且下不了狠手，更何况这样蓄意地使用更为残忍的手段？

　　七年，七个伟大目标。

　　到目前为止，差不多有三次，他想"告诉凯莉丝一切"，不光表白他的爱意，还要说明达森的事情。达森没有死，他就在这里。众多现实其实都建立在谎言之上。她有权知道这一切，但她永远不会知道。如果她知道了，或许会带来一时的和解与幸福，但也可能将七大郡再次卷入一场新的战争。

　　"你好，我的兄弟。"加文再次说道。他身上散发出一种清爽的气味，树脂与石头的气息总在他身边如影随形。他已经做好回应的准备。毕竟，他的兄弟也是盖尔家的一员。与加文不同，达森心里想的就只有下次见到加文时要对他说的话。当然，还有密谋逃跑的想法。

十六年的时间足以使大多数人放弃,但盖尔家的人不会。这是他们家的传统:超越其他人的绝对信念。

谢谢你,父亲。

"你想要什么?"达森问道,由于平日太少有机会开口,他的声音变得有些粗哑。

"你知道吗,战争期间,我有了一个私生子,大约一个月前我才知道这件事。和所有人一样,我太吃惊了。但在战争期间各种各样的事情都会发生,不是吗?当然,凯莉丝非常愤怒。足有三个星期的时间,她都拒绝和我同床。嗯,我差点想和凯莉丝干一架来复合,我实在太想和她言归于好了。"加文抬起头,把脸扭向左侧,一时间仿佛在对着自己的回忆微笑。

对盖尔家的人来说,即使撒谎也要循序渐进。这些年来,加文在对自己兄弟的叙述中创建了另一番生活景象:他和凯莉丝结了婚,但没有孩子一直是个心病,还因此与安德洛斯·盖尔产生了冲突。安德洛斯希望加文冷落凯莉丝,另结新欢,绵延子嗣继承家族血脉。渐渐地,加文开始不情愿地透露这些细节,好让他的兄弟着力辨别。每一次,加文都会透露更多的信息,以观察达森对这些谎言到底是感到困惑还是蔑视。

达森的脸上浮现出不怀好意的笑容:"是和谁生的孩子呢?你知道她的名字吗?她有什么证据?"

他拐弯抹角,希望加文能在不经意间让他获取更多的信息。但如果真的得到了,他又会心生怀疑。不过不管怎样,加文都会继续。"他的脸就是证据。他和塞瓦斯汀长得一模一样。"达森顿时变得脸色苍白:"不要把塞瓦斯汀卷入你的谎言,你这个魔鬼。"

"我们领养了这个男孩。他的名字叫做奇普,是个好孩子。聪明,有天分,稍显笨拙,但还在成长。"

"我不相信。"达森显出厌恶的神情。他可能不相信,但他确实对这件事表现出了关切。"他母亲是谁?"

加文耸耸肩,好像孩子的母亲是谁并不重要:"莉娜。"

"你撒谎!"达森咆哮起来,一掌击在隔开两人的蓝色拉克辛墙上,"凯莉丝绝不会收养婊子生的杂种!"这一次是真正的愤怒。在平静的蓝光中沐浴十六年之后,这一瞬间他所爆发的情感居然如此深刻、强烈而真实。

加文马上从中明白了三件事,但想达到有些目的的最好方式是对他进行误导。"她有一个红木盒子,"他说,"大约有这么长。你知道里面装的是什么吗?"达森的脸上的表情告诉加文他犯了一个错误。达森向后仰头,先是震惊,然后开始困惑,面露期待,最后大笑起来,有种发自内心的快乐。达森一直大笑着摇头,他靠在两人之间的蓝色拉克辛墙上,表现得既自然又自负。"这一直是最困扰我的事情,"达森说道,"甚于你的背叛,你的谋杀,比你因禁我而不是了结我更加残酷,比你抢走凯莉丝更加严重。甚于所有其他一切。怎么会没人注意到?"

"不要再说这种话,你早已是活死人,"加文表示,"很好,你不想交换情报的话,我这就走了。"

"这就是我的情报。你如果告诉我,我就告诉你有关匕首的事情。"

匕首?达森故意放出话饵。见鬼。加文忽略了一些东西。他感到胸口发紧,喉咙发干,呼吸困难,面部表情更是难以平静。

没人在这里。即使他大声叫喊也没人会听到。这也不是什么新事了。虽然感觉如此,但如果能温故而知新,也不能算是一种损失。

加文舔了舔嘴唇:"我的名字叫达森·盖尔,我偷走了你的人生。"

"达森,你是如何做到的?如何掩人耳目?"

我穿上你的衣服,大步走出裂岩山的火焰。经过刚才与你的那场战斗，我的脸上尽是兴奋与激动。我做出和你一模一样的伤疤，剪出和你一样的发型。我开始发号施令，你的人便成了我的人。"我像一个自私的混蛋一样行事，所有人都认为我就是你。"他带着虚假的冷静说道。

囚犯笑起来，无视最后一部分内容。"嗯，这就是开始。感觉很好，是吗？据说忏悔有益于灵魂。"

达森，不，加文咆哮道："现在，告诉我匕首的事情。"

"小兄弟，这是我的复仇，"囚犯说，"这是胜利的美妙凯歌，是你在夜晚饱尝的痛苦，是你冰冷的内心，是无眠与恐惧。这正是你的死亡，我的自由，达森。这是你所有谎言的终结。"

"显然我只听到了你口中的开头。"加文蔑视道。他的兄弟在撒谎。他不得不撒谎，他在试图让加文感到忧虑。虽然他身陷囹圄，但绝不愚蠢。尽管被限制了行动，但他的话语仍是自由的。

真正的加文笑了："不，你看，它真正的魅力在于我不需要谎言。小兄弟，你打算做什么？你没胆量饿死我。是的，你只能睁眼看着而已。就算死神拔剑出鞘，你也只会站着不动声色，这就是你一贯的作风，"他又笑了起来，"我跟你没有什么好说的了，滚吧。"

达森浑身发抖。他哥哥字字正中要害。凯莉丝的哥哥罗丁曾起誓要击败达森，但达森就那么站着不动，等待着，他不相信罗丁真的会动手。然而到最后，一切为时已晚。那是达森孩提时常做的噩梦，年长的加文总是因此嘲笑他，甚至嫌弃他。对此达森一直怀恨在心。奥赫拉姆神，该死的，加文总是知道他全副武装下的裂隙。

达森摇摇头。不，他现在是加文了。即使是内心的想法，也必须彻底掩饰起来。无论何时，"达森"都是另外一个人，是拉克辛墙另一侧的混蛋，是想要激怒他的软弱杂种，加文随时可以了结他。达森就只是如此。一个胆小虚弱的囚犯，仅剩一具躯壳。他试图挑衅加文动手了结他，是因为他没有自杀的勇气，仅此而已。

如果是曾经的他，恐怕早已对囚犯下了杀手。战争中，达森一度变得冷酷无情，热爱武器的交锋，鲜血的飞溅，恣意享受征服的快感，打压一切敌对者。现在，作为加文，他不会再回到那种状态，他也不会再给哥哥那样的满足。"嗯，"加文说道，"和以往一样，交谈很愉快，但时间不早了。"当然，其实还不到中午。但真正让他喜悦的是，看到真正的加文感到自己是多么的迷失——"今晚凯莉丝很急切，我答应她不让她久等。"这是在骗他。想让我感到混乱，你这个混蛋。"所以晚安了，达森。"

犯人说道："你的谎言已经要站不住脚了，达森。你一直怀疑是否有人已经知道真相，怀疑他们会密谋反对你。做个好梦。"

"这世上一定还有比从噩梦中醒来，发现自己躺在所爱女人怀抱中更糟糕的事情。比如说，在监牢中醒来。弟弟，你也好梦。"加文碰触拉克辛墙，墙壁顿时变得暗淡，地牢又一次开始缓慢地旋转，直至没入地下。

加文靠在冰冷的墙上，试图平缓自己狂跳的心脏。他并没有什么损失，相反的，他从他的兄弟那获悉了一些事情。首先，他确实欺骗了凯莉丝，奇普是真正的加文的私生子。其次，真正的加文认识奇普的母亲，并且她也不是妓女。如果她是，他刚才肯定会说，"凯莉丝绝不会收养一个妓女的孩子"，相反，他说"婊子养的杂种"，他选择了一种模糊的称谓，而不是客观的描述。第三，除非哥哥远比加文认为的更聪明，否则他就是真的对此一无所知。

所以刚才加文在说话的时候故意使用了过去时态：发现了奇普，一个月没与凯莉丝同床，已经决定收养奇普。如果有人给达森传消息，那他就会对其中的矛盾之处产生困惑——虽然他改变不了什么，但也不会想听到假消息。当然加文也没指望哥哥会说出自己的困惑，不过他希望真加文的眼神能透露些什么，可他的眼睛里只流露出一丝不解。

现在加文可以确定达森并没有从外界得到信息，这也意味着他没有与"彩光王子"密谋。那么，"彩光王子"的真实身份到底是谁？这个彩光王子想利用光明王之战来煽动异端，全世界都相信加文赢了，彩光王子对此感到不满，所以他假装联合被打败的达森——实际上他不知道达森还活着。这个彩光王子是一个骗子，一个机会主义者，而不是洞悉真相的狂热分子。

这意味着彩光王子的容身之所只可能在一个地方：提利亚。格拉多王要么是彩光王子本人，要么一定与其有所关联。

多谢，哥哥，你帮了大忙。过去的你可比我更擅长说谎。

监牢隐藏停当之后，他一遍又一遍检查自己的御光术，确认没有任何异常。然而，当他登上斜槽，准备离开为哥哥创造的永夜地牢时，他的身体颤抖起来。被囚禁的不仅是哥哥，还有他。

我可以停止供养他。我甚至不需要做任何事情。我可以休个假，告诉玛丽希亚在我离开期间不要供应染色面包，他就只有死路一条。

他记得当他们还是孩子的时候，自己爬上柠檬树，想证明哥哥能做到的他也可以做到，结果他从树上跌下来，把脚踝摔坏了，最后加文把他一路背回家。对一个成年人来说这只是一件小事，小达森当时却泪流满面。但他拒绝放弃，作为弟弟的他从没忘记过这件事。

现在弟弟将要无情地杀了哥哥，却没有对他动手的勇气。

够了。全世界都知道达森已经死了。你就是唯一。除此之外，你需要的是智慧。你必须向光谱七政使宣告你发动了一场战争，然后说服他们为你而战。

我还有一个机会，只要白袍使愿意配合。除非……噢，加文·盖尔，有时候你还是很老谋深算的，不是吗？他咧嘴一笑。七年，七个伟大目标。一个不可能得到的奖赏。用一次小失败促成他最大的成功。

加文回到房间，将一切复归原位，掩藏好地下室的入口。这时传来了急促的敲门声,加文一把关上暗室的入口,白袍使刚好走进来。

"很高兴见到您,光明王陛下!"她说。

加文清楚地意识到面前的麻烦。他的后背仿佛在燃烧——如果白袍使发现了秘密,他将百口莫辩。"白袍使阁下,"他微笑道,"我正有话要跟你说。可否允许我几分钟后到你的房间一叙?"

奥蕾雅·普拉尔目光犀利地望着他。"恐怕您不得不晚些再和我谈话。您现在得去上课。您答应过的,"她抽了抽鼻子,"您在这里烧什么?"

"嗯,是吗?"加文回道。发问了,该死。

"'嗯,是吗?'"

加文清清嗓子:"是的。"

她在等待。

但加文不会再说什么。

"好吧。我以为您去解决那个破光魔了。"

她对他的疏忽感到气愤。不履行这个使命就意味着可能会有人濒临死亡。她确定,如果是蓝光魔,他肯定会立刻过去。她不知道他为什么要召集光谱七政使。白袍使看了看加文的房间,她讨厌待在黑暗里。"只是随便处理了一下。"加文说道。她肯定认为他这是在敷衍她,但如果完全实话实说,他不知道怎么讲才能避开水上滑翔机的事。

虽然给奇普与凯莉丝展示过之后,他知道这个秘密不可能再保守多长时间,但此事说来话长,他还没有做好充分的准备。

白袍使扬起眉毛,似乎在说,你敢对我的话不屑一顾?加文萌生一个对策:"是幻紫班吗?"

白袍使狐疑地点点头。

"班里有个从提利亚来的女孩,是吗?是叫奥丽韦娜?"

"是来自莱克顿的奥丽维安娜·戴纳维斯。"

看来他没记错。确实有一个来自奇普镇上的女孩。很好。

但他马上犹豫了。奇普说过,柯尔文在那里。"没有血缘关系,对吗?"

"事实上,她是戴纳维斯将军的女儿。"

加文震惊了,但他表现得就仿佛仅仅只是惊讶,就像他刚刚听到一件发生在世界另一边的小悲剧。他以前听说过那个女孩的姓氏是戴纳维斯,但他以为就算有亲缘关系,也只是远亲而已。柯尔文的亲生女儿吗?为什么柯尔文一直和加文的私生子生活在同一城镇?巧合?如果是这样,那这真是一个令人心情沉重的巧合。

无论如何,加文必须马上打起精神来。"嗯。你说得对,我得去给这个班上课。这是非常神圣的责任。"谎言,惯常的谎言。

"每当你要履行职责的时候,我总是十分怀疑。"白袍使说道。

加文笑了,一个温和而无辜的笑容。

CHAPTER
– 37 –

在奇普看来,光明王之塔的底楼完全是一片长椅、办公桌、标志、队列与职员的丛林。显而易见,光明利亚全部事务都在这个房间处理,交易者们排队寻求食物合同或是雇佣合同。此外,还有一些奇普能够想象到的其他事务,有些队列在为光明利亚居民洗刷冤情,还有些队列则是为处理大杰斯波岛上的经济纠纷。工人们排队寻找工作,就连贵族也在排队——当然该处配备的职员比普通人的队列多得多。人群聚集在一起,房间里充满了繁忙的交流声,光明利亚如同一台加满油的机器不停运行。人们虽然感到不耐烦或是无聊,但并没有动气或吵嚷。

指挥官铁拳领着奇普来到一张只有一个职员的桌子前,那里没有人在排队。"今年所有剩余的暗光者几周前就已经被接收完毕。"

"暗光者?"奇普问道。

"对像你这样的人的非正式称谓。正式说法是受试者:你想成为光明利亚的一分子,但我们还没有正式接收你,所以称你为暗光者。暗光、微光、弱光、亮光、闪光。不过现在你没必要记住这些。"

奇普的嘴张开又合上。铁拳不再多说,带着他径直来到办事桌前。办事员显然正在打瞌睡做白日梦,注意到指挥官铁拳过来,他顿时挺得笔直。

"您好,指挥官,有什么可以帮助您吗?"

"这个受试者需要立即接受测试。"

"立即……"

"马上。"

店员吞了口唾沫:"是的,指挥官。受试人名字叫什么?"

"奇普,奇普·盖尔。"铁拳说。

办事员抓起羽毛笔开始写,写到一半停住了:"哪个盖尔?"

"盖尔,不要透露给任何人。听明白了吗?"铁拳命令道。

"是的,长官,我这就去向上头汇报。您接下来可以先到测试室,我保证测试官马上就到。"他迅速颔首示意,飞也似地跑进后面的办公室。

"其他的我都明白,但弱光是什么?"奇普边爬楼梯边问。他踩上自己的裤腿,差点栽倒。少年清清嗓子,撩起裤子。如果他有腰的话,生活将会变得方便得多。

"弱光者。"铁拳说道。

哦,暗光、微光、弱光、亮光、闪光。那么说是按光的等级排列。铁拳说:"现在安静。这个场合必须保持肃静。进到房间后什么话都不要说,直到测试结束。明白了吗?"

奇普几乎想说明白了,但他没有开口,只是点了点头。那可能比他想象的要难。铁拳指指门口,奇普走进去。铁拳在他身后关上门。

就是一个普通的房间。屋内一个墙面略向内弯曲,奇普猜测那可能是塔的外壁。除此之外,整个房间也就大约十步见方,陈设只有一副木头桌椅而已。嵌在墙壁上的奇异白色晶体照亮了房间,奇普回忆了一下,这是他在其他任何房间,甚至在楼下排队大厅里面都不曾见过的东西。少年大大咧咧地坐到椅子上。真是令人感到疲惫的一周,先是匆匆掠过一整片海,又差点被淹死。所有的旅程几乎都发生在昨天，几天以来……不，别去想这些，太刺痛，太沉重。一不小心，他又会哭出声来。

他一直在等待，几个小时后他听到走廊里传来低沉的对话声，里面夹杂着愤怒。没错，是铁拳。他在训斥某个人。奇普艰难地咽了口唾沫，他想站起来偷听，但他知道，就凭他的运气，一走到门口就会被人撞见。

虽然不知在争吵些什么，但对话很快就结束了。门还是没有打开。奇普等待，再等待，就在他感到疲惫得眼皮都快要耷拉下来时，门突然开了。

一个戴着红色护目镜，年约三十的人走进来，护目镜上的红绳绕在他脖子上。看表情就知道这人怒火中烧，显然不是争吵的赢家。"暗光者居然还有立足之地！"他咆哮道。

奇普立刻站起身来，竟把椅子都掀翻了。他抱歉地缩了缩身子，强挤出一个微弱的笑容，扶起椅子。

那人继续盯着奇普，嘴唇抿成一条白线。他长了一个硕大的鹰钩鼻，皮肤呈现出阿泰什人那样的深橄榄色，但没有蓄胡子。这个人的眼睛吸引了奇普的注意，棕色的眼睛，虹膜中间呈现出一圈具有穿透力的印度红，红色条纹如同阳光一般穿透了棕色的虹膜。奇普迅速把椅子放好，回头看向来人，可惜一无所获，后者没有给他任何他所期望的指示。

奇普从椅子上站起来，来人满眼愤恨地盯着他。"对不起。"奇普防范似的咕哝道。

"闭嘴！暗光者！无知的提利亚垃圾。"

"哼，你只配亲我的屁股。"奇普反驳道。

他闭紧双眼诅咒自己，所以根本没看到飞来的拳头。这一拳打中他的下巴，接下来他已经倒在地上，嘴里淌出血水。

奇普通常不轻易发怒，但这次他刚一倒下便立刻站了起来，满腔怒火。他知道所有人都死了,他所关心的一切都消逝了,就算这个御光者把他撕裂他也不在乎了。

就在奇普翻身起来的瞬间,他看到了御光者眼中闪过的光。来呀!男人的眼睛似乎在说,给我一个理由,我会在眨眼之间就把你扔出光明利亚!

于是,奇普得以像平常一样压住心头的怒火。大厅里又传来脚步声。"很好,"奇普说,"就让我们试试看。想亲我的屁股确实有点尴尬,但我已经知道你有多渴望了。我可以肯定,像你这样长着这么丑的脸,肯定很少有机会这样做。但我刚刚说了,你想亲我的屁股蛋,屁股蛋,屁股蛋,"他还拿手指了指,"绝对与众不同。再亲一次,带着感情再亲一次呀。"

御光者的表情从怀疑转为愤怒。他向前跨步,一拳打中奇普的肚子。正在这时,门打开了,御光者因此分神了,并没有使出全力一击,但奇普却缩成一团,翻倒在地,仿佛受了这辈子最狠的一拳。他缩着身子,咳血干呕。

"魔导师加尔丁,看在奥赫拉姆神的分上,这是怎么一回事?"

打倒奇普的御光者说:"我……我……他忤逆我!"

"所以你就打他?像一个蠢货干的那样?出去,马上出去!我回头再处理你。"

魔导师加尔丁转身跨到奇普身上:"这件事我不会忘的,总有一天我会找到你,到时候——"

"奥赫拉姆神在上,如果你胆敢在我面前,由于自己的渎职而威胁一名学生,我就立刻把你除名,发配到小杰斯波岛上。不信你就试试看。"

赞斯·加尔丁看起来很受打击,似乎他的生活即将在毫无预兆的情况下分崩离析。

尴尬与痛苦会瞬间转变成愤怒。有时候,奇普对自己这种习性感到害怕。魔导师加尔丁站在他与门外的人之间，奇普看不到那个人，那个人也看不到奇普。他所能做的就是给加尔丁一个洋洋得意的笑容，然后敞开胸膛。魔导师可能会失控，上来踢他——奇普太了解失控的感觉了，他这么明目张胆地挑衅，加尔丁可能会踢他，然后因此失去一切。

这是为了什么呢，奇普？因为发脾气，因为对方是个混蛋？奇普犹豫了。这个男人让他愤怒，但造成那种后果的话，就太过分了。

但如果奇普不笑的话，他就会树立一个敌人，一个他原本现在就可以摧毁的敌人。

无论是什么样的念头，眼下都没有时间去梳理了。时机稍纵即逝，赞斯·加尔丁咆哮走出了房间。奇普躺在地板上，嘴唇里面破了，仍在流血，隐隐作痛。他做了正确的事，或许他做出了更明智的选择。

奇普站起身来，刚刚救了他的人尾随着加尔丁伸头冲走廊喊道："雅瑞恩，我需要你进行一次测试。"

一个女人应声回道："大人，我不是测试员。"

"没时间了！"他说，"半小时后我要和光明王会面。测试现在就得开始。"

那人回到了房间。他身材高挑，穿着伊利塔紧身裤和紧身上衣。不过他的皮肤不是深黑色，而是像加尔丁那样的橄榄色。他的头顶秃了，及背的黑色卷发边夹杂着几缕白色的发丝。看模样他大约五十来岁，身姿矫健，披着厚重的黑色羊毛斗篷，上面有金线绣的精美格子图样。黑袍使的手指戴了几枚宽面金戒指，上面镶嵌着代表光谱七政使的各色珠宝。奇怪的是戒指都戴在手指中间的关节上，而不是指根。奇普学着看向他的眼睛——这位大人的眼睛是正常的，太令人惊讶了。他的眼睛是绿色的，没有外来的色彩贯穿其中。

男人笑了。"不，"他说，"我不是御光者。黑袍使通常都不是。

我的名字是卡弗·布莱克,大多数场合下人们也叫我黑袍使大人。"这名字听上去不太像阿泰什人,或许他是伊利塔人,但奇普猜测他也可能是在这里或其他地方长大的。很显然,许多国家之间都有贸易与迁徙,不过提利亚不是。

奇普想要说话,但他停下来,指了指嘴唇。

"是的,"黑袍使说,"你可以说话。我们马上就开始测试,等雅瑞恩准备好就开始。"

"嗯,很高兴认识您,黑袍使大人。我叫奇普。"

"魔导师,你呢?"黑袍使问道,"你准备好了吗?"

"是的,大人。"说着,她坐上椅子。黑袍使站到桌子旁边。奇普则站在桌子前面。

魔导师雅瑞恩又矮又瘦,由于布莱克在旁边,她显得稍微有点紧张,但却活泼可爱。她抬头看向奇普,好像在祝他成功。他试着不让她的橙色眼睛打扰到自己的思绪。"受试者,"她说,"我现在会摆出各种色调的瓷片,你要把它们按顺序整理好。"她突然笑了,"我们先从简单的开始。"

说着,她打开了放在腿上的一个袋子,稍作翻找,拿出了一块黑色瓷片和白色瓷片,并把它们放在桌子的边缘。然后她拿出一打各种色调的灰色瓷片。奇普迅速按照深浅将它们进行排列。

雅瑞恩不置一词,只是检查瓷片的背面,在羊皮纸上做出标记,然后把瓷片从桌子上放回包中。接着排列的是风滚草色到乌贼墨色的棕色调子,比之前的黑白调难一些,但奇普还是迅速地完成了。

类似的测试还在继续。先后进行了蓝色、绿色、黄色、橙色与红色调,奇普做得最好的是红色调。雅瑞恩掏出一个黑袋子,仔细检查瓷片的背面,检查时用手遮蔽着以防奇普看见。她又摆出红色调的瓷片,这组的数量是先前的两倍,因此涉及到更加精确的色阶。猩红,朱红,草莓色,覆盆子色,樱桃色。奇普将它们依序排列,只对一个有疑问。其中一块瓷片边缘的颜色略深。最后，他按照那块瓷片正面主体的颜色进行了排列。

她把瓷片翻转过来，奇普发现自己把十四号瓷片排在了九号和十号之间。雅瑞恩抱歉地眨眨眼，好像尽管奇普做错了，但比她预期的要好。

"错了。"奇普说道。

"安静！"黑袍使说，"我知道你不熟悉我们的规矩，受试者，但在测试期间不要说话。"

"但那个是错的。"奇普说。

"我警告你。"

奇普举起手表示无声的抗议。

黑袍使叹了口气。"魔导师？"他问，"通常抗议必须在测试结果出来之后才能提出，但显然今天是例外。现在能判断了吗？"

雅瑞恩在奇普将瓷片排序后，将瓷片翻了回去。她尴尬地清了清嗓子："大人，对不起，我不是越识者，我只能说我无法分辨出其中的不同。答案显示……"

"答案受到质疑，"黑袍使用一根手指挠挠眼皮，"一半的女性都是越识者，我选择你……别介意，去找一位越识者过来吧，魔导师。"

"好的，大人。"她温顺地说。

雅瑞恩离开了，黑袍使用他绿色的眼睛扭头向着奇普。

"你到底是谁？为什么会在今天进行测试？为什么会受到特殊待遇？你从哪儿来？"

"我来自提利亚，长官。格拉多王屠杀了我的……"

"格拉多王？怎么回事？"

门开了，魔导师雅瑞恩走进来，后面跟着一个稻草人似的女人。她和黑袍使身高相仿，暗淡的褐色皮肤，满面皱纹，突出的骨骼呈现出突兀的角度。她的白发短而扭结，有几缕发梢上还挂着深色的东西。她眼睛中的红褐原色被橙色与红色遮蔽，后两种颜色在她的虹膜中放出光芒，几乎延伸到外缘。

"卡拉威·瓦里多斯夫人，很抱歉打扰你。"黑袍使说着，看了一眼雅瑞恩。

"我正好在走廊看到夫人，她问我在做什么。"雅瑞恩辩解似地回道。

"这简直让我大吃一惊。你们在质疑什么？"卡拉威·瓦里多斯问。瓷片在奇普排序之后正面朝上放置着。"这位受试者是如何排列的？"

沉默。瓦里多斯夫人看看黑袍使，又看了看魔导师雅瑞恩。"这是他排列的方式，"雅瑞恩说，"以他的性别来说，实在很奇怪。现在可以结束了吗？"

"答案显示应该按照这样的顺序排列。"魔导师雅瑞恩说着把瓷片翻过来，指了指背面的数字。

"你找我来区分最精细的红色调，你以为我会看不明白吗？"瓦里多斯夫人尖刻地说。

魔导师雅瑞恩看上去吓坏了。她张开嘴又闭上，不再说话。

老稻草人伸出骨瘦如柴的手拿起十四号瓷片，她翻过瓷片看向边缘。"你被开除了，"她说，"这瓷片曾被放在阳光底下，已经被晒褪色了，颜色变得不对。这男孩是个越识者。"她转头看向奇普，"恭喜你，怪小子。"

"怪小子？"奇普说道。

"简单明了，对吗？太糟糕了。"

"什么？"奇普问。他仍然没有弄清楚这些头衔的含义，以及自己需要和什么做相比。他对头衔知之甚少。

"奇普，不准说话！"魔导师雅瑞恩说。

"不准说话是为了防止作弊，"黑袍使说，"那适用于数百名受测者同时在一间屋子里接受测试的情况。"

"他今天刚到，"魔导师雅瑞恩告诉瓦里多斯夫人，"光明王亲自下令，要求他立即接受测试。他对规则不完全了解。"

"继续测试。"瓦里多斯夫人命令道。

奇普与魔导师雅瑞恩瞥了一眼黑袍使。奇普猜测，严格来说，那位大人恐怕是这三人中级别最高的，然而布莱克只是轻微耸耸肩，似乎不屑于争辩。继续，他挥了挥手。

魔导师雅瑞恩再次坐下，拿出一套钳子，用于摆放另一组瓷片。只是这次摆出的都是相同的深红色。奇普眨眨眼睛，雅瑞恩把钳递给他。嗯，我该说谢谢吗？

奇普向其中一片瓷片伸出手，然后，他明白了。他能感觉到热量的辐射。这一环节要求受试者分辨热量的差异。他好像完全在凭意志力盯着这些瓷片，试图探究出正确答案。

时间一分一秒地过去。奇普开始做白日梦了。他想知道如果丽维·戴纳维斯也在这里……哦，不，他一定要告诉她。

嗨，丽维，真高兴见到你。你父亲死了。

太棒了。奇普想起那横扫镇子的火焰，想起那个投掷火球的御光者和他的徒弟，想起自己跳下瀑布，顺着瀑布下的水道在彻底的黑暗中顺流而下。他放松眼睛，这样他就可以比聚焦双眼看得更真切。噢，奥赫拉姆神啊，我真是天真。

"好了，用时够长了。"黑袍使说道。

"等等！等等！我……我……"奇普再次盯住瓷片。放松，眼睛，加油！他让眼睛的焦点虚化，突然答案变得很明显。他用钳子将瓷片按照正确的顺序从热量最高到最低摆放。这就是戴纳维斯大师一直教他的东西吗？那个老染工教给奇普的居然都是最基础的知识，真令人难以置信。

想到老染工，奇普心里又是一阵空落落的。戴纳维斯大师一直对他很好，总会找点儿杂事让他干，就为了给奇普一点钱，其实如果他自己干，可能会更快一些。但现在他和莱克顿其他人一样，都被杀害了。

奇普希望戴纳维斯大师已经了结了一些混蛋。"我们现在可以结束了吗？"他问。他想自己待会儿。他太累了，情绪不太稳定，发生在莱克顿的事情此刻正在占据他的内心，几乎要压倒他。现在他总算有了片刻的安宁，不用从士兵或强盗的手中逃命，也不用躲避投向他的魔法火球。

"不，"稻草人夫人说，"不用麻烦了，姑娘。"她对雅瑞恩说道。这时，雅瑞恩刚翻过一半多的瓷片。"他排得都正确。现在把幻紫的拿出来吧。"

魔导师雅瑞恩把热能瓷片收起来，看一眼黑袍使大人。后者看起来很镇定。然后她拿出最后一袋瓷片，里面都是相同的深紫色。

放松眼睛，看清光谱的一侧，然后……奇普尽最大的可能眯紧双眼，颜色顿时开始跳跃。每块瓷片上都有一个字母，它们应该能被排成："做得好！（Nicely done）"

奇普笑了。他把这些瓷片都放到恰当的位置。

魔导师雅瑞恩看向瓦里多斯夫人。

"你为什么看我，你这个傻姑娘？"老夫人问道，"我看不到幻紫色。我在光谱的另一端。"

年轻的姑娘脸红了。她把瓷片翻转过来，顺序完全正确。

"恭喜你，孩子，"瓦里多斯夫人说道，"你将有资格成为一个郡的园丁。"

"什么？"奇普问。

"这是优秀调色师的出路之一，也是你的一个进阶，提利亚人。"

门开了，指挥官铁拳走进房间。

"这是什么？"他问。

"我们刚做完测试，"魔导师雅瑞恩说，"他是一个全光谱越识者！"

"你们在用瓷片测试浪费他的时间吗？我不在乎他能看到什么颜色，我想知道他能驾驭的颜色。我一开始遇到的那个白痴测试员呢？我告诉他给奇普做幻测测试。"

"你想让一个毫无经验的受试者通过幻测测试？"瓦里多斯夫人问道。

"等等，这不是幻测测试吗？"奇普问。

"你有受到幻测测试吗？"铁拳反问。

"你竟然想要一个毫无经验的受试者通过幻测测试？"瓦里多斯夫人再一次问道。

"他早上就要走了，光明王陛下要求在这小子走之前了解他的能力。"

"这完全不合规矩，"瓦里多斯夫人问，"这小子是谁？"

"我可还在这里呢。"奇普生气地说。

"合不合规矩无关紧要，"铁拳说，"你和这个魔导师能不能协助测试？"

"我？"魔导师雅瑞恩担心地说道，"我不认为我……"

"我们可以进行测试。"瓦里多斯夫人发话了。

"很好，那么……"铁拳说。

"但我必须先知道他是谁。"

"我在这儿呢。"奇普重复一遍。

"不要对我大嗓门，孩子。"瓦里多斯夫人用她稻草一样枯瘦的手指指着奇普说道。

"孩子，你是谁？"黑袍使大人平静地问道，不过他的音量却在不断升高。

"我想我真的不能帮忙进行幻测测试……"雅瑞恩说。

"你没有资格提出要求,夫人。"铁拳对老夫人说道。

"我是奇普·盖尔!"奇普喊道,"我是加文·盖尔的私生子,奇普。"

一阵沉默笼罩下来。

奇普依次看向众人的表情。黑袍使大人看起来似乎只有惊讶。魔导师雅瑞恩由于太过震惊,几乎掉下眼泪。指挥官铁拳显然很恼怒。瓦里多斯夫人则浮现出奇怪的满意神情。

"啊,"她说,"那么我们就马上开始进行幻测测试吧。姑娘,"她命令雅瑞恩,"去把房间准备好。召集测试人员。"她看向奇普,"那么,也许不只是一个园丁了。"

走过去,弯身通过栅栏,奇普对自己说道。

CHAPTER
— 38 —

丽维·戴纳维斯爬上最后几级台阶,登上了光明利亚的最高点。她紧张地环视四周,由于她的个头是全班最矮的,因此不得不笨拙地把椅子举高站到上面才能看到一切。也因如此,刚刚她在陡峭的楼梯上什么都没看到。起初,她以为露台上没有人,接着她看到他。她的目标。她最后一次机会。

光明王站在建筑物边缘,向外探出身体。他看向东方,目光越过红晶塔,遥望蓝宝石湾。虽说加文·盖尔的岁数是十七岁的丽维的两倍,可他却在午后的阳光下呈现出俊美的剪影。宽阔的肩膀与窄腰形成一个大大的V字轮廓,一只衣袖被风吹起,露出手臂上发达的肌肉。赤褐色的长发在风中飘扬,红色调的头发,深棕色的皮肤,这样的搭配非常少见,即使是在七大郡的高层中也很少有,皮肤上也没有血森林人标志性的雀斑。这个人真的会是奇普的父亲吗?

"丽维!走开!"韦娜发出嘘声。

丽维挪到一边,她正停在楼梯的顶部,挡住了其他同学。她红着脸匆匆向前。她知道如果连健忘的韦娜都注意到了,那可不是什么光彩的事。真敢啊,接下来丽维肯定会听到这种话,不是从魔导师歌德肖恩那里,就是从班上几个不太友好的女孩嘴里。

六个女孩已经就座。班里没有男孩。光明王注意到她们,从塔边走到全班同学前面,和平时一样——万幸的是学习书本知识的日子大部分都已经结束了。贫穷可怜的丽维和她的朋友——健忘的艺术家韦娜与小商人的女儿艾瑞娜一起坐到第二排。其他三个女孩,就像她们一贯要求的那样坐在前排。她们代表了漂亮、富有、人脉、高贵、自满与天赋。魔导师歌德肖恩对这几个仅比自己小三岁的学生们几乎有求必应。

加文·盖尔过来站到全班同学面前。"各位同学们好。"他开口说道。很传统的教师问候。

"您好,魔导师。"她们齐声应答道,并没考虑是否应该使用其他的称呼。尽管这位老师是光明王。

"很好。"说着,他嘴咧向一边露出笑容。奥赫拉姆神啊,他真可爱。"今天我只是一名魔导师,而你们也只是弱光者。"

"是亮光者。"丽维不假思索地纠正道。

魔导师歌德肖恩发出嘘声,所有的女孩子都投来疑惑的目光,丽维即刻蜷缩到椅子上。纠正光明王!哪怕他把上下弄颠倒了,所有人也该点头微笑表示赞同。不过他似乎并没有生气,只是用那双令人不安的眼睛盯着丽维看了好一阵。

"啊,是的,"他说,"好吧,既然你们是高年级学生,我想你们一定有什么问题要问我吧?你叫什么名字?"

"我?"丽维回道。当然指的是我,他正盯着我看。"嗯,我叫丽维。"

"嗯,丽维?"

她的脸红得更厉害了。"奥丽维安娜,丽维、丽维·戴纳维斯。"她补充道。是希望他能注意到自己吗?她刚刚不是在丽维后面进行了补充?她是想要讨好他吗,就像那位卢斯格尔负责人要求的那样?

"做得好,"漂亮女孩在前排低声说道,"你只说了三次就说出了自己的名字。"

"和戴纳维斯将军有关系吗?"

丽维咽了一口唾沫。"是的,陛下。他是我的父亲。"强硬起来。干得好,丽维。

"他是一个好人。"他说,语气仿佛在回忆一个让他敬重的人,而这个人却要为众多光明利亚人的牺牲而负责。

"他是一个反叛者。"她难以压抑自己声音中的痛苦。令她痛苦的是父亲在战争中失去了一切,包括她的母亲。痛苦的是她总是被区别对待。痛苦的是父亲从来没有谈过伪光明王之战,甚至从来没试图为自己站在错误的一方战斗而辩解。

"叛军中好人很少,这使得你父亲更加引人瞩目。你有什么问题吗,奥丽维安娜?"

所有的学生都会在课前准备问题。但凡有重要的御光者来上课,坐在前排的那三位漂亮、富有还有人脉的女孩就会主导课堂上的大部分时间,因此丽维没想到她还能有机会提问。她犹豫一下。

"我有一个问题。"那个漂亮女孩说道。她的真名是安娜。她急切地俯下身子,抱起手臂托住胸部。光明利亚之顶的天气相当暖和,不过安娜穿来蔽体的衣服实在太少了,想必一定感觉到很冷。安娜与生俱来的美貌、深深的乳沟、以及暴露的裙装在男性魔导师面前很少失手。

"等等,我有一个问题。"丽维说。既然已经提到了自己就是柯尔文·戴纳维斯的女儿,她唯一可能引起他兴趣的方式——也会让他更加怀疑自己可能是个间谍——就是主动透露她来自莱克顿,并且认识奇普。

唯一的方法就是更进一步。亲爱的奥赫拉姆神,求您……

"说吧,丽维。"加文回道却没有看她,而是毫无表情地盯着安娜。他向下瞥了她一眼醒目的乳沟,然后转向她的眼睛,轻微摇了摇头——是的，我看到了，但是我不感兴趣。"

安娜脸色发白。她垂下眼睛，坐回到椅子上，把裙子拉下来。感谢奥赫拉姆神，幸亏丽维是坐在后排，眼下她无论如何都难以掩盖住自己的笑容。

"丽维？"加文看着她的眼睛问道。这是多么令人欣喜。她清了清嗓子："请问您是否能跟我们谈谈如何使用黄与幻紫双色御光术。"

"为什么？"加文问。

丽维呆住了。她的祈祷得到回应了。这是一个机会。

魔导师歌德肖恩插嘴说道："谈论一下幻紫与蓝双色御光术如何呢？这种御光术更普遍。我手下三个学生都是双色御光者，安娜几乎算得上是一名多色御光者。"

加文没有理睬她。

丽维从未想过会有这样的一刻。和班上这些女孩在一起，一直让她深受困扰。一年后她就能毕业，事实上，她已经掌握了足够的御光术，即使现在就参加期末考试也能通过。可她没有这样做，是因为即使毕业了也没有好的出路。她将不得不为握差她契约的卢斯格尔贵族解码官方非机密通信，多可怕的一项工作。可就算是这样的工作，也不会有人放心交托给她。尽管在战争期间，她还只是个襁褓中的孩童，对于叛军没有丝毫效忠之意，但即便如此，她仍是提利亚人。在光明利亚人眼中，仅这一点就足以诅咒她了。

七大郡各自负责本郡学生的学费，并且非常乐于进行这项投资。因为御光者对各郡至关重要，经济领域的各个部门，军队、建筑、通信、农业都离不开御光者。但提利亚一无所有。加里斯顿的外来郡首腐败至极，每年仅发放微薄的津贴。大部分来自提利亚的学生都不得不自谋生计。戴纳维斯的财富在战争期间遭到掠夺，所以丽维不得不承诺向卢斯格尔的赞助人提供服务以便能够待在光明利亚。

如果丽维来自其他郡，她们郡的大使将迫使赞助人承担双色御光者的培训费用，不然就会要求赞助人放弃契约。但是现在已经没有提利亚大使了。虽然有官方助学基金，旨在帮助像她那样的"困难学生"，但这项基金早已沦为官员对他们最喜欢的学生的奖励。提利亚没有发言权，也没有地位。

"丽维这么问是因为她是一个黄与幻紫双色御光者。"韦娜说。

加文转身看向韦娜。这姑娘是一个艺术家，打扮也充满艺术家的气息。她留着男孩气的短发，凌乱但却很精巧，上面缀着许多珠宝，衣服也都是她自己量身定做的。人们经常很难说出她借鉴的是哪个郡的风格，如果她确实有所借鉴的话。尽管不算漂亮，但她总能引人注目——在丽维看来这很棒。今天，韦娜穿了自己做的大摆裙，褶边的银色刺绣让人想起森族人的兽形纹样。设计使用的颜色还与幻紫巧妙呼应。

"真是个特别的姑娘，"加文对韦娜说道，"也是一个好朋友。我很喜欢你的衣服。"韦娜的脸顿时涨得通红。加文又转向丽维问："她说的是真的吗？"

"不，不是的，"魔导师歌德肖恩说，"丽维没有完成幻测，因此从那时起她便没有再显示出更进一步的能力。"

丽维拿出一副破损的黄色护目镜——只有一枚镜片——这是她两年前偷偷买的。她戴上护目镜，眯起眼睛，盯着白色的光明王之塔。不一会儿，窝起的手心里便充满了黄色拉克辛。

荡漾着，像水一样。黄色拉克辛的自然状态是液态，是所有拉克辛中最不稳定的，不仅对光线，而且对动作也很敏感。在最佳状态下，黄色拉克辛可被用于两个方面：液态形式时，它可以被制成巨大的火把；在薄的密封板内，它可以慢慢滋养其他拉克辛，使其保持新鲜，就像羊毛脂与蜂蜡能够保持皮革活性一样。

丽维把手心里的液体抛出，不等落地，黄拉克辛便在半空中闪耀沸腾，化作纯黄的光线。

魔导师歌德肖恩激动道:"太不像话了!你不能炼制……"

"闭嘴,"加文打断她,"你这是在浪费奥赫拉姆神赐予你们的天赋。奥丽维安娜,你是提利亚人?"

魔导师歌德肖恩不敢再动作。她不可以打断光明王的话,更别说打断他两次。

"是的,"丽维说,"离裂岩山不远的一座小镇——莱克顿。"

他的眼睛似乎闪烁了一下,但那也许只是丽维的想象,因为他问道:"你挺了多久扯下的幻测时的绳子?"

"两分零五秒。"她说。这可以说非常长。他直直看着她,表情变得柔和:"你和你父亲一样固执,我看出来了。我不到一分钟就放弃了。你做得不错。那么……幻紫与黄色,看看这个。"他伸出两只手。

所有女孩都将瞳孔缩至小光圈。正常视力下是看不到幻紫拉克辛的,即使是能够炼制幻紫的女人,除非刻意找,不然也看不到它。"你们平时的课程——毫无疑问你们不太喜欢——包括如何炼制幻紫拉克辛信件。"

她们确实已经学过了。幻紫御光者被用于通信正是因为幻紫的不可见性。但最重要的是,各郡也在寻找对幻紫信息进行叠加、变形与混淆的密码与方法,将消息锁定到精细的回路中,这样只有知晓打开与阅读消息确切方法的人才能打开那个回路。

"你们知道幻紫的好处是什么吗?"加文问,"绊倒人。"所有女孩都内疚地咧嘴一笑。每个人都曾这么干过。"不,认真来说,恶作剧是你在用别人想不到的方式练习应用自己的颜色,要创造历史必须要有点邪恶。密封的幻紫不如蓝色或绿色强韧,它几乎没有重量,奥赫拉姆神保佑,它还是隐形的!"加文制出一个空心的幻紫光球,大小和他的手差不多。他迟疑片刻,仿佛感到了疼痛。"丽维,掌控黄色的诀窍就在于理解它如何释放力量。所以,我们可以在光球中心制出液体的黄色拉克辛。"他说着就这么做了,"最重要的一点是光球里面绝对不能有空气,它必须是实心的。"他在闭合光球的时候光顾着看学生,一不留神在光球内留下一个气泡。光明王没有注意到。

"如果它是实心的,完全密封,那么即使你把它——"

丽维抬起手,张开嘴要说话,但是太迟了。加文晃动光球,带着炫目的闪光,光球爆炸了。所有人都被撞飞到了地上。

还没睁开眼睛,丽维就听到加文的笑声。他疯了吗?她抬起头,但他就连头发都纹丝不乱。"现在,"加文说道,"如果刚才是蓝色拉克辛光球,打破之后我们都已经被切碎了。你头脑中要清楚——不是心里或身体明白——密封的幻紫很容易磨损,但那并不能说明它是没有用的。"他制出另一个光球,速度与灵巧令丽维震惊。光球内瞬间充满了黄色拉克辛液体。

"起来,"他对同学们说道。安娜无声地哭了。她刚摔倒时刮破了膝盖,血流出来。穿这么短的裙子真是自找麻烦。其他人站起身,扶正椅子坐下。安娜仍旧待在地上。"起来,"加文命令道,"几个月之后你就要成为一名御光者了,还想表现得像个弱女子?你甚至都没做好成年的准备。"

他的话使安娜很受震动,课堂上的每个女孩都深有同感。他的话不仅是在说安娜,对丽维也是一样。意识到变成安娜现在这样多么容易之后,丽维不再看她。她对安娜感到同情,但随即又对这种同情感到气恼。正是安娜这种人才使她的生活如此悲惨。

加文随即不再理睬安娜。他猛地向天空抛出一缕幻紫,它是如此之轻,随风向西飘离高塔,但只要加文仍在释放拉克辛,不断供给、御光,他就能够不断将幻紫送得更高。然后他在那一缕缕拉克辛上培养出黄色光球,让它保持在光缕上,接着便将其发射到空中。他的右手被发射时的反冲力拉扯向下。

光球沿着看不见的线,轻快地向高塔上空飞去。在二百英尺的高峰处爆炸,发出剧烈的声响。丽维听到塔底的人们在院子里发出惊叹的叫声。

"现在,想象我将它用来对付狂奔的马群。虽然不会直接杀死任何人,但马和娇气的姑娘们一样,可不喜欢有东西在面前爆炸。"

同学们的脸红一阵白一阵,突然陷入了难堪的沉默。

"幻紫在双色御光术中还有其他特殊的应用方式。有人知道吗?"加文问。

安娜迟疑地举起手。他点了点头。

"可以用在远程控制中?"

"不错。你必须使幻紫保持开放状态,使用的时间越长,就越难控制。这就像在用看不到的球玩抛接杂耍。但是……"他伸出手,一个个颜色漩涡闪过他的眼睛,他手里出现一个红色光球,一个黄色光球,一个绿色光球,一个蓝色光球和一个橙色光球(丽维再次注意到他抽搐了一下,仿佛背部的肌肉被拉伤了)。然后他开始抛接这些光球。所有学生们,甚至魔导师歌德肖恩都倒吸一口气。要知道球的属性各不相同,橙色是油滑的,红色是黏的,黄色是液态的。当然,主要还是因为同时抛接这五种光球着实令人印象深刻。

啊,丽维明白了。每个光球都有一个非常薄的蓝色拉克辛外壳,内里充满着不同颜色的拉克辛。

加文闭上眼睛,继续抛接。不可能。他仅仅是在展示吗?不,他在展示的同时也在教授。

"啊。"丽维高兴地说。

"有人明白了,"加文睁开眼睛说道,"我闭着眼睛,是怎么做到抛接的呢?"

"您是光明王。您可以做到任何事情。"有人咕哝道。

"谢谢,我不需要别人一整天都来给我拍马屁,刚才说得不对。"

他刚才在说什么?!

"您没有在抛接。"丽维首先回过神来。

加文收回手,光球仍然保持着之前的错综轨道在旋转。每个人都收紧自己的视线,立刻看到了连接光球之间的幻紫拉克辛,光球都在遵循隐形的轨道移动。"没错,如果你给出一个现象,即使看上去非常不可思议,你仍然可以在人们眼皮子底下瞒天过海。这正是幻紫拉克辛的奥妙所在。奥丽维安娜,你能帮我一个忙吗?"

"当然。"

他微笑道:"很好。"他转过身来,他的衬衫上有一个黑色的污点。是血吗?丽维应该说出来吗?"魔导师歌德肖恩,不好意思,但是我不得不离开。我还欠你半节课,我会补上的。与此同时,你能否知会相关的官员,奥丽维安娜·戴纳维斯特此公认为幻紫与黄双色御光者。关于她的指令即刻开始。如果她的待遇低于卢斯格尔其他双色御光者的正常水平的话,我会很失望。费用由光明利亚的财政承担。如果任何人有异议,让他直接来找我。"

丽维立即将加文衬衫的事情抛诸脑后。她简直不敢相信她刚刚听到的话。光明王几句话就改变了一切,他解放了她。双色御光者!就一句话。本来她也许会去一个偏僻地方给贵族写信,可那样的人生就这样改变了,未来会怎样只有奥赫拉姆神知道。她甚至以为这一切都是她的想象,直到她看到魔导师歌德肖恩也露出同样震惊的表情,才确信一切是真的。这是真的。他后面说的话丽维又过一会儿才反应过来,她将享受与卢斯格尔双色御光者同等的待遇,费用由光明利亚承担。卢斯格尔的御光者住的可是最奢华的公寓,这是他们吸引优秀人才的战略之一。

只要丽维处理恰当,她就可以逃离那个见鬼的女妖婆阿格莱雅·克拉索斯。

加文笑着看向她,脸上带着一种淘气的、孩子气的欢乐,同时还混杂着丽维无法理解的更深刻的东西。然后他离开了。

但看着他跑下台阶,丽维感到隐隐的不安。今天她得到了希望的一切，还有她不敢希望的一切，可事情就这么发生了。

　　光明王刚刚买下了她。她不知道为什么是她，但这一切不是偶然。她看向韦娜，韦娜耸耸肩，眼睛瞪得大大的。加文·盖尔对丽维是有目的的，而且她将会愉快地执行这个目的。她怎么可能不呢？

　　但是那个目的是什么呢？

CHAPTER -39-

地牢内的蓝光正在试图入侵他的脑子,令他变得无情而冷漠。他将失去仇恨、嫉妒与愤怒。活死人在墙上喃喃自语。

达森站起来朝他走过去。活死人待在蓝色拉克辛墙壁旁一个特别闪亮的位置。当然,他是达森的双胞胎。

"时机已经到了。"活死人说,"你必须杀死你自己。"

活死人喜欢瞧见火焰落在达森腿上的模样,想看他如何应对。

达森猛地左右转动脖子,活死人也同时左右转动脖子。

"你这是什么意思?"达森问。

"你还是不愿做你需要做的事情。除非你能比达森切入更深,你——"

"我现在就是达森!"达森不耐烦地说。

墙上的人放声笑了:"还不是,你还不是。你还是我。你还是加文·盖尔,那个失踪的哥哥。达森偷走了你的生活,但你还没有得到他的生活,还没有。你还没有做好准备。过一两年你再来找我谈。"

"你已经死了!"达森不耐烦地说,"你是活死人,不是我。我是达森!"

但他的反应说明不了任何事。

他的儿子就在外面。是他的儿子，不是真达森的儿子。就像他偷走了他的生活一样，真达森也偷走了他的儿子。

加文很久以前就下定决心，如果达森偷走他的生活，作为回报他也会偷走达森的生活。他的弟弟向来比他聪明，所以逃生的唯一办法就是成为达森——然后超越他的弟弟，挖一个比达森挖的还要深的陷阱，反钳制住他。然而到目前为止，都没有任何效果。

"还没成功是因为你不愿意冒险，而那正是真达森的天才之处。"活死人说，"你还记得上次你们两个决斗时的情景吗？"

"他囚禁我，偷走我的生活？"

"不，是你最后一次用拳头战斗的时候。"

加文永远也不会忘记。他是哥哥，他必须要赢。他甚至已经不记得他们究竟为何而战，那也并不重要。也许是他挑的头也说不定。达森向来十分自大，从未对加文表示出该有的尊重。所以加文一拳打在他的肩膀上，还说他是反叛者。

虽然加文更年长，但达森已经与他体重相当——如果不论魁梧程度的话。事实上，大多数时候，当达森遭受到侮辱，他只会抱怨并诅咒对方，可那一天他没有，达森袭击了加文。突如其来的改变让加文感到一阵恐惧。很久以前，他便已经隐约感受到这种恐惧：一旦他输了，该怎么办？

两人扭打在一起，试图把对方摔倒，拳头如雨点般打在彼此的手臂、肚子与肩膀上。不少拳头都挥空了。但是那些落到身上的，与其说是想让人负伤，不如说是想让人感到痛苦。与兄弟打架是有规矩的，你不能试图打碎骨头，不能击中对方脸部。这是关于屈服、统治与惩罚的对决。

但若是达森赢得战斗，事情永远不会像现在这样。如今这些都不会发生。在恐惧与绝望下，加文的拳头击中达森的脸。

达森被逼退，不是因为这一拳的力量，而是震惊使他撼动。达森

携光者
卷一 光明王

一贯行事稳健,但加文一看到他的脸就知道自己犯了一个错,一个大错。对达森来说疼痛无关紧要,统治地位也并不重要,他已经完全疯狂了。加文甚至没来得及使用红色魔法就输得一败涂地。他输了。

达森猛推加文一把,将他打倒在地。加文试图脱身,跳向旁边,准备溜走,但达森并不想争权夺位,他只想打倒加文。两人一起倒下。加文砸到达森身上,用膝盖狠狠一击。

不管用,达森甚至都没有任何感觉。他吃下这一击,然后以同样的力度还击加文。达森出其不意地将加文压在身下,双手捏住他的喉咙。

加文的恐慌消失了。他们都学过擒拿。他重击达森的下巴,没有作用。达森受了这一击,便开始用手肘猛击,打偏了,就再压下去。

恐慌报复似的一并袭来。达森要杀了他!加文一拳又一拳,试图反抗,达森默默承受,却无动于衷。

来吧,伤害我吧,反正我要杀了你。

当达森突然放开加文时,世界变黑了。等他摇摇晃晃地站起来,加文猛咳一阵,慢慢又活过来。然而此时他的弟弟已经不见了。

从那之后,他们再没决斗过。那就已经足够了。无需任何言语,他们知道如果再次战斗,必是你死我亡。

如果当时在裂岩山赢的人是我,我一定不会手软。

但达森给了他活路。就像那一刻,加文的喉咙握在他的手中。他本可以碾碎我。他本可以杀了我,但他没有让我死。因为他的软弱。

"如果达森软弱,"活死人说,"那你又算什么?你输给了他。"

他笑了。

"同样的事永远不会再发生。虽然花了很长时间,但我最后总算醒悟了。我将接受我弟弟给我的教训:不惜一切代价取得胜利。如果你做好了付出代价的准备,等真到那个时候,或许已经不用付出代价了。"就是这样,答案非常简单。现在,就在此刻,加文准备成为达森。他会汲取达森的长处，摒弃他的短处。

加文伸出一只手，抚摸自己的倒影。"你现在真成了一个活死人。"他说。

因为他不能获得足够的热量，之前炼制薄红色的企图全失败了。这里唯一能产生热量的东西就是他自己的身体。前一次，由于摄取了过多的热量，他差点因此丧命。就算痴心妄想，那也不够的。他没有孤注一掷的意愿，他不想死——如果必须要死才能做到的话。但现在他终于有了这个意愿。

"谢谢你，弟弟。谢谢你，儿子。"他大声说道。他制出一叶蓝色拉克辛刀刃。如果集中注意力，这片刀就能有一个薄刃。经过这么多个日日夜夜，他和他心中的活死人终于决定将长发剃掉。他割掉头发，将发丝扎成细条，然后将两头绑住，这样头发就不会散开。等他攒够一小堆，就可以从身上刮下足够多的油。于是，他开始编辫子。首先必须完成这一步。之后，他会用尽所有逃跑的手段。

这一次，蓝色帮了他大忙。过去的他——在他还拥有自我，在他还是加文的时候——绝对不会做这种事。编辫子，弄错，再重来，笨拙的手指将未编好的头发掉到地上，发丝散了一地，一周的努力顷刻间全部白费——所有这些本会令他发狂，但蓝色让他冷静下来，并帮他把所有头发重新整理成原样。

达森起初没注意到这一点，但就在那一天，他忽然想起某种他已经失去很久很久的东西——希望。他一定能逃出去。现在他很确信，一切只是时间问题，复仇的时刻马上就要来了，就算等得再久，那也只是为了让最终的胜利果实更为甜美罢了。达森叹了口气，心满意足地继续完成手上的工作。

CHAPTER
— 40 —

扯下染血衬衫的时候,加文不小心挂到烧伤,不由得低哼一声。五十代纳的衬衫,半个小时就让我给毁了。更糟的是,他注意到有几个女孩已经朝他身上扩散的血迹瞥了几眼。好在这还算不上大灾难,她们不会开口问,只有彩袍使们才会。他愿意把谎言省下来留给他们。

不过他还是暗骂了一声。

加文知道,在如何摆放他衣物的问题上,玛丽希亚一定有一套归纳整理制度。但不管是什么,他从来没洞穿过其中的逻辑。他将成堆的衬衫、裤子、马裤、斗篷、长外衣、长袍、长袖大袍、遮阳帽和格特拉头巾胡乱翻到一旁,其中大部分都是他觉得自己永远不会穿的东西。奥赫拉姆神,他真有太多衣服了,而这些还只是他的夏装。他猜这是因为作为光明王,他是属于所有人民的,所以如果他要去会见一位大使,或是突然去拜访阿波尼亚,他就得穿合体的当地服装。

加文依旧袒胸露背地站在原地,往烧伤处涂抹着药膏——至少他还有意识要在房间里备有一些急救物品——这时门开了。玛丽希亚悄然而入,她瞥了一眼加文肋骨上的伤,翠绿的眸子闪过一丝怒火。加文不会说出这怒火是因为他,还是为了他。也许两者兼有。她从桌上抓起药膏,继续往他身上涂,一直涂到后背。哎呦,好疼。很显然,他之前忽略了一些伤口。玛丽希亚熟练地用双手为他包扎好伤口,但动作可一点儿都不温柔。"陛下,需要我帮忙找件新衬衫吗?"她问。

"嗷——!"一声惨叫。加文清清嗓子,把音量放低:"拜托。"

她走到一摞衣服跟前——他发誓自己之前绝对已经彻底找过一遍——并立即从底下拽出一件衬衫。虽然这件他似乎从未穿过,却是他喜欢的风格,而且颜色够深,即使药膏渗出来也不会有人注意到。玛丽希亚有她自己的神奇魔力,他发誓之前这件衬衫绝对不在那里。

她一边帮他更衣,梳理头发,一边轻松地吹着口哨,古老的调子,却很动听。玛丽希亚很擅长吹口哨。

哦,这调子是《迷路的羔羊》。这算是她对他找不到衣服的评价吗?也许吧。不过他还有更重要的事情需要操心。他已经处理完他哥哥那边了,不知道彩袍使这边又会弄出多少麻烦?

"我会在早晨或者明天出发,"加文说,"有个年轻人正在楼下接受测验,他叫奇普。是我的,呃,亲生儿子。"没必要对玛丽希亚用"侄子"这种委婉说法。她知道加文囚禁了他的兄弟,但就算是她也不清楚加文其实不是加文。战争开始前她并不认识他们俩,所以她没必要知道这点。虽然加文完全信任她,但知道这个秘密的人越少越好。这样在一切被戳破之后,恶果烧到他身上之前,他能坚持的时间更长。"他十六——十五岁,我是说,你能不能给他找些合适的衣服,再为我们俩准备两个星期的行李?"

"是要打人的还是打动人的?"

"两者都要。"

"如我所料。"她平静地说。

出门时,加文随手拿起剑。那是一柄剑鞘布满宝石的宝剑。在使用兵刃方面,他的水平完全不及黑卫。虽然加文的剑术也曾十分娴熟,但自从意识到自己可以操控任何颜色,并瞬间制出想要的武器之后，他便再没要求自己像黑卫那样的职业战士一样精进剑技。

当然，那得是在公平比试的前提下。事实上，御光者之间的战斗往往都是不公平的。黑卫们自己也会用手上任何东西来战斗：刀剑，魔法，一杯红酒或是一把沙子。

他将伊利塔手枪也别到皮带里。够卑鄙了。

加文走出门时，两个黑卫正在守候。是他的护卫。这是他向白袍使做出的妥协。当他认为没有必要时，可以不叫黑卫护送——也就是大部分时间——但前提是他得同意在被暗杀可能性较大的地方让他们跟着。尽管白袍使对他如此理解他们的协定感到十分不满，但加文依然坚持自己必须拥有这点自由。

一条长廊将这层楼一分为二。加文大步迅速走过。这条走廊他和白袍使各占一半，因为光明利亚会旋转的缘故，加文那半总是向着太阳，而白袍使则永远在阴影里。多奇怪的讽刺，好在已经步入晚年的她对此还算中意，这样一来，使用御光术的诱惑就降到最低，死亡的脚步也随之放慢。至于她是怎么做到这点的，确实令加文惊讶不已。毕竟一旦不能御光，他会感到空虚与脆弱。没有御光术，他的人生就不值得再继续下去。御光术定义了他是谁。当然，对白袍使来说这也一样，可她的生活依旧在继续，她的意志依旧坚实如铁，她的脊梁依旧挺得笔直。

走过守在她门前的黑卫，加文敲了敲房门。

"她不在里面，"左边的黑卫说道，"白袍使殿下已经去光明利亚会见各位大人了。她认为只因一人迟到，就让所有彩袍使久候实在太过无礼。"

这就是黑卫们表达不满的方式。当加文没有走向直梯，而是走向白袍使房间的时候，身后的黑卫就已经知道他要去哪里，却并没有开口。而白袍使的守卫打从见到他开始就知道他要过来这里，可直到他敲门才告诉他白袍使已经离开，这让加文浪费了更多时间，去得比预计的更晚。一人迟到？我不在，彩袍使能讨论什么？要召开会议的人是我。

太幽默了。黑卫们总是这样含蓄地宣示自己的愤怒。不过接下来这一阵子他们应该不会再制造麻烦了，铁拳会保证这一点。因为如果他们把加文惹过头了，他就会加倍回避他们，让他们无法做好护卫工作。尽管如此，他们还是想要他的尊重。其实从某种程度上来说，他已经给了。

连自己想不想保护光明王或白袍使都不知道，就自愿跳出来给人当枪使，根本就是群怪人。加文可不会被这种事情束缚住。权力即自由，所以必须维持自由。

"如果你们不能好好为我效力，"加文对身后两名黑卫说，"就等于根本不能为我效力。"说完，他转身走向直梯。

他们当然什么都没说，只是跟在他的左右。铁拳指挥官训练过他们如何忽略那些会把保护对象置于险地的命令。

加文向下挥动手臂，放出多条用黄色强化的蓝色拉克辛，垂在身体左右，趁着黑卫犹豫的片刻，快步前进，同时合上拉克辛间的缺口。他头也不回地抛出成片坚实的蓝、红、绿、黄与幻紫拉克辛，坚如铜墙铁壁。

这满足了他内心的一小部分。他兄弟真的惹恼了他，这个混蛋。

但与此同时，他又必须这样做。黑卫必须知道他们无法控制他。而护卫的精明之处就在于：首先只妨碍你一点点自由，然后再多一点点，之后很快他们就彻底得逞了。加文绝对不会让这种情况发生。如果他总让黑卫盘旋在自己周围——如他们最终希望的那样——到时候不只水上滑翔机与兀鹰会被知道，他的终极秘密也会被人知道。如果黑卫发现加文其实不是加文的话，会怎样？他们可能会默认他已经是光明王的事实，那还算好；也可能把他当成对真光明王的一个威胁；更或者就此分裂出两大敌对阵营，一群精英御光战士自相残杀，这真

携光者
卷一 光明王

是个令人愉悦的想法。这就是为什么刚才加文必须那么做。黑卫必须一遍一遍学会低头接受加文抛来的施舍：如果你们全心全意为我效力，我就会让你们保护我，但这项特权我随时都可以收回，不管有无任何理由。

起初，也就是几年前，矛戈指挥官处罚了那些被加文摆脱掉的黑卫。当他发现这招不奏效之后便把惩罚公开化，当众羞辱那些黑卫，尽管这些本不是他们的错。这虽然让加文感觉很不好，但他依然我行我素。矛戈指挥官随之将处罚升级，公开鞭笞了几个人，其中就包括年轻的铁拳。对此，加文的回应是一边打哈欠一边不让黑卫近身一个月。之后有一次他去拥挤的集市里闲逛，还把矛戈派来的黑卫禁足噤声留在原处。当时正值战争结束不久，不少人都很乐意找机会去杀他。

于是，当一起未遂的暗杀终于发生时，没有任何黑卫在场，矛戈指挥官因此开除了六名本应在场保护加文的黑卫。最终白袍使介入，开除了矛戈指挥官。加文一点儿都不为他难过，他既然了解利用愧疚控制加文根本行不通，就应尝试些别的，一个不会变通的人根本就不该掌管黑卫。

这一举动虽然没为加文赢来朋友，但却为他赢得了自由。再说他也不需要朋友。直梯旁值守的两名黑卫面面相觑，等他走近。守卫在左边的女人身材矮小，却健壮如牛。她开口说道："光明王陛下，我见您身边没有任何护卫。我可以跟着您吗？"

加文咧嘴笑了。"既然你问得如此友善。"他回道。

他们为他打开直梯门，片刻后，便来到加文与白袍使所在层之下的一层。值守的黑卫眨巴眨巴眼睛，看向他身边唯一的护卫。毫无疑问，他们知道守卫的轮换制度，也知道今天不该由她负责护卫光明王，更清楚光明王身边从不能只有一名护卫。

"光明王陛下。"其中一人说道。这是个高大的红橙双色御光者，刚过二十岁，看得出是个颇具天赋的年轻人。"我可以陪同您吗？"

"谢谢，但不用了，"加文说道，"你无法保护我免遭里面那些正等着我的东西的攻击。"

加文曾经告诉奇普，白袍使想要削弱光明王的权力，虽然他不怎么喜欢她这么做。

他走进会议厅，彩袍使们已经散坐在桌子周围。在正式场合，他们会依序落座：薄红使，红袍使，橙袍使，黄袍使，绿袍使，蓝袍使，幻紫使，黑袍使，光明王，白袍使。但像这样的会议，坐在朋友旁的吸引力和占据舒适座椅的诱惑会抵消掉每次都坐同一位置的规定。加文走到最后一个座位旁，在名叫赛达的幻紫使——一位身材高大、骨瘦如柴、黑如焦炭的帕里亚女性——与蓝袍使克莱多斯之间。后者是个柔弱的卢斯格尔人，男性，肤色较浅，大胡子上串着珠子。

加文还曾告诉奇普，每名彩袍使都各代表一个郡，事实上也大抵如此。每个郡首都会任命一位彩袍使，而这也成为大部分统治者做出的最重要的决定。但早在伪光明王之战以前，该制度就已被打破。当时，安德洛斯·盖尔凭借贿赂与敲诈霸占了红袍使的位置，在那之前血森林已经委任了一名彩袍使。他一直都这么胆大妄为，声称盖尔家族在卢斯格尔境内有片小沼泽地，所以他有卢斯格尔人的资格，并夺走了卢斯格尔的席位。

当然，战争结束后，类似的逻辑也被用于剥夺提利亚的席位。

因此，他们的效忠往往更复杂且更多元化，令人头晕目眩。红袍使与蓝袍使都来自卢斯格尔，所以在关系到卢斯格尔的问题时这两个使者便可能会联合在一起；绿袍使与吉雅·托佛，来自阿波尼亚的女黄袍使还是表亲；另一边，阿波尼亚人切断了帕里亚与卢斯格尔在海峡区的贸易往来，因此任何有关贸易的事情都能成为让他们掐红眼的起因，但在其他事情上又可能会抱成一团；薄红使是血森林人，现在同其强大的邻国卢斯格尔是盟友，不过绿袍使的兄弟在战争中杀掉了她的父母……类似的事情多到说不完。七大郡每个家族都用尽一切办法送至少一名子女到光明利亚,不为别的,只为以后能有人为他们撑腰。

反过来,每位彩袍使也都使出浑身解数来保护自己。家族纽带,姻亲关系,国际联盟,色彩上的一致与意识形态的相同都可以拿来利用。彩袍使的政治属性与他们的魔法属性成正比,想被任命为彩袍使就必须有一定的御光天赋——白袍使可以保证这点——但满足这条之后,不少有主的席位便会在上任的同时让满载黄金的驴车驶进各郡首的豪宅。加文知道,他父亲加入的时候就是这样。

坐在轮椅上的白袍使说道:"我宣布会议开始。请记录,此次会议除了红袍使,所有彩袍使都到齐了。"他们最痛恨这一点,痛恨无法摆脱安德洛斯·盖尔的现实。他已经连续五年都没有出席。他们恨透了他蔑视所有常规惯例的行为,更愤恨他在如此情况下竟仍坚持要参与计票,选票更是只派使者送达。很显然,他多么不把他们的意见当回事,这尤其让人愤恨。任何口才一流的说客都无法说动安德洛斯·盖尔。他会独自判断并权衡每一个问题,然后做出最终决定,完全不理会群魔乱舞的彩袍使会议。但同时,彩袍使们也惧怕他。白袍使开口说道:"光明王陛下,因为是您发起此次会议,所以在此,我将把主持会议的责任转交给您。"

她以为这样就可以打压他,以为这样就能孤立他,以为假如她不拽拽缰绳,他就可能会变得岌岌可危。

当心,奥蕾雅。当被扼住咽喉的时候,狗会变得温顺——狼只会发狂。

加文与彩袍使的关系一直满布荆棘。裂岩山战役之后,加文一直在休养,他们理所当然地"听命于惯例",趁机剥去了他守护圣使的头衔,夺走他掌管军队的权力,却不问问他是否容许他们那么做。虽然他还在学习适应新身份,但事实上他个人对哪个彩袍使都不怎么在乎。彩袍使们也不在乎他。他活得太久，变得太强。他根本不需要他们，这让他们感到恐惧。

他们痛恨他的父亲，痛恨所有姓盖尔的人，所以他们一直抓住一切机会去阻挠妨碍加文。

耐心点，加文。你有充足的时间去完成目标，你有充足的回旋余地，你是安德洛斯·盖尔的儿子。

"我们需要立即对加里斯顿放手，把我们的人全都撤出来，把它还给格拉多国王。"加文说道，"最好再加一句没能及早归还的道歉。"

沉默。依旧是怪异的沉默。

蓝袍使克莱多斯似笑非笑地轻哼一声，见没有其他人插嘴，便再次沉默下来。

"国王？"白袍使问。

"他是那么自称的。"加文并未多做解释。

幻紫使赛达说道："您肯定不是认真的，光明王陛下。再有几个星期就轮到帕里亚统治那里了，这是我们应得的权利。大家连计划都制定好了，船舶也已经起航。如果我们必须谈论这个话题，就从两年后再说吧。"

"绝对不行。"橙袍使德拉勒说道。她是个四十岁的双色御光者，巨大的胸部已经下垂，眼中的红色与橙色也堆到瞳仁边缘。她是阿泰什人，继帕里亚之后，统治权就会轮到阿泰什。"当年第一个得到轮换统治席位的就是帕里亚，那时候城里本来还留有一些珍宝，结果竟然被你们席卷一空。"

"那地方已经被夷为平地了。我们又要重建修复，又要照顾伤病患，那些不过是适当的补偿。"

"别说了，"眼看就要争执不休，加文开口阻止道，"你们争错地方了。这不是谁有统治权，谁先谁后，或者多长时间的问题。自我们

携光者
卷一 光明王

收复提利亚已过去十六年，这个房间里却依然没有一位来自他们的代表，每年来光明利亚的提利亚人也越来越少，这是为什么？他们突然停止输送御光者来了吗？还是因为我们对他们的打压如此彻底，导致他们无法资助自己的御光者，进而加深了他们贫困？我们占领加里斯顿，他们的主要港口，也是最大的城市，然后你们的长官给每个橘子、石榴与甜瓜计税。我去过加里斯顿，昔日的繁华已成为幻影，宏伟的灌溉渠里全是沙子。田间要么只能看到妇女与儿童，要么彻底荒废，而且那里一个御光者都没有。"

"你同情他们？"橙袍使德拉勒问道，"如果我的兄弟死而复生，卢城城堡再现人寰，那一刻我会同情加里斯顿。是他们追随了达森，也是因为他们，数万百姓死于非命。我亲眼看到他们将女郡首娜希德两岁大的儿子丢下长阶。我还看见他们剖开她怀孕的肚子，把胎儿拽出来，赌谁的手下能把那还在抖动的胎儿扔到最远。他们砍掉她的鼻子、耳朵、胸部和四肢，然后把她一并抛下去，就在我们面前。那胎儿一直滚落到台阶的最后一级。说句不夸张的，脑浆都溅到我的裙子上了。我想去接住它，身体却动不了。在场所有人都没动。这些就是你希望我们慈悲对待的人？还是那些击沉整个难民船队的人？那些船上一个御光者都没有，全都是手无寸铁的人！"

这是加文的错。作为达森时犯下的错。他当时派一位年轻的新任将军加德·德尔马塔过去，这人向来高效直接，加文让加德搞定卢城，德尔马塔将军便将他的话解读为让那里永无还手之力。他彻底终结掉郡首一族——全族五十六名成员及几十名男仆——公开地，按照他们的继承顺序一次处决一个，之后烧毁了他们伟大的城堡，阿泰什的骄傲。对于漏网之鱼，德尔马塔将军还派火系御光者乘船紧随其后。事后加文才得知这些事。可他还能做什么呢？这是战争，他的将军遵从了他的命令。况且，接下来当德尔马塔将军向伟大的艾多斯城前进时，他们直接束手就擒，因为他们惧怕这个男人，惧怕他的残忍。

"也许,"加文说道,"我们可以算算,当你因报复点燃加里斯顿,并闩上大门不放走一个时,有多少孩子因此而丧命?我依稀记得,除了二百名士兵,提利亚所有御光者和军队当时都在三百英里之外。河水用了多久才把那些尸体都冲走?水上飘了那么多幼小的尸体。即使有数以百计的鲨鱼将整片海湾翻搅成泛着泡沫的血水,也得花好几周的时间,不是吗?"

加文一直不知道是谁的主意,但是当加里斯顿被烧毁后,有人派火系御光者守在城墙四周。那些御光者在士兵的掩护下,向城中疯狂投掷大片大片的红色拉克辛。由于红色拉克辛常用作灯的燃料,因此它在整个城市中到处蔓延。加里斯顿瞬间化作人间地狱,上万人跳进河里,接着又有数千人从那上面再往下跳。尸体多到几乎将河水拦为几段。接着,他兄弟手下某些更聪明的御光者将红拉克辛注入绿或蓝拉克辛做的小船中,顺流而下,还有人将红橙拉克辛混合,做出可以在水下燃烧的物质,或是混合幻紫拉克辛,使其在水面漂浮着燃烧。大火、浓烟、河水、推搡的人群、倒塌的房屋落入拥挤不堪的河里,碾碎数不尽的生命。在蔓延于河面的大火之上,死亡规模空前绝后,超出所有人的想象。

战争开始前,加里斯顿的定居人口曾超过十万。征兵将其削减到大概八万。而那次大火之后,竟只剩下一万,最后只有五千人挺过随后第一个冬天。

"够了。"黑袍使说。由于卡弗并不是御光者,因此从某种程度上来说,他是彩袍使中最弱小的。作为黑袍使,他主要负责小杰斯波岛绝大多数日常政务:进口食粮,管理贸易,签订合同,招募士兵,发放军饷,维修房屋与码头,造船,以及其他一切白袍使转交给他的事务,这样她就可以集中精力治理光明利亚。尽管如此,他却是一个非常强大的男人,加文也十分尊敬他。"这样的惨事我们可以列一整天,光明王陛下。说这个又有什么意义?"

意义在于,我余下的五个伟大目标中,唯一纯粹而无私的那个就是解放加里斯顿。这些人因我而生活在水深火热之中,你们这群混蛋却处处阻挠我对他们提供的每一次帮助。

"意义在于,"加文说,"提利亚与我们之间都有充分的理由互相怨恨,我们已经因为那场战争持续惩罚了他们十六年。现在为此付出代价的人,在战争刚开始时大多还是孩子,不管自己的父辈是否参与其中,我都看不出他们有任何理由要继续替已经死去的那些人还债。他们恨我们,但事实上,我们谁也不想——七大郡全都算在内——都不想再次带兵回到那里。"

"您在说什么?"

黑袍使问道,"您查到军事威胁方面的具体情报了吗?"

"我是说,如果我们不撤出加里斯顿并以我们的名义终止进献,格拉多国王就会采取武力将其夺取,并以他的名义终止进献。"格拉多那时对加文说的那句话,"我们会取回你们曾经偷走的东西",恐怕就是这个意思。但加文无法在不透露更多秘密的情况下告诉他们真相,再者说他们怎样都不会相信的。

"这一点都不好笑,"蓝袍使克莱多斯紧张地说。虽然他在许多方面都是个懦夫,但卢斯格尔是不会那么轻易放弃加里斯顿的,加文很清楚这点。"我们有一千名士兵和五十名御光者,不管那个什么格拉多'国王'能召集到什么样的军队,单凭这些御光者就可以抵挡住。"

"屈服于一个反叛者、一个自己称王的人——简直不可想象,"橙袍使表示道,"他这种人就该被处死。"

哦,父亲,你不再出席可真是太遗憾了。你会喜欢这对话的。我能做到一件你永远也无法做到的事。

"首先,"加文说,"我们撤出本身绝对是正确的。那些被我们惩罚的人已经遭受太多痛苦了,所以他们恨我们。过去的十六年,我们一直在为另一场战争埋下种子。是他们发动了战争,没错。德尔马塔将军生于加里斯顿,也没错。但是,这都不是我们为所作所为开脱的借口,因为那些行为不仅是错的,还愚蠢至极。"

"您说什么?"橙袍使德拉勒说道。上一任橙袍使——她的母亲——就是加里斯顿轮流统治制度的创始人。

"你听到我说什么了,"加文说,"我们几乎没有提利亚御光者,你认为是因为那里再没有御光者出生了吗?哈!假如他们不再来这个让他们贫穷、被唾骂、被当成叛徒对待的地方接受训练,是因为有人要在离家不远的地方训练他们呢?一所致力于向光明利亚复仇的新学校已经成立开课了,就因为我们的鼠目寸光与执迷不悟。"

"一派胡言,"德拉勒说,"真要是这样,我们早就该听说了。"

"要是你没有呢?"加文问道,"他们的教学质量可能不如我们,我希望如此。但是,即便只有一些基本的火系魔法,你那五十个御光者能在加里斯顿对抗几百名御光者多久?数千叛军可以堂而皇之地隐藏在当地人之间,面对这样的叛军你的士兵又能顶住多久?格拉多王迟早会占领加里斯顿,他会提出需求,专门针对那些苛刻的条款,然后将其付之一炬。唯一的问题是,我们是选择成为败者,丢掉面子,让格拉多国王看起来像个胜利者,最终卷入一场让在座各位都食之无味的战争,还是放弃那微不足道的进献——尤其在六等分之后——放弃那些我们无法保留的东西?但如果在格拉多王提出要求前就把加里斯顿给他,则会显得我们胸襟开阔。如果向他致歉,就会显得我们品德高尚。而且假如我们在他发难之前将两者都做到的话,我们就能剥夺他胜利的可能与挑衅的借口。"

"您有证据吗?"德拉勒问道。她很圆滑,橙色御光者往往都是这样。但随着时间的推移,操控红色系拉克辛会让御光者变得更加鲁莽且更具有侵略性。"因为在我看来,您在为几个几乎不成立的理由让

携光者
卷一 光明王

我们放弃整座城市。我们不了解这个新国王格拉多是怎么回事,他最近才上台,连个使者都没派遣过来,更别说您刚才提到的索求了。"

"你是说你们都没在格拉多身边安插间谍?"加文反击道。

有些人嘲讽地笑了笑,然后沉默下来。当然,没人会承认这点。他们彼此互不信任。虽然过去的十六年没有发生过战争,但是这并不意味着今后每个人的利益依然会保持一致。光明利亚与各个首府之间一如既往地充斥着间谍。

"如果没有的话,"加文用一种绝对会刺痛他们的专横语气说道,"就去安排一些。"

"陛下,我们高度重视您给七大郡的建议,这是当然——"蓝袍使克莱多斯开口说道。自从加文终结血森林战争之后,卢斯格尔人就一直非常恨他。

加文打断他的话。该表现一下急躁了。"听着,你们这些蠢货。我不懂你们怎么看不明白即将要发生什么,或者有几个也许看明白了。你们忠诚卓著,尽管这样,也改变不了叛乱与异端正在兴起的事实。格拉多国王图谋的是推翻七大郡的统治和人们对奥赫拉姆神的崇拜,我本以为奥赫拉姆神的彩袍使们会更好地为他效力。"

"够了!够了,光明王陛下!"白袍使咆哮着,一脸不可置信地看向加文。

没有什么能比责骂大权在握的人更愚蠢、更狂妄,那简直是忘恩负义,无法无天。环视房间,加文看到一些人脸上的震惊与另一些人脸上的仇恨。

寂静之下,蓝袍使克莱多斯首先开口。他是蓝色御光者,所以能比其他人更快厘清思绪。"我认为,我们应该高度重视光明王陛下的话。我们每天都同他一样热忱地为七大郡与奥赫拉姆神效力,这样做相当明智。"这话说得很直接,却带着明显到不能再明显的恶意。"我提议,我们可以派个代表团去加里斯顿,评估一下这位被指控为反叛者的格拉多究竟存在多大的威胁,然后直接向我们汇报。"

"一个代表团?你是瞎了还是傻了还是脑子坏掉了?"加文责问道,"到那时候他们——"

"加文!"白袍使说,"够了!"

她让大家投票决定是否派遣代表团,并让其在两个月内回来报告。这项提议以五比零外加两张弃权票通过了。

加文坐回到椅子上,像被惊呆了,又像被彻底击溃。寂静中,在其他人起身离开前,他摇了摇头,严肃地说道:"战争结束后我选择了放权,放弃了守护圣军。当许多人希望我成为实至名归的皇帝时,我选择了站在幕后。现在你们学会无视我的意见,很好,不过告诉你们的郡首:准备好迎接战争。格拉多王不会止步于夺取加里斯顿,我可以对此保证。"

看到了吗,父亲?这就是我能做到而你永远也做不到的:我能将失败演绎得天衣无缝。

CHAPTER
— 41 —

直到出发前丽维都没能熟悉黄晶塔上的新公寓。她没做任何庆祝。不是因为她觉得自己当初一时冲动,只是随着时间一分一秒的流逝,她的勇气也在逐渐消退。她拜访了岛上半数以上的放债人,才找到一个愿意接收她的。

走进新房间,她发现塔上的奴隶们已经把她那点微薄的财物全部从那个待了三年却只有衣橱大的家里搬了过来。另外,床上还坐了一个女人。

"你好,丽维,刚才出去庆祝了?"阿格莱雅·克拉索斯问。

"你在我的公寓做什么?"丽维问道,"你是怎么进来的?"

"忘记老朋友可不好,奥丽维安娜。"阿格莱雅站起身,走到丽维面前,离她只有一掌宽。

"怎么?你是来威胁我的?我吓得全身都发抖了。"

某种丑恶的东西在阿格莱雅的脸上一闪而过,但她马上换回那副圆滑的面具,还有那虚伪的笑声。"小心你那刀子嘴,丫头。说不定会割到自己的喉咙。"

"我受够了,"丽维说,"加文已经——"

"把你收买做他床上的奴隶,我听说了。"

"下地狱去吧！"丽维说。

"要下地狱的是你，看看你是如何对一个有杀母之仇与灭国之恨的人投怀送抱的。"

这句话如同一个巨大的耳光，让丽维不禁后退一步。

虽然阿格莱雅之前提过加里斯顿的那把大火，但丽维从来没听过任何类似这样的传闻。事实上，丽维毫不知情，但考虑到消息来源，她愿意相信这是个谎言。"光明王陛下同此事毫无关系。"

"你这么确信，是因为他就是这么说的？你母亲死于那场大火，而你父亲曾带头对抗加文·盖尔。"

"加里斯顿与你何干？卢斯格尔在那场战争中是站在光明王陛下那边的，你父亲当时还同加文并肩作战。"

"而且我哥哥还是加里斯顿的官员，所以，以我的身份，自然知道很多。"阿格莱雅说。她压低声音，凑得更近："也许现在你也是了。"

原来她来是为了这个。"不，"丽维说，"无论是你，卢斯格尔，还是你那些谎言，都和我再没有任何关系。"只忠于一。这是戴纳维斯家族的家训。它再三地训导后人，只能效忠一方。但丽维并不打算为这一方效力。

"迎接你的新生活吧，丽维。现在你一步登天了。你已经参与到这场盛大的牌局中来，而且手气不坏。你看，丽维，虽然你是提利亚人，但没人再会因此针对你了。跨过这层阻碍，你只会变得更加卓尔不群，美好生活也将唾手可得。"

"我不会被你收买。"丽维说。

"你已经被我收买过了。"

"现在的情况不同了。我应光明王陛下之诏。"

阿格莱雅缓缓抬起眉毛，她的马脸因此显得更长。这绝对是个反复练习过的表情，但话说回来，她身上根本没有哪点儿是真实的。

携光者
卷一 光明王

"我和你相处多久了,三年了吧?我总会回去翻看我的记录。我从没当你是个小偷,奥丽维安娜·戴纳维斯。但现在,经过三年的训练,你却要放弃你的责任。这三年来,我们满足你的每个需求——"

"哦对,还是非常慷慨地满足!"丽维说。

"如果我之前更加慷慨的话,你现在欠下的债务就会更多。我的问题是,丽维,你是哪种女人?"

这个问题就等于把一支羽毛笔放在了丽维手中,让她签名放弃一笔到手的财富。随着她与加文新建立起来的友谊,她也许可以让卢斯格尔见鬼去。他们能对光明王陛下的决策说什么?虽然丽维从一无所有——一个仅能使用一种稍微有点用的颜色的单色御光者——变成一个双色御光者,但她仍然不值得各方势力争来夺去。每个郡都有不少投资打了水漂,像是御光者阵亡或是被烧死,甚至在训练的最后一年改换门庭。七大郡到处都在挖墙脚,而卢斯格尔在这方面做的比其他郡都成功,所以他们当然不会为了争夺丽维而拼尽全力。

但是,作为戴纳维斯家族的一员,做事必须光明磊落。无论何时。

"你想怎样?"丽维问道。

"一直以来,你都让我处在一个非常尴尬的境地,丽维。一个反叛将军的女儿,一个没有太大天赋的御光者。可现在,你会成为我皇冠上的一颗明珠,成为我对那些想要羞辱我的人绝妙的报复。为了这点,我需要你成功。财务处会从光明利亚的常规经费中拨出一笔丰厚的津贴,很快就会送到你手上。收下那笔钱,之后我们还会再付给你双倍。我们会取消你的债务以及这些年你欠下的劳务。该死的,如果你能好好出牌,还可以在离开杰斯波岛前拿到三四个郡的津贴。事实上,如果你能为我们好好效力的话,你根本不需要离开光明利亚。想象一下:你可以在这里生活,在这个世界的中心,在这个发生所有大事的地方。你可以随意选择情人与伴侣,给你的孩子所有你曾被剥夺的每一个优势。不然,你将可能去为某些地方官员工作,为他书写信件,检查他老婆的床铺看她是否忠诚,然后祈祷他让你嫁一个自己能够容忍的人。在这七大郡中,唯有卢斯格尔是最慷慨的主人,也是最可怕的敌人。"

"可你为什么想让我刺探光明王陛下?他从没做过任何触犯卢斯格尔的事。"

"我们喜欢密切关注我们的朋友,这会帮助我们维持友谊。"

"可是你刚才却在告诉我,如何来利用这点去伤害杀了我母亲的人,到底是哪个,阿格莱雅?你是想要我背叛他来伤害他,还是说这根本就不是真正的背叛,因为你根本不打算去伤害他?"

"问得好。"阿格莱雅说。但随后,她继续以一种临危不乱的语气说道:"问题的关键是,你有可能亲自去伤害那个给你家乡带来那么多灾难的人,可你的干涉,你的背叛——真是个嚣张的女孩,竟然坚称为自己的家乡效力是背叛——你的'背叛'不会导致战争,这片大陆已经经历过太多战争。"

丽维花了一阵子才消化这些话。这确实说得通。从某种角度来说。

"但这是不可能的。我并不了解光明王陛下,我只和他说过一次话,一次。"

"然后他就很喜欢你了。"

"我可不觉得有到这种程度。"

"你知道在那个男人身边安插人手有多难吗?我们给你这一切都只是为了让你去试一试。此外,我们知道提利亚人是他的一个软肋。"她迅速微扬一下眉毛,显示出她对光明王有这样差的品味感到着实的惊讶,"也许你可以利用他那个儿子来接近他。具体的我们管不着。"

要求她背叛光明王已经够恶劣了,居然还要利用奇普去接近他?不行,奇普是个好孩子。丽维不会那么做的。眼下只有一种解决方法，她一直都知道是什么。

丽维拽出三筒硬币。"这是卢斯格尔政府过去三年资助我的金额，连本带利。都在这里，拿着。我们就此一刀两断。我是自由身了。我不欠你任何东西。"

阿格莱雅·克拉索斯看都没看那些硬币。她没问丽维是如何弄到这么多钱的。事实上，为了得到那笔钱，她同一位阿波尼亚的放债人签订了一份协议，让他可以直接收取她的津贴，还附带一个具有毁灭性的利率。丽维再次成为了一个穷光蛋。她不得不卖掉一些之前收到的精美礼服，只为还清那些债务。"丽维，丽维，丽维。我不想成为你的敌人。而现在，你终于有了些价值，就是天塌下来我也不会放你走的。你刚来这儿的时候还有个表姐在，是她带你熟悉了这里的情况，对吗？"

"艾丽萨娜。"丽维说。

"她是个绿色御光者，现在在为西卢斯格尔的那索斯伯爵工作。她最近申请要嫁给一个铁匠，伯爵暂时搁置了她的申请——应我的要求。"

"你……"丽维颤抖着。

"显然，他们真是美好的一对儿，又恩爱又幸福。如果伯爵觉得，为了生出更具天分的孩子，得让艾丽萨娜去嫁给另一个御光者，那可真就是悲剧了。"

"你去死吧！"

"而且，你自己的训练内容也可能遭到反对。种种谣言会从几十处角落开始传播，说你做过这样那样卑鄙的事情。我们可以在你刚刚离开学校开始寻找工作的时候给任何水井下毒。你不可能永远都活在光明王的资助下，一旦他的目光投向别处……"

"我对卢斯格尔没有那么大的价值。"丽维说道。真实的恐惧令她的喉咙缩紧。

"不,并非因为卢斯格尔,仅仅是对我个人。你的态度值得我全面关注。如果你让我难堪,我会让你为遇见我而感到后悔。"

"我已经很后悔了,"丽维感到很灰心,"滚出去。小心我徒手杀了你。"

阿格莱雅站起来,拿起硬币说道:"这些钱就当是你弥补我这么多年给我造成的麻烦。等你重新考虑之后,知道该去哪儿找我。"

"滚!"

阿格莱雅走出门。

丽维一个人在房中气得浑身发抖。不到半分钟,门外又传来敲门声。够了。丽维要杀了她。丽维大步走到门口,一把拽开门。

不是阿格莱雅,站在那里的是位美丽的女子。她是血森林人,一头似火的红发,肤色出奇的苍白,脸上布满雀斑。即使已经在光明利亚生活这么多年,丽维还是对此感到很新奇。这个女人身着一条奴隶长裙,但剪裁做工却同她纤细的身材如此贴合,其棉质也比丽维见过的任何一件奴隶服装都更加精细。是贵族的奴隶?

奴隶递给丽维一张便条。"小姐,"她说,"光明王陛下给您的。"

丽维·戴纳维斯盯着那张便条,感觉晕乎乎的,仿佛身体失去了平衡。上面写着:"请在方便时尽快来见我。"她的心脏几乎跳出喉咙,是光明王的传召。居然这么快就来了,向加文偿还人情的开端。她从没有自欺欺人地期望这会是最后一次偿还人情债,当你欠下一个贵族,你就会永远都欠他们。

只是她没想到他会这么快就提出要求。

奇怪的是,她心下想到的第一件事居然是:该穿什么去见光明王?丽维通常不太注意穿着。这也许是因为当你只有那么几件换洗衣服的时候,你就只会挑干净的穿,从而与时尚彻底绝缘。当然,这点已经发生了巨大改变,加文曾下令,她的待遇要同卢斯格尔的双色御光者一样,这就意味着大量衣物、珠宝,还有这间宽敞的公寓——大小是她过去住所的五倍。虽然她可能没有什么钱，但现在她有了化妆品。此时此刻，她已经有了选择权，却不知道自己是不是喜欢这样。一想到自己竟然变得像安娜一样神经兮兮，丽维顿时感到一阵反胃。

那名奴隶还站在门口，等待着丽维放她走，脸上带着一种愉悦且客观的深情，并没有在意这个地位上优于她的人表现出的不知所措。

"不好意思，卡林，"丽维说道，"你能帮帮我吗？"同奴隶相处时，丽维总是觉得很别扭。在莱克顿，没有人能富到去养奴隶，那些为数不多的奴隶都是跟商队来的，他们的待遇也和其他仆人差不多。在光明利亚，阶级之分更加明显，其他大部分学生从小就有自己的奴隶，或者至少习惯身边有奴隶，这样导致丽维总觉得其他人都知道该怎么做，只有她笨手笨脚的。她依旧觉得将一个比自己大十岁的女人唤作小小的"卡林"很奇怪。

当然，现在丽维是双色御光者了，她不得不迅速适应这种情况，否则她会比平常看起来更像个白痴。

奴隶挑起双眉，表情和任何一个二十八岁看见十七岁年轻人犯蠢时的人一样。

"我不知道该穿什么，"丽维连忙说道，"我甚至不知道'方便时尽快去是什么意思。这是说让我真的在方便的时候去，还是说让我即刻就去，即使我现在只围了一条浴巾？"

"您可以花几分钟得体地打扮一下。"奴隶说道。

丽维愣愣地站在原地。她现在穿得不得体吗？

"大多数被叫到光明王陛下房间的女人都会穿得更……优雅一些。"奴隶说着，瞅了瞅丽维的素色短裙和上衫。

这样的话，也许她可以穿那件合身的蓝色长裙，或是那件怪异的伊利塔黑丝紧身长裙，不过那件更像晚礼服，不是吗？还是，她该穿那件小得惊人的……丽维皱起鼻子。奴隶刚才那句话中的某种东西让她感到紧张，她几乎能想象出成群美女在光明王门外排队的样子。丽维从未听过光明王和谁上床的传闻，也许是因为她并不在料多的八卦圈中心，可她依然想象得出众多少女按光明王的喜好穿脱的模样。他基本就是这个世界的中心，不仅如此，他还帅气逼人、位高权重、机智风趣、精明睿智、年轻富有，还未婚。

那个将她的抽屉塞满化妆品的人买的大多都是些美白或者美黑的护肤品。但丽维本身已是奶油咖啡色的皮肤，没有一丝希望能让她看起来像西阿泰什人一样白。另外她眼睛的颜色也太深了，她还有一头长卷发，即使给肤色加暗，看起来也不会像帕里亚人。她是提利亚人这点根本无处可藏。

其他女孩盛装打扮后看起来都美极了，她们不仅会觉得自己很美，还不会感到不自在。而丽维却会觉得自己像个傻瓜一样，看上去像流浪儿一样寒酸。

那些被叫到光明王房间的女人里，有多少是带着别有用心的目的去的？有多少是为了这个或那个郡做戏去的？又有多少是没有第三方势力支持，却依然我行我素的？所有人？她并不打算到塔上勾引加文·盖尔——让阿格莱雅之流见鬼去吧——那她又何必让自己打扮成那样呢？

"管他妈的。"丽维骂道。她并不常说脏话，不过现在这样的感觉很好。她扔下一条长裙，其价格大约等于她去年的全部花销。"现在就很方便，我可以走了。"

那奴隶看起来好像想说什么，但最终还是忍住了。"这边走，小姐。"

升上直梯之后，那个奴隶带丽维走到值班的黑卫那里。其中的女黑卫上前检查丽维是否携带了武器，把她全身彻底地搜了个遍。

丽维不禁有种被侵犯的感觉。"他们对工作真是认真负责，不是吗？"她说。接着，他们终于将她带到一扇门前，丽维觉得这应该就是光明王的房间了。

"你知道如果陛下死了,对这个世界将意味着什么吗?虽然有时候他并不容易相处,但他比大多数光明王要好得多得多。而且,很多人都和我一样都会愿意为他做任何事,无论是什么。请记住这点……小姐。"

我的奥赫拉姆神,这女奴可真护犊子。

奴隶在门口停住,敲了三下,然后打开门。丽维走进光明王的房间,发现他坐在办公桌后,正盯着她。他的眼眸如此令人着迷。此时此刻,它们就像钻石一样,散发出照亮各处的光芒。他指指对面那张椅子,丽维随他的手势坐下。

"谢谢,玛丽希亚,你可以下去了。"加文对那个奴隶说。接着,他那双钻石般的眼睛转向丽维。"现在到你帮忙的时候了。"

CHAPTER
– 42 –

"侦察兵！"柯尔文大喊，"他看见我们了。狗娘养的！"

离开莱克顿后，柯尔文与凯莉丝决定结伴而行。尽管原因不同，但两人都想追踪格拉多王的军队：凯莉丝在想办法混进去，柯尔文则想看看是否能找到机会复仇。虽然在这么多人里选择信任柯尔文的风险很大，但他救了凯莉丝的命。况且，过去他在战争中累积的名望也十分耀眼。事实上，单独行动更加危险。

他们已经跟着格拉多王的军队向南走了好几天，这期间对方没派出过一个斥候。他看起来那么粗心，以至于现在凯莉丝与柯尔文竟能从一个站在林间瞭望台上放哨的侦察兵面前走过去。

当时他们站在一棵树的旁边，离后卫军队只有半里格。那名女侦察兵全力向东冲去，跑下一座小山坡，却没有直接跑向后军。

"山沟那边肯定有匹马等着她，也许你可以去截住她。"柯尔文说着取下自己那把大杉木弓，"目标离得太远了。不过，也说不定会走运。"

凯莉丝已经在跑了。离开安伯河后，提利亚很快便变成一个只有低矮灌木的沙漠。除了几处受到地下泉水滋养的地方会有成片的松树，大部分地区都像她和柯尔文刚才待的地方那样，四处是连绵起伏的山丘，地面有许多断层，气候介于沙漠与大陆之间。这让他俩越来越难跟上格拉多王的军队，即使步行不会像格拉多军队与货车那样卷起大量沙尘，他俩也随时有可能会被发现。他俩必须在每一座山丘上都做出抉择，是该冒着被发现的危险直走过去，还是选择绕行。不过那会让凯莉丝与柯尔文进一步处于劣势：尽管军队的行进速度不快，但他们走的还是直线。

那名女侦察兵的位置刚好在凯莉丝前面二百步。从山丘微微起伏的坡度来看，再加上凯莉丝的奔跑角度有些偏右，也许那个侦察兵能成功跑到马那里，但如果凯莉丝在侦察兵上马时能跑到离她不到一百步的地方，那么对方在马上应该也待不了多久。

一个东西从天上斜飞下来，在侦察兵身后不足五步的地方扎入地面，她甚至都没注意到，该死。柯尔文差点儿就射中一个距他二百五十步全速移动的目标。如此接近，他怎么就不能射得再近一点？

女子转了个角度，朝更右边跑去。柯尔文射出的第二支箭刚好差了十五步，假如她继续像刚才那样跑直线，这支箭就已经飞到她所在的地方了。

凯莉丝紧随其后，完全顾不上脚下的黄沙。她一边跨过一团风滚草，一边祈祷不要踩到罕见的坚硬仙人掌，它们长得过于贴近地面，不到刺把鞋底扎穿，你永远都不会发现它们。可即使这样，也比踩到响尾蛇强。当然，以凯莉丝现在的奔跑速度，响尾蛇根本不等发出警告的响声，就会一口咬上来。她又加大了冲刺的力度，假如她跑得够快，说不定响尾蛇也可能失了准头。

她的眼角余光瞥到柯尔文的下一箭。尽管没有风，但这一箭的射程一定已经超过三百步。柯尔文必须要朝上倾斜四十五度，才能射出这样的距离。不过这一箭看起来相当完美。

它斜飞下来，那名侦察兵同时撞向地面。凯莉丝简直不敢相信自己的眼睛。这不可能，三百步外射中一个奔跑的目标？她向左跑去，直奔那个女人。

几乎就在凯莉丝转向的同时,她注意到柯尔文的箭正插在地上,就在刚才那侦察兵倒下的地方。那支箭并没射中她,只是把她绊倒了。

在凯莉丝看到这些的瞬间,那个女人也站了起来,刚好把头转向她。对方似乎十分震惊,她手上都是血,一侧脸颊上还有一道向下划开的伤口。女人顾不上这些,拔腿就跑。

凯莉丝轻而易举地把两人之间的距离拉近到一百步。由于那名侦察兵须从完全静止开始冲刺,因此凯莉丝的速度几乎快过她一半,现在她已经从后面追到连三十步都不到了。

不再有箭飞落。两人又先后跑出近四百步。即使有杉木长弓,这距离也已是极限。柯尔文不可能在凯莉丝如此接近猎物的情况下冒着误伤的危险继续放箭。

凯莉丝摸向项链,想要拿出护目镜。尽管步法只被打乱了一点,仍旧增加了那名侦察兵的优势,她再次拉大彼此的距离。该死的,那女人跑得像只羚羊。好在丰富的战斗经验为凯莉丝提供了耐心,她放任两人间的距离不断被拉大,只要她把红绿双色护目镜戴上,就可以结束战斗了。

她拽裂项链上的连接扣,看向面前的地面,扯掉拉克辛眼罩,放缓几步让眼罩完全贴合在两个眼窝处。

正在飞速下坡的侦察兵猛地斜向左跑去,同时大声呼喊。凯莉丝紧随其后,一边跑一边将左臂与右臂分别注满绿色和红色拉克辛。

那名侦察兵在喊?喊谁?

也许她在喊她的马。

肯定是这样,凯莉丝。

转瞬之间,凯莉丝已经越过山顶,飞奔下陡峭的山坡,径直冲进一个营地。那里有十几个人正等着她,至少有两个拿着网,还有两个

携光者
卷一 光明王

拿着带索套的长杆,还有短棒,长棍。剑在鞘中。他们不想杀人,只想活捉。这是个陷阱。

凯莉丝忽然感到极度的恐惧,就像被人一拳打在小腹上。仿佛她又回到十六岁,父亲把她拖到一叶小船上,扬帆离开大杰斯波岛。父亲的船驶过家里那幢豪宅,她曾偷偷地——她以为是这样——同达森约好在此约会。当时她的兄弟们都在那里,埋伏好准备伺机而动。虽然他们嘴上说达森想要破坏他们的家庭,只是单纯教训他一下,可她却在他们的眼中看到了杀意。

她一直站在甲板上。这时,一声爆炸撕开她位于二楼房间的所有窗户。她看到火光照亮几个影子,他们正在酣战。

半个屋顶被掀开,爆炸接连发生。尸体被卷到一百步外,落入水中。身边的父亲站在甲板上,脸色惨白。"你说他要独自前来,你这个蠢婊子。看看你都做了些什么!他肯定把整支军队都带来了!"父亲并没打她,只是抓着她的头,让她看清眼前发生的一切,就算她不想,也无法挪开自己的目光。几分钟内,大火便吞噬了她唯一的家。

那时她还是个孩子,面对眼前的情况既无法思考,也无法采取行动。但现在,她已不再是孩子了,她怀抱的滔天怒火是未经世事的人所无法了解的。

两名并驾的骑兵迎面而来。凯莉丝利用从陡峭小路的上下落差,飞身跃起攻向前面那个。他双手拿着一个索套杆,从旁扫出,想要抓住她伸出的一只脚,然而她却卸去了那一踢,改用双膝撞过去。

骑兵被扫下马鞍,肋骨发出嘎吱一声响。她落地滚了几圈,最后不得不借助右手停下。由于右手还拿着那把细长的阿塔根剑,所以当第二匹马从头顶越过时,她用左手操纵绿拉克辛,制出一把薄刃。刀刃轻而易举地划过马腹。

不等马匹吃痛地抬起前腿,凯莉丝已经站起来。她化掉那把绿拉克辛刀,攻向其中一个拿网的人,翻手将剑换到左手。对方彻底愣住了,一动不敢动。她从那么远的地方扑过来,径直刺向男人的脸,右手还在身后甩出一弧微弱的火苗以分散他的注意力,但拿网的人依旧没有动。她发出致命一击,刀刃刺入士兵双目之间,滑下头骨,深深插进他的眼窝。

凯莉丝转身沿着刚刚抛出的那弧火焰跑开,在它从空气中消散的一刻,她看到一张加固的网打着旋儿朝她飞来,投得真准。

她缓了口气,再次换了只手握剑,一个男人走到网前,挥舞着长棍从她头顶击下去。

随着破裂的乒乓声,凯莉丝射出两只绿拉克辛做的马蹄镖。其中一只咆哮着经缝隙穿过这张扭曲张大的网。虽然马蹄镖没能把网撕破,却砸中了舞棍者的脸颊,扫得他失去平衡。第二只马蹄镖飞出去的时候缠住大网,将它甩回到好几个人身上,沉重的大网顿时摇身变成一个连枷。

那匹马还在试图站起来,它因刺痛而不住地嘶鸣,发出骇人的叫声。马的内脏喷涌而出,血肉模糊,凯莉丝视而不见。她只注意到一片混乱,而混乱是她的朋友,是她争取胜算的优势。

敌人在她周围纷纷倒下。凯莉丝把几个小火球扔向离她最近的几座营帐。它们挡住了她的视线,长得矮真见鬼!那个大声发号施令的人哪去了?所有营帐都被火点燃,但除了凯莉丝以外,似乎并没有扰到任何人。所有人都在往外逃。

她这才开始意识到营地中一共有多少人——这里有十几座营帐,大概有一百人?奥赫拉姆神啊,她必须马上离开!接着,她听到一阵雷鸣般的响声,脚下的大地仿佛顷刻被震到空中。火枪炮弹接二连三地飞过来,火力造成的余震纷纷从她身上碾过。

她抬起头,看到一排围成半圆的火枪手,至少有四十个人。其中半数在填装弹药。他们的动作流畅而老练,从容不迫、训练有素。另一半则拿着弹药满膛的火枪,准备拿凯莉丝练手。

携光者
卷一 光明王

"下一轮射击就会要你的命,凯莉丝·怀特奥克!"一人喊道。他很瘦,骑在马上。假如那一脸傲慢的表情还不够的话,看他身上华美的衣服,也能知道他就是国王拉斯克·格拉多。"把剑放下,收起拉克辛,马上。"他说。

凯莉丝看向面前半圆形的土坑,估量着火枪手的精准度。见鬼,相当准。他们离她只有二十步远,想不被打中除非发生奇迹。格拉多王的铠甲也亮得像镜子一样,旁边还有镜光骑士与御光者陪在左右。柯尔文呢?

如果柯尔文跑得和她一样快,那他随时都有可能会到这里——战斗一旦打响凯莉丝就会忽略时间。也许他早已看到她的处境。无论怎样,面对对方这种压倒性的优势,就算是他恐怕也无计可施。他必然无法从二十个火枪手的重重包围中把凯莉丝救出来。

凯莉丝拉下护目镜扔到地上,把剑丢到一边,让红绿拉克辛缓缓滴落指尖。通常情况下,当她收起拉克辛时,她会感到不那么狂躁,不那么愤怒。但这次情况不一样。

"加兰?"格拉多王说着向她身后的人打个手势。

凯莉丝刚要转身,什么东西砸到她的头上。

CHAPTER
— 43 —

奇普跟随铁拳指挥官走上另一层台阶,接着两人面前出现一扇双开的巨门,大到奇普以前从未见过。门由两块雾面玻璃制成,门面流光溢彩,宛如一汪湖水光色万千。

铁拳指挥官拎起一只巨大的银质门环,敲了三下。那三下敲击如同三颗石子被丢进一汪湖水之中,巨门纹丝不动,里面的光却裂成千万碎片,向四周泛出一圈圈涟漪。奇普看呆了,几乎忘记呼吸。他伸出一只手放到门上,指尖碰触的地方泛起小小的涟漪。

"别碰!"铁拳叫道。

奇普像被烫到一般立刻缩回手。

"奇普,进去之前,有些事儿你得知道,"铁拳说,"首先,这次是动真格的。每十个测试者就有一个会失败。"

"失败是说……"

"会死。其次,你随时都可以中止测试。进去之后,你会拿到一根绳子。拽动它,就会响起铃声,然后他们就会立刻中止测试。第三,如果中途退出,你就完蛋了,一切都结束了,你将再也不能留下来。培养御光者需要郡首投入大量的财力,没人愿意把钱花在懦夫身上。加文给过我指示,假如你真的失败了,就让我给你一笔钱,这些钱足够你买一个小农场。我会把你送上船，让你想去任何你想去的地方，这待遇要比其他失败者好多了。但是，你永远都不可以再回来，因为你本身将成为一种耻辱。"

很显然，这很可能是一次事关生死的考验。"我是耻辱吗？"奇普问道，胸中激荡起痛苦。加文从没有这么对待过他。

铁拳眨眨眼："御光者的人生艰难而短暂。我没时间跟你撒谎，虽然那能安慰到你。你是私生子。虽然对很多伟人来说，这种耻辱或许早已司空见惯，但那依然是种耻辱。任何人简单计算一下，都会知道在你被孕育出来的时候，光明王陛下还有婚约在身。婚约的另一方是凯莉丝·怀特奥克，是我们许多人都万分敬仰的女性。而百姓对光明王陛下的标准更加不同，所以你的存在要比常情更加让人感到难堪。即便你在各个方面都表现卓越，也无法化解这份羞辱。但如果你是个废物，那情况会更糟。这是事实。就算再怎么粉饰，事实还是事实。

"我接着说，第四，据说奥赫拉姆神会见证每次测试，失败就意味着让他失望。孩子，你准备好了吗？"

如果奇普失败了，就会被逐出这个岛。他不仅会让他的救命恩人蒙羞，同时也会失去向杀母仇人报仇的唯一机会。

奇普坚定了绝不失败的决心。他宁愿死，也不要失败。

铁拳看到他脸上的表情："很好。"

面前的巨门再一次地泛起波光，那被融化成液体的幻彩缓缓律动、轻轻摇曳，让人觉得它会时不时地飞溅出来。那感觉就像有个庞然大物正从莫测的深处上来，即将浮出水面。这时，一张巨大的脸突然浮现在门上，奇普的心揪起来。一切发生得太快，一时间他甚至无法掌握所有细节，只记得它有一头白发，还有一对星星一样的眸子。

各色深浅不同的液体从面部各处溅开，那张脸想要挣脱出去——它大张着嘴，如同一个巨大的黑洞覆盖上整扇巨门。觉得自己可能要被那张嘴所吞噬，奇普不由得向后退了一步。

突然，门开了，仿佛里面有个巨人猛地撞开这两扇门。一阵疾风拂过奇普的面庞。

"进去。"铁拳命令道。

奇普独自走了进去，来到一个圆形的大厅。跟大门一样，那里的地板与墙面都是用雾面水晶构建而成。地板上镶嵌着一个黑色圆盘，有七个身影排成新月形状围站在圆盘四周。奇普犹豫着不敢动，那七个人也完全没有动静。没有任何人告诉他该往哪边走。

那些身影都穿着斗篷，各为一种不同的颜色。代表幻紫色的人穿着紫色斗篷，代表薄红的人穿着深红色斗篷，以便那些无法看到这两种颜色的人也可以识别。然而当奇普睁大双眼聚精凝神看过去时，却瞧见代表薄红的人真的正在向外散发热量，而代表幻紫的人则全身都被紫色笼罩。一块块坚硬的幻紫拉克辛交错挂在一起，如同软甲上的铁环。

尽管依旧不清楚状况，奇普还是试着走向那些人。走近之后，他终于看清他们斗篷下的脸。他不禁攥紧拳头。薄红的那位，肤色很暗，没有头发，也没有眉毛，头顶冒出细小的火焰。绿色的那位，面部坑坑洼洼得像棵老橡树，眉毛像苔藓，头发更是像编到一起的地衣。蓝色的那位，面部则像块切下的玻璃，要么某处平滑得像被打磨过般，要么某处尖锐得如宝石的端点。

亲爱的奥赫拉姆神，这些是破光魔吗？就在他目光来回巡视的时候，橙色的那位眨了眨眼。奇普这才注意看那双眼睛，他们所有人的眼睛。

原来他们是乔装的御光者——都化装戴着面具。他们代表每种颜色的破光魔，以及七种不同的死亡与耻辱。奇普又能开始呼吸了，虽然他忍不住打了个冷颤。奇普走上他们面前的黑色圆盘。

"我是安奈特，我是暴怒，"薄红说，"我被愤怒吞噬。"

"我是戴纽，我是暴食，"红说，"我饥渴难耐。"

"我是摩罗克，我是贪婪，"橙说，"我永远无法满足。"

"我是贝尔弗戈，我是懒惰，"黄说，"我抑制我的才华。"

"我是艾提拉特，我是色欲，"绿说，"我渴望得到更多。"

"我是茂特，我是妒忌，"蓝说，"我不能接受别人幸福。"

"我是费里拉克斯，我是傲慢，"幻紫说，"我要取代奥赫拉姆之位。"

这些名字都来自旧神明，奇普几乎从未听闻。

"这些都是扭曲的人性。"

"是权力的诱惑。"他们依次流畅地说着，声音重叠起来，就像一个人。

"因为未掌控好自己的意识，我们最后变成了怪物。"

"我们躲在黑暗中，羞耻着，惭愧着。"

"但我们是奥赫拉姆的子女。"

"我们是奥赫拉姆的礼物，是他爱的表达。"

"是他法则的代言。"

"是他怜悯的示意。"

"是他真理的体现。"

"因此身披他的正义，我们问心无愧。"

薄红上前一步，扯掉面具，除掉斗篷。这是个帅气的青年，肌肉发达，一丝不挂。"撇开愤怒，我就是持久的耐心。"薄红说道。他抬起双手，就算不看他，也知道他开始使用御光术了。他周围的空气开始因热量泛出淡淡的红光。"达成奥赫拉姆神的意志。"

红色走上前，揭开面具，褪掉斗篷。她也很年轻，散发着一种健美的靓丽，同样全身赤裸。奇普睁大眼睛，努力将目光定在她的脸上。

真是个阴沉的仪式，奇普。奥赫拉姆神在看你，别让自己下地狱,奇普。

"抛开暴食,我就是节制。"红色说着也抬起双手,全身透出红色拉克辛绽放的光芒:双眼、面庞,从颈部到前胸,乳头,结实的小腹,前胸,乳头——奇普!瞬间,她仿佛变成一座雕塑,每一寸肌肤都被染成完美的红色。"达成奥赫拉姆神的意志。"她说。

橙色那位也走出来,我主慈悲,那是一个男人。"舍掉贪婪,我就是慷慨的布施。"他抬高双手,整个人放出闪耀的橙色光芒,"达成奥赫拉姆神的意志。"

黄色说道:"离开懒惰,我就是勤奋。达成奥赫拉姆神的意志。"她身上充满了闪亮的黄色光芒。

绿色是一个扰乱人心、线条优美的女人,她目光坚定地看向奇普的眼睛。对奇普来说,她脱掉斗篷时也能这么看自己,其实也没什么不好。他觉得如果自己看向她那对巨大的——你懂的,她大概会把自己的脑袋拍下来。"摆脱色欲,我就是理智,"她说,"达成奥赫拉姆神的意志。"

蓝色那位褪掉斗篷。"不妒忌,我就是善良。"她柔声说道,"达成奥赫拉姆神的意志。"

幻紫,最后那个男人,肌肉十分壮硕。"甩开骄傲,我就是谦逊,"他声音洪亮,"达成奥赫拉姆神的意志。"

他们一致得就像一个人,一起放低双手,指向奇普的脚尖。一束光冲出来,击向奇普所站的黑色圆盘,他脚下开始隆隆作响。接着,黑色圆盘猛地开始下陷,奇普便也跟着陷下去。

片刻过后,奇普跌坐在地。由于下陷的坑洞有些窄,他的肚子挂在地板上,卡在那里下不去,因而不得不做出一些调整。陷得越深,奇普越发现自己的肉都挤在洞里,肚子和屁股都紧贴墙壁。

"举起你的右手。"幻紫说道。

奇普照做,紧张地吞了下口水。同时,他发现一条绳子从天花板上高高垂下来。天花板的强光让他看不清楚绳子。幻紫抓住绳子，放到奇普举起的右手上，打个结。

"拉一下绳子，就都结束了。"那人说道，语调里满是温柔与善意。

接着，奇普完全陷进坑洞里，并持续下陷。他在地板下面某处停下来，远在上面的测试大厅里的灯光全熄灭了，现在他什么都看不见。

他试着做了一个深呼吸，但是这地方的空间太过窄小，他甚至连一次完整的深呼吸都做不到。

上面传来窃窃私语："迪斯，你会这样测试我吗？"

回答的人的声音有些尴尬："我从没给任何人做过这种测试，大人。你知道，我觉得我们把测试空间设得太窄了。他那么胖，会喘不过气来。"

"他是光明王陛下的私生子。"

"就算如此又怎样，陛下不在这。"

"意外总会发生，但发生的时候我不能在场。光明王陛下知道我恨他，可他不认识你。所以，如果在你监管的时候发生了意外——"

奇普听不见接下来的话了，因为开始有水从他头顶泼下来。很冷，刚开始还是很细的水流，后来变成很大一股。水顺着脖颈流入他紧紧抵在墙上的后背，周围的墙面开始进出蓝色的强光。亲爱的奥赫拉姆神啊，他们竟为了报复他父亲而想杀他，正如加文之前告诫过他的那样。

水已经囤到他腰部四周。由于太胖，身体堵住了整个管道，水无法流到脚下。奇普的心开始怦怦作响。强光透过墙面放射出来，颜色由蓝转绿，也开始满满放出热量。颜色随着光谱的顺序变换，也随着热量的变化而变化。最终颜色消逝不见时，水已经没到奇普的脖子了。

到耳朵了。他努力地蠕动身体,想靠到另一侧去。屁股和墙面间出现了缝隙,囤的水开始往下流,但上面还是有水源源不断地流下来。

开始的一段时间,他能时不时通过用力贴在墙上让水流下去,但不久之后,他发现自己大半个身子已经完全泡在水里。他又努力靠在墙上想让水落下去,可惜失败了。下面全是水,再没有流入的余地。很快,水漫到他被挤在下面的左肩上——右肩被挤在上面——然后到他的脖子,左耳。

他起初根本没注意到墙面跳动起透明的幻紫光,发现时已经变成蓝色,等到变成绿色时水已经没到他的下巴,变成黄色时没到他的嘴唇,变成橙色时没过嘴唇——是从他头顶泼下来的水越来越慢了吗?他的鼻腔深吸一口气,扭了扭试图用这种被卡住的姿势往管道的高处爬。接着,他发现肩头上的皮绳网在阻挠他向上。

这真是疯了!有人要杀他。奇普必须去摇响绳铃,他的手指已经在绳子上握成拳头。他可以在没人想要杀他的情况下再试一次。

不,放弃就意味着出局,意味着失败。

在水马上要没过鼻子之前,奇普抓紧时间深吸了一口气。

不停下落击打他头顶的水突然停了。奇普现在能想到大家会如何评价他了。"他太胖了,把水堵在那里了,要不水位不该那么高的。我们其实也没放太多水……他只是太恐慌了。你看,他不过是个孩子,被困在那里,怕到不行。他一定都没想过要拉绳子。"

就是这样了。要么他就只能中途放弃,丢父亲的脸,比他身为私生子这一存在还要丢父亲的脸,要么就是父亲的仇人来想方设法地杀掉他。

奇普屏住呼吸,他的肺开始像烧起来般难受。就在那一刻,一个清晰的念头出现在脑海:拉一下绳子,回家去吧。

但是,根本没有家了。那,拉下绳子,去农场……或者其他什么地方。

或者就这样留在这里,也许会死。在这儿失败了,就会让父亲失望,让母亲失望。在这儿失败了,他将永远是一个失败者。

我绝不去拉那根绳子。

房间慢慢暗下来。因为薄红光的关系水开始变热,但片刻之后,连那点热量也渐渐消退。

我可不喜欢去农场种地。奇普咳出了一口气,笑起来。这想法太荒谬了,但痛苦迅速压制住这点幽默。他无法让心跳慢下来,无法克制不去痉挛式地吞咽,无法不让他的肺停止毫无意义地抽气,因为这里根本就没有空气。我绝不碰那根绳子,去死吧,我绝不。

有什么东西动了一下。起初奇普以为水又要开始流了,但不是。脚下的地面开始上升,但他肩膀上的阻碍刚好挡住他,几乎将他碾碎。水完全没有要排掉的意思,慢慢升到他举起的右臂那么高。不一会儿,他便蹲下来,靠在自己的膝盖上。这样的姿势让他的身体受到挤压,他咳一下,最后一口气也跑掉了。

他想紧握住什么,但没有任何东西能让他握。他知道,把水吸进肺里要比没有空气呼吸更糟。尽管明白这一点,可身体依旧战胜了理智,接着他吸进一口水。水在肺中很烫,很扎,很辣。他呕了呕,背弯得更深,更靠近膝盖,身体像要裂开一样。他开始咳嗽,但奇迹般的,咳出来的水变成了空气,那美好的、荣耀的、自由的、美丽的空气!

奇普一边大喘着气,一边干呕,一边干咳,全身仍旧缩成一个球,但他能够呼吸了。他能呼吸了!基本可以了。由于蹲下的时候团得太紧,他本身并不灵活的关节根本无法支撑这个动作,膝盖弯得生疼。他的后背也很疼,还有肋骨。但是奥赫拉姆神,空气太美好了。要是他能好好地深呼吸一次就更好了。

什么都没发生。周围还是一片漆黑。奇普在出汗,这地方实在太挤了。每一秒都变得越来越热，他几乎浑身湿透。各色彩光在他身边闪过，再次按色谱顺序循环起来。

就是这么回事。他们看到他不想中途退出，不想再给他一个测试颜色的机会。

没什么大不了的。我绝不去拉那根绳子。"我绝不去拉那根绳子！"奇普大喊道。或者说，是试着想要喊出来，可他每次只能吸进半口气，无法大喊出声。

地板升得更高了。由于皮绳网挤在他肩头，奇普受到更强烈的碾压。奇普嚎叫着，听起来像个懦夫。

他甚至无法推开皮绳网，膝盖弯曲得让他无法借力。如果他去拽一下绳子，他就能呼吸，然后他就能继续战斗。

不！奇普开始活动他的手指与手臂，将所有注意力集中在呼吸上，细小的、微弱的呼吸。

这就足够了，会足够的。他会设法让这些变得足够。

一组连续的光模糊地闪过。奇普完全没有注意。他该做些什么吗？是什么呢？御光吗？真对。你们这帮人都见鬼去吧。

压力瞬间得到了缓解，地板也降了下去，然后墙也扩宽了。奇普几乎向前跌到。过了一会儿，麻木的双腿总算可以撑住他的重量。墙越退越远，他想将双脚叉开一些站稳，但除了那块黑色圆盘可以站人，周围全是空的。

奇普伸出一只手，根本摸不到墙。一阵微风吹过他的肌肤，他觉得自己应该是站在某个高处。这一定是错觉，他现在可是在学校里，这里根本不可能有一个这么大的洞。

彩光闪过远处的墙，在令人恐惧的一瞬间里照亮大厅。奇普站在深渊之上，脚下的黑色圆盘成了一根柱子的圆顶。那柱子在虚空中央孤独地伫立着，四周的围墙在他三十步外。他头顶的天花板上有一个洞，抬起的手正戳着那里。

携光者
卷一 光明王

风抽打着奇普，他发现自己拽着绳子的手已经紧张得骨节泛白。他紧闭双眼，但是又无法判断自己是在顺风摇摆，或是迎风伫立，还是仅仅只是直直地站在那里。他的心跳得很快，却无法听到自己心跳，耳畔只剩下沉重的呼吸声。他嘶喊几声，却连自己喊出的是什么都不知道。

时间仿佛过去很久，墙又向中心靠拢过来，稳稳地停在奇普四周，不过这次围成了一个很舒适的距离。他觉得自己或许可以稍微放松一下。他成功了，他通过了，他没有放弃，没有拉绳——有什么东西碰了一下他的腿。

那是什么？

它蜷在奇普的脚踝处，接着缠上他的小腿。是蛇。奇普抬起头，看见另一个长了好多条腿的东西掉到他的脸上。

他哆哆嗦嗦地伸出手，把蜘蛛从面前扫开，却立刻感到手腕被什么扣住，并把他的左手臂往外拽，固定在某个位置上。他试图把腿上的蛇甩开。我靠，我靠。他的脚也被扣住了，还被大大地分开。

奇普尖叫起来。

蜘蛛掉进他的嘴里。

奇普狠狠地咬住蜘蛛，用牙齿碾碎它，汁液在他口中漫开。而这一切发生的时候，奇普甚至都没意识到自己在做什么。他又大叫起来，毫无意义的反抗。什么东西掉到他头发上，上百条爬虫一样的东西正顺着他的脚爬到腿上，他要疯了。

"我绝不去拉那根绳子！"他大喊，"你们这些混蛋，我绝不去拉那根绳子！"

奇普浑身抽搐起来。慈悲的奥赫拉姆神，他身上全都是那些令人作呕的东西。他哭着，喊着——救星就在手里。去农场生活有什么不好？没人会嫌弃他的失败，他也无须再见这里任何人，那他为什么还要去在乎他们的想法呢？整场试验都在与他作对。他完了，一切都要结束了。

伴随着非人般的一声哭喊,奇普拿起绳子——所有厌恶、愤怒与绝望涌上心头,彻底击垮了他,失败在呼唤他——然后用力把绳子扔出洞去。他靠墙滑坐下来,把脸埋在石头里,禁不住放声大哭。

各种光芒又一次闪过,可那些蛇和蜘蛛还没有消失,它们爬满奇普全身。

令人压抑的无边黑暗仍在继续。有个东西落到他背上,那东西很重,毛茸茸的。它的小爪子尖尖的,穿透奇普的上衣,一直在刺痛他的皮肤,是老鼠。又有一只落到他的大腿上。还有一只落在他的头上,从他湿漉漉的头发上滑下来时,不停地用爪子抓挠着他头皮。

奇普僵在那里,恐惧像闪电一般穿透全身。他就像被困在一个碗橱里,又饥又饿,无助而燥热。他不受控制地颤抖起来。

他的颤抖打乱了那些扰人的东西,他被咬了一口。奇普叫出声来,恼羞成怒。他扭动身体,得到更加刺痛的咬伤,蜇痛的咬伤,野蛮的咬伤。各种伤口遍布他的手臂、大腿、腹股沟和后背。奇普猛烈地摆动起身体,奋力往墙上撞,然后又撞上另一面墙,想要借此碾死这些野兽。老鼠从四面八方蹿出来爬上他的身体,不知厌倦,无穷无尽。奇普大哭起来,他感到备受羞辱。这感觉似乎同那只被他咬死的蜘蛛类似。

太过分了,再也无法忍受了,他就这么完了。奇普无法克制自己,伸手够向那条绳子。他是个失败,是个耻辱,是一个肥硕的、哭哭啼啼的懦夫,一无是处。

这时,他感觉到绳子又被送回到手里。"给你,胖墩。"一个满意的声音在他耳边响起。那感觉,奇普。那感觉不对。一个温柔的声音说道。

女人的话奇普没怎么听进去。一切都已经结束。

他拉动了绳子。我失败了。

头顶高处很远的地方,响起了铃铛的声音。刺痛一下停止了。不仅如此,奇普身上所有滑着爬着蜇着粘着的东西也都蒸发掉,消失不见。那些都不是真的,那些也不是真老鼠。之前咬到那只假蜘蛛时奇普就该意识到这点。如果当时他没有表现得那么像个懦夫,就会知道里面那些黏黏的东西并不是什么内脏,而是拉克辛。这一切都是幻觉,恐惧也是假的。他被耍了。

他失败了。当平台升起来时,由于大脑不再被恐惧所蒙蔽,奇普才意识到是那个女人管他叫"胖墩"。以前芮米尔总这样叫他。奇普只觉痛不欲生。他再一次证明芮米尔说的是对的。

尽管如此,但他再次出现的时候,那些人都已穿戴上自己颜色的节日斗篷,炫目的宝石蓝、祖母绿、钻石黄、宝石红。他们看上去全都兴高采烈。

"恭喜你,测试者!"瓦里多斯夫人说着也加入到人群中来。

奇普盯着她,傻眼愣在那里。

"四分十二秒,你应该为此感到自豪。我相信你父亲也一定会为你自豪。"

她说的难道是奇普完全听不懂的另一种语言?自豪?他失败了啊。他觉得自己很丢脸,还让父亲丢脸。他中途放弃了。刚才过程中的那些愤怒与沮丧,现在突然变得无处发泄。奇普觉得自己蠢透了。

"我失败了。"他说。

"所有人都会失败!"那个壮硕的幻紫色肌肉男说道,"你做得很好!四分十二秒!我只挺了一分零六秒。"

"我不是很明白。"奇普说。

貌若天仙的黄色少女笑了:"测试就是这么设计的,我们都'失败'了。"

他们围在他四周,男人们拍着他的后背,女人们则伸手触摸他的肩膀与手臂,所有人都在祝贺他。被这些如此美丽的人全心全意欢迎的感觉确实有点醉人。现在,奇普的大脑又开始工作起来,他注意到他们并没有完全让男人去扮演旧神,也没有完全让女人扮演女神。到底是因为那些神明已经太过久远而变得无足轻重,还是一种嘲弄?

"这是真的吗?"奇普向瓦里多斯夫人问道。她一直站在后面,以免人群拥挤站不稳。"每个人最后都会失败?"

她笑了:"几乎所有人。这测试的重点并非是能否通过考验,而是要了解你到底是个什么样的人。恐惧会让你瞪大双眼,你看到的那些闪过的光才是真正的测验,那能告诉我们你到底可以使用什么颜色的光。你准备好揭晓测试结果了吗?"

"等等,你说'几乎所有人'?谁坚持到最后了?"奇普问。

原本欢欣鼓舞的人们全都安静下来。

那老妇说道:"唯一一个在我有生之年没去拉绳子的是……"

加文。奇普就知道。当然是他。他父亲一直都是唯一一个能做他人所不能为也不曾为之事的人。但奇普还是让他失望了。

"你的叔叔。"夫人说道。

是我"叔叔"加文,还是我真的叔叔达森?

夫人显然看出他的疑惑,说道:"你叔叔达森·盖尔,那个几乎摧毁我们整个世界的人。直行正道,不要学他,知道吗?"

她又在说奇普听不懂的语言了。见识过加文的能耐之后,居然得知通过测试的是加文的弟弟?

"四分钟已经很棒了,奇普。但这也只能用来跟人吹吹牛罢了。你准备好去看自己的颜色了吗?"

CHAPTER
— 44 —

丽维向光明王行了屈膝礼,暗自庆幸找到了一个打破同他目光接触的好借口。当她起身时,加文·盖尔正审视着她。显然她是对的,没有女人会素面朝天前来觐见。

"我很久没见过这么规范的提利亚屈膝礼了。"光明王说道。

你们的军队离开之后,也没剩下多少会规范行礼的提利亚女人了。"我该如何为您效劳,尊贵的光明王陛下?"丽维开口问道。

"叫光明王陛下即可。"加文说。

"谢谢您,光明王陛下。"

加文显然在掂量她,在思考什么。可他在思考着什么呢?不管那个邪恶的女人阿格莱雅·克拉索斯到底做了什么,显然她已经影响了丽维,她开始把光明王陛下当成加文·盖尔——一个男人,还是个英俊的男人。他的眼睛——毫不夸张地说——是全世界最迷人的眼睛。

他是魔导师,丽维。是老师,是主人,是贵族,他出身高贵,还是个将军。他的年龄足足是自己的两倍,对自己来说太老了。这不是个什么胸膛宽阔又肌肉健美的男人——只是另一个魔导师罢了。阿格莱雅·克拉索斯,你真可以下地狱了。

"你决定好选谁来做你的黄光魔导师了么?"他问道。

谢谢!

　　看，我是个学徒。纯粹讨论学术。跟他相比，我就是个年少无知的孩子。她噘起了嘴："说实话，我想和塔婉泽·戈尔登艾斯夫人学习。"她不敢相信她竟敢把实话说出来了。那个女人每年只收三个学徒——而今年她已经收齐三个了。那三人是光明利亚最好的黄光学徒。

　　加文笑起来："那个挑剔的熊一样的女人？真是个大胆的选择。她确实是最优秀的，而且你要明白跟她在一起第一年里，她可能并没你想象的那么讨厌你。在把你派给她做第四名学生时请给她带去我的问候，虽然她无疑会找你的麻烦。这事儿就这么定了。你的新公寓怎么样？"

　　她停了下来。这其实是个很私人的问题。不，他其实只是单纯的担心——不，不是担心，他只是想确认他的命令是否被施行了。将军们喜欢做这样的事情。"我从未想过竟然可以住在这么好的公寓里，光明王陛下。而那些衣服，我过去只有三件裙装，现在我有五十多条裙子了，最不漂亮的那条都好过以前太阳日穿过的最好的那条。"等等，衣服不是什么安全的话题。

　　"尽管这样，你还是穿着这身来了。"加文说，他注意到了她的穿着。糟糕。虽然他语气里并没有透露不满的意思，若是有，也只是一丝戏谑。而且他的表情没有给她任何生气的暗示。她该听那个叫玛丽希亚的女奴的话，简单打扮一下又不会死。他的目光越过她，于是她也随着他视线的方向看去，但是房间里除了他们俩并没别人，墙上也没有什么特别的装饰，只有一颗常见的测试水晶。

　　"您说让我尽快赶来。"语气中的辩解无法掩饰，"我觉得您不想一直等。"嗯，这样好多了。非常坚定而自信，丽维。

　　"我认为你会做得很完美。"

　　"光明王陛下，您说什么？"

"你很完美,因为你拒绝被打动,丽维。我喜欢这点,它——"

"我可完全不这么认为。"

他露齿而笑:"你打断了我,就这样说下去。"

同时证明了他的观点。

丽维决定不再开口了。也许,把自己和其他来到这儿的女人区分得太开,不是好主意。那些女人也没有成功地引诱到加文啊。

"说起来,每次我召见十三到六十岁的女人,她们都打扮得像来自卢斯格尔的高级妓女,不是过分热情就是惊恐万分,好像我在这里开了个妓院似的。"

哦,我的奥赫拉姆神啊,我要是做出了仅有的一件偏能引起他兴趣的事可怎么办?"你是加文·盖尔。"丽维说,好像这话可以化解一切,解释一切。也确实是,只要成功地引诱了光明王陛下,一个女人一生的命运将就此颠覆,她的家族也会一步登天,从此以后世世代代都会活得更好。"光明王",一个原本就代表力量、名望、富有的词汇,再加上华美和刚健的魅力,丽维作为一个女人,毫无疑问会荷尔蒙飙升,双峰立挺。女人们来见光明王,若非赤身裸体就是个奇迹。如果光明王召见的是安娜,她又会穿多少衣服?

转念间,丽维不愿再想这件事了。

"是的,我是。"加文说,他笑着,好像这是个两个人间的私密玩笑,"而且,我需要你的帮助,奥丽维安娜。"

丽维吞了一下口水。事实上,他能要求她做任何事,而她都不能拒绝。"请叫我丽维。"

"好的。"加文清了清嗓子。为什么他要清一下嗓子?他觉得尴尬?他是不是觉得和一个年轻自己一大半的姑娘发生关系,非常尴尬?

加文的目光又越过了丽维的肩膀。"很多年前——感觉上是很久以前,我有了个……侄子。他妈妈是个提利亚人。我想让你当他的老师,因为让同样来自提利亚的人去教他,他会更好过一些。我知道你们在这生活很不容易。你觉得怎么样?"

丽维有些语无伦次。一个"侄子"?老师?奇普!没错!奥赫拉姆神啊,她大错特错了!太傻了!光明王陛下压根就没想歪……"嗯、嗯,当然了,光明王陛下。有没有……为什……"她在说什么呀?她已经表现得够僭越了。问一个男人他私生子的事情,太愚蠢了。"他有哪种颜色的御光天赋?"只在最后一秒她才记起要说"他"而不是"奇普"。她根本不该知道奇普就是光明王陛下的私生子。

我会是个不靠谱的间谍。

"绿色,也可能是蓝色。他现在正在接受测试。"

"现在?"丽维问道。今年的测试早早就结束了啊。丽维从没听说过,有人在其他时间接受测试。"你的——他来这儿多久了?"

"他昨天才到。"

"那他就已经开始接受测试了?"丽维问道。可怜的奇普。

加文再次将目光投向她的后方。这次她明白了,他到底在看什么。有许多平整的透明水晶满满嵌在塔上,一整年,它都在墙面上闪耀着,单调地折射着周围的光线。但一到每年年初的测试时,它们都会闪出熠熠光辉。当测试者通过幻测仪时,上面总会有颜色随着测试的进行一个接一个地闪现出来,那些颜色同每个测试者自己所看到的相同。只要他们开始御光,水晶都会闪现出相应颜色的耀目光辉。丽维测试时,它们起初闪现了幻紫色光,然后是一点微弱的黄光。

丽维来这儿后的时间里,光明王陛下都在关注他儿子的情况。

这么说,如果测试自加文第一次看向丽维身后就已经开始,那么它已经持续很久了,一般测试都不会超过一分钟。

他们一起转头看向水晶的方向。"当他们把你送进到幻测仪的时候,测试官都跟你说了什么?"加文问她。

"他说造反者最好全死光,还有同我的父亲之间仍有许多血债没偿。"丽维说。这样做的目的在于要让受验者恐惧。恐惧可以扩宽他的视野，恐惧让每个测试者最大限度地发挥自己的御光能力，同样可以通过些许的羞辱让自我膨胀的年轻小姐和少爷们开始他们的学徒生涯。

"那你呢？"丽维问道。他们俩依然在看着水晶，谁也没有把头转回来。

"我的兄弟，"加文说，"表现比他们所想的还要好。"

"抱歉。"丽维说。她并不确定这是为了她问的那个奇怪的问题，还是在为测试官，又或者是为在真实人生中，加文经历的不得不亲手杀死亲生弟弟的那场噩梦。

"我一直讨厌那样，去吓唬那些接受考验的孩子们。测试间已经够可怕了，那种害怕会失败的想法也足够恐惧，他们无须让测试者们真的感到死亡的绝望。那会摧毁人们的意志的，那会伤到孩子们的。"

丽维从未这样想过。幻测仪就是这样，每个人要去经历一次，不能逃避御光者的宿命，不能逃离光明利亚。即便其他地方大相径庭，每个御光者在经历幻测仪这一点上都是相同的。

"贵族女孩们都明白测试到底是什么。"丽维说，"不像我们其他人。她们知道测试本身根本不会伤害她们，所以测试前的恐吓是唯一能吓到她们的地方。即使她们事前已经知道了测试内容，也会因为听到测试官说自己是她们家族的敌人，或说会有意外经常发生而感到害怕。"

"我倒是没想到这一点，"加文说，"我所有的朋友都是贵族。我一直以为每个人都明白测试到底怎么回事儿。"

当然了，这就是光明利亚极力讨好你们这些贵族的另一种形式。

加文清了清嗓子："丽维，我的儿子可能会很特别，很有天赋。我们马上就会知道结果了，即使他是个多色御光者我也不会惊讶。他是提利亚人，他母亲刚刚过世。他将要面对虚伪的朋友，不劳而获的敌人，仅仅因为他是我的儿子。他不会真的被人接受，人们也会一直关注他。在这种情况下，若他真的拥有强大的能量……他可能会变成怪物。他也不会是我们家族里迷失在力量里的第一人。这种天赋，不仅仅是单纯的天赋，你懂么？"

"那您需要我做什么呢？"丽维问。她真的要成为光明王陛下儿子的老师么？虽然是私生子，但毕竟是他的血脉。她突然觉得如释重负，光明王陛下就只是光明王陛下——好吧，或许根本没有仅仅只是世间最有势力的男人这回事——但他还是自己的效力对象，而且是普通的那种效力。鉴于他完全改变了她的整个人生，她不觉得这会是一件困难重重的事。

"也许他只是一个单色御光者，或许吧。我的定论下得有点过早了。"加文说。

"但如果他不是呢？你要让我知道你的预期是什么啊，否则我会让你失望的——而你还会因此而生我的气。"

典型的贵族。能为此感到生气，丽维感觉很好。她又重拾了信心。

"你就当他是普通人，无论在哪方面。如果我们留在这里，我知道他会很快发现自己的不凡，但是我会尽快带他远离这里。在那之前，就让他接受平凡。如果他让你抓狂，就吼他。如果他表现不好，就敲碎他的关节，你懂吧？但是如果他掌握了一些高难度的能力，就假装那只是普通的不错而已。我想让他知道，那些真正重要的人不会只因他的父亲或是御光能力而被打动。"

"那这些人又是谁呢？"丽维嘲讽地问。她本没想大声说出来，但是加文现在不现实得有些荒谬。他是谁，还有他的御光能力有多强当然非常重要。也许当你一开始就降生于山巅，你可以假装那座山的高度对你来说不重要，但是那些爬过山的，和那些没爬过山却出生于山脚下的人会明白，高与不高的区别很大。

"我和奥赫拉姆神，"加文说，直接忽略了她讽刺的语气，"如果我们是他唯一想得到的支持，他会有机会办到。"

丽维不知道这是她听过最自大的一句话，还是最深奥的一句话。也许两者都是。不管是不是，她重新意识到加文的身份。她刚刚那么直白地讽刺光明王陛下，那个人世间最接近神的人，奥赫拉姆神一定会皱起眉头生她的气了。但是，感谢奥赫拉姆神，丽维拒绝了那个可恶的女人，即便那将让她付出很高的代价。监视光明王陛下？那简直是天理不容。做一个叛徒，可耻得过分，就跟丽维先前的愚蠢、尴尬、迷恋金钱一样可耻。她吞了一下口水："很抱歉，光明王陛下，我刚才真是疯——"

加文举起一只手，突然站起来。

丽维看向水晶，但是她什么都没看到。水晶没有什么变化。她立刻看向加文，刚好看到光明王陛下面色惨白——然后，他的脸庞突然亮起来，就像太阳从最浓重的乌云里重新冒出来。

他的皮肤上闪过一系列颜色，然后向水晶伸出一只手。一束闪耀的拉克辛从他手中发出，通向另一面墙上的水晶，像闪光的蛛网一样燃烧起来。更多的拉克辛迸发出来，被推进水晶里。

就在那时，一如开始般那么突然，加文停了下来。片刻后，水晶发出美好的碧玉般的绿光，然后是稍浅的蓝色。

加文如释重负地叹了一口气。

"发生了什么？"丽维问。

"秘密！"加文喊道。他比画了一下，然后丽维感受到一股冷风，她听到窗户重重地落回到插槽里。

"过来。"光明王下令道。他的身体充满了光辉，那些光辉的色彩甚至多于彩虹。他手中放射出一道绿色的拉克辛，包裹着一条黄蓝相间的光辉。"那么现在，姑娘！我必须带着这个马上赶过去，他会需要你的帮助的。"

茫然了片刻，丽维马上跟了过去。虽然她甚至不明白他在说些什么。

"到我背上来。"他说。

"什么？"

"跳到我的背上来，立刻！抓紧了。"

她跳了上去。除了其他颜色，他还操纵着薄红拉克辛，散发着不寻常的热量。他在干什么？她又看了看加文操控着的光束链。然后，他转身面向窗外空洞的黑夜。她尖叫一声，死死地抓着他。

"北大吉额！"光明王说道。

"什么？"丽维问，松开紧紧环住他脖子的手。

"别太紧了！"他咆哮道。

即使她道了歉，多条拉克辛光带仍然缠住她全身，把她紧紧地贴在加文身上。他跑向窗口，飞身一跃。

丽维起初看到的，只是拉克辛像蛛丝一般从加文的手中飞散，刚好和他们下落的速度吻合。她意识到，自己完全不知道他们到底要下落多久才能到达测试间，或者加文如何知道他们什么时候该停止下落。再说了，他们该如何从外面进入黄金塔？期待有人给他们打开一扇窗么？

噢，亲爱的奥赫拉姆神啊！

他们下落了很久很久。丽维的眼睛开始不听使唤，目光从拉克辛上转移到地面，看到它正以高速向他们撞上来。

加文猛地加固绳子，她撞在了加文的后背上。冲击力险些把她从他背上甩出去，径直摔向地面。他们又往回摇摆，然后她看见被拧出的绳子一直连接到光明王之塔的顶端，当他们向那纯粹而完整的塔身回摆的时候，那笼罩着他们的巨塔看上去越来越大。

三次剧烈的拉动把她和加文推了回去，但他们若想慢下来，这力量还差得远。一瞬间，丽维看到加文伸出的左手中飞出三个光弹，冲向他们面前的巨塔。

她没看清光弹的去势如何，但加文的这个动作让他的左手承受了全部的后坐力。所以当光弹从他手中射出的瞬间，加文和丽维都被带得飞快地反向旋转起来。

玻璃和石块在丽维四周炸开。她沿着地板笔直而顺畅地滑行了不到一秒，突然和加文分开了。接着她的裙边刮到了什么，冲力和地板间的摩擦力猛地将其卷起，她裸露的肌肤触到了一块露在外面的石头。她翻到一边，滚了好几圈。当丽维挨着墙停下的时候，她简直不敢相信自己居然捡回了一条命。

凉风呼呼地刮进走廊，有半打御光者站在那里，错愕地看着光明王陛下和丽维。前者已经站了起来，正在下达着一道道具体而清晰的命令。

为什么我的屁股凉凉的？丽维顺着御光者的目光向下一看，因为从上面滑下来，她的短裙缠到了腰间，裙底风光一览无遗。她尖叫了一声，把裙子往下拽，一跃而起。

"你，去找黑袍使，告诉他这些需要修理好，今天就要，立刻去。你，把在这个大厅的所有人名统计下来，包括在测试间的人。"光明王说道。丽维看到所有人的注意力都在光明王身上，动了动臀部。刚才跳起来的时候，她才发现一直感觉屁股凉凉的是因为她的内裤也被扯到上面去了，现在这正勒在她那两半满月之间。于是她扭了扭，想不用手去够就把内裤调整好。"奥丽维安娜，你在干什么？"光明王问道。

丽维僵在那里，一动不动。

"算了，你就待在这里吧。一会儿我叫你。"加文打开通向测试间的门，轻轻溜了进去。所有在大厅里的御光者，包括佩娅穆·纳威德，全光明利亚最漂亮的年轻魔导师之一，统统转头看向丽维，很明显大家都在困惑为什么这个女人如此重要——这把她调整内裤的最后机会扼杀了。不知道应该做些什么，也不知道光明王对她有何期待，她只能对着那年轻的导师紧张地微笑着。

CHAPTER
— 45 —

加文加快步伐,听到年长的双色御光者对奇普说:"你准备好去看自己的颜色了么?"

"我准备好了!"

加文插嘴道:"瓦里多斯夫人,可以吗?"为了防止作弊,受测者的家属是不允许进入测试间的。理论上来讲,即使是光明王也要遵守这项规定。但是理论是理论,现实是现实。

"我都没有注意到你已经开始测试了。他们说你坚持了多久?"加文问道。

"我猜是四分钟。"奇普答道。

"是四分十二秒。"那位年长的夫人答道。

加文顿住了脚步。在自己房间时,他的确感觉到时间很长,但他认为那仅仅是一种感觉。四分钟已经是很惊人的成绩了,他当年通过测试也不过撑了五分钟。

瓦里多斯夫人靠近加文对他低语道:"发生了一件反常的事,我认为应该让您知晓。"

加文微笑着看着奇普:"做得很好,你稍等一下。"他走到旁边,留下奇普被一群人围住,他们就像把他当作了世界的中心,不停询问着各种问题，比如他觉得测试中最困难的部分是什么，他是怎样坚持了那么长的时间。这对于一个年轻的御光者来说是件特别值得兴奋的事，而且也应该是这样。

加文满面笑容地同瓦里多斯夫人朝着测试官的桌子走去。他们站到了桌顶，黑色的锦布正好盖住了石桌中央的一个洞，测试石应该就放在那里。加文试着回忆测试石摆放的精确位置，他只有一次机会。"什么反常的事？"他问道。锦布严严实实地将测试石与外界光源隔绝开来。

老夫人缓缓说道："他在大约三分三十秒的时候将手中的绳子扔掉了，有一个女人将绳子又重新放回到他手中，我没来得及阻止。"

"你在开玩笑吗？"加文道。

"他们派来测试的人都只有个漂亮的脸蛋，其中一半人的脑子几乎都不够记台词，更不用说能记住那些晦涩的规则了，尤其这次还出现了世人记忆中从未出现的情况，连达森都没有将绳子扔在一旁。"

"谁干的？"

"绿测试官。"

当然是绿测试官。绿御光者都那么任性，不可捉摸，不受束缚。"把她带过来！"

绿测试官接到了夫人的召唤径直走了过来。所有的测试官都很美，如果说有着浅色皮肤并不利于战场作战，那么在这种场合及其他各种仪式中它却非常受欢迎，一个绿色、蓝色或红色的御光者，其本身的自然肤色越深，其视觉效果就越不强烈，因此甚至连帕里亚人都会选择那些来自沿海、低地或者混血的乡巴佬来代表他们出席这种仪式。这女人是卢斯格尔人，同她本郡人相比，她的肤色都算浅的。她迈着轻盈优雅的步伐如舞者般走来。所有的测试官在受测者出现时——通常在测试开始后十到十五秒——都会套上自己的颜色，仪式期间，她的那件绿斗篷也一直套在身上。而现在，这斗篷在她丰腴的胸脯前开着深深的衩，她热切地走上前来，将长发甩到身后，挺直了腰身，站到了石桌边的另一侧。

那些仪式中的裸体及半裸体都被宗教及文化象征所覆盖，使它们看起来不再肉欲。或者说是几近如此，因为无论你品格有多么的高尚，当你正注视着一个美得惊人的裸体时，都无法做到对其完全无视。但是这之后的派对，特别是测试后的派对，都是一个灰色区域。每个人都那么美，每个身体都半遮半掩，每个方才完全赤裸的记忆都还很新鲜，还有那欢腾的气氛，源源不断的美酒，沉闷的仪式礼节顷刻消散。

绿测试官清楚地知道自己在做什么。加文比她高出一截，因此他将不可避免地看到她那几乎完全敞开的斗篷。然而，他却望向了她桃心形的脸庞，那双深褐色的眼睛，瞳仁中几乎没有多少绿色。她看起来很眼熟。

"到这来。"他说，指了指身边，自己和瓦里多斯夫人中间的位置。她走过石桌站到他指的位置，又靠近了一些。

"你叫什么？"他问道，声音冷淡。

"我叫提希丝。"她答道，笑容带出大大的酒窝。

"提希丝什么？"

"哦，"她不假思索地答道，"提希丝·马拉格斯。"

"发生什么事了，提希丝？"他装作没有认出她的姓氏，问道。她的父亲和叔叔曾经是他的朋友——也就是达森的朋友。战争之后他们失踪了，很可能是被土匪杀了，或者是被海盗俘了。她的长相继承了家族特点。怪不得她会恨他，她看到奇普有机会通过测试，所以便蓄意破坏。很大胆。虽然又愚蠢又令人气愤，但是很大胆。

"这个测试者作弊了，"她说，"他扔掉了绳子，我又把它放回到了他的手中。"

"在整个测试过程中是不允许你以任何方式接触测试者的。还有

携光者
卷一 光明王

什么规矩是你不清楚的吗?"

"我并没有碰到他——请您宽恕,尊贵的光明王陛下,我只是把绳子放回他的手上,没有碰到他的皮肤。我只是想保障测试的顺利进行。"

"马拉格斯,"加文说道,"你是卢斯格尔人,对吧?"

"是的,光明王陛下。"

加文面无表情地望向她:"当你们那尊敬的郡首大人雷多斯横跨滔天河去攻打兵力超过他一倍的血森林时,你记得他是怎么做的吗?"

"他烧掉了自己军队身后的罗扎农斯桥。"她答道。

"那个算作弊吗?"

"我——我不太明白。"她说道。

"他把桥烧掉了,这样他的士兵们就知道自己无处可逃。他没有给他们留退路。每一个人都知道要么赢,要么死。这就是我们所说的'破釜沉舟'。"

"但是我看到他在找绳索。"她无力地抱怨道。她吞了口唾沫,突然没了当面反驳光明王的勇气。

"然后你就给他了。"

"当然。"

"所以你会在你尊敬的郡首雷多斯大人身后重新建一座桥?"

"当然不会,那可是……"

"你的做法注定了他的失败。你隔了多久拉起绳索的?"加文问道。

她脸一红,向旁边望去:"十七秒。"她紧了紧自己的斗篷,最终把自己遮严。

"你毁掉了一个年轻人通过的机会。"

"我们可以重新测试——"她开口辩解道。

"你知道我们不能。一旦测试者们知道那些东西不是真的,幻测仪就没有用了。每个人都会说因为他是我的侄子才会拥有特殊待遇——"

"我本没这么打算——"

"你是知道的!"加文说道,努力压低自己的声音。

"你是怎么打算的无关紧要,"瓦里多斯夫人嘶声道。

趁夫人开口说话之际,加文从火把的光芒中分离出了一些幻紫光。就那么一点点。幻紫的魅力之处在于它是隐形的,尽管这间屋子里有至少半打的人在凝神细看的情况下能看到幻紫色拉克辛,但加文敢赌在这一刻没有人会这么做。况且加文的动作幅度如此之小、速度如此之快,就算是有人在看,也会错过的。使用魔术般的手法,幻紫被藏到了他的指尖处。

"你破坏了规矩,提希丝。"夫人说道,"你亵渎了你的职责,毁了一个年轻人的未来。"

"但是根本没人会通过!"这个年轻女人抗议道。能够坚持这么长时间已经是一件荣耀的事了。那些阴谋,那个黑暗而狭窄的空间,那种高度,还有蜘蛛、蛇、老鼠——幻测仪能触发所有最常见的恐惧。通常情况下,当测试者们相信失败就意味着失去了一切之后,他们的瞳孔在恐惧中扩张,会在拉动绳子之前就发出自己所有可以御光的颜色。当然,这方法虽然不完美,但却是他们拥有的最好测试方法。

"滚出我的视线。"加文说道。

正如加文计划的,她从加文与瓦里多斯夫人之间穿过,气冲冲地走了。加文从口袋中抽出一块石头,藏在手心,将锦布滑出袖口,再把隐形的幻紫拉克辛从指尖弹出,抓住测试石把它从凹槽中取出。他将拉克辛啪地收回至手腕处,用幻紫拉克辛长带将测试石绑在自己的前臂,然后用剩下的那点儿幻紫拉克辛把假测试石放回了原处。

完成这一切只花了不到一秒钟,加文甚至都没怎么俯身。"那么,

携光者
卷一 光明王

让我们来看看结果吧,好不好?"他说着,继续将锦布从洞口拉走。

从瓦里多斯夫人的角度看来,加文向旁扯了一下锦布,然后俯身伸向洞口,并拿出了测试石。测试石是一个象牙制的长块——不是来自于冲上岸边的海妖尸体,就是来自卢斯格尔深处的大象——两端镶嵌着黑曜石。象牙固然宝贵,但这黑曜石才算得上珍奇,没有人知道这世界上哪里能够真正得到、开采或者制造出黑曜石。黑曜石比钻石和红宝石还要稀有,因此在每次测试后,测试石两端的黑曜石都要被取下以备再次使用。

也有迷信的人将其称之为地狱石。大部分御光者是乐于见到黑曜石如此稀有的,因为它是唯一一种能把拉克辛从御光者体内直接抽离出来的石头。加文曾经听说,古时候国王们和郡首们——在更多虚构的传说中是碎瞳的杀手们——曾打造出许多把完全由黑曜石做成的匕首或是长剑。但是黑曜石只在两项特殊条件均满足的情况下才会展示它的神奇力量:第一,必须要在几乎完全黑暗的状态下,就是完全没有任何可见光的状态下使用,由于某些原因,幻紫色和薄红色并不会对它造成影响;第二,需要御光者的血,且由黑曜石切开的伤口所流出,要想把拉克辛从御光者身上抽离,那拉克辛同黑曜石之间必须有物理上的联系。然而,一旦形成联系,那种吸力就会非常强大,如果一个御光者在手持拉克辛的同时被黑曜石砍中肩膀,然后再被黑曜石贴上伤口,那么只要十秒左右拉克辛就会消失。学者们推测,这是因为拉克辛其实一直存在于御光者的体内,所以联系才会如此直接,即便那些拉克辛是深埋其中也不例外。

因为黑曜石将各色拉克辛抽离出人体外的比率不同,所以那些被抽离出体外的拉克辛进入测试石后会留下宽度不一的清晰线条。如果一种颜色形成后留在了石头上,而且线条足够宽的话,那么这位测试者将被判作值得接受这种颜色的训练。当然了,如果上面有两种颜色,那么这位测试者将被判作双色御光者,而两种颜色以上就是多色御光者。

加文拿起测试石。他闻到了一抹微弱的丁香花一样的香气,其实是之前幻紫拉克辛的味道。他停顿了一小会儿,让香气散去,然后把测试石交给了瓦里多斯夫人。作为主考官,宣布结果是她的职责。所有人都像加文一样围上前来,她小心翼翼地将两端的黑曜石取下来,收到一个特殊的盒子里放好,然后将测试石举过头顶。上面有一条清晰而宽厚的绿色光带,绿到极致,接近蓝色,旁边便是一条稍窄的蓝色。还有一点非常微弱的黄色,和极少的幻紫。所有颜色形成了一个很经典的钟形图案,同大多数御光者的图案一样。

瓦里多斯夫人说道:"我现在宣布,来自莱克顿的奇普被奥赫拉姆神赋予了绿色和蓝色的御光能力,幻紫色能力目前还不能确定,需要等待日后的进一步测试。奇普,恭喜你,你是一名双色御光者了。"

一阵欢呼响起。

只有奇普看起来十分迷茫。

加文绕过石桌,一手搂过奇普的肩膀,紧了紧。"做得很好,奇普。"

奇普被加文抱得有些站不住。"所以我通过测试了?"他平静地问道。

"你通过了,我为你骄傲。"

又是一阵欢呼,同时,奴隶们端着葡萄酒、白兰地还有特制的蛋糕、水果、肉和甜点拥进了房间。

加文松开了奇普,发现他正用完全迷惑的眼神看着自己,似乎不敢相信加文刚刚说的话。那些话语像是魔法一般。奇普有生以来第一次把光谱中的各种情绪都经历了一遍,现在还没有缓过来。他还不知道该拿这些余韵怎么办。这需要些时间。加文朝着大门的方向示意了一下,召唤着奥丽维安娜。

"奇普,"加文说道,"我给你带来了一个特别的人,这是为你准备的一份惊喜。她将成为你的老师，她会在我们离开之前为你讲解御光原理并教你些基本知识。奇普，我来给你介绍——"

"丽维！"当女孩从加文身后走出来的时候，奇普叫道。

"奇普！"

"去把他带到你房间看看吧，丽维，"加文道，"记住我说过的话。"

奇普仍处在震惊之中，丽维牵起他的手，领着他向大门走去。毫无疑问，那边聚集了很多人。奇普根本不用去想就知道不对劲儿。

"为什么不走后门？"加文说道。他转过身把幻紫拉克辛朝反方向的墙上扔去，墙上出现了一道暗门。

丽维带着奇普从那里离开。

指挥官铁拳和黑袍使从前门走了进来。

"黑袍使殿下，夫人，指挥官，各位魔导师。"加文说道，并友善地招了招手，表示他刚才太忙了没有时间同铁拳和黑袍使交谈，然后径自朝后门走去。他现在需要去见奇普。他刚才本应该让他在门外等着而非遣他上楼。

加文穿过后门，脑中已经想好要留给白袍使的书信内容，却差点撞倒一个穿着奴隶斗篷的人。这人肤色较深，神态谦恭，身材矮小。他认出了这个人，心下一沉。

"向您致以问候，光明王陛下。"那矮小的人点头说道，他那上过浆的头巾几乎纹丝未动。他曾经是一位帕里亚法律学家，后来被伊利塔海盗抓获一度成为奴隶，最终被卖给安德洛斯·盖尔。他聪明而谨慎，作为安德洛斯·盖尔的心腹效力了二十年。"您的父亲已经不耐烦了，他要求你立刻到他的住所去。"

对于安德洛斯·盖尔而言，"立刻"都已嫌太晚。加文内心感到一丝畏缩。他将脖子左右各摆了两下，骨节发出啪啪两声，然后说道："带我去见他。"

CHAPTER
– 46 –

奇普跟着丽维·戴纳维斯穿过了一条狭窄的走廊来到直梯前。他的头还是晕晕的，各种情绪好像已经无法藏在体内，开始不受控制地向外爆发，不断向他袭来。这种感觉很陌生。可能是因为刚刚见到丽维，他之前知道她在光明利亚，而且自从他知道要来这里以后一直盼望着能见到她，但是真正见到了她又是另一回事了。

戴纳维斯大师曾经和奇普分享过许多丽维寄回来的书信，所以他没意识到时间已经过了两整年，但那时她才十五岁，他十三岁。很明显，现在他长大了，因为他终于比她高了。当然，他的身体依然是她的将近三倍宽。除此之外，丽维也比从前更加漂亮了。

她领着他穿过长廊，最后站到了直梯前，一路上一言不发。奇普很喜欢这样的沉默，因为他觉得现在根本说不出话来。看到她，一种欣喜而又平和的异样感占据着他。他还记得在她十四岁那年，关于她与镇长儿子盖德订婚的流言传遍了整个镇子，在那之后不久，她就离开家乡去了光明利亚。奇普也随之松了一口气。对于小小的莱克顿来说，她实在是太优秀了。明知她不会想起自己，他依然非常地想念她。她就像头顶的太阳一样，奇普一直抬起头追随着她的轨迹，被她的存在所温暖，但是从来不敢奢望更多。当戴纳维斯大师告诉他丽维在光明利亚被其他女孩欺负时，奇普真想立刻动身去杀掉那些冒犯她的人然后再回来。

看她在前面领路，那头飘逸的卷发在她双肩上不时拂过，感觉仿佛是经历了长长寒冬后又重新沐浴在阳光中。奇普不想说话。一旦他张开这张贱嘴，肯定会破坏一切。他只是静静看着她，有意不上前，不雅地提着裤子紧随她的步伐。他喜欢这种有她在的感觉，很享受这如同在家一般的舒适。

"我想我迷路了。"丽维说。她左右看了看，两侧的长廊看起来都一样。她咬起自己的嘴唇。

奇普的目光锁在了那丰满微润的唇上，咽了下口水。

"奇普？"她说，"不，没事，你当然不可能知道。"

她再次抬起脚步，奇普跟了上去。在离开之后的这些年，她已经长成一个女人了。她身材如此苗条，可是他却那么胖。她有着清澈明亮的棕色大眼睛，皮肤光滑无瑕，可是他刚开始冒出胡须的脖子和下巴却满是疙瘩。感谢奥赫拉姆神，至少她的胸脯比他的大。

然而奇普其实几乎没怎么看向那里。现在跟在她身后，他也几乎没怎么看向她的身躯。她的短裙随着步伐前后摆动，露出了修长优美的小腿，极其赏心悦目。但是除了扫向那里的一两眼，也许还有第三眼——奇普又看了过去。啊！第四眼——之外，他看她的目光跟看其他漂亮女人的目光不一样。因为这样的目光似乎并不够恭敬。

糟糕，第五眼。

他们进入到直梯后，她停住脚步。"我才意识到，"她自嘲地说，"我都不知道应该要带你去哪。嗯，这样吧，在我弄清这点之前，你可以到我的房间来。如果你的幻测反应和我一样的话，你现在可能想要直接躺到床上睡一觉。是吧？"

奇普不知道自己怎么都没注意到这点，他确实累了。他现在的感觉就好像盛满能量的瓶子被别人全部拿走倒空了。他点了点头。

"不想说话?"她朝他微微露齿一笑,问道。这个笑容就像对待一个错过午睡时间而吵着要吃甜品的小孩子。但是看着她宠溺的笑容,他甚至连感到绝望的力气都提不起来。

对她来说我很可爱。可爱。唉。

她把砝码放到直梯上,顿了一会儿——她一定在诧异于需要给奇普多加多少个砝码——然后又多加了一些。不一会儿,他们就快速升到了塔顶,身边不断地有其他学生也在上上下下。他们停下后,走进了一个宽敞的门厅,门厅地面延伸出一条透明的管道,同其他许多同样的管道一样将中央塔和周围的塔连接起来。

奇普眉毛上挑,看着丽维。

"我的房间在那边的黄晶塔里。黄色位于光谱的中间位置,因此在双色和多色御光者们的御光颜色中,黄色要多于其他颜色,黄晶塔内也有更多的房间是双色御光者的。但是他们没有为住在光明王之塔的御光者准备房间。你恐高吗?"

"通常情况下不会。"奇普不安地说道。

"哦,所以你会说话啊!"

"我也会掉下去。"他含糊道。

"你不会有事的,我保证。"她说完便走进了通道。它只有四步宽,四周环绕着薄到几近透明的蓝色拉克辛,底部是更浓厚的蓝色拉克辛及用来加固的黄色的薄拉克辛条,看上去薄得不可思议。就像奇普在远远的下面所看到的一样,只有两条通往光明塔的通道:这条是东侧的通道,还有一条在西侧。从这条通道向光明王之塔正西侧的绿晶塔直走大约一半的路程,就能到达与另一个近乎透明的巨大环形拉克辛通道的交会处。那环形通道上又支出数条小道,轮辐状分别通向其他六塔。

丽维领着奇普来到其中一个环形通道与轮辐形通道的交会口,那儿看起来没有任何支撑物。她蹦了蹦。"看,非常安全。"她笑道,

"你来试试。"

"我可不确定。"奇普说。如果他可以克服恐惧，就会觉得从这里看下去的景色十分壮观。当然，这里还有丽维，让他很难只去关注那些魔法塔。"好吧。"他无力地说道。他不想拆她的台。

当然了，如果我把这细长的通道弄坏了，就会立刻把我们两个的"台"都"拆"了。

为了努力使自己看起来有风度一些，奇普跳起一点点，用脚尖尽可能地轻轻着地，将全身的震动都集中于膝盖上。

"噢，你不是吧。"丽维说道。

奇普叹了一口气，然后飞身跳起好高，觉得自己的脑袋都快要撞到棚顶了。当他落地的时候，听到了一阵响亮的碎裂声。

他甩手出去想抓住点什么，觉得心跳都停止了。当他要扑到扶栏那里时，看到了丽维脸上的表情。

她正捂着嘴大笑。"实在对不起，"她说，"我不应该这样。这是接待新生的传统，光明王陛下想让我给你一个完整的体验。"奇普看向她的双手，似乎它们紧握着一些看不见的东西。他凝神细看，便确定，她手中正握着一条被折断的幻紫拉克辛。

他轻笑了一下，听起来有点勉强："那可以给我一个传统的拖把么？我觉得自己刚刚留下了一摊传统的水坑。"

她大笑起来："谢谢你这么有风度。当年我的魔导师让我们全班一起体验这个传统时，我差点晕了过去，不知道你听了之后会不会感觉好一点。来吧，前面不远就到了。"

他们一起沿着细长的环形通道走着，随后转而向黄晶塔走去。当奇普进入大庭院时，黄晶塔位于他的右后方，因此并没有看到它的样子。现在它耸立在面前，占据了整个视野。

"我想我的双眼已经被填满了。"奇普说道。

"什么？"

"我今天看过了太多令人惊叹的东西。也不知道是这里太普通，还是我已经失去了吃惊的能力，对我来说，这看起来就是一座普通的黄光塔，没有火焰，没有宝石，也不能扭曲地移。"这座塔散发着光芒，但除此以外也只不过看起来像黄色的毛玻璃一样，通体半透明状，还不是完全透明。也可能是因为太阳快要下山，光线过于昏暗。

丽维微笑了一下。他不知道自己怎么会忘记了她的酒窝。"黄晶塔的神奇之处就在于它全部是由黄色拉克辛建成的。"

"而其他的塔都不是？"奇普说道，有点不太明白。他眨了眨眼睛。"我的意思是，那些塔不是用自己颜色的拉克辛建的吗？"

"不，不，不。其他的塔都只是在传统的建筑材料外施上魔法，而黄晶塔是完全由黄拉克辛建造的。"

从光明王那里接受到的短暂训练让奇普觉得，黄拉克辛是像魔法羊毛脂一样的东西——它能滋养其他拉克辛，但是另一方面非常容易分解而变回黄光。"呃，我以为黄拉克辛是非常差的建筑材料，因为它很不稳定什么的。"奇普突然想起来他为什么不愿开口说话，同丽维谈得越多，就越会自然而然地谈到家乡。否则，如果一点都不提到家乡的话，就会显得太刻意。到那时，他就不得不告诉丽维她父亲已经去世了。她会从开朗、耀眼而面带酒窝的少女变成一个失去亲人的孤儿。

"的确是非常差，"丽维说，"但同时也非常神奇。"她拉着他来到塔的入口。突然，奇普发现自己不想离开这个细长的蓝黄色通道了。

几分钟前，我还在担心怎么在这上面走，现在我又不想走下来了。

"黄色通常是最不稳定的拉克辛，有一点微小的动作，它都会立刻变回光的状态，就像水在瞬间蒸发一样。这就是为什么大家又叫它水光。你还记得许多年前在莱克顿演奏的那个竖琴师吗，他每弹完一首曲子都要停下来调音。"

奇普点点头:"但我觉得听起来没有什么不同。"情况很不妙,开始谈论起家乡的话题了,但是如果他能在精疲力竭之前一直让她开口说话的话,他就可能将告诉她实情的那天再拖延一日。

丽维说:"事实上,当竖琴稍一走调的时候,他就能立刻分辨出来,可是旁人都不能。同样的,对于光,有些御光者也能做到这一点。想要生成某种颜色的拉克辛,就必须'弹出'这个颜色的'正确音符',否则拉克辛便不能成型。如果你只是在大概调子上,拉克辛很可能就制造不出来。虽然你可以通过注入更多意志来修正一些错误,但是能达到这种境界的人可都非常不简单。"

"这和越识者有关系吗?"奇普问道。他感到终于可以把一些零碎的信息拼凑起来了。

"是的。"对于他曾听说过这个,她似乎感到很惊讶,"你不是真想整晚都在外面站着吧,是吧?"

"哦。"奇普跟着她走进塔内。

"越识者比普通人更能辨识出细微的颜色渐变。"

"你是吗?"奇普问。

"是呀,女人有一半都是越识者。"

"但是男人中却没有太多。"

"整个光明利亚也只有十位男性越识者。"

啊,所以瓦里多斯夫人才会说奇普是个怪胎。"这听起来可不公平。"奇普说。

"这和公平有什么关系?因为你有双蓝眼睛,所以你能比我御光更多。这跟公平没关系。"

奇普皱起眉头:"所以要想让黄拉克辛稳定,你就必须是个越识者?"

"简单地说,是的。事实上,越识能力也是分级别的。你接受的那个越识能力测试是不是有上百个细微渐变的色块？想象一下，如果是上千个色块，颜色渐变会更加细微。为了制造出稳定的黄拉克辛，你就必须通过那项测试，然后才具备能将黄拉克辛从那道窄窄的光谱条上提取出来的控制力。但是，一旦御光成功，其结果会比其他任何拉克辛都要坚固稳定。"

"你能做到吗？"奇普问道。

"不能。"

"呃，这个问题可能很没礼貌，是吧？"奇普问道，脸皱成一团。

"在这里，我是最不可能拿繁文缛节来针对你的人了。"

"所以你的回答是肯定的。"

"对。"她微笑着道。为什么酒窝会这么漂亮啊？"我还是不能相信你是光明王陛下的……侄子，奇普。"

"你不是一个人。"奇普说。所以加文是对的，他们在提到侄子之前都会顿一下。他之前以为这一定比一直听别人叫他私生子要好很多。然而不是。

他们进了另一座直梯然后下降。很明显，在房间分配上应该是遵循某种优先顺序的。当他们进入丽维的房间时，奇普惊呆了。那是一个大套间，不仅宽敞，还能欣赏到日落。肯定有许多御光者会为了拥有这样一间房而大打出手。

"我才刚搬到这儿，"丽维有些不好意思地说，"我是个双色御光者。算是吧。我觉得你肯定累了。你可以睡在我的床上。"

奇普目瞪口呆地看着她，他知道她说的和他所理解的不一样，并努力不让自己的表情泄露出内心所想。

"我会睡在隔壁，小傻瓜。这些新地毯很厚实，我可以学帕里亚人一样睡在上面。"

奇普咽了下口水："不，我没认为你——我的意思是，我只是——嗯，我认为我不应该占用你的床。我应该到隔壁去睡。"

携光者
卷一 光明王

"你是客人,而且你肯定已经很疲惫了。我坚持要这样。"

"我,呃,是不想弄脏你的床。测试搞得我一身臭汗。"奇普看着她的床,布置得很漂亮。这里的一切都很漂亮。至少他们待她是很好的。

"幻测仪确实会让人如此。我去给你拿个盆,你可以在睡觉之前用海绵简单清洗下,真的,我坚持要这样。"

丽维走进了隔壁房间。奇普感觉到喉咙发胀。目前为止他还没有告诉她关于她父亲的事情,但是他可以感觉到两人之间的话题已经变得越来越多。丽维端着一盆热气腾腾的水回到了房间,还拿了一块海绵和一条厚毛巾。她把东西放下然后坐到椅子上,转过脸去不看奇普。

"你不会介意洗澡时有我坐在这里陪你聊天,对吧?"她问,"我发誓,我不会回头的。"

"呃。"他当然介意。她可能会转过身看到他半裸着,然后尖叫着跑出去,看在奥赫拉姆的分儿上,让别人知道你很胖是一回事儿,让别人看到你身上的肥肉却是另外一回事儿。此时,他是她的客人,而且她也没有向他提过任何其他要求。另外他还一直都表现得不太礼貌。

"所以,奇普……我父亲怎么样了?你都还没有提及家乡的事。"

很长一段时间,奇普都无法开口。快开口说话,奇普。只要一开口,你就能把所有事情都告诉她了。

"你在叹气,"丽维说,"出什么事了吗?"

"你知道每年郡首都是怎样派使者到莱克顿征税吗?"

"知道啊?"丽维的声调上扬,忧虑的情绪大于疑惑。

"你可以转过来,我穿着衣服。"

她转过身。

"格拉多郡首的儿子拉斯克一上台后就自立为王了。他派来了另一个使者,镇上又把这个使者空手赶了回去,所以他决定拿我们镇开刀。"奇普长叹了一口气,"他们杀了所有人,丽维。我是唯一一个跑出来的。"

"我父亲呢?我父亲怎么样了?"

"他想救大家。但是丽维,他们把镇子都包围了。没有人跑出来。"

"你跑出来了。"她不相信他的话。他能从她的表情看出来。

"只是侥幸。"

"我父亲是他那一代人中最优秀的御光者之一。别告诉我你都跑出来了,他却没有。"

"格拉多那边有御光者和镜光骑士,丽维。我眼看着戴尔克拉拉一家倒下去。所有人。整个镇子都在燃烧。我亲眼目睹芮米尔、伊莎和桑松死去。我亲眼目睹我母亲死去。"

"我不关心你那个吸毒成瘾的母亲。我在说我的父亲!你别告诉我他死了。他不会的,你这该死的。他不会的!"

丽维旋风般跑出房间,砰地甩上身后的门。

奇普盯着那扇门,耷拉着肩膀,莫名的眼泪在眼眶打转。

嗯,这可进行得真顺利。

CHAPTER
— 47 —

七年，七个伟大的目标，加文。

加文伸出他的右手，从拇指开始算起，依次御着各色光：拇指到小指，到无名指，到中指，到食指，回至中指，到无名指，到小指。一共七个，每个颜色都依次出现，从薄红到幻紫，感受不同颜色带来的不同情绪。

看在奥赫拉姆的分上，我是光明王。我无所不能，主宰所有颜色，正处于黄金期。我比世人记忆中任何一个光明王都要强大，也许是几百年来最强大的。多数光明王继位后仅仅活了七年，只有四人活过二十一年，永远都是七的倍数——当然他们可能是被谋杀，也可能是自然死亡，但是从来没有人在别的年头死去。加文已经是第十六年了，所以他至少还有五年时间。事实上，如果有哪位光明王能够顺利挺过第二十一年，应该就只有他了。他感觉到自己越来越强大，御光的能力达到了自己人生的巅峰。

当然了，这些也可能都是幻觉。他在其他方面一直都很与众不同，也许一转身明天就死掉了。

想到这，他又感觉到胸腔中那熟悉的窒息感。他并非畏惧死亡，只是害怕自己在完成目标前就死了。

他站在光明王之塔内他父亲的房间外。他父亲的奴隶——尽管加文知道他叫格林伍迪,但在奴隶自报家门之前就直呼其名是失礼的——正在开着门等他。这是一扇通向不止一种黑暗的大门。加文的胸中一阵刺痛,快要不能呼吸了。

安德洛斯·盖尔并不知道眼前的加文不是真正的加文。他不知道他的大儿子现在正被囚禁在光明利亚下面的地牢里发臭。他认为达森已死,而且看起来从未因此而不安,更别提内疚了。反叛者是应该被驱逐的,而且永远不得再提起。

"光明王陛下?"那奴隶问道。

加文晃动着手指上最后一缕卷曲的拉克辛,飘散出的树脂香味闻起来很舒服。

安德洛斯·盖尔的房间完全处在黑暗之中。厚厚的天鹅绒窗帘悬挂在窗口,墙上也挂着一层又一层。入口处修建了一个门厅,加上访客又少,走廊上的光几乎不会照入室内。加文提取了一些幻紫在手中,然后走进门厅。

格林伍迪将他们身后的门关上。加文把幻紫变成个小球拿在手中,他并没将这个御光做得完美,这是为了让它别太稳定。这种不稳定会让它慢慢分解变回一束幻紫色光,对于一个幻紫御光者来说,这就像拿着一个别人都看不到的火把一样。格林伍迪和安德洛斯都不是幻紫御光者,所以这种诡异的紫光,加文想弄多少都行。

在加文的注视下,格林伍迪用一个沉重的垫子塞住身后门底下的一个小裂缝。格林伍迪顿了顿,好让眼睛适应周遭的黑暗,他不是御光者,因此无法很好地控制自己的眼睛。在黑暗中,一个无光者——非御光者——需要花费半个小时或者更多时间来找回自己全部的光感,而大多数御光者花十分钟就可以感知到光了,还有一些人只需几秒钟就可以恢复光感。但是格林伍迪并未想去看清四周,他显然在许多年前就牢记这屋子的布局了;他只是单纯地在确认自己有没有让任何光线进到尊敬的盖尔主人的房间。终于,他满意地打开了房门。

加文很高兴手中拿了幻紫拉克辛。像所有御光者一样,他曾被教导不要让颜色影响自己的情绪。同样的,像大多数人一样,他经常都会失败。这对于多色御光者来说尤其具有诱惑力。每一种颜色都能煽动,或抑制一种情绪。就好比现在,紫光会产生一种疏离感、距离感。有时这种情绪感觉起来很像对他人的嘲笑与讽刺,总觉得自己好像高人一等似的。

你是光明王,居然却在畏惧一个老人。

在火把的幻紫光照射下,加文看到他的父亲坐在一把高背椅上,面向着不知遮着窗帘还是被木板封住的窗子。安德洛斯·盖尔曾经是一个高大而健壮的男人。现在的他肩膀不再宽阔,肚子上也多了许多赘肉。他并不肥胖,只是那些脂肪都集中到了内脏上。由于多年来几乎都坐在那张椅子上,他身躯变得臃肿,四肢却越来越细。他今年已经六十五岁,皮肤松弛,长满了老年斑。

"儿子,你能来真是太好了。一个老头子独自待久了难免会孤单。"

"我很抱歉,父亲。白袍使一直交给我很多事件去处理。"

"你不应该让那个轮椅丫头这么控制你。你应该给那个老妖婆安排一下让她参加今年的净化仪式。"

加文没有接话,这已经是个老辩题了。白袍使也这么说过安德洛斯,除了那些人身攻击的字眼。加文坐在他父亲旁边,透过手上的幻紫之光打量着他。

尽管房间是完全黑暗的,安德洛斯·盖尔还是戴着一副能紧紧贴合眼窝的黑色护目镜。加文无法想象完全在黑暗中的生活,他甚至都没对他的哥哥做出这样的事。安德洛斯·盖尔是一个能使用从黄色到薄红色的多色御光者。就像许多经历过伪光明王之战的御光者一样,他拼尽了所有的力量,当然,是为了他的大儿子而战。由于使用了太多的法力,他的身体终于被击垮了。但是战争过后,许多御光者都接受了净化,安德洛斯却退入了这个房间。当加文第一次来这里见他时,窗玻璃还能滤出蓝光。与他所拥有的颜色能力相反,蓝光带给他一种安全感。后来,医生说若想不继续被色彩魔化,他需要完全的黑暗。如果他现在正采取这样极端的措施,就表示他的身体状况肯定已经濒临魔化的极限了。

"我听说你要发动战争。"安德洛斯说道。

"恐怕是,我不做没把握的事情。"加文答道。他一点都不惊讶父亲已经知道了。安德洛斯·盖尔当然早就知道,他可是塔上超过半数有权势的人都效忠和惧怕的对象。

"怎么讲?"

"我收到了一封信,说我有个儿子在提利亚。等我赶到时,镇子被烧了。我碰到了一群镜光骑士在追杀一个孩子,就阻止了他们。"

"是杀了他们。"

"是的。这个孩子就是我儿子,而那些骑士则是拉斯克·格拉多的手下。他是在拿镇子开刀警告那些拒绝交税的人。他表示对这个男孩尤其感兴趣,但是我认为他是想用这个来刺激我。"

"尤其感兴趣?我以为他去那儿是为了惩罚镇子。"

"他说奇普偷了他的东西。"

"他偷了吗?"

"那孩子说他母亲在小镇被袭击时受了重伤,临死之前交给了他一个宝石盒子。那不是他偷来的。"

"那你拿到匕首了吗?是白色拉克辛做的吗?"

加文感到后背冒出一阵寒气。他已经想到这次见面最糟糕的部分就是父亲谈到一些事情的细节是他不知道也不记得的。一把白色拉克辛匕首?白色拉克辛是不存在的,但从安德洛斯口中说出来就好像他认为那就是白色拉克辛。或者他知道那就是白色拉克辛。而且他还亲眼见过，并认为加文应该知道他在说什么。

他哥哥也提到过一把匕首。加文胸中一紧。

一不小心，他就会被拆穿。这就是他对他父亲尽量避而不见的原因。只有极少数人确切地知道加文和达森各具有哪些记忆，而安德洛斯·盖尔便是其中之一，其他人不是被流放了就是战死了。加文之前一直声称兄弟之间的生死之战给自己造成了强烈打击而导致了部分失忆，这样无力的借口也只能用到现在了。特别是安德洛斯，也许他会原谅对最终战役相关的事情记忆混乱，但是加文对那之前几年所发生的事情肯定应该印象深刻，不是吗？

"我没有看到匕首，"加文说，"它放在盒子里。我都没意识到那可能是白色拉克辛。"白色拉克辛是不存在的。加文知道。他曾尝试过想要自己造出这个传说中的物质——倘若这东西真能被造出来，那么作为光明王，他应该是唯一能办到这件事的人。

"愚蠢的孩子，我真不明白我为什么总是更看好你。达森比你要聪明许多，但是我始终还是站在你这边的，不是么？"

加文看向地面，点了点头。这么多年他第一次听到父亲表扬自己，但却是以谴责的方式。

"你是在点头还是摇头？你可能忘了，我看不到。"安德洛斯愤恨地说道，"算了，我知道你想自己秘密地寻找匕首——我的间谍都说你绝口不提此事，这点我为你喝彩——但当你偶然发现了一把可疑的匕首，然后有个一文不名的国王非常想要得到它，这难道没有激起你一点儿警觉？"

"我当时被三十个敌方御光者、镜光骑士还有一个好战的国王所包围，我已经够警觉了。"

安德洛斯·盖尔摆了摆手，好像这都不值得关心。"我估计，当时没有黑卫在保护你。你太顽固了，愚蠢的孩子。盒子是什么材质的？"

"紫檀木,也许吧?"加文照实说道。

"紫檀木。"安德洛斯·盖尔长叹一声,"当然,光是这一点证明不了什么,但这指明了你接下来该怎么做。"

"我打算召集七大郡首,同每个人面谈,看看我是否能左右他们。"加文答道,"当然,光谱七政使不会参与进来。"他知道接下来会发生什么。父亲会告诉加文该做什么,且无论加文如何抗拒,他都会扫平障碍。看在奥赫拉姆的分儿上,我才是光明王。

"等你做完这些,格拉多王就已经占领加里斯顿了。你告诉给七政使的那些话都是正确的,但你得出了一条错误的结论,也采取了错误的行动。这就是为什么你需要我。如果你一回来就告诉我这些事,我就会早告诉你了。单方面撤军,将一颗明珠拱手送到提利亚人手上——"

"那可不是什么明珠,父亲——"

"你敢打断我说话!过来。"

加文木然坐到他父亲对面。安德洛斯·盖尔伸出一只手,摸到了加文的脸,摩挲着,仿佛在描摹他的脸颊,然后扬起手重重打在上面。

"我是你的父亲,你该给我应有的尊重,明白吗?"

加文颤抖着咽下一口唾沫,努力控制着自己:"是的,父亲。"

安德洛斯·盖尔扬着下巴好像在仔细审查加文的语气是否蕴含不满。然后他像没事儿人一样,继续说道:"格拉多垂涎加里斯顿已久,即使那里是一堆废墟,他也要得到。把它拱手让人就是懦弱。正确的做法应该是毁了那座城,奴役那里的人们,在耕地上撒盐——然后在他到达之前撤离。但是因为你的无能,你失去了这个机会。一旦格拉多率领两万人攻占加里斯顿,你会发现,要是想把它夺回来,远比当初仅有一千人守城要难得多。"

"卢斯格尔只派了一千人去驻守加里斯顿?"加文问道。这些人数还达不到最低兵力定额。若非他路过加里斯顿时如此匆忙，他一定会注意到的。

"阿波尼亚人利用再次提高海峡区关税来制造麻烦。卢斯格尔人打算通过炫耀武力来表明自己的立场，随后便从加里斯顿调离了大批船只和士兵。"

"太愚蠢了。他们应该知道格拉多正在集结军队。"

"没错。我认为卢斯格尔的外交官被人收买了。她是个聪明人，她一定知道自己在做什么。不管怎样，你必须要到加里斯顿去，拯救那座城，杀了拉斯克·格拉多，万一失败了，也要拿到匕首。一切就靠它了。"

什么"一切"？这就是对秘密不懂装懂所带来的问题。秘密，尤其是重大而危险的秘密，每每都会被人以隐晦的方式所提起，尤其是当参与者们知道间谍们会不断地隔墙布耳时。

也许我刚刚本该抓住机会说我已经忘了关于匕首的事了。

曾经有段时间，达森知道加文的所有秘密，甚至包括那些本该只介于加文和他们父亲之间的秘密。达森和加文不仅仅是兄弟，更是好朋友。尽管达森比加文小两岁，加文仍平等待他。而赛瓦斯汀更小一些，所以他们经常把他留在家里。加文和达森拥有共同的朋友。他们曾一起和怀特奥克兄弟打架，有时赢有时输。加文怀念打架时的天真。两伙人，雨点般的拳头，一旦有一方流血或者哭了，就停手了。

但是加文在他十三岁生日那天改变了。那时的达森还不到十一岁。安德洛斯·盖尔穿着礼袍出现在他们面前，红金色的织锦缎面和项链十分引人注目。那时安德洛斯·盖尔位列光谱七政使之一已有十年。尽管如此，人们还是叫他安德洛斯·盖尔，而不是红袍使安德洛斯。所有人都知道哪个称呼更重要。随后安德洛斯带走了加文。

第二天早上，加文回来了，眼睛肿着，好像哭过，但是当达森开口询问时他却生气地否认了。不管发生了什么，加文都变得和以前不一样了。他告诉达森,他现在是一个男人了,拒绝再同他玩耍。当怀特奥克兄弟来找茬打架时,加文周身散发极深的薄红色光,热浪大片地涌出来,然后他平静地告诉他们,如果他们再敢碰他,后果将会是他们自己的脑袋。

那时,达森也认为加文真的会杀了他们。

从那时起,加文改视父亲为密友,而达森则被冷落在一旁。达森曾一度同赛瓦斯汀一起玩耍,然后赛瓦斯汀也被带走了,自己又是孤单一人。达森期望当自己十三岁时会被他们所接受,但是他的父亲却没有重视这一天。当伟大的奥赫拉姆遴选他的下届光明王的那一刻来临时,大小杰斯波岛上的人都在纷纷猜测,但是达森知道他的哥哥就是下届光明王。经过都不重要。安德洛斯穷其一生都在为加文做光明王而筹划。

而我在他的筹划中则是一文不名,只是个弃子,被用来娶凯莉丝·怀特奥克或者别的女孩,好转移她们父亲的野心——直到加文把这个机会也从我这里夺走。

维持伪装最困难的部分,不在于乔装成加文,而在于一直被提醒着,加文所拥有的那些,达森永远都没有办法拥有。

"所以,到加里斯顿去,要么拯救它,要么毁了它。杀了格拉多,拿回匕首。听起来很简单。"如果加文成功了,也算完成了他的一大目标,同时为其他目标做了铺垫。

安德洛斯说:"我会把给卢斯格尔人的信交给你,保证他们服从你的命令。"

"你打算让我做加里斯顿的行政官?"每当加文忘记他父亲到底有多大权力时——即使是在这间小屋子里——安德洛斯总会做些事情来提醒他这一点。

"不是正式的。如果你失败了就会糟蹋我们的名声。但是我会确保那边的行政官会照你说的去做。"

"可光谱七政使——"

"偶尔也可以无视他们。你知道,要罢免光明王可不是那么容易的。等你回来,我们会讨论你结婚的事,到了你该有继承人的时候了,你带回的私生子让这件事更加迫在眉睫。"

"父亲,我不想——"

"如果你要打垮一个郡首,哪怕是一个反叛的郡首,也需要去收买另一个才可以。到时候了。这件事上你要服从我的安排,之后我们再讨论私生子的问题。"